i
imaginist

白先勇作品

想象另一种可能

理
想
国
imaginist

孽子

白先勇 著

九州出版社

图书在版编目(CIP)数据

孽子 / 白先勇著 . -- 北京：九州出版社，2024.
12. -- ISBN 978-7-5225-3414-5
Ⅰ. I247.5
中国国家版本馆 CIP 数据核字第 20240AR559 号

孽子

作　　者	白先勇 著
责任编辑	周　春
出版发行	九州出版社
地　　址	北京市西城区阜外大街甲35号（100037）
发行电话	（010）68992190/3/5/6
网　　址	www.jiuzhoupress.com
印　　刷	山东韵杰文化科技有限公司
开　　本	850毫米×1168毫米　32开
印　　张	14.75
字　　数	262千
版　　次	2024年12月第1版
印　　次	2024年12月第1次印刷
书　　号	ISBN 978-7-5225-3414-5
定　　价	89.00元

★ 版权所有　侵权必究 ★

初上台大留影

二十世纪八十年代写作《孽子》时留影（谢春德摄影）

二十世纪八十年代台北家中留影

二十世纪八十年代在洛杉矶与胡金铨等人会议留影

《孽子》首映会与导演曹瑞原等人合影

写给那一群,

在最深最深的黑夜里,

独自彷徨街头,

无所依归的孩子们。

目 录

1　第一部　放逐
5　第二部　在我们的王国里
251　第三部　安乐乡
413　第四部　那些青春鸟的行旅

附录

443　研悲情为金粉的歌剧／尹玲
　　　白先勇小说在欧洲

第一部　放逐

1

三个月零十天以前，一个异常晴朗的下午，父亲将我逐出了家门。阳光把我们那条小巷照得白花花的一片，我打着赤足，拼命往巷外奔逃，跑到巷口，回头望去，父亲正在我身后追赶着。他那高大的身躯，摇摇晃晃，一只手不停地挥动着他那管从前在大陆上当团长用的自卫枪。他那一头花白的头发，根根倒竖，一双血丝满布的眼睛，在射着怒火。他的声音，悲愤，颤抖，嘎哑地喊道：畜生！畜生！

2

布 告

　　查本校夜间部三下丙班学生李青于本月三日晚十一时许在本校化学实验室内与实验室管理员赵武胜发生淫亵行为为校警当场捕获该生品行不端恶性重大有碍校誉除记大过三次外并勒令退学以儆效尤。

　　特此公告

　　　　　　　　　　　　　　　　省立育德中学校长　高义天
　　　　　　　　　　　　　　　　一九七〇年五月五日

第二部 在我们的王国里

1

在我们的王国里，只有黑夜，没有白天。天一亮，我们的王国便隐形起来了，因为这是一个极不合法的国度：我们没有政府，没有宪法，不被承认，不受尊重，我们有的只是一群乌合之众的国民。有时候我们推举一个元首——一个资格老、丰仪美、有架势、吃得开的人物，然而我们又很随便、很任性地把他推倒，因为我们是一个喜新厌旧、不守规矩的国族。说起我们王国的疆域，其实狭小得可怜，长不过两三百公尺，宽不过百把公尺，仅限于台北市馆前路新公园里那个长方形莲花池周围一小撮的土地。我们国土的边缘，都栽着一些重重叠叠、纠缠不清的热带树丛：绿珊瑚，面包树，一棵棵老得须发零落的棕榈，还有靠着马路的那一排终日摇头叹息的大王椰，如同一圈紧密的围篱，把我们的王国遮掩起来，与外面世界暂时隔离。然而围篱外面那个大千世界的威胁，在我们的国土内，却无时无刻不尖锐地感觉得到。丛林外播音台那边，那架喧嚣的扩音机，经常送过来，外面世界一些耸人听闻的消息。中广公司那位女广播员，一口京腔，咄咄逼人地叫道：美国太空人登陆月球！港台国际贩毒私枭今晨落网！水肥处贪污案明日开庭！

我们一个个都竖起耳朵，好像是虎狼满布的森林中，一群劫后余生的麋鹿，异常警觉地聆听着。风吹草动，每一声对我们都是一种警告。只要那打着铁钉的警察皮靴，咯轧咯轧，从那片棕榈丛中，一旦侵袭到我们的疆域里，我们便会不约而同，倏地一下，作鸟兽散。有的窜到播音台前，混入人堆中；有的钻进厕所里，撒尿的装撒尿，拉屎的装拉屎；有的逃到公园大门，那座古代陵墓般的博物馆石阶上，躲入那一根根矗立的石柱后面，在石柱的阴影掩蔽下，暂时获得苟延残喘的机会。我们那个无政府的王国，并不能给予我们任何的庇护，我们都得仰靠自己的动物本能，在黑暗中摸索出一条求存之道。

我们这个王国，历史暧昧，不知道是谁创立的，也不知道始于何时，然而在我们这个极隐秘、极不合法的蕞尔小国中，这些年，却也发生过不少可歌可泣、不足与外人道的沧桑痛史。我们那几位白发苍苍的元老，对我们提起从前那些斑斑往事来，总是颇带感伤又不免稍稍自傲地叹息道：

"唉,你们哪里赶得上那些日子?"

据说若干年前,公园里那顷莲花池内,曾经栽满了红睡莲。到了夏天,那些睡莲一朵朵开放了起来,浮在水面上,像是一盏盏明艳的红灯笼。可是后来不知为了什么,市政府派人来,把一池红莲拔得精光,在池中央起了一座八角形的亭阁,池子的四周,也筑了几栋红柱绿瓦的凉亭,使得我们这片原来十分原始朴素的国土,凭空增添了许多矫饰的古香古色,一片世俗中透着几分怪异。我们那几位元老提起此事,总不免抚今追昔地惋叹:

"那些鲜红的莲花哟,实在美得动人!"

于是他们又互相道出一些我们从来没有听过的姓名,追怀起一些令人心折的古老故事来。那些故事的主角,都是若干年前,脱离了我们的国籍,到外面去闯江湖的英雄好汉。有的早已失踪,音讯俱杳。有的夭折,墓上都爬满了野草。可是也有的,却在五年、十年、十五年、二十年后,一个又深又黑的夜里,突然会出现在莲花池畔,重返我们黑暗的王国,围着池子急切焦灼地轮回着,好像在寻找自己许多年前失去了的那个灵魂似的。于是我们那些白发苍苍的元老们,便点着头,半闭着眼,满面悲悯,带着智慧,而又十分感慨地结论道:

"总是这样的,你们以为外面的世界很大么?有一天,总有那么一天,你们仍旧会乖乖地飞回到咱们自己这个老窝里来。"

2

昨天，台北市的气温又升到了摄氏四十度。报纸上说，这是二十年来，最炎热、最干旱的一个夏天。整个八月，一滴雨水也没下过。公园里的树木，热得都在冒烟。那些棕榈、绿珊瑚、大王椰，一丛丛郁郁蒸蒸，顶上罩着一层热雾。公园内莲花池周围的水泥台阶，台阶上一道道的石栏杆，白天让太阳晒狠了，到了夜里，都在喷吐着热气。人站在石阶上，身上给热气熏得暖烘烘、痒麻麻的。天上黑沉沉，云层低得压到了地面上一般。夜空的一角，一团肥圆的大月亮，低低浮在椰树顶上，昏红昏红的，好像一只发着猩红热的大肉球，带着血丝。四周没有一点风，树林子黑魆魆，一棵棵静立在那里。空气又浓又热又闷，胶凝了起来一般。

因为是周末的晚上，我们都到齐了，一个挨着一个，站在莲花池的台阶上，靠着栏杆，把池子围得密密的，池子的周围，浮满了人头，在黑暗中，一颗颗，晃过来，晃过去，在绕着池子打圈圈。在幽冥的夜色里，我们可以看到，这边浮着一枚残秃的头颅，那边飘着一绺麻白的发鬓，一双双睁得老大、闪着欲念的眼睛，像夜猫的瞳孔，在射着精光。低低的，沙沙的，隐秘的私语，在各个角落，嗡嗡嘤嘤地进行着。偶尔，一下孟浪的笑声，会唐突地迸发到浓烈的夜空里，向四处滚跳过去。当然，这阵放肆的笑声，是从我们的师傅杨教头那儿发出来的。杨教头穿着一身绛红的套头紧身衫，一个胖大的肚子箍得圆滚滚地挺在身前，一条黑得发亮的奥龙裤子，却把个屁股包得扎扎实实隆在身后，好像前后都挂着一只大气球似的。杨教头穿来插去，在台阶上来回巡逻，忙着跟大家打招呼。手中擎着一柄两尺长的大纸折扇，扇一张，便亮出扇面"清风徐来"，扇底"好梦不惊"，八个龙飞凤舞的大字来。杨教头喘吁吁地叫着、笑着，一走动，身前身后的肉皮球，便颤抖抖，此起彼落地波动起来，很嚣张、很有架势。杨教头自己封为公园里的总教头。他说，我们这个老窝里，地上有几根草他都数得出，在他手下调理出来的徒子徒孙，少说些，怕也不下三五十人。他常常挥舞着他手上那柄两尺长的折扇，一杆指挥棒似的，猛地戳到我们面前来，喝骂道：

"这起屄养的，师傅在公园出道，你们还都在娘胎里头呢！敢在师傅面前逞强么？吃屎不知香臭的兔崽子们！"

有一次，小玉穿了一件猩红翻领衬衫，一条宝蓝喇叭裤，脚下的半筒靴，磕跶磕跶，在台阶上亮来亮去，很俊、很帅、很骚包。不知怎的却触怒了我们师傅，他伸手一招锁骨擒拿法，便将小玉一只手扭到了背后去，冷笑道：

"你这几根轻骨头，亮给谁看？在师傅面前献宝么？可知道师傅像你那点年纪，票戏还去杨宗保呢！你的骨头有几斤，我倒要来称一称。"

说着，另一只手在小玉脖子狠狠一捏，小玉痛得直叫哎哟，一连讨了二十个饶。我们的师傅杨金海杨总教头，在公园里确实是个很有来历、很有身价的人物。他是我们的开国元老，公园里的人，他泰半相识，各人的脾性好恶，他统统摸得一清二楚。杨教头，手段圆滑，八面玲珑，而且背后还有几个有头有脸的人替他撑腰，所以在公园里很吃得开。从前杨教头在中山北路六条通里几家酒馆饭店都当过经理领班，各色人等都应付过，见闻广博，路子特多，许多酒店旅馆都有他的眼线。哈啰哈啰，洋泾浜的英文，他说得出一大串，多得死嘎，日本话也能来几句，因此人又叫他六条通，条条都通。

据说我们师傅杨教头从前也是好人家的子弟。他老爸在大陆上还在山东烟台当地方官呢，跑到台湾却在台北六条通开了一家叫桃源春吃消夜的小酒馆来，杨教头便在酒馆子里替他父亲掌柜。那时候，公园里的人，夜夜都去桃源春捧场，生意着实兴盛了一阵。后来公园里的流氓也夹了进去，勒索生事，把警察招了去。有些人怕事，便不上门了，生意一淡，关门大吉。后来别人又陆续开了潇湘、香槟、六福堂，但统统不成气候。公园里的人，至今还是怀念着杨教头那家桃源春。他们说，冬天夜里，公园里冷了，大家挤到桃源春去，暖一壶绍兴酒，来两碟卤菜。大家醺醺然，敲碗的敲碗，敲碟的敲碟，勾肩搭背，一齐哼几支流行曲子，那种情调实在是好的。杨教头提起桃源春，便很得意：

"我那家桃源春么，就是个世外桃源！那些鸟儿躲在里头，外面的风风雨雨都打不到，又舒服又安全。我呢，就是那千手观音，不知道普度过多少只苦命鸟！"

后来杨教头跟他老爸闹翻了，跑了出来。原因是老头子银行里的存款，他狠狠地提走了一大笔。据说那笔钱，完全用在了我们师傅的宝贝干儿子原始人阿雄仔的身上。阿雄仔是山地郎，会发羊癫风的，走着走着，噗通就会倒下去，满嘴吐着白沫子。那次他昏倒在马路上，一双腿让汽车撞断了，在台湾疗养院住了半年，花了几十万，是杨教头出的钱。阿雄仔身高六呎三，通身漆黑，胸膛上的肌肉块子铁那么硬。一双手爪，大得出奇，熊掌一般。有时候，他跟我们开玩笑，傻怔怔地伸出一双大手，抱住我们，使劲一搂。他的臂力大得惊人，吃他箍一下，全身的骨头都轧碎了似的，痛得我们大叫起来。阿雄仔最好吃，我们逗他，拿根冰棒在他脸上晃一下，说："叫声哥哥！"他便伸手来抢，咧开嘴傻笑，咬着大舌头，叫道："高高、高高。"其实他比我们要大十几岁，总有三十了。每次出来，他跟在杨教头身后，手里总是大包小包拎着：陈皮梅、加应子、花生酥，一面走一面往嘴里塞，见了我们，便扬起手里的零食，叫道："要不要？"我们每人，他都分一点。有时杨教头看不过去，便用扇子敲他一记脑袋，骂道：

"你穷大方吧,回头搞光了,我买根狗屎给你吃!"

"徒弟们,还傻站在这里干么?"我们师傅杨教头踅到我们堆子里来,一把扇子指点了我们一轮,喝道:"那些大鱼回头一条条都让三水街的小幺儿钓走了,剩下几根隔夜油条,我看你们有没有胃口要?"

说着杨教头刷一下,豁开了他那柄大折扇,"清风徐来","好梦不惊",拼命扇动起来。原始人阿雄仔竖在杨教头身后,庞然大物,好像马戏团里的大狗熊一般。他穿着一件亮紫尼龙运动衫,崭新的,把他胸膛上的肌肉,绷得块块凸起。

"嚯,阿雄仔,你这件新衣裳好帅,是老龟头送给你的吧?"

小玉伸出手去捶了一下阿雄仔的胸膛,我们都笑了起来。我们想激我们师傅,就拿阿雄仔来开胃,老龟头是个六十开外的老色鬼,颈子上长满了牛皮癣。公园里的人,谁也不理他,他只有躲在黑暗里,趁我们不防备,猛伸出手来,抓我们一把。有一次,他拿了一包煮花生,把阿雄仔哄走了。事后我们师傅气得发昏,揪住老龟头,打得臭死。

"你他妈狗娘养的,你那一身才是老龟头送的呢!"杨教头一把扇子戳到小玉额上,骂道,"雄仔这件衣裳么,你问问他自己,是谁买给他的?"

"达达买给我的。"阿雄仔咬着大舌头,痴笑道。

"傻仔,在哪里买的?"

"今日公司。"

"多少钱？"

"一百——"

"他娘的，一百八！"杨教头一个响巴掌打到阿雄仔宽厚的背上，呵呵地笑了起来，"啊唷！这个小贼，原来躲在这里——"

杨教头发现老鼠畏畏缩缩躲在小玉身后，抢前一把，揪住了老鼠的耳朵，把他拖了出来，捉住老鼠的手梗子，喝道：

"你们快去拿把刀来，我来把这双贼爪子剁掉！这双贼手留来做什么？一天到晚只会偷鸡摸狗！找死也不找好日子，我介绍人给你，要你去打炮，谁许你偷别人东西的？师傅的脸都让你丢尽了！不等人家报警，我先把你这个死贼揪进警察局去，狠狠地修理修理，明天我就去告诉乌鸦，叫他把你吊起来打！"

"师傅——"老鼠挣扎着，仓皇叫道，一张瘦黄的小三角脸，扭曲得变了怪相。

"哦，"杨教头冷笑道，"你也知道害怕？上次不是我讲情，乌鸦早揍死你了，钢丝鞭的滋味你还记得么？"

杨教头扬手便给了老鼠两下耳光，打得老鼠的头晃过来，晃过去，然后又用扇柄戳了他两下额头，才带着阿雄仔扬长而去。他那一身肥肉，很有节奏地前后起伏波动着。

"你又偷人家什么东西了？"小玉问道。

"我不过拿了他一支钢笔罢咧,什么屁稀奇!"老鼠撇了一撇嘴,吐了一泡口水,"那个死郎,讲好三百,只给了老子两百。"

"哟,你什么时候又涨价了?三百?"小玉诧异道。

老鼠讪讪地咧开嘴,忸怩了半天,才吞吞吐吐道:

"他要来那一套。"

他伸出他那根细瘦的手臂,捞起袖子,露出膀子来。我们都凑过去看,借着碎石径那边射过来的荧光灯,我们看见老鼠那青瘦的臂膀上,冒着三枚乌黑的泡疮。

"喔唷,这是什么玩意儿?"小玉用手去摸。

"哎——"老鼠触电般跳了起来,"别碰,好痛,是火泡子——那个死郎用香烟头烧的。"

"你这个该死的贱东西,你又搞这一套了,"小玉指着老鼠的鼻尖说道,"总有一天你撞见鬼,把你剁成肉饼吃掉!"

老鼠吱吱傻笑了两声,龇着他那一口焦黄的牙齿。

"小玉,"老鼠低声恳求道,"你去替我向师傅讲一讲,千万别去告诉乌鸦好不好?"

"我替你讲情,你怎么谢我?请我去看新南阳的《吊人树》吧?"小玉揪了老鼠耳朵一下,"你这个小贼,以后偷了东西,别忘记跟小爷分赃。"

"没有问题。"老鼠咧开嘴笑道,他低下头去,抬起手臂,瞅着他自己臂上那几枚乌黑的燎泡,好像很感兴味似的。

小玉去了一会儿，回来向老鼠说道：

"师傅讲，暂且饶了你这条小狗命，下次再犯，一定严办！瞧瞧你那副德性，提到乌鸦便吓得屁滚尿流！我问你，你到底怕他什么？是不是他那个东西特别大，把你的魂吓掉了还是怎的？"

我们都大笑起来，老鼠也跟着我们笑得吱吱叫。乌鸦是老鼠的长兄，老鼠说，他自小便没了爹娘，是在乌鸦家里长大的。乌鸦在江山楼晚香玉当保镖，脾气凶暴得不得了。老鼠在他那里，整天让他拳打脚踢，像个小奴隶一般。我们问老鼠为什么不跑出来。老鼠耸耸肩，也讲不出什么理，他说他跟乌鸦跟惯了。有一次，老鼠偷了一个客人一只手表，警察找到乌鸦家。乌鸦把老鼠吊了起来，一根三尺长的钢丝鞭一顿狠抽，打得老鼠许久伸不直腰，见了我们，佝起背，歪扯着脸，笑得一副怪模样。

"阿青。"

小玉在我耳朵旁叫了一下，悄悄扯了我一把衣裳。我跟着他，走下台阶，钻进那丛樟木林中去。

"拜托，拜托。"小玉抓住我的手臂，兴奋地央求道。

"怎么样？又要我替你圆谎了？怎么请我吧？"

"好兄弟，明天我带两个大芒果回来给你吃，"小玉笑道，"回头老周来找我，你就说我阿母生病，回三重埔去了。"

"算了吧,"我摇手笑道,"上次也是说你老母有病,他还信么?"

"管他信不信!"小玉冷笑道,"我又没有卖给他。懒得跟他吵罢咧!"

老周是小玉的干爹,两个人好好分分也有一年多了。老周在中和乡开了一家染织厂,手头还很宽,一天到晚给小玉买东西。上个礼拜,老周才送给小玉一只精工表,小玉戴着那只精工表,到处亮给人看:"是老周买给我的!"我问小玉,是不是跟定老周了,小玉却吁了一口气,叹道:"老头子对我不错的,就是管得太狠,吃不消!"老周逼小玉搬到中和乡跟他住,小玉不肯,只答应一个礼拜去三四天。小玉是匹小野马,老周降不住他,两人常常为了这个吵架。

"这次又是个什么新户头啦?"我问道。

"告诉你,千万替我保密,是个华侨。"

"嘿,拜华侨干爹了呢!"

"师傅告诉我,是从东京来的,本省人,据说很神气,我这就到六福客栈去见他去。"

小玉说着,蹦蹦跳跳,便往树林子外面跑去,一面又回头向我叫道:

"老周那里千万拜托!"

树林中都是毒蚊子,站了片刻工夫,我的手臂已经给叮起好几个包了。我抓着痒,往外走去。突然身后有一只手,搭到我肩上。

"谁？"

我吓了一跳，猛回转身，却看见吴敏那张脸，在幽暗中，好像一张飘在空中的白纸一般。

"是你呀！什么时候出院的？"

"今天下午。"吴敏的声音微弱、颤抖。

"你这个家伙，出来了也不告诉我们一声！"

"我就是来找你们的，刚才老鼠告诉我，你跟小玉到这里来了。"

我朝莲池那边走去，吴敏却一把抓住我的手臂央求道：

"不要到那边去好么？人那么多。"

我回转身，往公园大门博物馆那边走去，小径两旁的荧光路灯，紫色的灯光，照在吴敏脸上，好像涂了一层蜡一般，惨白惨白，一点血色也没有。他那张原来十分清秀的面庞，两腮全削下去，一双乌黑露光的大眼睛，坑得深深的。他举起手，去擦额上的汗，我发觉他左腕上，仍然系着一圈纱布绷带，好像戴着一只白手铐似的。那天吴敏躺在台大医院急诊室里，左手腕上割下了两寸长的一道刀痕，鲜红的筋肉都翻了出来，淌得一身的血。吴敏没钱，交不出保证金，医院不肯替他输血。幸亏我、小玉、老鼠我们三人及时赶到，一个人输了五百CC的血给他，才保住了他一条性命。他见了我们，两只失神的大眼睛眨巴眨巴，嘴巴张了半天，一句话也说不出来。小玉却气得蹦跳，骂道：

"你妈的，这种下作东西，为什么不去跳楼？摔死不干脆些？还要小爷来输血！"

吴敏割腕的前一天，还到公园里来，见到我们，说道：

"阿青，我不想活了。"

他说时，笑笑的，我们都以为他在开玩笑。小玉接口道：

"你去死，你去死，你死了我来替你烧纸钱！"

谁知道他真的用把刀片把手腕割得鲜血淋淋。

"阿青——"吴敏嗫嚅地叫了我一声，我们在博物馆石阶上，背靠着石柱坐了下来。

"嗯？"我望着他。

"你能借点钱给我么？"吴敏一直低着头，"我还没吃晚饭。"我伸手到裤袋掏了半天，掏出了三张皱瘪瘪带着汗臭的十元钞票来，递了给他。

"就是这点了。"

"过两天再还给你。"吴敏含糊说道。

"免啦，"我挥了挥手，"你没钱，为什么不向师傅去讨？"

"不好意思再向他开口了，"吴敏干笑了一下，"住院的钱都是他垫的，一万多块呢。"

"哇，这次师傅好大方！"我叫道，"到底你是他心爱的徒儿。"

"我答应他,以后一定要想办法还他的。"

"这么多钱,你一辈子也还不清。我看你还是快点去找个有钱的干爹,替你还债吧。"我笑道。

吴敏一直垂着头,那只绑着白纱布的手不停地在地上划字,半晌,幽幽地问道:

"阿青,那天你到张先生家,到底见到张先生没有,他对你说些什么来着?"

吴敏割腕那天下午,我到敦化南路光武新村去找张先生。从前吴敏住在张先生家,我到那儿找过他一次,吴敏正跪在地板上,揪着一块大抹布,在擦地板。他打着赤膊,一双光足,一头的汗。他看见我非常高兴,从冰箱里拿了一瓶苹果西打来请我喝。他跪在地板上,一面奋力擦,一面跟我聊天。张先生那间公寓布置得非常华美,一套五件头黑漆皮高靠背的大沙发,几案都是银光闪闪克罗米架子镶玻璃面的。客厅正面墙有一座高酒柜,里面摆着各式各样的洋酒瓶。

"张先生这个家真舒服,我一辈子能待在这里,也是愿的。"吴敏仰起面对我笑道,他一脸绯红,热汗淋淋。

那天我到张先生家,张先生正靠坐在客厅里一张沙发上,跷着脚,在看电视,客厅里放着冷气,凉阴阴的。张先生只穿了一条铁灰的绸睡裤,脚下趿着一双宝蓝缎子拖鞋。来开门的是萧勤快——我们都叫他小精怪。小精怪长得浓眉大眼,精壮得像匹小蛮牛,但是一张嘴却甜得像蜜糖,我们师傅杨教头对他说道：

"小精怪，你那张嘴这么会讲话，树上那只八哥儿，你去替我哄下来。"

"张先生，"我进到客厅里便对张先生说道，"吴敏自杀了。"

张先生起初吃了一惊。

"人呢？死了么？"

"在台大医院，手腕割开了，正在输血。"

"哦——"

张先生舒了一口气，却又转过头去看电视了。彩色荧光幕上，映着《群星会》，青山和婉曲两人正做着情人的姿态，在合唱：

菠萝甜蜜蜜
菠萝就像你

萧勤快也踅了过来，一屁股坐在张先生旁边，一只脚却蜷到沙发上，手在抠着脚丫子，两个人好像同时都给青山和婉曲的歌吸住了，看着电视，眼睛也不眨一下。青山挽着婉曲的腰，踱来踱去，一首歌都快唱完了，张先生才猛然记起了似的，转过头来，问我道：

"吴敏自杀，你来找我干什么？"

张先生四十上下，开了一家贸易洋行，专门出口塑胶玩具。他是个英俊的男人,鼻梁修挺,头发抿得一丝不苟,鬓角微微带着一丝花白。可是他那张削薄的嘴,右边嘴角却斜拖着一条深得发黑的痕迹,好像一径挂着一抹冷笑似的。吴敏躺在急诊室里输血的时候,在我耳根下央求:请张先生到医院去一趟。可是我望着张先生嘴角那抹近乎凶残的笑容,一时舌结,一句话也说不出来了。

"你来得正好,吴敏还有一包旧衣服留在这里,你顺便带给他吧,"张先生说着却向萧勤快指示了一下,"去把那包衣服拿来。"

萧勤快赶忙跳下沙发,跑到里面去,取出一包旧衣服来。那是几件发了黄皱成一团的内衣裤,还有两件破旧的花衬衫。萧勤快把那包旧衣服朝我手里一塞,连翻了几下他那双鼓鼓的金鱼眼,满脸得色。我回到台大医院,没有把那旧衣服拿出来,我对吴敏说:张先生不在家。

"阿青,你知道,我在张先生家也住了一年多了。总是规规矩矩守在家里,一次都没有自己出来野过。张先生的脾气不好,可是我总是顺从他的。他爱干净,我天天都拼命擦地板。起初我不会烧菜,常挨骂。后来看食谱,看会了,张先生有次笑着对我说:'小吴,你的豆瓣鲤鱼跟峨嵋的差不多了。'我高兴得不得了,以为张先生心里很喜欢呢。哪晓得他那天无缘无故发了一顿脾气,便叫我马上搬走,多一天都不许留。我没想到张先生竟是一个那样没有情义的人。阿青,你那天到底见着张先生没有?他还在生气么?——"

吴敏的声音从黑暗中传来,颤抖抖的,听得人心烦。突然间,我好像又看到了张先生在嘴角上那道深深的、凶残的笑痕了似的,我打断了吴敏的怨诉:

"我见着他了,他跟萧勤快两人坐在沙发上看电视,看《群星会》。"

"哦——"吴敏暧昧地叹了一口气,过了片刻,他立起身来。

"我先走了,我去买点东西吃。"

吴敏走下台阶,他那张白纸一样的脸,在黑暗里漂泊着。

回到莲花池那边,已是半夜时分。播音台的扩音器已经寂灭,公园里的游人都已离去。于是我们的王国,从黑暗里便倏地涌现了出来。莲花池的台阶上,黑影幢幢。三水街那一群小幺儿,三三两两,木屐踏得啪哒啪哒,异常嚣张。亭子那边,我们那位年高望重的元老盛公,正拖着蹒跚的步子,蹭向我们的师傅杨教头,衰疲地探问道:"有新鲜的孩子么?"盛公已经老耄,而且背脊还患了严重的风湿。他找孩子做伴,只是为着陪他老人家消个夜,喝杯烧酒罢了。盛公晚上常常失眠,他说他只要看看一张年轻的面靥,他那颗不甘寂寞的心,便如同服了一粒安眠药似的,才肯消歇。盛公是万年青影片公司的董事长,摄制过好几张超级文艺爱情影片,赚了不少钱。据说盛公从前在上海自己也曾是位红小生,跟许多有名的女明星配过戏，可是他却无限感叹地对我们说道："荣华富贵有什么用？孩子，青春才是世上最宝贵的东西哪！"那个尾随在老鼠后面，气吁吁叫着"耗子精"的，是聚宝盆的江浙名厨卢司务，卢司务体重两百零五磅，笑起来，好像一尊欢喜佛。他对老鼠有偏爱。"老鼠么，我就喜欢他那几根排骨，好像啃鸭翅膀，愈啃愈有味！"远远在树林子那边，掩掩藏藏，不敢抛头露面的，是一群良家子弟的大学生；那几个还来不及脱去制服的是外岛回来，到台北度假的充员士兵；还有一些三重镇到公园来打秋风登记有案的小流氓；还有西门町拍卖行、缝纫铺、皮鞋店的小伙计。也有心脏科的名医生，一位军法官，还有曾经红得发紫现在已经秃了头常戴着一顶巴黎帽的闽南语明星，还有那位皱得满面山川狂热地追求美的影子的艺术大师。艺术大师常常说一些我们不甚明了的话："肉体、肉体哪里靠得住？只有艺术，只有艺术才能常存！"所以他把我们王国里的美少年，都画成了图画。当然，还有我们那位资格最老、历尽沧桑的老园丁郭老。郭老一个人远远地屹立在那棵绿珊瑚的下面，白发白眉，睁着他那双老眊的眼睛，满怀悲悯地瞅着公园里这一群青春鸟，在午夜的黑暗里，盲目地、危急地、四处飞扑。郭老在长春路开了一家照相馆青春艺苑。他收集了我们的照片，贴成了一本厚厚的相簿，取名"青春鸟集"。他把我编成八十七号，命名为小苍鹰。

在我们这个王国里，我们没有尊卑、没有贵贱，不分老少、不分强弱。我们共同有的，是一具具让欲望焚炼得痛不可当的躯体，一颗颗寂寞得发疯发狂的心。这一颗颗寂寞得疯狂的心，到了午夜，如同一群冲破了牢笼的猛兽，张牙舞爪，开始四处猖猖地猎狩起来。在那团昏红的月亮引照下，我们如同一群梦游症的患者，一个踏着一个影子，开始狂热地追逐，绕着那莲花池，无休无止，轮回下去，追逐我们那个巨大无比充满了爱与欲的梦魇。

在黑暗中，我踏上了莲花池的台阶，加入了行列，如同中了催眠术一般，身不由己，绕着莲花池，一圈一圈不停地转着。黑暗中，我看见那一双双给渴望、企求、疑惧、恐怖，炙得发出了碧火的眼睛，像萤火虫似的，互相追扑着。即使在又浓又黑的夜里，我也尖锐地感觉得到，其中有一对眼睛，每次跟我打照面，就如同两团火星子，落到我的面上，灼得人发疼。我感到不安，我感到心悸，可是我却无法回避那双眼睛。那双炯炯的眼睛，是那样地执著，那样地急切，好像拼命在向我探索，向我恳求什么似的。他是一个身材高瘦的陌生人，在公园里，我从来没有见他出现过。

"去吧，不碍事的，"我们师傅杨教头在我身后凑近我耳根低声指示道，"我看见他跟了你一夜了。"

那个陌生客已走下了台阶，站在石径那端一棵大王椰下，面朝着我这边，高高地矗立在那里，静静地，然而却咄咄逼人地在那儿等待着。陌生客,平常我们都尽量避免,以免搭错了线,发生危险。我们总要等我们的师傅鉴定认可后,才敢跟去,因为杨教头看人,从来不会走眼。我走下台阶,步到那条通往公园路大门的石径上。我经过那位陌生客的面前,装作没看见他,径自往大门走去,我听见他跟在我身后的脚步声,踏在碎石径上。我走出公园大门,一直往前,蹓到台大医院那边,没有人迹的一条巷子口路灯下,停下脚来,等候着。

在路灯下,我才看清楚,那个陌生客跟我站在一起,要比我高出大半个头,总有六呎以上,一身嶙峋的瘦骨,一根根往外撑起。他身上那件深蓝的衬衫,好像是绷在一袭宽大的骨架上似的。他那长方形的面庞,颧骨高耸,两腮深削下去,鼻梁却挺得笔直的,一双修长的眉毛猛地往上飞扬,一头厚黑的浓发,蓬松松地张起。他看起来,大约三十多岁,脸上的轮廓该十分直挺的,可是他却是那般地枯瘦,好像全身的肌肉都干枯了似的。只有他那双深深下陷、异常奇特的眼睛,却像原始森林中两团熊熊焚烧的野火,在黑暗中碧荧荧地跳跃着,一径在急切地追寻着什么。当他望着我,露出一丝笑容的时候,我便提议道:

"我们到圆环去。"

3

瑶台旅社二楼二五号房的窗户，正遥遥向着圆环那边的夜市。人语笑声，一阵阵浪头似的卷了上来，间或有一下悠长的小喇叭猛然奋起，又破又哑，夜市里有人在兜卖海狗丸。对面晚香玉、小蓬莱那些霓虹灯招牌，红红绿绿便闪进了窗里来。房中燠热异常，床头那架旧风扇轧轧地来回摇着头。风，吹过来，也是燥热的。

在黑暗中，我们赤裸地躺在一起，肩靠着肩。在黑暗中，我也感得到他那双闪灼灼、碧荧荧的眼睛，如同两团火球，在我身上滚来滚去，迫切地在搜索、在觅求。他仰卧在我的身旁，一身嶙峋的瘦骨，当他翻动身子，他那尖棱棱的手肘不意撞中我的侧面，我感到一阵痛楚，喔的叫了一声。

"碰痛你了，小弟？"他问道。

"没关系。"我含糊应道。

"你看，我忘了，"他把那双又长又瘦的手臂伸到空中，十指张开，好像两把钉耙一般，"这双手臂只剩下两根硬骨头了，有时戳着自己也发疼——从前不是这个样子的，从前我的膀子也跟你的一样那么粗呢，你信不信，小弟？"

"我信。"

"你几岁了？"

"十八。"

"就是了，从前我像你那样的年纪，也跟你差不多。可是一个夏天，也不过三个月的光景，一个人的一身肉，会骤然间耗得精光，只剩下一层皮，一把骨头。一个夏天，只要一个夏天——"

他的声音从黑暗里传来，悠远、飘忽，好像是从一个深邃的地穴里，幽幽地冒了出来似的。

常常在午夜，在幽冥中，在一间隐蔽的旅栈阁楼，一铺破旧的床上，我们赤裸着身子，两个互相隐瞒着姓名的陌生人，肩并肩躺卧在一起，陡然间，一阵告悔的冲动，我们会把心底最隐秘最不可告人的事情，互相吐露出来。我们看不清彼此的面目，不知道对方的来历，我们会暂时忘却了羞耻顾忌，将我们那颗赤裸裸的心挖出来，捧在手上互相观看片刻。第一次跟我到瑶台旅社来的，是一个中学体育老师，北方人，两块腹肌练得铁板一样硬，那晚他喝了许多高粱，嘟嘟哝哝，讲了一夜的醉话。他说他那个北平太太是个好女人，对他很体贴，他却偏偏不能爱她。他心中暗恋的，是他们学校高中篮球校队的队长。那个校队队长，是他一手训练出来的，跟了他三年，情同父子。可是他却无法对那个孩子表露他的心意。那种暗恋，使他发狂。他替他提球鞋，拿运动衫，用毛巾给他揩汗。但是他就不敢接近那个孩子。一直等到毕业，他们学校跟外校最后一次球赛，那天比赛激烈，大家情绪紧张。那个队长却偏偏因故跟他起了冲突。他一阵暴怒，一巴掌把那个孩子打得坐到地上去。那些年来，他就渴望着抚摸，想拥抱那个孩子一下。然而，他却不知道为了什么，失去控制，将那个孩子脸上打出五道红指印。那五道指印，像烙痕般，一直深深刻在他的心上，时时隐隐作痛。那个体育老师，说着说着，一个北方彪形大汉，竟呜呜哭泣起来，哭得人心惊胆跳。那晚下着大雨，雨水在窗玻璃上蜿蜒地流着。对面晚香玉的霓虹灯影，给混得红绿模糊一片。

"五天前，我的父亲下葬了。"

"嗯？"我没有听懂他的话。

"五天以前，我父亲下葬在六张犁极乐公墓，"他在抽一根烟，烟头在黑暗中亮起红红的一团火，"据说葬礼很隆重，我看见签名簿上，有好多政府要人的名字，可是我却不知道六张犁在哪儿，我从来没有去过。你知道么，小弟？"

"你从信义路一直走下去，就到了，极乐公墓在六张犁山上。"

"信义路四段下去么？台北的街道改得好厉害，统统不认识了，我有十年没有回来——"他吸了一下烟，长长地吁了一口气，"前天夜里，我才从美国回来的，走到南京东路一百二十二巷我们从前那栋老房子，前后左右全是些高楼大厦，我连自己的家都认不出来了。从前我们家后面是一片稻田。你猜猜，田里有些什么东西？"

"稻子。"

"当然，当然，"他摇着一杆瘦骨棱棱的手臂笑了起来，"我是说白鹭鸶，小弟。从前台北路边的稻田里都是鹭鸶，人走过，白纷纷地便飞了起来。在美国这么些年，我却从来没看见一只白鹭鸶。那儿有各种各样的老鹰、海鸥、野鸭子，就是没有白鹭鸶。小弟，有一首台湾童谣，就叫《白鹭鸶》，你会唱么？"

"我听过，不会唱。"

白鹭鸶
车粪箕
车到溪仔坑——

他突然用台湾话轻轻地哼了起来，《白鹭鸶》是一支天真而又哀伤的曲子，他的声音也变得幼稚温柔起来。

"你怎么还记得？"我忍不住笑了。

"我早忘了，一回到台北不知怎的又记起来了。这是我从前一个朋友教我的，他是一个台湾孩子。我们两人常跑到我们家后面松江路那头那一片稻田里去，那里有成百的鹭鸶。远远看去好像田里开了一片野百合。那个台湾孩子就不停地唱那首童谣，我也听会了。可是这次回来，台北的白鹭鸶都不见了。"

"你是美国留学生么？"我问道。

"我不是去留学，我是去逃亡的——"他的声音倏地又变得沉重起来,"十年前,我父亲从香港替我买到一张英国护照,把我送到高雄,搭上了一只日本邮轮,那只船叫白鹤丸,我还记得,在船上,吃了一个月的酱瓜。"

他猛吸了两口烟,沉默了半响,才严肃地说道：

"我父亲临走时,对我说：'你这一去,我在世一天,你不许回来！'所以,我等到我父亲过世后,才回到台湾,我在美国,一等等了十年——"

"小弟,你知道么？我的护照上有一个怪名字：Stephen Ng。广东人把'吴'念成'嗯',所以那些美国人都从鼻子眼里叫我'嗯,嗯,嗯'——"

说着他自己先笑了起来,我听着很滑稽,也笑了。

"其实我姓王,"他舒了一口气,"王夔龙才是我的真名字。那个'夔'字真难写,小时候我总写错。据说夔龙就是古代一种孽龙,一出现便引发天灾洪水。不知道为什么我父亲会给我取这样一个不吉祥的名字。你的名字呢,小弟？"

我犹豫起来,对陌生客,我们从来不肯吐露自己的真姓名的。

"别害怕,小弟,"他拍了一拍我的肩膀,"我跟你,我们都是同路人。从前在美国,我也从来不肯告诉别人自己的真姓名。可是现在不要紧了,现在回到台北,我又变成王夔龙了。Stephen Ng,那是一个多么可笑的名字呢？Stephen Ng死了,王夔龙又活了过来！"

"我姓李，"我终于暴露了自己的身份，"他们都叫我阿青。"

"那么，我也叫你阿青吧。"

"你是在美国旧金山么？"我试探着问道，我们公园里有一个五福楼的二厨，应聘出国，到旧金山唐人街一家饭馆当起大厨师来。他写信回来说，旧金山满街都是我们的同路人。

"旧金山？我不在旧金山。"他猛吸了一口烟，坐起来，把烟头扔到床前的痰盂里，然后双手枕到脑后，仰卧到床上。

"是纽约，我是在纽约上岸的，"他的声音，又飘忽起来，让那扇电风扇吹得四处回荡，"纽约全是一些几十层的摩天大楼，躲在下面，不见天日，谁也找不着你。我就在些摩天大楼的阴影下面，躲藏了十年，常常我藏身在纽约最黑暗的地方——中央公园，你听说过么？"

"纽约也有公园么？"

"怎么没有？那儿的中央公园要比咱们的新公园大几十倍，黑几十倍，就在城中心，黑得像一潭无底深渊。公园里有好多黑树林，一丛又一丛，走了进去，就像迷宫一般，半天也转不出来。天一暗，纽约的人，连公园的大门也不敢进去。里面发生过好多次谋杀案，有一个人的头给砍掉了，身体却挂在一棵树上。还有一个人，一个年轻孩子，身上给戳了三十几刀——"

他说着却叹了一口气道：

"美国到处都是疯子。"

"中央公园里,也有我们同路人么?"我悄声问道。

"唉,太多了,我上了岸,第三天晚上,便闯进中央公园里去。就在那个音乐台后面一片树林里,一群人把我拖了进去,我数不清,大概总有七八个吧。有几个黑人,我摸到他们的头,头发好似一饼纠缠不清的铁丝一般。他们的声音在黑暗里咻咻地喘着,好像一群毛耸耸的饿狼,在啃噬着一块肉骨头似的。在黑暗中,我也看得到他们那森森的白牙。一直到天亮,一直到太阳从树顶穿了下来,他们才突然警觉,一个个夹着尾巴溜走了,只剩下一个又老又丑的黑人,跪在地上,兀自抖瑟瑟地伸出手来,抓我的裤角。我走出林子外,早晨的太阳照得我的眼睛都张不开了——"他把那一双瘦棱棱像钉耙似的长手臂伸到空中,抓了两下,"一夜工夫,我觉得我手臂上的肉,都给他们啃掉了似的,红红紫紫,一块块的伤斑。那个夏天,我跟那些美国人一样,也疯了起来,疯得厉害。我看着自己身上的肉,像头皮屑,一块块纷纷掉落,就像那些麻风病人一般,然而我一点知觉也没有。有一天,我坐在大街上,拿着一把刀片,在割自己的小腿,一刀刀割得鲜血直流——"

"噢,为什么呢?"我问道,他讲得那样舒坦,好像是在割鸡割鸭似的。

"我要试试,我还有没有感觉。"

"不痛么?"

"一点也不痛,我只闻到血腥味。"

"嗳。"我暧昧地叫了起来,我觉得风扇吹到身上,毛毛的。

"有几个女人看见,吓得大叫。警察跑过来,把我送到了疯人院里去。你去过疯人院么,阿青?"

"没有。"

"疯人院里也有意思呢。"

"怎么会?"

"疯人院里有好多漂亮的男护士。"

"是么?"我笑道,好奇起来。

"我进的那家疯人院在赫逊河边,河上有许多白帆船,我天天就坐在窗口数帆船。我顶记得,有一个叫大伟的男护士,美得惊人,一头闪亮的金发,一双绿得像海水的眼睛。他起码有六呎五,疯人院里的男护士都是大个子。他拿着两颗镇静剂,笑眯眯地哄我吞下去,我猛一把抓住他的手,按到我的胸房上,叫道:'我的心,我的心呢?我的心不见了!'他误会我向他施暴,用擒拿法一把将我揿到地上去。你猜为什么?我讲的是中文,他听不懂!"

说着我们两个人都笑了起来。

"他们放我出去,夏天早已过了,中央公园里,树上的叶子都掉得精光。我买了一包面包干,在公园里喂了一天的鸽子——"

他突然沉默起来,我侧过头去看他,在黑暗中,他那双眼睛，碧荧荧地浮在那里。床头那架风扇轧轧地扇过来一阵阵热风，我背上湿漉漉地浸在汗水里。窗外圆环夜市那边，人语车声，又沸沸扬扬地涌了过来。兜卖海狗丸的破喇叭，吹得分外起劲，可是不知怎的，那样喑哑的一支喇叭，却偏不停地在奏那首《六月茉莉》，一首极温馨的台湾小调，小时候，我常常听到的，现在让这些破喇叭吹得呜呜咽咽，听着又滑稽，又有股说不出的酸楚。

"那些莲花呢，阿青？"

"什么？"我吃了一惊，沉寂了半天，他的声音突然冒了起来。

"我是说公园里那些莲花，都到哪里去了？"

"噢，那些莲花么？听说市政府派人去拔光了。"

"唉，可惜了。"

"他们都说那些莲花很好看呢。"

"新公园是全世界最丑的公园，"他笑道，"只有那些莲花是美的。"

"据说是红睡莲，对么？"

"对了，鲜红鲜红的。从前莲花开了，我便去数。最多的时候，有九十九朵。有一次，我摘了一朵，放在一个人的掌心上，他捧着那朵红莲，好像捧着一团火似的。那时候，他就是你这样的年纪，十八岁——"我感到他那钉耙似的手，尖硬的手指，伸到我头发里，轻轻地在耙梳着，他那双野火般跳跃的眼睛，又开始在我身上滚动起来，那样急切、那样强烈地乞求着，我感到一阵莫名的惧畏起来。

"王先生，我得走了。"我坐起身来。

"不能在这里过夜么？"他看见我在穿衣裤，失望地问道。

"我得回去。"

"明天可以见你么，阿青？"

"对不起，王先生，明天我有约。"

我低下身去系鞋带，我不知道我为什么撒这个谎。我并没有约会，可是明天，至少明天，我不能见他。我害怕看到他那双眼睛，他那双眼睛，好像一径在向我要什么东西似的，要得那么凶猛、那么痛苦。

"那么什么时候再能见到你呢？"

"我们在公园里，反正总会再碰面的。"

我走到房门口时，回头说道。一口气，我跑下瑶台旅社那道黑漆漆、咯吱咯吱发响的木楼梯，跑出那条湿叽叽臭熏熏的窄巷，投身到圆环那片喧嚣拥挤，到处挂满了鱿鱼、乌贼，以及油腻猪头肉的夜市中。我站到一家叫醉仙的小食店门口，望着那一排倒钩着油淋淋焦黄金亮的麻油鸭，突然间，我感到一阵猛烈的饥饿。我向老板娘要了半只又肥又大的麻油鸭，又点了一盅热气腾腾的当归鸡汤，咕嘟咕嘟，一下子我先把那盅带了药味滚烫的鸡汤，直灌了下去，烫得舌头都麻了，额上的汗水簌簌地泻下来，我也不去揩拭，两只手，一只扯了一夹肥腿，一只一根翅膀，左右开弓地撕啃起来，一阵工夫，半只肥鸭，只剩下一堆骨头，连鸭脑子也吸光了。我的肚子鼓得胀胀的，可是我的胃仍旧像个无底大洞一般，总也填不满似的。我又向老板娘要了一碟炒米粉，窸窸窣窣，风扫残叶一般，也卷得一根不剩。结账下来，一共一百八十七。我掏出胸前口袋里那卷钞票，五张一百的，从来没有人给过我那么多钱。刚才他把皮夹里所有的钞票都翻出来给我了，还抱歉地说：刚回来，没有换很多台币。

离开圆环，我漫步荡回锦州街的住所去。中山北路上，已经没有什么行人，紫白色的荧光灯，一路静荡荡地亮下去。我一个人，独自跨步在行人道上，我脚上打了铁钉的皮靴，击得人行道的水门汀嗑、嗑、嗑发着空寂的回响。我把裤带松开，将身上湿透了的衬衫扯到裤子外面，打开了扣子。路上总算起了一阵凌晨的凉风，把我的湿衬衫吹得扬了起来。我全身的汗毛微微一张，我感到一阵沉滞的满足，以及过度满足后的一片麻木。

4

弟娃——

我猛然惊坐起来,听见自己叫喊道。满地扎眼的阳光,已是中午时分,房中热气沸腾。背上的汗水一条条流下来,好像许多条毛虫在上面爬动,痒痒麻麻的。床上的草席印着一大块阴黑的汗迹,又是一个火烈的大热天。我跟小玉合租的这间房间,是三夹板隔出来的,只有五个榻榻米大,除了一张床,两只竹篾笼子,什么都放不下了。因为朝西,一到下午,太阳凶狠地射进来,房里就像蒸笼,热得人惴惴不安。

我坐在床上,头感到一阵刚睡醒的昏疲,喉头却干得在冒火。窗外传来一阵女人的尖笑,大概锦州街那些吧女都热得跑到巷子里去乘凉调笑去了。巷子里的酒吧还没有上市,收音机却开得大大的,喷出一流狂躁的爵士乐来。渐渐地,我仿佛记了起来,刚才蒙眬间,我看见了弟娃。他就站在我的床头,穿着他的童军制服,有肩带的那一套。我清清楚楚地看到他那张雪白的娃娃脸,他笑嘻嘻地伸出手来,对我说道:

"阿青,我的口琴呢?"

去年弟娃生日,十五岁,我送了一管口琴给他,是在功学社买的,蝴蝶牌,两百七十块,花了我半个月的送报钱。弟娃爱得不忍释手,上学他把口琴插在裤子后面袋里,晚上他便放在枕头底下。睡到床上，还要拿出来吹两下。开始弟娃只会吹单音，后来我教他和声，他一学便会，而且吹得比我还要有板有眼。那时候学校里正在教《踏雪寻梅》，弟娃天天回家便吹奏这首轻快得像流水似的曲子。有时我们上了床，熄了灯，弟娃还要把口琴掏出来，把被窝蒙起头来吹，口琴声从被窝里透出来，闷得呜呜地响。有一次，把父亲吵醒了，他气冲冲跑进来，一把将弟娃被窝掀开，弟娃怕挨揍，赶紧双手抱住头，缩成一团。父亲看着，竟笑了。那是唯一的一次，我看见父亲那张苍纹满布严峻的脸上，绽开那样一抹慈蔼的笑容。我跳下床，从床底拖出我那只竹篾笼子，从里面掬出了我送给弟娃的那管蝴蝶牌口琴来。几个月没有擦拭，口琴的白铜皮有点发黄了。我放到口边随便吹了两下，声音还是十分清越的，只是有点霉味。我从家里跑出来的那天，这管口琴正好插在裤袋里，是我从家里唯一带出来的东西。

三个多月了，这是第一次，我想起弟娃来。这三个多月，是一连串没有记忆的日子。白天，我们到处潜伏着，像冬眠的毒蛇，一个个分别蜷缩在自己的洞穴里。真到黑夜来临，我们才苏醒过来，在黑暗的保护下，如同一群蝙蝠，开始在台北的夜空中急乱地飞跃。在公园里，我们好像一队受了禁制的魂魄，在莲花池的台阶上，绕着圈圈，在跳着祭舞似的，疯狂地互相追逐，追到深夜、追到凌晨。我们窜逃到南阳街，一窝蜂钻进新南阳里，在那散着尿臊的冷气中，我们伸出八爪鱼似的手爪，在电影院的后排，去捕捉那些面目模糊的人体。我们躲过西门町霓虹灯网的射杀，溜进中华商场上中下各层那些闷臭的公厕中。我们用眼神、用手势、用脚步，发出各种神秘的暗号，来联络我们的同路人。我们在万华，我们在圆环，我们在三水街，我们在中山北路——我们鬼祟地穿进一条条潮湿的死巷，闪入一间间黝暗腐朽日据时代残留下来的客栈里。直到夜深，直到夜真的深了，路上的行人绝了迹，我们才一个个从各个角落里，爬回到大街上来，这时，这些冷落的、不设防的街道，才是真正属于我们的。我们手里捏着一沓沁着汗水的新台币，在黎明前的一刻，拖着我们流干精液的身体，放肆而又虚脱，漫步蹭回各自的洞穴里去。

这三个多月来，我的脑袋里，一直是空空的，好像有人将我的头盖揭开，把我的大脑一下子挖掉了一般，一点思念、一点感觉也没有了。弟娃，我最爱的弟娃，我竟没有去想过他。可是刚才那一刻，他却明明站在我的床前，离得我那样近，伸手出来，笑嘻嘻地向我说道：阿青，我的口琴呢？我记得我一把抓住了他的手，他的手是冰凉的。就像那晚一样，父亲先去睡了，我一个人坐在弟娃身边守住他，我去捏他的手，他的手冰冷，冷得叫我打了一个寒噤。我们在他身体下面垫了许多块砖头大的干冰。那些干冰一直在冒冷烟，弟娃如同睡在雾中一般。在市立殡仪馆，他们把他装进了一副小棺材里。他的小棺材，薄薄的，像只木箱，我趁他们不备，溜进了停尸间去，掀开了弟娃的棺材盖。弟娃十分局促地仰卧在里头，他们替他化了妆，在他那张雪白的娃娃脸上，涂上了淡淡的胭脂。他们把他的双手合拢在胸前，他的肩膀都给挤得拱缩了起来。弟娃看来好像在装睡的模样，满面调皮滑稽，好像随时都忍不住要笑出来似的。我们把弟娃运到碧潭公墓去，两个抬棺的脚佚，粗手粗脚，棺材从车上抬下来，东碰西撞,棺材头撞在车门上呼呼作响。我一阵暴怒，走过去，猛推了脚佚一把，喝道：

"轻些，知道么？"

"还不起来？日头晒屁股了！"

丽月探头进来笑道，她只穿了奶罩三角裤，披着一件粉红绸子的短袖睡衣，一头发卷还没有拆去。

"小玉回来过么？"我问道。

"问你呀，那个小玻璃，昨晚又野到哪里去了，"丽月乜斜着眼睛瞅着我，噗哧一声笑了出来，"阿青，你老实招来吧，昨晚你钓到大鱼没有？是条青花还是条老泥鳅？"

"还有饭么？"我不理会丽月。

"你上个月欠我的伙食还没还清，还想吃饭么？"

"先还一百，这总可以了吧？"我从裤袋里掏出一张一百元的钞票来，丽月一把抢了过去，笑道：

"快去吧，早上做的稀饭都发馊啦。"

我跟着丽月,走到她隔壁房去。她的房间,只跟我们的隔了一层薄薄的三夹板。从前丽月那个美国大兵情人强尼和她同居的时候,她把我们这间房布置成一间小客厅。强尼抛下她回美国后,她便分租给小玉,只收他四百块一个月,还让他搭中饭。小玉认识老周后,常常不回来住,他便叫我搬了进来,分担他一半租钱。

丽月是小玉的表姊,她很疼小玉,常常揪住小玉的腮叫他小玻璃。丽月体格很棒,而且风骚,在纽约吧里大红特红,那些美国兵都叫她丽丽。丽月用手捧起她那两团大奶子,面一扬,很不屑地说道:"怕什么?老娘有的是本钱!"有时候她白天去上班,家中阿巴桑忙着做事,便把她那个三岁大和强尼生的那个杂种仔小强尼赶到我们房间来,要我们看顾。那个杂种是个小可爱,一身洁白的娃娃肉,绿莹莹的眼珠子,却是一头乌黑微鬈的头发。丽月本来把她的杂种仔丢给了孤儿院,后来舍不得,又去把他接了回来。丽月说,小杂种的老爸,是个很标致的美国郎。她案上有一张他穿了一身白色海军制服的照片,咧着嘴,一双眼睛花花的,风风流流的模样。丽月跟他同居,倒贴了他一年,还替他生了一个小杂种,他拍拍屁股,便溜回国去了。一共只来过三封信,寄了二十块美金给小强尼买圣诞礼物。丽月无可奈何地叹道:"美国鸟,是很有良心的么?"然而她说她并不恨他,她原谅他,他来了她还要跟他睡觉。

"啊唷，有鱿鱼吃！"

我看丽月房中饭桌上摆着一碟酸菜炒鱿鱼，一碗白稀饭。

"丽月姊，你真是一个好人！"我摸了一下丽月扎实润凉的膀子。

"去你的，少拍老娘马屁，"丽月坐到我对面笑道，"我问你，玉仔昨晚到底又到哪里去打野食去了？"

"小玉么？找到一位华侨干爹啦，是从东京来的。"

"伊娘咧！"丽月咯咯骚笑了起来，"那个小玻璃专爱吃'沙西米'！去年有一个大阪来的华侨，开中华料理的。玉仔为了他失魂落魄，做了好几个月的樱花梦。昨天半夜老周还来找他，我替他撒谎，说他回三重镇去了。老周只是不信，抓住我诉苦，一口呢呢侬侬的上海话，我也听不大懂。我看那个胖阿公对玉仔还有几分真心。"

"老周上星期才给小玉买了一只精工表，一千五，自动的，还有日历呢。"

"我看到啦，玉仔戴在手上亮来亮去，"丽月笑叹道，"谁教那个胖阿公偏偏迷上这个没心肝的玻璃货，算他倒霉！"

"阿母——"

阿巴桑带着小强尼走了进来，那个小杂种一看到他母亲，便摇摇晃晃，笑嘻嘻地一头撞进他母亲怀里叫道。丽月一把将小强尼抱了起来，剥开他的开裆裤，在他那浑圆的小屁股

上咬了一口,恨道:

"你这个小野仔,小杂种,你要了你阿母的命啦!"

阿巴桑是个大胖子,性情异常急躁,爬上楼半天还喘不过气来,脸上的汗水滴滴答答的。她把手里一对红蜡烛,两炷香,四五串锡箔元宝,还有一大叠纸钱往桌上一搁,便一五一十跟丽月算起账来,我猛然才想起,今天竟是七月十五,中元节了。

"你给谁烧冥钱,丽月姊?"我问道。

"给我那个死鬼阿爸呀!"丽月叹息道,她提起一串元宝来,窸窸窣窣地抖响着,"他在的时候,天天向我讨钱。死了,梦里头还要向我讨。不烧给他,我害怕,怕他到阎王面前去告状。"

"丽月姊,你分一半元宝给我,我钱给你。"我掏出了二十块钱来递给丽月。

"你又烧给谁啦?"丽月诧异道。

"我烧给我阿弟。"

"他也向你要钱么?"

"他向我要口琴,"我说,"今天是他的生日——十六岁了。"

"口琴?"丽月哈哈大笑,"那个地方大概也有口琴卖的吧?人家说,阴间跟我们这里一样,什么都有。一定也有许多酒吧,我死翘翘了就到下面去当吧女去!要不然,越战打死那么多美国兵,怎么办?"

丽月笑得乱晃起来，两个大奶子战弹弹的，她指着我叫道：

"玻璃鬼！玻璃鬼！你和玉仔两人死了，一定也变成玻璃鬼。你活着是什么货，死了也是什么货，想改也改不了！"

我把两串元宝拿回房中，搁在床上，然后到澡房去冲了一个冷水澡，把头发也洗干净了。我换上了一套新买的衣服，一条深蓝达克龙的西装裤，一件套头蓝白条子的紧身衫。我把一头又长又硬桀骜不驯的头发也梳得整整齐齐，还抿上了一些小玉的发蜡。临走时，我将那管蝴蝶牌的口琴，插到后面裤袋里。我经过丽月房门口，丽月吹了一声口哨，叫道：

"这一身打扮，又去找郎客了！"

我头也没回，跑下楼去，闯进了外面的世界里。中山北路上上下下，好像都落满了白色冒烟的溶液一般，空气热得在闪闪颤动。我赶忙掏了我那副宽边深黑的墨镜来戴上。这副太阳眼镜，是一个客人遗留在旅馆里五斗柜上的，我收了起来，据为己有。白天在人群里，我便戴上这副宽边墨镜，把脸遮去一半。这样，即使碰见熟人，也可以装着没有看见，回避过去。

我在中山北路乘上公共汽车，坐到车子的最后一排角落里去，汽车里很燥热，刚洗完澡，一坐下来，一身又湿了。我要乘到西门町，然后转到南机场去。母亲就住在南机场那边。有五年多，没有见到母亲了。我得到关于她最后的消息，是她在南机场跟一个开地下茶室的男人同了居。那还是弟娃告诉我的，他曾经到南机场去看过母亲两三回。母亲带他到西门町一条龙去吃蒸饺，两人吃了三笼。可是母亲后来却吩咐弟娃：以后没有事，不要再去找她了。这次弟娃去世，母亲并不知道。好几次我都想去告诉她，不知怎的，总没有去成。因为许多年没有跟母亲见过面，怕见了大家尴尬，没有话说。

想到母亲，想到弟娃，我又不禁想起我们那个七零八落、破败不堪的家来。

5

我们的家，在龙江街，龙江街二十八巷的巷子底里。就如同中国地图上靠近西伯利亚边陲黑龙江那块不毛之地一样，龙江街这一带，也是台北市荒漠的边疆地区。充军充到这里来的，都是一些贫寒的小户人家。我们那条巷子里，大都是一些不足轻重的公家单位中下级人员的宿舍。两排木板平房，一栋栋旧得发黑，木板上霉斑点点，门窗瓦檐统统破烂了，像一群褴褛的乞丐，拱肩缩背，挤在一堆。左边第一栋是秦参谋家，一扇大门给台风刮掉了，一直没有补上，好像秃着嘴巴，缺了一颗门牙似的。秦参谋喜欢坐在大门缺口一张矮凳上，手里抱着一把胡琴，自拉自唱，据他自己说他唱的是麒麟童麒派，嗓子沙哑得患了重伤风一般。去年他中了风,脸走了形,嘴巴歪掉了。可是他仍奋力地唱着《逍遥津》,很苍凉地在喊:欺寡人——。他一张嘴,下巴便好像掉下来了似的,一脸痛苦不堪的神情。右边第一栋住着萧队长和黄副队长两家,萧太太和黄太太吵了十几年的架,因为两家共用一个厨房,常常在深夜里从她们厨房中传出来一声声有板有眼的砧板咒。橐、橐、橐的刀声,配着尖厉的诅咒,在寒风中,听得人毛骨悚然。萧太太是大块头,声音洪亮,总是占上风。黄太太却干瘦得像条缩了水的黄瓜,一径瘪着嘴,泪眼汪汪,满面凄苦,好像给萧太太咒得永世不得超生了似的。大概大家的生活都很困难,一家家传出来,都是怨声。我记得,那么些年,我们那条巷子好像从来没有安宁过。这边哭声刚歇,那边吆喝怒骂又汹汹然扬了起来。然而我们那条二十八巷,却是一条叫人不太容易忘怀的死巷。它有一种特殊的腐烂臭味,一种特殊的破败与荒凉。巷子两侧的阴沟,常年都塞满了腐烂的菜头、破布、竹篾、发锈的铁罐头,一沟浓浊污黑的积水,太阳一晒,郁郁蒸蒸,一股强烈的秽气便冲了上来,在巷子里流转回荡。巷子中央那个敞口的垃圾箱,内容更是复杂。常常在堆积如山的秽物上,会赫然躺着一只肚子鼓得肿胀的死猫,暴着眼睛龇着白牙,不知是谁家毒死的,扔在那里,慢慢开始腐化;上面聚满了绿油油一颗颗指头大的红头苍蝇,人走过,嗡的一下都飞了起来,于是死猫灰黑的尸身上,便露出一窝白蠕蠕爬动的蛆来。巷子是黄泥地，一场大雨，即刻变成一片泥泞，滑叽叽的，我们打着赤足，在上面吱吱喳喳地走着，脚上裹满了泥浆，然后又把黄滚滚的泥浆带到屋里去。如果天气久旱，风一刮，整条巷子飞沙走石。于是一家家破缺的墙头撑出来的竹篙上，那些破得丝丝缕缕的尿布、三角裤、床单、枕头，在黄濛濛的风沙中，便异常热闹地招翻起来。

这条死巷巷底，那栋最破、最旧、最阴暗的矮屋，便是我们的家。前年黛西台风过境，把我们的屋顶掀走了一角。我跟父亲用一块黑色的大油布铺在漏洞上，遮盖起来，上面压了许多红砖头。雨下得大，屋内还是会漏的，于是铅桶、面盆，有时连痰盂也用上，到处接水。如果雨一夜不歇，屋内便叮叮咚咚，响到天明。我们的房子特别矮，阳光射不进来，屋内的水泥地分外潮湿，好像一径湿漉漉在出汗一样，整栋屋子终年都在静静地、默默地，发着霉。绿的、黄的、黑的，一块块霉斑，从墙脚下，毛茸茸地往上爬，一直爬到天花板上。我们的衣服，老是带着一股辛辣呛鼻的霉味，怎么洗也洗不掉。

然而父亲却说，我们能够弄到那样一幢房子，已经是万幸了。民国三十八年，父亲那个兵团在大别山和八路军交战，被围困了一个多礼拜，救兵赶不到，父亲被俘虏了。后来逃脱，来到台湾，革去了军籍。幸亏父亲一个旧日的老战友黄子伟黄处长，卖了一个人情，才让父亲暂时栖住在这栋矮小破烂的宿舍里。差不多每个星期天，父亲都到隔壁二十六巷黄子伟叔叔家里去，去的时候，总是拎着一瓶红露酒，一包盐脆花生；然后和黄叔叔两人对坐着，用水碗子装酒，你一碗我一碗地猛灌，嘴里的花生米嚼得咔嚓咔嚓。父亲本来就是一个刚毅木讷、不善言辞的人，喝了酒，更加一句话也没有了。他默默地坐在那里，一脸紫胀，两眼通红，一直挨到太阳下去，屋内黑了，父亲才立起身来，干咳一声，说道：

"呃，不早了——"

"在这里吃饭吧。"黄叔叔也立起身来。

"改天再来。"

父亲也不等黄叔叔回话，便踏着他那受过严格训练的军人步伐，昂然离去。他的胸脯夸张地挺着，头高扬到滑稽的地步，一双穿得张了口的旧皮靴，踏在地上，发着啪哒啪哒空洞的响声。

据说父亲从前打日本人是立过功勋的——这是他自己告诉我们的。他讲到"长沙大捷"那一仗，突然间会变得滔滔不绝，操着他那浓浊的四川土腔，夹七夹八口齿不清地吐出一大堆我们半懂不懂的话来。他那张磨得灰败、皱纹满布的黑脸上，那一刻，会倐地闪起一片骄傲无比的光彩。父亲说，那一仗下来，长沙郊外那条河河水染得通红，他那柄马刀，砍日本人的头砍得刀锋卷起。他房中案头上一张全身戎装的照片，捆着斜皮带，穿着长筒马靴，手里捧着一顶穿了几个弹孔的日军军盔，脸上露着胜利的得色。那张照片，便是在长沙郊野战场上拍的,地上七横八竖都躺满了士兵的死尸。那时父亲刚升团长,并且还受了勋。父亲的床头搁着一只小小的红木箱,箱子用一把铜锁锁住,箱子里便珍藏着父亲那枚二等宝鼎勋章。在我考上育德中学高中那一年,有一天,父亲把我召进他房中,郑重其事地把他床头那只小红木箱捧到案上,小心翼翼地将箱子打开,里面搁着一枚五角星形的红铜镀金勋章,中间嵌着蓝白两色珐琅瓷的宝鼎。镀金已经发乌了,花纹缝里金面剥落的地方,沁出了点点铜绿来。系在顶角的那条红蓝白三色缎带,也都泛了黄。父亲指着那枚旧勋章,对我说道:

"阿青,我要你牢牢记住:你父亲是受过勋的。"

我觉得那枚勋章很好看,便伸手去拿,父亲将我的手一把挡开,皱起眉头说道:

"站好!站好!"

等我立正站好,双手贴在裤缝上,父亲才拿起那枚章,别在我的学生制服衣襟上,然后他也立了正,一声口令喝道:

"敬礼!"

我不由自主,赶忙将手举到额上,向父亲行了一个举手礼。我差不多笑出了声来,但是看见父亲板着脸,满面严肃,便拼命忍住了。父亲说,等我高中毕业,便正式将那枚宝鼎勋章授给我。他一心希望,我毕业的时候,保送凤山陆军军官学校,继承他的志愿。

父亲做了一辈子的军人,除了冲锋陷阵以外,别无所长,找事十分困难。又是靠黄叔叔的面子,才挤进了一家公私合营的信用合作社,挂了一名顾问的闲职,月薪三千台币。在机关里,他连张办公桌也没有的,其实用不着天天去上班。可是父亲每天仍旧穿着他那唯一一套还像样的藏青哔叽中山装,手臂下夹着一只磨得泛了白、拉链只能拉拢一半的公事黑皮包,跑出跑进,踏着他那僵硬的军人步伐,风尘仆仆地去赶公共汽车。父亲跟旧日的同僚,统统断绝了来往。有一次,有两个父亲的老部下到我们家来探望他,父亲穿着内裤躲进了厕所里,隔着门对我悄声命令道:

"快去告诉他们,不在家!"

就在我们那间闷热潮湿、终年发着霉的客厅里,父亲顽强地坐在他那张磨得油亮的竹靠椅上,打着赤膊,流着汗,戴着老花眼镜,在客厅那盏昏暗的灯下,一日复一日,一年复一年,在翻阅他那本起了毛、脱了线、上海广益书局出版的《三国演义》。有一年台北地震,我们屋顶的砖瓦震落了好几块,我们都吓得跑到巷子里去。等我们回返家中,却发觉父亲仍旧屹然端坐在客厅的竹椅上,手里兀自捏住他那本《三国演义》,他头上那盏吊灯,给震得像钟摆一般,来回地摆荡着。

父亲独自坐在客厅里研究天下大势"分久必合,合久必分"的道理时,母亲便一个人在客厅外的天井中,蹲在地上,弯着腰,在搓洗那些堆积如山无穷无尽的床单衣裳。因为贴补家用,母亲每天都去兜揽一大堆别人家的床单衣裳回来洗。她常年都埋葬在那堆脏衣裳里,弓着背,拼命地搓,奋力地洗,两只手在肥皂水里,一径泡得红通通的。她蹲在地上,捞起裙子,露出一双青白的小腿来,一头乌黑的长发扎成一刷大马尾,拖在身后。有时候,母亲一面搓洗,一面一个人忘情地哼着台湾小调,搓着搓着,她会突然扬起面,皱着眉头,放声唱了起来:

啊——啊——被人放舍的小城市——寂寞月暗暝——

她的声音尖细、凌厉,颤抖抖地一声奋扬起来,听得人毛骨悚然,比《悲情城市》里那个闽南语悲旦白莺唱得还要叫人心酸。

母亲的身世和来历都是十分暧昧不明的。据说她是桃园乡下一户养鸭人家的养女,养父是个酒鬼,百般虐待,幸亏养母还疼她,少受了许多罪。可是有一天,养父一把镰刀飞过去,把她额头上削去了一块皮,于是她便逃了出来,跑到中坜,在第一军团军营附近一家下等茶室,当起女招待来。那段日子,母亲的行为大概不甚检点,经常跟第一军团那些军爷们制造事件。有一次,两个少尉军官为她争风吃醋,动起武来，险些出了人命案子。事情闹大了，母亲在中坜立不住脚，才到台北来帮人做下女。黄婵婵怀孕时，请了母亲临时帮忙，就是那样，便跟父亲搭上了。那年父亲四十五，母亲才十九岁。黄婵婵提起这件事，总捂起嘴巴笑。

"我是叫你们阿母送红蛋去的，谁知你们阿爸红蛋留下，连人也留下了！"

母亲年轻时，大约的确是一个很有风情的女人。她长得身段娇巧，细细的腰肢，一头丰盛的长发，乌亮亮像匹黑缎子般披到背上来。她那张雪白的娃娃脸，一小撮嘴巴，嘴角翘翘的，满脸稚气，看起来，好像是一个总也长不大的小女孩一般。可是她那双大大的、深坑下去的眼睛，一双乌亮的眸子里，却一径闪烁得像两只受了惊的小鹿一般，东躲西藏，充满了彷徨疑惧。有时候，她会突然眉头一锁，一双大眼睛便像两团黑火般燃烧了起来，好像心中一腔怨毒都点着了似的。

母亲站在父亲身边，只到他的肩膀。两个人走在街上，父亲昂头挺胸，好像在阅兵，大步大步地跨着，母亲跟在他身后，碎步追赶，不住地两边张望。那样一个苍老灰败、满头白发倒竖的大男人，身后却跟着一个娃娃脸、惊惶不定的小女子——他们两人，是我们巷子中，一对极不相称，走在一起令人发噱的老夫少妻。

然而父亲大概也曾热爱过母亲的，只是他表示的方式却十分地暴烈。有一次，母亲在门口跟一个卖菜的小伙子调笑，她拿一根萝卜去敲那个年轻男人敞裸的胸膛,那个小伙子便乘机捏了一下母亲的膀子。父亲恰巧撞见了,回家以后,也不发言,倏地从门背后抽出一根藤鞭子,嗖、嗖、嗖在母亲背上便猛抽了三下。母亲跌倒在地,她细小的身躯蜷缩成一团,两只肩膀猛烈地抽搐着,一双青白的小腿不断地在蹬踢。她躺在地上的那副样子,使我想起我们过年时宰杀的一只小母鸡,喉头割断了,躺在地上,两只鸡爪子不断痉挛地蹬踢着,在做垂死的挣扎,一身雪白的羽毛溅满了鲜红的血点子。母亲躺在地上,并不哭泣,也不叫喊,一脸青苍,一小撮嘴巴紧紧闭着。她那双大眼睛望着父亲,好像要跳了出来似的。第二天,母亲没有起床。父亲回家时,却将一包花纸包着的盒子,往母亲床头一塞,急急转身便走了出去。盒子里是一件崭新的细麻纱连衣裙,豆绿的底子,起着大团大团的红芍药。母亲爬下床,将新衣裳换上,站在镜子面前左顾右盼起来。可是她露在外面的背项上,却添了两条手指粗的鞭痕,横斜在那里,青红青红地浮肿起来,像两条蛇,蟠爬在她那雪白的背上。

我八岁的那年,有一天,母亲忽然失踪了。她带走了她所有的衣裳,也带走了父亲买给她的那条花裙子。她跟了小东宝歌舞团里一个小喇叭手,私奔而逃。她也参加了他们那个歌舞团,环岛巡回表演去了。小东宝歌舞团的宿舍本来驻扎在长春路,母亲常常去领他们团员的衣服回来洗。有一次,我经过他们宿舍，窥见母亲正跟那些团员们混在一起，在唱歌。那个小喇叭手，是个二十来岁的小伙子，穿了一身绛红的制服，胸前两排金色铜扣，袖子上两道宽宽的金边，他歪戴着一顶白色金边的帽子，露着两片渗黑油亮的发鬓来。他双手举着一管闪烁的铜喇叭，仰着身子，吹奏得异常嚣张。母亲夹在一伙女团员中间，一齐笑嘻嘻地在唱《望春风》。她的头上也歪戴着一顶白色金边的男人帽子，我从来没有看见她笑得那般开心过。

母亲出走的那个晚上，父亲擎着他从前在大陆上当团长用的那管自卫手枪，虚恫地摇挥着，跑了出去，声称要去毙掉那对狗男女。可是他半夜回来，却醉得连路都走不稳了。他把我和弟娃叫去，咿咿唔唔训了一大顿我们不甚明了的话，讲到后来，他自己却失声痛哭起来，他那张皱纹满布灰败苍老的脸上，泪水纵横——那是我所见过，最恐怖、最悲怆的一张面容。弟娃吓得大哭，我却感到全身的汗毛都张开了，寒意凛凛。

母亲出走，我似乎并没有感到特别难过。大概因为母亲对我从小嫌恶，使我对她只有畏惧，没有依恋。母亲生我的时候，头胎难产，子宫崩血，差点送掉性命，因此，她一口咬定我是她前世的冤孽，来投胎向她讨命的。她常常用大拇指来搓平我的额头，对我说道：

"黑仔，莫要皱眉头，小孩子额头上有皱纹，要不得，犯凶的。"

母亲叫我黑仔,叫弟娃白仔。我长得像父亲,高大黝黑,弟娃却跟母亲脱了形。一身雪白,一张娃娃脸,他那一双乌黑的大眼睛,好像是从母亲那里借来的,可是却没有母亲眼里那股怨毒,一径眨巴眨巴,好像在憨笑似的。母亲说,她怀着弟娃时,梦见了送子观音,弟娃是观音娘娘特地送给她的,所以才长得跟她那样像。她亲自给弟娃缝了一套火红绸子的衣服,脖子上给他戴了一只镀银的白铜项圈,项圈上挂着十二生肖的铃铛,弟娃满地一爬,那些龙蛇虎兔的铃铛便叮叮当当地响了起来,于是母亲大乐,一把便将弟娃抱起搂入怀中,从他头顶一直亲到他那双胖嘟嘟圆滚滚的小腿上,亲得弟娃扎手舞脚,咯咯不停地傻笑。

有一天,母亲在天井里替弟娃洗澡,她用她自己那块檀香皂,把弟娃一身都擦满了肥皂泡子,她坐在木盆边,佝着背,一头乌黑的长发,袅袅地婉伸到膝上,她一面掬起手,舀水浇到弟娃白白胖胖的身子上,一面柔柔地哼着《六月茉莉》。弟娃笑,母亲也笑,他们母子俩清脆欢悦的笑声,在那金色的阳光照耀下,回荡着。等到母亲走进屋内去拿毛巾,我走了过去,站在木盆边,正当弟娃笑嘻嘻向我伸出手的那一刻,我一把抓住他的膀子,在他那白白嫩嫩的娃娃肉上,狠狠地咬下了八枚青红的牙齿印。母亲赶出来,举起火钳将我的膝盖打得乌青瘤肿,好几天,走路都是瘸的。我看着那青肿的膝盖，流出脓血来，心中只感到一阵报复的快意，我不哭，也不讨饶。那次后，母亲对我又添了几分嫌恶，说我一定是五鬼投的胎。

然而母亲一走，我跟弟娃两个人却突然变得相依为命起来。弟娃一向是跟母亲睡的，母亲出走那天晚上，他却跑到我房中，爬到我床上，拼命挤到我怀里来，大概他心里害怕。那晚我自己也很疲倦，便搂住他，学母亲那样，拍着他的背，一块儿睡去。

母亲离家后，我只见过她一次。那是她出走的第四个年头，我刚上初中。小东宝歌舞团回到台北，在三重镇美丽华戏院表演。我偷偷带着弟娃，乘公共汽车过台北桥到三重镇去。美丽华原来是演歌仔戏的，在重新路一个巷子口，戏院只是一个三夹板围起的大棚子，大门入口的地方，垂着两幅花布门幔，围墙板壁上贴满了彩色广告海报：小东宝歌舞团青春热舞。上面印着许多露着大腿的舞女。一个戴着花纸帽的男人，站在入口处，举着一只讲话筒，大声呼喊：标致小姐！精彩表演！我带着弟娃买了两张票，挤进了戏院，里面黑压压的人头，差不多满座了，闹哄哄的。戏棚里是水泥地，地上撒满了果皮、瓜子壳、香烟头、汽水瓶子。座位是一条条没有靠背的长板凳，挤得密密的。观众差不多全是男人，许多打着赤膊，汗叽叽地露着上体。大多数的人都趿着木屐，坐下来后，便将木屐踢掉，一只光脚板蜷到凳子上。里面的空气混浊，暖烘烘的一股子汗酸脚臭。我跟弟娃挤到院台左侧最边头的一张凳子上坐了下来。戏台上挂着一张破旧的茶红幔子，台上有一排反射的座灯，把戏台照得通亮。戏台右边坐着歌舞团的乐队，有五个人，都穿着他们那绛红色铜扣金边的制服，在那里大吹大打，好像万华市场大拍卖时洋鼓洋号那股喧嚣，那样热闹。我发觉带着母亲私奔的那个小喇叭手，就坐在乐队前排第二个座位上。他扬着头，鼓着腮帮子，眼睛瞪得老大，吹奏得很得意似的，手上的喇叭照得金光闪闪。他没有戴帽子，梳了一个十分标劲的飞机头，乌光水滑的。台上的司仪擎着麦克风出来报了幕，讲了几句风话，台下掀起一阵口哨飞彩，突然间，六个舞女便从幕后跑了出来。她们都穿着短短的粉红裙子，白白的大腿全露在外面，每个人的头上箍着一圈亮晶晶的金色锁片子，两只手腕上也戴满了闪烁的手钏子。她们出来后，肩靠肩站成一排，等乐队换了一支曲子，她们倏地都甩出一只手来，往台下一指，一齐尖声唱了起来：

宝岛姑娘真美丽——

台下的观众更加兴奋起来，大声叫道：跳！跳！跳！乐队敲打得愈来愈急切，于是台上的舞女互相勾肩搭背，一字排开，开始飞踢大腿，跳起舞来。她们一边踢，一边唱，手钗子铮铮铛铛。台下的男人们，拍手的拍手，叫好的叫好。司仪手执着麦克风，也在大声喊：嗨！嗨！嗨！好像在替那些舞女加油似的。

我和弟娃的座位很偏，看得不太清楚。我站了起来，张望了半天，赫然发觉，原来台上左边第一个舞女，就是母亲。她们六个人，都搽得一脸大团大团红通通的胭脂，眉毛眼睛画得又是蓝又是紫，脸谱勾得一模一样，不容易分别。母亲已经三十出头了，可是她身材娇小，又那样打扮着，看起来，竟像个十八九岁的小姑娘。她比其他的舞女都矮小，踢起腿来，总比她们迟缓一些。她一径咧着涂得红红的嘴巴，露着一口白牙，做出一副笑容来。可她那双大眼睛却一直急切地眨巴着，好像十分仓皇吃力的模样。我告诉弟娃，母亲也在上面跳舞，弟娃赶忙爬到凳子上去，寻找了片刻，突然，他叫了一声："阿母——"便站在凳子上哭泣起来了。

6

南机场克难街两边，都是卖西瓜的小贩，地上撒满了吃剩的西瓜皮西瓜子。稀烂鲜红的西瓜肉，东一块，西一块，招来许多嗡嗡的苍蝇。在太阳底下晒狠了，那些烂红的西瓜皮肉都在冒着一股发了酵甜腻的馊气。母亲住的那栋房子就在克难街底的一个贫民窟里。那是一栋十分奇特的建筑物，一所日据时代残留下来两层楼的水泥房子，墙壁坚厚，墙上没有窗户，只有一个个小黑洞，整座房子灰秃秃，像是一座残破的碉堡，据说是日本人驻军用的。我进到房子里，一道螺旋形的水泥楼梯，蜿蜒上升，伸到那看不清的幽暗里去。里面阴森森，洋溢着一股防空洞里潮湿的霉味。一座楼里不知道住了多少户人家，里面人声嘈杂，大人的喝骂，小孩的啼哭，可是因为幽暗，只见黑影幢幢，却看不清人的面目。我扶着那道水泥栏杆，摸索着，爬到了二楼顶，母亲住的那家门口去。大门敞着，有一个老太婆坐在门口一张矮凳上，点着头在打盹。那个老太婆穿着一件黄白麻纱的敞领汗衫，她颈子上的皱肉像鸡皮似的，松垂了下来；她脑后挂着一小撮发髻，前额上的毛发却掉光了，一大片粉红的发斑侵到她眉毛上，好像她前额上的头皮给揭掉了一般，露出鲜红的嫩肉来。

"阿巴桑，黄丽霞在么？"我卸掉了墨镜，招呼她道。

"嗯？什么人？"老太婆睁开眼睛，嘎声问道。

"黄丽霞，阿丽。"

老太婆也不答话，清了一清喉咙，叭一下往地上吐了一口浓痰，朝我狠狠打量了一下，才用手往里面一间房间指了两下。我走进去，穿过一道砖砌的巷堂，巷堂到底那间房，房门垂着一张酱黄的布帘。我捞开帘子，房中幽暗，什么也看不见，只有随着帘缝射进去一道昏惨惨的日光。我探索着走进了房中，里面又闷又热，迎面扑来一阵腥膻的恶臭，好像是死鸡死猫身上发出腐烂的秽气一般。

"阿母——"我悄悄叫了一声。

我伫立片刻，等到眼睛渐渐习惯了房中的幽暗后，才模糊看到房中有张挂着一顶方帐的床，床上隆起好像躺着一个人。我走了过去，站在床前，又叫道：

"阿母，是我，阿青。"

"阿青么？"

那是母亲的声音，尖细，颤抖，从黑暗中幽幽地传了过来。一阵窸窣摸索的声音，啪的一下，床头的一盏晕黄的电灯打亮了。母亲佝偻着侧卧在床上，身上裹着一件黑色绒线外套，下半身也裹着一条花布套棉被。她的头深深地陷入了枕头里，枕头边堆着厚厚一叠粗黄的卫生纸；床上罩着的那顶方帐，污黑污黑的，好像是用旧了的抹布拼凑起来的一般，缀满了一块块的补丁。我走到她床头边，她掉过脸来，我猛吃了一惊，她那张脸完全变掉了。她原来那张圆圆的娃娃脸，两颊的肉好像给挖掉了一样，深深地凹了进去，颧骨嶙峋地耸了起来。她的两只大眼睛整个陷落了下去，变成了两个大黑洞，眼塘子乌青，像两块淤伤，脸肉蜡黄，两边太阳穴贴了两片拇指大的黑膏药，一头长发睡成了一饼一饼的乱疙瘩。她的两只手紧紧抓拢，像一对蜷起的鸡爪子。她那本来十分娇小的身躯，给重重叠叠的衣裳被窝裹埋在床上，骤然看去，像是一个干缩了的老女婴。她伸出她那鸡爪般的手，一把捞住了我的手腕，尖起她凄厉的声音，迫促地叫道：

"你来得正好，阿青。快，快，把你阿母抱起来，床前有个痰盂，你看见吗？"

我把被窝掀开，将母亲从床上抱起来，她的身体干瘦得只剩下一把骨头，我一只手托住她的背脊，我摸得到她背脊上突起来一节节的硬骨。她身上透着一股呛鼻的药味和汗臭。我把她放在痰盂上，痰盂里已装满了半盆黄浊浊的尿液，我进来时闻到那股奇异的腥膻，就是那里发出来的。母亲坐在痰盂上，佝着身子，怨怨艾艾地说道：

"刚才我唤破了喉咙也没有人理我，那个死老婆子在装聋呢！他们看见你阿母病得动不得了，便都来欺负我。她敢站在我房门口，对她儿子说：'那个查某不中用啦，还医她做什么？'——"母亲嗤嗤地冷笑了两声，"考背，偏偏你阿母又死不去，天天在这里拖！"

母亲解完小便，用几张粗黄的卫生纸揩干净。我把她从痰盂上抱起来，放回床上。

"我怕冷，阿青，替我把被盖好。"母亲颤抖着声音叫道。我赶忙将被窝裹到她身上。她这间房间的窗户都紧紧关了起来，而且还蒙上了厚帘子，我的背上一直在淌汗。

"你知道么？阿青，他们都在等我死呢！"母亲压低了声音。她伸出她那瘦得只剩下一把筋骨乌黑的右手来给我看，她的无名指上犹松松地套着一枚磨得泛了红的金戒指。"他们等我一死，就要来脱我这只金戒指。别做他娘的春梦啦！我吞到肚子里去，也不会给那两个夭寿的！可是阿青，你阿母穷得要命，想吃片西瓜也没有钱买——"

母亲说着，她那双深坑的眼睛打量了我一下，突然笑道：

"嘿嘿，你这一身穿得蛮标致嘛，你发财了么，阿青？乖仔，给点钱给你阿母买东西吃好么？我饿了一天了，他们拿来的东西，是喂猪的糠，哪里是人吃的？"

我掏出昨天剩下的两百块钱，分了一张一百元给母亲，母亲那双瘦得像鸡爪子的手，捏住那张钞票，直打颤。她那张变得丑怪破烂的脸却绽开了，笑得像个小女孩一般。她急忙把那张钞票塞到枕头底下，生怕别人看见，会抢走似的。她把钱藏好，拍拍枕头，仰卧下去，长长地舒了一口气。

"医生说，毒跑到骨头去了，要锯掉——"母亲用手在她下身划了一下，"两条腿都要锯掉，锯一条腿要七千块钱呢！莫说我没钱，有钱我也不锯！医生说，毒已经散开了，一攻心就要死了。死不是死，我这种女人还活着做什么——"母亲突然颤巍巍地撑起身来，她那双陷落的大眼睛灼灼闪起光来，"阿青，你答应你阿母一件事好么？阿母从来没有求过你，你就替你阿母做这一件事好么？"

"好的。"我应道。

"你阿母是活不长的了,阿母死了,你到庙里去,替你阿母上一炷香,哪个庙都行。你去跪在佛祖面前,替你阿母向佛祖求情。你阿母一辈子造了许多罪孽,你求佛祖超生,放过你阿母,免得你阿母在下面受罪。你阿母一生的罪孽,烧成灰都烧不干净!死,你阿母是不怕的,就是怕到下面那些罪受不了——"

母亲说着,她那深坑的眼眶突然冒出两行眼泪来,流到她那凹下去的面颊上。我将床头那叠粗黄的卫生纸递了两张给她。她接过去,揩了揩面上的泪水,擤了一擤鼻涕,才又倒卧到床上去。隔了半晌,她长长地吁了一口气,叹道:

"你们阿爸,其实他对我,也还不错的。只是——"

她皱起眉头,咂了咂嘴。突然间,她嘴巴一撇,轻佻地笑了起来,问我道:

"怎么啦?老头子还好么?还天天呷酒么?"

"不知道,"我摇了摇头,"我有三个多月没看见他了——阿母,我也离开家了。"

"是么?是么?"母亲亢奋起来,眨着她那双下陷闪灼的眼睛。随即她却伸出手来,拍了一拍我的手背,点着头,叹道:

"你也跑出来了,阿青?"

"是阿爸赶我出来的。"我说道。

"哦,是么?"

母亲喃喃应道。她的大眼睛默默地注视着我，手搁在我的手背上。一刹那，我感到我跟母亲在某些方面毕竟还是十分相像的。母亲一辈子都在逃亡、流浪、追寻，最后瘫痪在这张堆塞满了发着汗臭的棉被的床上，罩在污黑的帐子里，染上了一身的毒，在等死。我毕竟也是她这具满载着罪孽，染上了恶疾的身体的骨肉，我也步上了她的后尘，开始在逃亡、在流浪、在追寻了。那一刻，我竟感到跟母亲十分亲近起来。

"那么，现在只剩下弟娃一个人跟着你阿爸了？"母亲细颤的声音，变得酸楚起来。

"阿母——"我觉得我的喉头好像给塞住了，叫不出声音来了似的。

"阿青，弟娃到底是你的亲骨肉，你对他是要好的——"

"阿母，弟娃死了。"我终于大声说了出来，好像胸中一块淤血，一下子吐了出来似的。母亲呆呆地望着我，似乎没有听懂我的话，"弟娃死了三个多月了，阿母——"

我坐到母亲头边，紧紧执住她那双瘦小的手爪子，我的手心在沁冷汗，我的牙关在打着战，我俯下身去，向母亲急切地倾诉起来。我告诉她：弟娃是生肺炎死的。长春路康福医院的吴医生说他是重感冒，只给他打了一针退烧针。第三天，弟娃便昏迷了。他一夜咳嗽，全身烧得滚烫。我们送他到台大医院去急救。他们给他上了氧气，弟娃直着脖子喘了一夜，天亮时，才断的气。断气的时候，是我抱住他的。医院里的人，要把弟娃抬走。我用脚猛踢他们，不准他们碰他。后来阿爸将我拉开，医院里的人用一块白布把弟娃盖了起来，抬走了。母亲静静地听着，没有作声。我讲完后，我们默默地相对了好一会儿。突然间，母亲奋力挣脱了我的手，僵直直地便从床上坐了起来，一只手颤抖抖地指着我，厉声喝道：

"你们把我的白仔害死了！"

"阿母？"我立起了身来。

"肺炎？什么肺炎？我不懂！你们把我的白仔害死了——"母亲那双深沉的眼睛闪得好像要跳出来了似的，瘦削的脸，扭曲起来，又像哭，又像笑，"我知道，一定是你，你这个黑心的，你把我的白仔害死了，还跑来哄我，告诉我生什么肺炎死的。是你把我的白仔害死的，我要你赔命——"

母亲那双鸡爪似的手握着拳头捶起床来，一面放声悲号，一声比一声大，一声比一声惨烈。外面那个老太婆噔噔噔跑了进来，双手乱挥，嚷道：

"疯了！疯了！"

我退了几步，跑出了母亲的房间，跌跌撞撞，从那道幽暗回旋的水泥楼梯，奔了下去。母亲那尖厉的惨嚎，一声声从楼上追逐下来。我逃到房子外面，脚下犹自不停地奔跑着。外面烈日，白得天旋地转，我感到一阵晕眩，冷汗从头上水泻一般，流了下来。我跑了一段路，才停下来，喘着气，回头望去，那碉堡似的水泥楼房，灰秃秃地矗立在猛烈的太阳下，墙上布满了一个个小黑洞，好像一座大监狱似的。

7

西门町的野人咖啡室也是我们的联络站之一，有时候小玉、老鼠、吴敏我们几个人要互通消息，便到野人去留一张字条："八点钟新南阳门口。""九点半中华路商场二楼吴抄手。"下午四点钟，台北已经给八月的太阳烤得奄奄一息了，我钻进野人的地下室里，每张桌子早坐满了人，三三两两，全是青少年的头颅。他们身上穿着大红大黄，聚在一堆，并成了一朵朵的向日葵。里面灯光昏朦，乳白的冷气烟霭在游动着，冷气里充满了辛辣的烟味。那架大唱机正在播着火爆的摇滚乐。披头士放肆地在喊：

　　Ya——Ya——Ya——

我觑了半天，发现只有靠冷气机的那一角有一张台子，是一个人坐着的，我走过去，问道：

"这里有人坐吗？"桌上摆着几只盛冷饮的空杯。

他抬起头，摇了一下。我摘下墨镜，在他对面坐了下来，他指着两只空杯说：

"他们刚走。"

他是一个约莫十四五岁的男孩，穿着一件洗得泛了白的童军制服，上衣拉到裤子外面，也没有扣好，小腹露了出来。制服的两条肩带，一条纽子掉了，翻了起来。他的背靠着冷气机，腿跷到一张椅子上，脚上一双凉鞋，大脚趾露在外面，一翘一翘地动着。他面前的冷饮杯空掉了，里面那根麦管也给咬折了。他手里夹着根香烟，看见我坐下，赶忙塞到嘴里猛抽两下，可是他夹烟的姿势一看就知道是个刚学抽烟的嫩脚色。

"刚才走的两个家伙，昨夜里偷了一架老美的汽车。"他告诉我，很兴奋的样子。

"什么牌子的汽车？"

"宾士！"

"喔唷，高级车嘛。"

"他们开去兜风，开到仁爱路四段，一撞便撞到了电线杆上。两个小子爬出车来，鬼一样地溜掉了。他们说，那架崭新的宾士，撞得像只瘪了嘴的癞蛤蟆！"

他说着，开心地笑了起来。我想到那部美国佬的汽车撞成癞蛤蟆的模样，也禁不住笑了。他咯咯地笑个不停，那张晒得鲜红的圆脸上，咧着两颗又白又大的门牙。他的头发大概暑假刚留起来的，只有寸把长，鬈鬈地覆在额上。我看见他制服左胸上绣着恒毅中学五九三的学号。

"那两个小子是西门町兄弟帮的。"

"你也是他们一伙的吗？"我问他。

"才不是！"他嘴巴一撇，十分不屑，"兄弟帮那些家伙最污了！"

我点了一杯番石榴汁，用麦管吸了两口。我发觉他在干瞅着我，拼命地吸烟，我便对他说：

"分一半给你。"

他起先有点不好意思，迟疑了片刻，终于讪讪地笑着将空杯推了过来，我倒了一半番石榴汁给他。

"我喝了一杯凤梨汁、一杯芒果汁，就还没喝番石榴汁。我在这里泡了一个下午，四个多钟头，钱也喝光了。本来我还打算去看电影的。"他吮着番石榴汁笑道。

"你一个人在这里穷泡干什么？"

"到哪里去呀？外头热得发昏！"他咂一下舌头。

"去游水呀！"

"昨天我才去东门游泳池，挤得像沙甸鱼，水是臭的！本来我打算留在家里看武侠小说，喂，你也练武功么？"

"我的段数才高哩，我在小学就看《射雕英雄传》了！"

"哈，哈，我也刚看完《射雕》。"他拍起手叫道，"我在恒毅住宿，天天晚上躲在被窝里用手电筒照着看，好过瘾！

有一天，给吴大傀头捉到了，把《射雕》全部没收去了。吴大傀头是我们的舍监，有两百磅，一讲话，就喘气，指着我骂道：'侬这个小鬼头，顶勿守规矩！'"

"你是上海瘪三么？"

他又咯咯地笑个不停。

"勿是！勿是！"他猛摇头，打着上海腔，"我后妈是上海女人，她一天到晚指我的额头骂：'小赤佬！小赤佬！'她说要是恒毅开除我，她就把我送到阿里山上面那间中学去。你听过上海女人骂人么？她们的声音像刮玻璃那么尖！我后妈一喊，我老爸便捂起耳朵开溜。他从前还是飞行员哩。就是喷射机也没有我后妈的嗓子刺耳！"

"你老爸从前开什么飞机？"

"轰炸机，B-25，轰——"他用手做了一个飞机俯冲的姿势，"他现在在家里养鸡。"

"什么？"唱机里正放一支汤姆·琼斯的歌，声音奇大，我听不清楚。

"他养鸡！"他大声叫道，"我们家有五百多只来亨鸡。"

我突然笑了起来，我觉得没有比开轰炸机的驾驶员养来亨鸡更滑稽的事了。

"我们家臭烘烘的，鸡屎臭！我老爸天天在鸡棚里捡鸡蛋，我后妈就在屋里搓麻将。从早上搓到半夜，从半夜搓到天亮。你猜我后妈为什么不喜欢我待在家里？"

"你调皮捣蛋。"

"勿是！勿是！"他又笑着摇头，"我在家，她就输钱。因为我爱看武侠小说，看'书'把她看'输'了。她说我是个倒霉鬼。"

"倒霉鬼，你叫什么名字？"

"赵英，赵子龙的赵，英雄的英。"

"他们都叫我阿青。"

"几点钟了，阿青，"他用手拨我的手表来看，随着又叹了一口气，说道，"凄惨，才四点半，我后妈又在打麻将，要我八点钟以后再回家。"

"我们看电影去。"我提议道。

他从口袋里掏了半天，掏出一张五块钱的钞票。

"我出来时，带了五十块的，打弹子输掉了二十。"他又吐了一下舌头。

"我请你。"我说。

"真的么？"

"我们去看新世界的《独臂刀》。"

"棒极了！"他叫了起来，"我最爱看王羽的武侠片，打得真过瘾。"

"快点，"我立起身，"我们去赶四点半的那一场。"

我们钻出野人，连跑带跳，穿过西门町几条闹街，赶到新世界去。《独臂刀》是最后一天，又是星期日，好座位都卖光了。我们只买到两张前座第三排的票。坐在椅子上，头仰得高高的，银幕上的人头大得不得了，砍砍杀杀，血肉横飞，那些刀刀剑剑好像要飞到我们头上来了似的。我去买了一包五香牛肉干，跟赵英一边啃，一边看王羽满天里翻筋斗。他的动作干脆利落，是真功夫，打得确实过瘾。

"应该还来个续集。"我们看完戏，走出戏院，赵英意犹未尽地说道。

"续集我来编。"我说道。

"你怎么编？"

"编个《无臂刀》，把王羽那一条手臂也砍掉。"

"没有手怎么拿刀？"

"傻子，不会运气功么？"我笑道。

赵英也咧着两颗大门牙咯咯地笑了起来。我们正穿过斑马线，一辆计程车驶过来，倏地停下，恰好停在赵英身边，赵英顺手便在车头上打了一掌，打得车头砰的一响，他并起两根指，学电影里王羽那副姿势，指着计程车司机喝道：

"咄！小侠在此，不得无礼！"

我们跑过街头去，只听得计程车司机在后面哇哇乱骂。六点多钟，西门町的人潮开始汹涌起来，我们穿过一些大街小巷，总是人挤人，暖烘烘的，都是人气。我们吃多了牛肉干，嘴里闹渴，我摸摸口袋，只剩下二十多块钱了，便在一家冰果店买了两根红豆冰棒，一人一根，沿了武昌街，一路啃着，信步走到了西门町淡水河的堤岸上。淡水河上的夕阳,红得像团大火球,在河面上熊熊地烧着。

淡水河堤五号水门这一带,是西门町闹区的边缘。那些高楼大厦排列到这边,倏地便矮塌了一大截,变成一溜破烂的平房,七零八落,好像被那些高楼大厦挤得摇摇欲坠,快坍到河里去了似的。西门町的繁华喧嚣,到了这里,突然消歇,变得荒凉起来。住在这些破烂矮屋的居民,大都是做木材生意的,附近的堤岸边,堆满了长条的滚木,这些滚木都在水里泡过,上面生了霉菌。我跟赵英越着滚木堆,爬到了堤岸上。堤上空荡荡的没有人,堤下的淡水河,好像给那团火球般的夕阳烧着了似的,滚滚浊浪,在迸跳着火星子。河对面的三重镇,上空笼罩着一片黑濛濛的煤烟,房屋模糊,好像是一大团稀脏的垃圾堆在河对岸。远处通往三重镇的中兴大桥,长长地横跨在河中央,桥上车辆来来往往,如同一队首尾相接的黑蚁。河面上有一只机帆,满载着煤屎,嘟嘟嘟在发着声音,一面巨大的黑帆,正缓缓地朝着天边那团大火球撞去。

"好红的太阳!"

赵英爬上了河堤叫道,朝着夕阳奔跑过去。风把他的衣角拂了起来。长长的河堤上,他那身影映着那轮火红的夕阳,伶俐地跳跃着。他跑到长堤尽头,停了下来,回头向我张开双臂招挥起来,我忙跟了过去,赵英犹自喘息着,笑道:

"你看,有人在钓鱼。"

河堤下面不远的沙滩岸边,地上插着两根钓鱼竿,钓鱼的人不知哪里去了,钓竿给钓丝拖得弯弯的。

"这里的鱼多得很,我也来钓过。"我说道。

"是么?有些什么鱼?"

"鲫鱼、鲤鱼、鲢鱼,统统有。"

"你钓到鱼了么?"

"当然,钓过好多条。"

"真的么?"

"有一次我跟我弟弟来,钓到两条巴掌大的鲤鱼。"

"喔唷,豆瓣鲤鱼很好吃呢!"赵英笑道。

"鲤鱼最容易钓,这里水脏,鲤鱼多。"

"你用什么做钓饵?"

"蚯蚓,就在河边可以挖得到,这里的蚯蚓好肥,有指头那么粗。"

"棒极了!"赵英拍手道,他在堤上坐了下来,"哪天我们来挖蚯蚓钓鱼好么?"

"好的。"我应道。我也坐了下来,我感到裤子后面口袋有根硬东西梗在那里,我伸手去掏,是那管口琴。

"什么牌子的?"赵英瞅见我手上的口琴,问道。

"蝴蝶牌。"我将口琴递给他看。

"是名牌嘛。"赵英接过口琴,端详了片刻。

"你也会吹口琴么？"我问道。

"当然，"赵英昂起头，得意洋洋，"我是我们学校口琴社的社员，青年节我代表我们学校出去比赛，还得过第二名哩！"

"那么你吹吹看。"我说道。

"你要听什么？"

"你最近学了什么歌？"

"有一首英文歌，*You Are My Sunshine*，你听过么？"

"嘿，你还会洋歌呢！"

> You are my sunshine
>
> My only sunshine
>
> You make me happy
>
> When skies are gray——

赵英咧着嘴，唱了两句。

"是我们学校里美国神父教我们的。"

赵英双手捧起口琴，试了两下，便吹奏起来了，他吹得十分纯熟滑溜，和声的拍子也扣得很准。

"硬是要得嘛。"赵英奏毕，我拍手笑道。

"这管口琴声音简直棒极了！"赵英笑嘻嘻说道，"从前我有一管国光牌的，也很棒。可是放在宿舍里，不知给哪个小子偷掉了，气得我发昏！几天吃不下饭去。我要去买一管新的，你猜我后妈说什么？'丢了正好，有了那个东西，你书也不念！'你说气不气人？"

赵英手里颠来倒去玩弄着那管口琴，捧到嘴边去吹一下，又用衣角去揩拭一下。

"这管口琴送给你。"我说道。

"真的？"赵英抬起头来，眼睛瞪得老大，不敢置信地笑道。

"你再吹一支歌来听，这管口琴就真的送给你。"

"没问题，你还要听什么？"

"《踏雪寻梅》你会吹么？"

"当然会！"

赵英赶忙又捞起衣角来把口琴用力擦了一下，试吹了两下，奏起一支《踏雪寻梅》来。他盘坐在地上，歪着头，捧着口琴，在嘴边来回灵敏地滑动着，双手一张一合。夕阳罩在他的身上，把他那张圆圆的脸照得又红又亮。他手上的口琴，闪着金红的光辉。一阵傍晚的暖风，从淡水河面拂了上来，将嘹亮的口琴声，拂得悠悠扬起。《踏雪寻梅》，我跟弟娃在学校里都学过的，是吴暖玉老师教的。弟娃的声音很好，最爱唱歌，洗澡的时候，也一个人自得其乐唱个不停，大概是母亲那儿传过来的。吴暖玉很喜欢弟娃，说他有音乐天才，把他推荐到怀灵堂的唱诗班去唱圣诗。礼拜天弟娃穿着白袍

77

子,唱起诗来嘴巴张得圆圆的,很滑稽的模样。初中毕业晚会,吴暧玉让弟娃上台去唱《踏雪寻梅》,她钢琴伴奏。弟娃穿着一身童军制服,围了一条白领巾,领巾上锁着一枚银色的铜环,一张雪白的娃娃脸兴奋得通红。他太紧张了,声音都有些颤抖。唱完下来,一直追着我问:阿青,我唱得怎么样?并不怎么样,我说。弟娃急得一头的汗,吴老师说还不错嘛。你穷紧张,嗓子都发抖了。嗳、嗳,弟娃急得直顿足。不错!不错!唱得很有感情,像歌王卡罗素,我拍着弟娃的肩膀笑道。真的么?弟娃在我身后追着问道。真的么,阿青。你莫着急,弟娃,我说。弟娃,我来替你想办法。阿青,我不要去念大同工职,弟娃坐在河堤上,手里握着那管口琴,我要念国立艺专。不要紧,弟娃,我来慢慢想办法。可是阿爸说学音乐没有用,弟娃低着头,拱着肩,手里紧紧握着那管口琴。我来替你想办法,我说,弟娃,再等两年,等我做了事,我来供你念书。可是阿爸说学音乐要饿饭,弟娃的头垂得低低的,夕阳照在他手里那管口琴上,闪着红光。弟娃,莫着急,我说。阿爸说念大同出来,马上可以到工厂去做事。再等两年,弟娃。我不要到工厂去,弟娃的声音颤抖抖的。等我做了事,我来供你。我要去念艺专。再等两年,弟娃。弟娃手里那管口琴跳跃着火星子。弟娃。弟娃。弟娃的颈背给夕阳照得通红。弟娃,莫着急。弟娃。弟娃。弟娃——

"啊——"

他惊叫道,他的两只手拼命挣扎。我的双手从他背后围到他前面,紧紧地箍住了他的身体。我的面颊抵住他的颈背。我的双臂使尽了力气,箍得自己的膀子都发疼了。他的一只手肘猛撞到我的肋上,一阵剧痛,我松开了手。他跳开了,转过身,一脸惊惶,不停地在喘气。半晌,当的一声,他把那管口琴掷到我脚跟前,抖着声音,说道:

"你这个人,你想干什么——"

火红的夕阳,照得我的眼睛都张不开了,我感到全身的血液倏地都冲进了脑门里一般,头胀得发疼,太阳穴迸跳起来,耳朵一直嗡嗡发响。在夕阳影里,我看见赵英的身子急切地跳跃着,转瞬间,变成了一个小黑点,消失在河堤的那一端。堤上空荡荡的,那管口琴躺在地上,犹自闪着红光。我俯下身去,将口琴拾了起来,沿着堤岸,朝中兴大桥那边走去。桥上的荧光灯已经亮起,好像一拱白虹,远远跨在淡水河上。我猛回过头去,看见西门町那边上空,霓虹灯网已经张了起来,好像一座高耸入云的彩色森林一般。

8

里面是黝黑的,电灯坏了,只有靠铁路那边那扇窗户透进来西门町中华商场那些商店招牌闪烁的灯光。在黝黑中,我也看得到他那双眼睛，夜猫般的瞳孔，在射着渴切的光芒。他那肿大的身躯，庞然屹立在那里，急迫地在等待着。我立在洗手盆前，打开水龙头，哗啦哗啦，不停地在冲洗着双手。在燠热的黑暗里，强烈的阿摩尼亚，一阵阵从小便池那边汹涌上来。楼下的几家唱片行，在打烊的前一刻，竞相播放着最后一支叫嚣的流行歌曲。自来水哗啦哗啦地流着，直流了十几分钟，他才拖着迟疑的步子，那肿大的身影探索着移了过来。

在幽森的黑暗里，我看到他那颗残秃得发了白的头颅在上下地浮动着。那天晚上，在学校的化学实验室中，我也看到赵武胜那颗光秃肥大的头颅，在急切地晃动。实验室里，满溢着硝酸的辛味，室中那张手术台似的实验桌上，桌面常年让硝酸腐蚀得崎岖不平。我仰卧在上面，背脊磕得直发疼。桌沿两排铁架上，试管林立，硝酸的辛辣呛人眼鼻。那晚，我躺在那张实验桌上，脑里一直响着铁锤的敲击声音，咚、咚、咚，一下又一下，一直在我的天灵盖上敲打着。我看见他们将一枚枚五寸长的黑铁钉，敲进弟娃那块薄薄的棺材盖里。铁锤一下去，我的心便跟着紧缩起来，那么长的铁钉，刺下去，好像刺进弟娃的肉里一般。前一天的下午，弟娃刚下葬，脚伕们将他那副薄棺材缓缓地降入那个黑洞穴，当棺材轰然着地的那一刻，我眼前一黑，昏死了过去。空隆——空隆——空隆——中华商场外面铁路上，有火车疾驶过来，穿过西门町的心脏。车声愈来愈近，愈响，就在窗下，陡然间，整座中华商场的大楼都震撼了起来。我企望着窗外那些闪烁的灯光，突然兴起一股奔逃的念头，往那扇窗户外面，飞跃进去。可是我并没有马上离开，我将一团温湿不知数目的钞票塞进裤袋里，又扭开了水龙头，哗啦哗啦，在黑暗中，一直让凉水冲洗我那双汗污的手。

9

小苍鹰——

回到公园，在大门口，我碰到我们的老园丁郭老。他正屹立在博物馆前的石阶上，白发白眉，一身玄黑，在向我打招呼。

郭老是我来到公园头一晚遇见的人。那天下午，我给父亲逐出家门后，身上没有带钱，在台北街头流浪到半夜，终于走进了公园里。从前我曾听过一些公园的故事，那些故事，好像聊斋传奇。可是那晚，我独自立在公园大门博物馆石阶前，仰望着博物馆那座圆顶的建筑物，巍峨矗立在苍茫的夜空下，门前一排合抱的石柱，我真的觉得好像闯进了一座巨大的古代陵墓一般。穿过公园里黑魆魆的丛林时，我心中充满了惧畏、好奇，以及一股惴惴然的兴奋。我摸索着闪进了莲花池中央那座八角亭阁内，缩在一角，屏息静气，从亭阁的窗棂窥望出去。在昏红的月光下，我头一次看到池畔的台阶上，那些幢幢黑影，围绕着莲花池，无休无止，在打着圈圈。我又饿又倦，支撑不住，蜷卧在亭内的椅子上，终于矇着了过去，直到一个声音在我耳边呼唤道：

"小弟——"

我才惊醒，倏地坐了起来。是郭老进来，把我唤醒了。

"莫害怕，小弟。"郭老拍着我的肩膀安抚道。

我睡得一身冰冷，牙关一直在发抖，答不出话来。郭老在我身边坐下，在朦胧的月光下，我也看得到郭老那一头长长的白发，覆到了耳后，好像一挂柔软的银丝一般，他那双雪白的长眉，直拖到眼角上。

"是头一次进来吧？"郭老朝我点了点头，笑叹道，他的声音苍老、沙哑，"不用紧张，这里都是咱们同路人。你们一个个迟早总会飞到这个老窝里来的。我就是这里的老园丁，这里的人都叫我郭公公，你们来了，先要向我报到的。喏，你瞧……"

郭老指向外面莲花池台阶上，一个全身着黑，高高细细的人影，正晃荡荡，踱过去。

"那个瘦鬼是小赵，人都叫他赵无常。十二年前，他头一夜到公园里来报到，也是我来迎接他的。"

"十二年前？"我惊讶道。

"唉，唉，"郭老惋叹道，"十二年可不算短呀？对啦，十二年前一个夜里，对，像你今晚一样，他闯进了咱们这个老窝来。那时候他不是这副鸦片鬼模样，扎扎实实，还是个挺体面的小伙子哩！谁知道，几年下来，耗得只剩下了几根骨头，我看他现在连一百磅都不到了。刚进来，我还替他拍过几张相片，你看了再也不相信……"

郭老摇了两下头。

"青春艺苑，你听过么？"郭老问我。

"没有。"

"傻小子，那么有名的照相馆你都没听说！"郭老笑道，"是我开的，就在长春路。从前我还是个小有名气的摄影师呢！其实我拍照单是为了兴趣，喜欢找些有灵气、有个性的人来拍。比如公园里这些娃娃，野虽野，一个个倒性格得很，最合我的胃口。他们的相片，我集了一大册呢。"

郭老说着却立起了身来，对我说道：

"小弟，这里睡不得的，睡着了要着凉。来，我带你回去，我那里还有糯米糕、绿豆稀饭，你跟我回家，我给你瞧瞧我那些杰作，让我来慢慢讲些公园里的故事给你听。"

郭老的青春艺苑在长春路二段的一条巷子里，两层楼，楼下是照相馆，橱窗内放置着许多幅艺术人像。

"这是阳峰，你认识么？"郭老指着正当中一帧非常英俊的男人相片问我，我摇摇头，那个男人梳着一个标劲的飞机头，笑眯眯的。

"十几年前,他是闽南语片的红小生,演《港都夜雨》、《悲情城市》出名的。"

"我听说过《悲情城市》，可是没有看过。"我说道，我记得母亲从前看《悲情城市》看了三次，看一回哭一回。

"你当然没有看过，那是张好老好老的片子了。"郭老微笑道，"阳峰有时也会溜到公园来，现在他一径戴着一顶巴黎帽,把脑袋遮住。他的头开了顶,秃光了。他演《悲情城市》的时候，还神气得很呀！人家称他是台湾的宝田明——幸亏我替他拍了这张照，把他年轻时的样子留了下来。"

郭老领着我上了楼，楼上是他的住所，客厅的墙壁上也挂满了影像，人物风景都有，全是黑白照。有的是一角坍塌的庙宇，有的是一枝刚绽开的杏花。有一张整幅都是一个皱得眉眼不分老人的脸，也有一张却是一个初生婴儿圆嘟嘟隆起的小屁股。

"从前我参加过许多摄影比赛，我的人像还得过全省影展的金鼎奖呢。现在上了年纪，不行了。"郭老伸出他那双筋络虬结干枯的手给我看，"生风湿，拿起照相机，便发抖。"

郭老命我坐下，他走到冰箱那边，取出了一碟白莹莹的糯米糕来，又舀了一碗绿豆稀饭，搁到我面前茶几上。我也不等郭老开口，伸出一只污黑的手，抓起一块糯米糕便往嘴里塞，第一块还没咽下去，第二块塞进嘴里了，米糕扫光了，端起那碗绿豆稀饭，稀里呼噜便往嘴里倒，喝得太急，流得一下巴。

"啧，啧，"郭老咂嘴道，"饿成这副德性，一天没吃东西了吧？是从家里逃出来的么？"

我用手背揩去了下巴上的稀饭，没有作声。

"连鞋子也没有穿！"郭老指着我那双泥裹裹的光脚叹道，他随手拾起了一双草拖鞋，撂到我脚跟前，"你不必告诉我，你的故事我已经猜中八九分了——像你这样的野娃娃，这些年，我看得太多喽。你等我去换件衣裳，让我这个老园丁来讲讲公园里的历史给你听。"

郭老蹲到房中，不一会儿出来，身上却披上了一袭宽大的白绸子睡袍，脚上趿着双黑缎面的拖鞋，飘飘曳曳地摇了过来，双手捧着一只蓝布包袱，在我身边坐下。

"小弟，我来给你瞧瞧我这件宝物。"郭老双手颤抖抖地解开了包袱的结，里面是一本沉红色绒面、五吋厚的大相簿，绒面上印着"青春鸟集"四个烫金大字。绒面旧得发了乌，烫金早已剥落得斑斑点点了。

"公园的历史，都收在这个里头了……"郭老缓缓地掀开了相簿的封面。

相簿里，一页页排得密密的，都贴满了相片。大大小小，全是一些少年像，各种神情、各种姿势、各种体态都有。有的昂头挺胸，一脸十七八岁天不怕地不怕的孟浪，有的畏畏怯怯，一双双睁得大大的眼睛里，充满了过早的忧伤、惊惧。有一个是兔唇，有一个断了一只腿，有许多鼻尖上犹自爆满了青春痘。但也有几个却长得端端正正，眉眼间透着一股灵秀聪明。每张相片下面，都编了号，注明了日期和名字。

"呵、呵，这就是我的小麻雀了。"郭老用手轻轻地抚拭了一下一张相，脸上突然绽开了一抹怜爱的笑容，郭老脸上皱纹重叠，一笑一脸便龟裂了一般。照片里的孩子剃着光头，打着赤膊，浑圆的脸上笑嘻嘻的两枚酒窝，门牙却缺掉了一颗。相片下面注着"四十三号　小憨仔　一九五六年"。

"小家伙，才十四岁，就从宜兰逃到台北来流浪了。撒谎、偷东西什么都来，是个毫不知羞耻的小东西！天天就会缠着我给他买小美冰淇淋吃。还会勒索呢，说什么也不肯让我替他照相。这一张，是我一桶椰子冰淇淋换来的。可是后来，到底也飞掉了。倒是留了一张字条：郭公公，我走了，拿了你五十块钱……"

郭老摇了一摇他那银发皤然的头颅。

"两年后，我又碰见了那只小麻雀，他躲在三水街一条不见天日的死巷里，蹲在臭烘烘的阴沟旁，长满了一脸的毒疮。"

郭老翻开了另一页，上面贴着一张横眉怒目的少年全身像。少年斜靠在一条陋巷巷口的一堵破墙上，穿了一件背心汗衫，一只手叉着腰，手膀子的肌肉块子节节瘤瘤地坟起，一丛硬发竖得高高的。

"就是他！"郭老突然用手指重重戳了一下那张少年的照片。

"你瞧！"他拉开睡袍的领子，他那松皱的颈皮上，齐在耳根，蜿蜒着一条三寸长的疤痕，"我这条老命也差点送在这个小流氓的手里。他叫铁牛，我把他比作枭鸟，凶残暴戾，就像那只恶鸟！去年大年夜，他向我讨钱，我给他一百块钱，他嫌少，满嘴脏话，我气起来就打了他一记耳光，那个小凶手竟动起刀来了！"

郭老忿忿地吁了一口气。

"若说那个小家伙天良完全泯灭了呢，也不见得。那天半夜，他又跑了回来。我不开门，他就跳墙进来，扑到我脚跟下，痛哭流涕，头磕得砰砰响，求我饶赦他，收容他，直叫我郭公公。上回他在公园里抽'爱情税'，拿刀片去割人家女孩子的裙子，给警察捉了去，苦头吃足。本来要送到外岛去管训的，全靠我千方百计把他保了出来。我问他为什么毛病不改，他说他就是看不惯女人。我问：'你看不惯女人，你母亲不是女人么？'你猜他说什么？'谁知道她是不是！'"

郭老摇头笑了起来。

"这个小子横不横？不过他也有他的道理，他连他母亲是谁也不知道，他是在三重镇的阴沟里滚大的。这个混小子，麻烦多着呢，日后也不知道要闹出什么事故来！"

郭老起身去沏了一壶酽酽的红茶，替我斟了一杯。我们一面饮茶，郭老抱住那本厚厚的相簿，一页页翻下去，一面讲给我听许许多多公园里传奇的故事，一个比一个引人入胜，一个比一个惊心动魄……

"喏，他叫桃太郎，你瞧瞧，是不是有点像小林旭？他爸爸是日本人，在菲律宾打仗打死的。莫看他长得清清秀秀，性子却是一团火。不知怎的，偏偏跟西门町百乐门一个理发师十三号爱上了，两个人双双逃到台南去。十三号原定了亲的，到底给家里人捉将回去，一逼便结了婚。成亲的那个晚上，桃太郎还去吃喜酒。喝得嘻嘻哈哈，跟新郎两人你一杯我一杯猛灌。谁知道他吃完喜酒，一个人走到中兴大桥，一纵身便跳到了淡水河里，连尸身也捞不到。十三号天天到淡水河边去祭，桃太郎总也不肯浮起。人家说他的怨恨太深，沉到河底，浮不上来了……"

"这一个，这一个是涂小福，上个月我还到市立精神疗养院去看他，给他带了两盒掬水轩的饼干去，他见了我，一把拉住我的袖子，笑嘻嘻地问道：'郭公公，美国来的飞机到了么？'五年前，小涂跟一个从旧金山到台湾来学中文的华侨子弟缠上了，两个人轰轰烈烈地好了一阵子，后来那个华侨子弟回美国去，涂小福就开始精神恍惚起来，天天跑到松山机场西北航空公司的柜台去问：'美国来的飞机到了么？……'"

"这些鸟儿，"郭老感慨道，"不动情则已，一动起情来，就要大祸降临了！"

郭老翻到中间的一页，停了下来。整页只有一张大照片，差不多占满了，照片下面注着：

五十号　阿凤　一九六〇年

相片是八吋长、六吋宽的一张黑白半身照，已经微微泛黄了。相中的一个面貌长得十分奇异的少年，约莫十七八岁。少年身上穿着一件深黑翻领衬衫，衬衫的纽扣全脱落了，衬衫角齐腹部打了一个大结，胸膛敞露，胸上刺着密密匝匝错综的凤凰、麒麟文身，还有一条独角龙，张牙舞爪，盘踞在胸口。少年一头又黑又粗的头发，大鬈大鬈，狮鬃一般怒蓬起来，把额头都遮去了，一双长眉，飞扬跋扈，浓浓的眉心却连接成一片。鼻梁削挺，犀薄的嘴唇，狠狠地紧闭着。一双露光的大眼睛，猛地深坑了下去，躲在那双飞扬的眉毛下，在照片里，也在闪烁不定似的。脸是一个倒三角，下巴兀地削下去，尖尖翘起。

郭老对着这张影像，注视良久，他那一头柔丝般的银发，在颤颤地闪着光。

"这些孩子里，他的身世，最是离奇、最是凄凉了……"

郭老那苍老、沙哑的声音，突然变得悲戚起来，开始缓缓地流着。

10

"阿凤,是在台北万华出生的,万华龙山寺那一带,一个无父、无姓的野孩子。阿凤的母亲,天生哑巴,又有点痴傻,见了男人,就咧开嘴憨笑。但是哑巴女偏偏却长得逗人喜爱,圆滚滚一身雪白像个粉团,人都叫她'粽子妹',因为她从小便跟着她老爸在龙山寺华西街夜市摆摊子,卖肉粽。有人走过他们摊子,哑巴女便去拉住人家的衣角,满嘴咿咿呀呀,别人看见她好玩,便买她两个肉粽。后来哑巴女长大了,还是那样不懂顾忌。有时候她一个人乱逛,逛到宝斗里妓女户的区域去,她趿着一双木屐,手里拎着一挂烤鱿鱼,一路啃一路摇摇摆摆,脚下踢踢踏踏,自由自在。冲着那些寻欢的男人,她也眯眯笑。附近的一些小流氓,欺负她是哑巴,把她挟持了去睡觉,回家后,她向她老爸指手画脚,满嘴咿呀,她老爸看见她蓬头散发,裙子上溅了血,气得就是一顿毒打。每次哑巴女给她老爸打了,便打着赤足跑到龙山寺前面坐在路边一个人默默掉泪。邻近那些年轻摊贩们看见哑巴女哭泣,互相使眼色,笑道:'粽子妹又挨扎了!'哑巴女十八岁那一年,一个台风来临的黄昏,她收了摊子,推着车子回家,半路上便遭一群流氓劫走了,一共五个人。哑巴女那次却拼命抗拒,那几个流氓把她捆绑起来,连门牙都磕掉了一枚,事后把她抛到龙山寺后面的阴沟里,在大风雨中,哑巴女一身污秽爬了回去。就是那一夜，哑巴女受了孕。她父亲给她乱服草药，差点没毒死，大吐大泻，胎始终打不下来。怀足了十个月，难产两天多，才生下一个结结实实哭声洪亮的男婴来。哑巴女父亲多一刻也不许留，连夜便用一只麻包袋装起那个哇哇哭叫的男婴，送到了灵光育幼院里。阿凤便是在中和乡那家天主教的孤儿院里长大的。

"从小阿凤便是一个禀赋灵异的孩子，聪敏过人，什么事一学便会，神父们教他要理问答，他看一遍，便能朗朗上口。院里有一位河南籍姓孙的老修士特别喜欢他，亲自教他识字讲解《圣经》的故事。但是阿凤那个孩子的脾气，却是异乎常人地古怪，忽冷忽热，喜怒无常。他最不合群，在院里一向独来独往，别的孤儿惹了他，他拳打脚踢便揍过去。当他犯了众怒，那些孩子联合起来修理他，他却连手也不回，任他们泥巴沙子撒一头一脸，然后独个儿到自来水龙头去慢慢冲洗干净，孙修士问起他脸上的青肿，他狠狠闭着嘴，一声也不吭。阿凤自小便有一个怪毛病，会无缘无故地哭泣。一哭一两个时辰停不下来，哭得全身痉挛。有时候，三更半夜，他会一个人躲到院中小教堂里，伏在椅子上呜呜抽泣。孙修士发觉了，问他哭什么，他总说心口发疼，不哭不舒服。阿凤渐渐长大，变得愈来愈乖戾了。一个圣诞夜，院长领着孩子们在教堂做弥撒，他拒绝上前领圣体。院长申斥了他几句，他突然暴怒起来，跑到圣坛上，一把将几尊瓷圣像扫落地上，砸得粉碎。院长把他关了一个礼拜的禁闭,孙修士天天领着他跪诵《玫瑰经》。阿凤十五岁那一年,他终于从灵光育幼院逃了出来,再也没有回去过。

"阿凤一闯进公园,便如同一匹脱了缰的野马,横冲直撞,那一身勃勃的野劲,谁也降不住他,就是我的话,他还顺从三分。因为他刚出道时,便跟公园三重镇几个登记有案的流氓干上了,给捅了好几刀。是我把他带回家,替他疗好的。他躺在床上,抚弄着自己腹上一道红肿的伤口,对我笑着道:

'郭公公,再戳深一点,就省了你这些麻烦了!'

"阿凤——他真是个公园里的孩子,公园里的一只野凤凰。他在莲花池畔的台阶上,逛来逛去,蓬着一头狮鬃似的黑发,昂头挺胸,一副目中无人的狂劲儿。当时还有不少老头子迷他呢!万年青电影公司的盛公就是其中的一个,盛公想收养他,把他带回到他八德路那间公馆里,将他从头到脚打扮起来,替他在西门町上海造寸缝了一套法兰绒浅灰的西装,又在亨得利买了一只银壳的劳力士戴在他的手腕上,把他装扮得阔少爷一般,然后带他上丽池去吃西餐。盛公倒是有意栽培,想送他进学校念书,将来让他拍电影,当明星。可是那只野凤凰在盛公馆里,只待了一个星期便又飞回到公园里来了。西装手表当得精光,当了几千块,他把公园里那些野孩子一大伙带到杨教头开的那家桃源春去,点了两桌菜,跟那些野孩子猛吃猛喝,大打牙祭,喝醉了,他便爬到桌子上去唱歌，唱《雨夜花》。正当大家乐不可支，拍手喝彩，他却跳下桌子，一个人头也不回地走掉了。

"因为他的脾气难缠，公园里的人，纵是有心，也不大敢去招惹。到了他十八岁那一年，合该气数已到，偏偏遇见了他那个煞星。对头是个大官的儿子，还是个独生子呢，因为属龙，小名叫龙子，龙子人长得体面，世家又显赫，大学毕业，在一家外国公司做事，本来都预备要出国留学了，原该是前程似锦的。哪晓得龙子跟阿凤一碰头，竟如同天雷勾动了地火，一发不可收拾起来。龙子在松江路底租了一间公寓，悄悄筑了一个小窝巢，把阿凤藏到了里面。那时松江路底还是一片稻田，他们那幢小公寓就在田边，一打开窗子，就看得见一大顷绿油油的稻秧了。他们两个人打着赤膊光着脚，跑到田里去挖田螺捉泥鳅，糊得一身的烂泥，坐在田边，敲破一只香瓜，你一口我一口便大嚼起来。两个人确实过过一段快乐的日子的。但是那只野凤凰哪里肯那样安安分分守在巢里？有时半夜三更他便飞回到公园去了，骑在莲花池畔的石栏杆上，仰起头，在数星星。龙子追了来，要他回家，他说：'这就是我的家，你要我回到哪里去？'偏生龙子也是一副狂风暴雨的脾气，两个人一言不合，在公园里便揪斗成一团，一身的衣裳也扯得稀烂，打完了，又坐在台阶上，互相抱头痛哭。公园里的人都笑他们，说他们得了'失心疯'。那段时期，常常在深夜里，龙子坐了一部计程车，满台北找了去，见了人就问：'你看见阿凤么？'公园里有些人吃醋，有些人幸灾乐祸，编出许多话来：'阿凤到新南阳去了。''阿凤跟人到桃源春吃消夜去了。''阿凤么？不是让盛公带走了么？'于是龙子就真的一一到那些地方去追寻，有时追得天都亮了，才一个人失魂落魄地回到公园里来，在那莲花池畔的台阶上，焦灼地来回走着，从这一头走到那一头，从那一头走回到这一头。

"有一天晚上，阿凤跑到我这里来，一脸发青，一双深坑的眼睛灼灼发亮。

"'郭公公——'他的声音都在发痛，'我要离开他了，我再不离开他，我要活活地给他烧死了。我问他，你到底要我什么？他说，我要你那颗心。我说我生下来就没有那颗东西。他说：你没有，我这颗给你。真的，我真的害怕有一天他把他那颗东西挖出来，硬塞进我的胸口里。郭公公，你是知道的，从小我就会逃，从灵光育幼院翻墙逃出来，到公园里来浪荡。他在松江路替我租的那间小公寓，再舒服没有了。他从家里偷偷搬来好多东西，电扇、电锅、沙发、连他自己那架电视也搬了来，给我晚上解闷。可是——可是不知怎的，我就是耐不住，一股劲想往公园里跑，郭公公，你记得么？我十五岁那年在公园里出道，头一次跟别人睡觉，就染上了一身的毒，还是你带我到市立医院去打盘尼西林的。我对他说：我一身的毒，一身的肮脏，你要来做什么？他说：你一身的肮脏我替你舔干净,一身的毒我用眼泪替你洗掉。他说的是不是疯话?我说:这世不行了,等我来世投胎,投到好好的一家人家,再来报答你吧。郭公公,我又要溜掉了,飞走了,开始逃亡了!'

"阿凤失踪了两个多月,龙子找遍了全台北,找得红了眼、发了狂。在一个深夜里,那还是一个除夕夜,龙子终于在公园的莲花池畔又找到了阿凤。阿凤靠在石栏杆上,大寒夜穿着一件单衣,抖瑟瑟的,正在跟一个又肥又丑、满口酒臭的老头子,在讲价钱。那个酒鬼老头出他五十块,他立刻就要跟了去。龙子追上前拼命拦阻,央求他跟他回家,阿凤却一直摇头,望着龙子满脸无奈。龙子一把揪住他的手说:'那么你把我的心还给我!'阿凤指着他的胸口:'在这里,拿去吧。'龙子一柄匕首,正正地便刺进了阿凤的胸膛。阿凤倒卧在台阶的正中央,滚烫的鲜血喷得一地——"

郭老的声音戛然中断,眼帘渐渐垂下,他那张龟裂般的皱脸,好像蒙上了一层蛛网似的。

"后来呢?"沉默了半响,我嗫嚅问道。

"后来么——"郭老那苍哑的声音微微颤抖起来,"龙子坐在血泊里,搂住阿凤,疯掉了。"

我在郭老家里居留了三天,听郭老把公园里的沧桑史原原本本地叙述了一遍。他教授我公园里许多的规矩,什么人可以亲近,什么人应该远离,什么时候风声紧,应当躲避。

郭老的"青春艺苑"请了一位照相师傅，普通客人，便由照相师傅在楼下照。但我的相，郭老却亲自在楼上替我拍，自己拿到暗房去冲洗。拍了十几张，他才选中一张半身像，编进了他那本"青春鸟集"里。我的编号是八十七号，郭老说，我像一只小苍鹰。临离开，郭老又找出了一套旧衣裳来给我换上，那套衣裳是铁牛留下来的，他跟我的身材差不多。郭老塞了一百块钱到我口袋里，双手按着我的肩膀，定定地注视着我，沉沉地叮嘱道：

"去吧，阿青，你也要开始飞了。这是你们血里头带来的，你们这群在这个岛上生长的野娃娃，你们的血里头就带着这股野劲儿，就好像这个岛上的台风地震一般。你们是一群失去了窝巢的青春鸟。如同一群越洋过海的海燕，只有拼命往前飞，最后飞到哪里，你们自己也不知道——"

11

"他终于又回来了。"

郭老跟我两人步向莲花池的时候，自言自语说道。

"你说谁？郭公公？"我侧过头去问他。

"你昨天晚上遇见的那个人。"

"你认识他么？"我诧异道。

郭老点了点头，叹道：

"我就知道总有一天，他又会回到这个地方来的。"

我们走近台阶，郭老却停了下来，指向聚在台阶上那一伙人，对我说：

"上去吧，你去听去，他们正在谈论他，已经闹了一夜了。"

台阶上众星拱月一般，一大伙人围绕着我们师傅杨教头正在那里指手画脚，大家似乎都非常兴奋激动。老龟头、赵无常，还有三水街的一帮小幺儿也在竖着耳朵听。原始人阿雄仔昂头挺胸，立在杨教头身后，双手叉着腰，庞然大物，如同一个耀武扬威的镖师一般。

"小兔崽子，快给我过来！"杨教头一看见我，便嗖的一下手上两尺长的扇子指向我，一迭声嚷道，"让师傅瞧瞧，身上少了块肉，扎了几个洞没有。"

我走上台阶，杨教头一把将我揪过去，身前身后摸了几下，笑道：

"算你命大，还活着回来。你知道昨晚你跟谁睡觉了？"

"他叫王夔龙，刚从美国回来的。"

"肉头！"杨教头一巴掌掀到我背上，"王夔龙是谁你也不知道？"

"他知道个屁，"赵无常嘴巴一撇，"他那时只怕还穿着开裆裤哩！"

赵无常一张鬼脸瘦得只剩下三个指头宽，身子像根竹篙，裹着一件黑色套头衫，晃荡晃荡，颈脖扯得长长的。我们这一伙儿里，赵无常的资格最老，他喜欢向我们倚老卖老，夸耀他从前在公园里的风光。

"乖乖，"赵无常的声音又破又哑，呱呱聒噪，好像老鸦，朝我张开一口焦黑的烟屎牙，"你昨晚下了水晶宫去陪'龙子'去啦！"

"龙子跟阿凤"的故事，在公园的沧桑史里，流传最广最深，一年复一年、一代又一代地传下来，已经变成了我们王国里的一则神话。经过大家的渲染，龙子和阿凤都给说成了三头六臂的传奇人物。我怎么也想象不到，昨天晚上跟我躺在一块儿，伸张着一双钉耙似的手臂的那个人，就是我们传说中的那个又高又帅、经常穿着天青色衬衫跟公园里野孩子狂恋的龙子。

"昨晚我就疑心了，"杨教头兴奋地扇着扇子，"可是他整个人好像刚从火炉里爬出来似的，烤得焦烂，哪里还认得出来？倒是他在台阶上，走来走去那副火烧心的急相，还是跟从前一模一样。有人说，这些年他一直关在疯人院里，又有人说，他老早出国躲了起来。谁料得到？十年后，深更半夜，他猛地又钻了出来！"

"就是说啊，"赵无常又开始怀旧起来，"我顶记得他找寻阿凤那股疯劲了。我不该开了一句玩笑：'阿凤跟盛公回家了！'他揪贼似的把我揪进了车子里，逼着我带他到盛公家,半夜去敲人家的门。盛公以为流氓捣乱,把警察都叫了来。后来我问阿凤:'你怎么这样冷心冷面?'阿凤扯开衣服,露出一身的刺青,指着胸口上那条张牙舞爪的独角龙,说道:'我冷什么?我把他刺到身上了还冷什么?你哪里知道?总有一天,我让他抓得粉身碎骨,才了了这场冤债!'我们那时只当他说癫话,谁知日后果然应验了。"

"那个姓王的,神气什么?真以为他是大官儿子了?一双眼睛长在额头上。"老龟头突然气不忿地插嘴道,他在嚼槟榔,一张口一嘴血红,"有一晚,他独自坐在台阶上,大概在等他那个小贱人,我看见他孤零零,好心过去跟他搭讪,只问了一句:'王先生,听说你父亲是做大官的呀。'他立起身便走,理也不理,老子身上长了麻风不成?"

"你这个老无耻!"杨教头笑骂道,"人家老子王尚德不是做大官是做什么的?要你这个老泼皮去巴结?我问你:你算老几?人家理你?癞蛤蟆也想吃天鹅肉?真正是个不要脸的老梆子!"

我们都笑了起来。老龟头搔了两下他颈子上那块长了鱼鳞似的牛皮癣,塞住了口。

"前几天我在电视上才看到王尚德的葬礼,"赵无常插嘴道,"嗐,好大的场面!送葬的人白簇簇地挤满了一街,灵车前的仪仗队骑着摩托车,乱神气!"

我也在报上看到王尚德逝世的消息,登得老大,许多要人都去祭悼了。王尚德的遗像和行述，占了半版。王尚德穿着军礼服，非常威风。他的行述我没有仔细看，密密匝匝，一大串的官衔。

"要不是他老子做大官，他杀了人还不偿命么？"老龟头余恨未消似的说道。

"偿什么命？他人都疯了，"杨教头答道，"法官判他'心智丧失'。开庭那天我去了的，检察官问他为什么杀人，他摇着双手大喊：'他把我的心拿走了！他把我的心拿走了！'不是疯了是什么？"

"那一阵子，闹得满城风雨，我还记得。"赵无常划燃了火柴点上一支香烟，深深地吸了一口，"报纸上的社会版天天登，龙子和阿凤两人的相片都上了报，有家报纸的标题还损得很：'假凤虚凰，迷离扑朔。欲海情天，此恨绵绵。'开庭那天我也在，法院就在一女中的斜对面，挤得人山人海，招来好多女学生。王夔龙一出来，她们也跟着叫：'龙子，龙子'——"

"儿子们！"杨教头猛然将扇子一举，露出"好梦不惊"来，"散会吧，穿狗皮的来了！"

远远有两个巡警，大摇大摆，向莲花池子这边跨了过来。他们打着铁钉的皮靴，在碎石径上，踏得喀轧喀轧发响。我们倏地都做了鸟兽散，一个个溜下了石阶，各分西东，寻找避难的地方去了。我们的师傅杨教头，领着原始人阿雄仔，极熟练、极镇定地，混入了扩音台前的人群里。于是，我们莲花池畔的那个王国，骤然间，便消隐了起来。

"阿青！"

我走进黑林子里，跟一个人迎面撞了一个满怀，是小玉。

12

"明天晚上八点整，在梅田，一分钟也不许晚！"

我们坐在衡阳街大世纪的二楼，过道末端的一个鸳鸯座上，一个人吮着一杯冰柠檬水，小玉那双飞挑的桃花眼兴奋得炯炯发光。大世纪也是我们常到的联络站，比野人咖啡馆幽静多了。

"梅田在哪里？"我问道。

"驴蛋！"小玉捶了我一下，"梅田也没听过！就在中山北路国宾饭店过来两条巷子里。那里的台湾小菜，比青叶、梅子还要棒。明天晚上，他就请我们这几个人。"

"台湾小菜有什么稀奇？他是华侨，你为什么不带他去上大酒馆？五福楼呀、聚宝盆呀。我们也沾沾光，去吃桌酒席？"

"嗐，说你不生性！"小玉世故起来，"人家林樣（樣，日文中表示敬称），离家这么多年，头一次回来，总想尝尝家乡味呀！大酒馆，你怕没有生意人请他？我喜欢梅田那个地方，乱有情调。烤花枝，凉拌九孔——美丽多多！"

小玉告诉我：那个日本华侨叫林茂雄，有五十多岁了。本来是台北人，后来打仗，给日军征到中国大陆去，在东北长春娶了一个满洲姑娘，生了一儿一女。战后他全家跟一个东北朋友一同到日本合伙经商，苦了好些年，最近才发迹起来。这次，他们在东京那家成城药厂，派他到台湾来设立经销部，他才有机会重返故乡。

"我今天带着林様逛了一天的台北，两人逛得好开心！"小玉一脸容光焕发，"阿青，林様人很好呢，你看——"他指着他身上那件红黑条子开什米龙的新衬衫，"是他买给我的。"

"你这个势利鬼！"我笑道，"你一看见日本来的华侨，眼睛都亮了，难道你真的又去拜个华侨干爹不成？"

小玉冷笑道：

"华侨干爹为什么不能拜？我老爷本来就是华侨嘛——他现在就在日本。"

"哦？"我诧异道，"那你为什么不早告诉我？又说你老爸早死掉了，葬在你们杨梅乡下。那天我还明明听见你向老周讨钱，说是买香烛替你老爸上坟。你哄死人不赔命！"

"告诉你？"小玉打鼻孔眼里哼了一下，"为什么要告诉你？谁我也没告诉！"

我们公园里的人，见了面，什么都谈，可是大家都不提自己的身世，就是提起也隐瞒了一大半，因为大家都有一段不可告人的隐痛，说不出口的。

"阿青，我问你，"小玉突然歪起脖子，一脸歹意地觑着我笑道，"你有老爸么？"

"什么话！"

"你老爸姓什么？"

"姓李！姓什么？"我有点恼怒起来，猛吸了两口柠檬水。

"你老爸真的姓李？你真的知道你老爸是谁，呢？"小玉的嘴角挑起，笑得非常刁恶。

"干你娘！"我忍不住一拳豁了过去。

"呵，呵，"小玉却得意非凡地笑了起来，"你看，白问你一声，你就输不起了！"

他俯下头去，默默地吮着他的柠檬水，半晌，他倏地头一昂，掉在额上的一绺长发一下甩回到头顶上，两颧鲜亮，一双桃花眼闪烁起来。

"告诉你们？告诉你们我是一个无父的野种？我从来没见过我老爸，也不知道他是谁。我不姓王，那是我阿母的姓。我阿母告诉我，我阿爸是一个日本华侨，姓林，叫林正雄。他有个日本姓，中岛。我阿母叫他'那卡几麻'。我的身份证上，父亲那一栏填着'殁'。人家问我：'你老爸呢？''死啦。''老早死啦。'我总装作满不在乎——"小玉耸耸肩，"可是我心里一直在想：那个马鹿野郎不知道现在在哪里？在东京？在大阪？还是掉到太平洋里去了？那年他回台湾做生意，替资生堂推销化妆品。他去上酒家，在东云阁碰到我阿母——两人就那样姘上了。我阿母说，她上了那个马鹿野郎的大当！他回日本，说定一个月就要接我阿母去，我阿母已经怀了我了。哪晓得他连东京的地址都是假的，一封封信都退了回来。我从小就对我阿母说：'阿母，莫着急，我去替你把"那卡几麻"找回来。'从前我一天到晚跑那些观光旅馆，国宾、第一、六福客栈，统统跑遍了，你猜我去干什么？"

"去兜生意。"

"卵椒！"小玉笑了起来，"我去旅馆柜台去查，查日本来的旅客名单。唉，艰苦呢！先查他的中国名字，又要查他的日本名字。我常常做大梦：我那个华侨老爸突然从日本回来，发了大财，来接我阿母跟我到东京去。"

"又在做你的樱花梦啦！"我笑道。

"阿青，你等着瞧，总有一天，我会飞到东京去，去赚大钱，赚够了，我便接我阿母去，我来养她，让她好好享几年福，了了她一辈子想到日本去的心愿。我要她离开她现在这个男人——那个混账东西，不许我们两母子见面呢！"

"这又是为了什么？"

"嗐，"小玉叹了一口气，"我在他的面里下了半瓶'巴拉松'。"

"乖乖，你还会毒人哪！"我咂了一下舌头。

"那个山东大汉，人并不坏。他整天叫'入你奶奶'、'俺入你奶奶'。"小玉笑道，"他是个货运司机，开大卡车的，从前在部队里当过驾驶兵。山东佬，壮得像条牛，我阿母一把就让他抓到床上去了。我跟他两人起先混得还不坏，他到台中运货回来，总带盒我最爱吃的凤梨干给我。喝了两口酒，他便捏起鼻子学女人声音唱河南梆子逗我笑。可是有一天，我在家里跟人打炮，却让山东佬当场捉到了！"

"小无耻，怎么偷人偷到家里去了？"我叫道。

"有什么稀奇？"小玉耸了一下肩膀，"我十四岁就带人回家到厨房里打炮去了。我们住在三重镇，附近有好几个老头子对我好，常给我买东西，钢笔、皮鞋、衬衫，给我买一样，我就跟他们打一次炮，叫他们干爹。有一个卖牛肉汤的，是个大麻子，可是他最疼我。晚上我到他摊子去，他总给我盛一大碗牛肉汤，热腾腾的，又是牛筋，又是瘦肉，还有香菜，喝得受用的很！他家里有老婆的，我便带他回家，从后门溜进厨房里去。谁知那次却偏偏让那个山东佬撞了正着。你猜他拿什么家伙来打我？卡车上的铁链子！'屄精！屄精！'他一边骂，一条铁链子劈头劈脸就刷了下来。要不是我阿母拦住，我这条小命早就归了阴了！你说，我要不要毒他？"

小玉望着我，一脸无可奈何的神情。

"幸好没毒死。"小玉叹了一口气，"他在医院里洗胃，我阿母却赶了回来，把我的衣服打了一个包袱，一条金链子套在我脖子上,对我说道:'走吧,等他回来你就没命了!'就那样,我便变成了'马路天使'。"

说着小玉咯咯地笑了起来。

"老周昨晚又来找过你了,"我突然记起了丽月的话,"丽月说,那个胖阿公气咻咻的。要是他知道你又在外面打野食,他不撕你的肉才怪!"

"去他的,"小玉立起身来,拾起了桌上的账单,"那个馊老头子,好麻烦。好兄弟,拜托拜托,你替我撒个谎吧,就说小爷割盲肠去了!"

回到锦州街,丽月还没有下班。阿巴桑已经带着小强尼睡下了,全屋电灯都已熄灭。我摸到房里,在暝暗中,却突然看到下午搁在床上的那一串锡箔元宝,正在微微地闪着银光。我提起那串抖瑟瑟的元宝,穿过厨房,走到外面的天台上去,天台一角,一只装满了沙的洋铁罐里,一炷香,还在燃着几点星火,大概是阿巴桑烧祭留下来的。我蹲下身去,划亮了一根火柴,点燃了手里那串锡箔。那些元宝烧得嘶嘶地响,一个个烧成了灰,一缕一缕,飘落到地上,颤颤地独自闪着暗红的火烬。我抬头望去,天上那轮七月十五日中元节的月亮,又红又大,偏西了,正压在远处高楼的顶尖上。

返转房中,我连衣裳也没有脱,汗黏黏地便倒卧床上去。我的身体已经疲倦得发麻,四肢瘫痪在草席上,好像解体了一般,动弹不得。在黑暗中,我看见窗外反射进来那些酒吧的霓虹灯,像彩蛇般,在蹿动着。渐渐地,我的脑子却愈来愈清醒起来。三个多月了,这是头一晚,我突然感到我竟是如此思念着弟娃,思念得那般渴切、猛烈。

13

晚上八点整,我们到了中山北路的梅田。我们的师傅杨教头只带了原始人阿雄仔跟我两人去,老鼠因为乌鸦不准出来,吴敏头晕,在杨教头家休息。杨教头穿得正正经经,一件泡泡纱草青条子的西装上衣,一身粽子一般,箍出了圆滚滚的几节肉来,还系着根宽领带,绿绸子底爬满了朱红的瓢虫。一头一脸的热汗,白衬衫早沁得透湿。他把阿雄仔也打扮了一番,套上了一件不合身的花格子西装,袖子太短,露出里面一大截衬衫来,拱肩缩背像足了马戏团里穿着外衣的大黑熊。在梅田门口,杨教头转身叮嘱我们:

"今晚规矩些,在人家华侨客面前,莫给师傅丢脸!"

梅田果然有点情调,装潢是东洋风,门口跨着一拱小桥,桥下水池,流水潺潺,桥尾迎面还有一座假山,山顶闪着一盏小青灯。里面收拾得窗明几净,冷气细细地凉着。四周墙上镶着扇形的壁灯,晶红的灯光,朦朦胧胧,几个女招待的笑靥上,都好像涂着一层毛毛的红晕一般。餐馆尽头,有人在演奏电子风琴,琴声悠悠扬起。一位女招待迎上来,把我们带上了二楼。楼上是隔间雅座,女招待揭开第二间的珠帘,小玉及那位华侨客林茂雄已经坐在里面等候着了。我们进去,林茂雄赶忙起身过来迎接,小玉紧跟在他身后。林茂雄是个五十上下的中年人,两鬓花白,戴着一副银丝边眼镜,一张端正的长方脸,一笑,眼角拖满了鱼尾纹。他穿了一身铁灰色西装,系着根暗条领带,银领带夹上镶着一颗绿玉。杨教头抢上前去,先跟林茂雄重重地握了一下手,又替我跟阿雄仔两人引见了。林茂雄把杨教头让到上座,将我跟阿雄仔安插在杨教头左右。大家坐定后,杨教头一把扇子指向小玉,说道:

"怎么样,林様?我这个徒弟还听话吧?"

"玉仔很乖哩。"林茂雄侧过头去,望着小玉笑道。他说得一口东北腔的国语,小玉挨坐在林茂雄身旁,笑吟吟的。他穿了一件水绿白翻领的衬衫,一头长发,梳得整整齐齐,好像刚吹过风,一副头干脸净的模样。

"玉仔,他这几天做我的导游,我们看了不少地方。台北,我是完全不认识了——"

林茂雄一手扶在小玉的肩上,微笑着。

"今天中午!我才带林様到华西街吃海鲜来,林様说,比东京便宜多了,又好吃!"小玉面带得色地笑道。

"你说吧,林様,怎么谢我这个师傅?"杨教头刷的一下,打开折扇,扇了起来。饭馆有冷气,杨教头的胖脸上,汗珠子仍然滚滚而下。

"就是说啊,所以今晚特地要请杨师傅来喝杯酒呢!"林茂雄笑应道。

"光喝酒是不够的,"杨教头摇头道,"日后咱们有机会到东京,林様也得导游一番,叫咱们开开眼界。听说东京的孩子也标致得紧哪!"

"杨师傅到东京来,我一定做向导,带你到新宿去观光。"

"那些日本孩子看见我们师傅,只怕吓得大气都不敢出了!"小玉在旁边插嘴道。

"咄!我打你这个不孝的畜生!"杨教头手一扬,厉声喝道,旋即却放下手来叹了一声,"林様,你不知道,徒弟大了,师傅难做。怄气得很!这几个东西,笨的笨,蠢的蠢,都上不了得台盘,唯独这个小家伙,鬼灵精怪,一把嘴,又像刀,又像蜜,差点的人,也降不住他。林様,我看他跟你竟有点投缘。"

"玉仔跟我两人很合得来。"林茂雄笑着拍了一拍小玉的后脑袋瓜。

一个十六七岁的女招待揭帘走了进来,端上一盆洁白的冰毛巾让我们揩面,又递给我们一人一张菜牌。林茂雄先让杨教头:

"杨师傅,你是行家,请先点吧。今天是玉仔的主意,吃台湾小菜。"

"我随和得很，什么都吃，连人肉也吃！"

我们都笑了起来，女招待笑得用手捂住了嘴。

"那么，就来碟西施舌吧，尝尝美人舌头的味道！"

"嗨。"那个女招待赶忙应声写了下来。

"玉仔，你想要吃什么？"林茂雄转头问小玉。

"烤花枝，我要吃烤花枝！"小玉嚷道。

林茂雄又让阿雄仔，阿雄仔咧开大嘴笑嘻嘻地说：

"鸡、鸡——"

"现什么宝？"杨教头低声笑骂道，"给他来道烤鸡腿吧！"

"嗨。"女招待又赶忙应道。

我点了一碟盐酥虾，林茂雄自己也加了几个菜，一道烧鳗，一道家常豆腐，一碟酸菜炒肚丝。

"日本人不吃内脏，我有好些年没有吃到炒肚丝了。"林茂雄笑叹道。

"先生要喝什么酒？"女招待怯生生地问道。

"把你们的陈年绍兴热来，"杨教头命令道，"加酸梅！"

女招待去暖了一壶绍兴酒来，一只高玻璃杯里盛着酸梅，她要替我们斟酒，小玉却赶忙接了过去道：

"不必了，让我来。"

女招待应着走了出去，小玉把酒筛到装酸梅的杯里，浸渍片刻，先替林茂雄斟上一杯，又把别人的酒杯都注满了，才立起身来，双手捧起酒杯，朝林茂雄敬道：

"林様，今晚是你给我面子。我先干了这杯酒，表示我一点敬意吧。"

说着小玉便举杯，一口气咕嘟咕嘟将一杯酒饮尽了，一张脸顿时鲜红起来，一双飞挑的眼睛眼皮也泛了桃花。

"慢来，慢来，别呛着了。"林茂雄赶紧伸出手制止道。

"我从来不喝急酒的，"小玉笑道，"今晚实在高兴，所以放肆了！"

"啧、啧。"杨教头咂嘴道，"林様，你本事大，这个小家伙脑后那块反骨大概给你抽掉了——竟变得这般彬彬有礼起来！"

"玉仔一直很懂礼么。"林茂雄笑道，自己也呷了一口酒。

"没有的事！"杨教头摆手道，"他在别人面前，张牙舞爪，就像只小斗鸡，你真是把他收服了！"

"等一下菜来了，先吃点才喝，空肚子闹酒，要醉了。"林茂雄低声对小玉说道。

"好的。"小玉点头应道。

女招待送菜上来，头两道是烤花枝、烤鸡腿。林茂雄夹了一块烤花枝，搁在小玉碟子里。阿雄仔看见那盘焦黄油亮的肥鸡腿，伸出只大手爪便去抓。我整天只吃了两枚烧饼，老早饿得肚子不停地叽咕叽咕发响，一闻到那阵烤鸡腿的肉香，顿时一嘴巴的清口水，手上的筷子跟阿雄仔的手爪差不多同时伸到盘中最大那只鸡腿上。

"喂,你们客气些!"杨教头喝道,转向林茂雄道歉道,"林様,请多多包涵!我命苦,收了这么个傻仔,又加上一群没见过世面的徒儿,处处出洋相!"

"让他们去吧,"林茂雄笑道,"难得孩子们吃得这么开心!"

林茂雄说着把外衣也卸了,小玉赶忙接了过去,挂到衣架上。杨教头也除下了西装,把领带也松开了。林茂雄双手端起酒杯来,向杨教头敬酒道:

"杨师傅,请你先受了我这杯酒。"

杨教头也慌忙不迭地举杯回敬道:

"林様是远客,我应当先敬。"

两人对过杯以后,林茂雄沉思了片刻,却向杨教头郑重地说道:

"杨师傅,今晚请你来,我还有一件事想跟你商量:玉仔是个聪明孩子,我看他也还懂得好歹,由他这样浪荡下去,恐怕糟蹋了——"

"林様!"杨教头将扇子往桌上一拍,"你这句话,正说到我的心坎儿上!我是他师傅,难道还不望他好?他从前那些干爹,有的开店铺,有的开洋行。他肯上进,谋份正经差事,还不易如反掌?偏偏这个小家伙,天生一副贱骨头!没常性,三天两头,一言不合,大摇大摆地就开小差。他自己不爱好,我当师傅的，拿他也无可奈何。"

"当然，当然，"林茂雄赔笑道，"师傅哪有不疼徒弟的道理？是这样的，咱们成城药厂在台北松江路设了间经销处，要雇用一批人。我想把玉仔安插进公司里，有份差事，学个一技之长，对他日后是好的。所以先向师傅问准，备个案。"

"那敢情好！"杨教头应道，"林様肯提拔，是他的福。只是一件：要看他本人如何。小家伙，肚里的鬼，只怕有一打！"

"我已经问过他了，他自己说愿意。"林茂雄侧过头去望着小玉笑道。

"替林様做事，我尽心就是了。"小玉一脸正经地说道。

"这回可是你自己说的，"杨教头指向小玉，"咱们等着瞧吧——这倒好，日后伤风头痛，直到小玉那里拿药就是了！"

"我们销的，大部分是补药，'胖美儿'之类。"林茂雄笑道，"台湾市场小，西德货竞争又厉害，生意恐怕也不太好做。"

"人事呀！这里什么都讲人事！要拉大医院，又要拉大医生，药品才销得出去。"

"我们已经开始做广告，征经销员了——我的意思，就是想叫玉仔跑跑外务经销。"

"那行，他那把嘴巴还要得！"杨教头嘉许道。

谈笑间，我跟阿雄仔两人已经把鸡腿啃得只剩下几根骨头，一时菜都上齐了，而且林茂雄又一直叫我们不要拘束，我跟阿雄两个人，筷子调羹并用，虾子鳗鱼豆腐肚丝，一人盛满了一盘。梅田的台湾小菜果然胜过青叶、梅子，味道精致得多。我心里想下次不知几时才有机会上馆子，吃够本再说。

"这些年，我一直想回来看看——"林茂雄呷了一口酒，缓缓说道，"没料到台北竟变得这么繁华，好像十年前的东京一样。玉仔今天带我走过八条通——从前我们的老家就在那里——现在全是旅馆，眼都看花了！"

"那一带变动得厉害。"杨教头接嘴道，"从前咱们在六条通开了一家'桃源春'，轰轰烈烈了一阵子——现在那家酒馆已经换了两个老板，改成什么'阿里山'了！门口漆得大红大绿，走过那里我看着就刺心！林樣这次回来，亲人都看到了？"

"老一辈的都不在喽，"林茂雄唏嘘道，"这次回来，我倒想找一位少年时代的朋友——"

林茂雄若有所思地顿了下来，他的双颧微微地泛起酒后的酡色，墙上的扇形壁灯，晶红的光照在他那一头花白的头发上，涂上了一层晕辉。他的嘴角漾着一抹怅然的微笑，眼角的皱纹都浮现了起来。

"他叫吴春晖，我们住在一条巷子里，两个人很亲近，跟兄弟一样。那时我们一同上台北工业学校，学化工。两人还约好，日后一块儿到日本去学医，回来合开诊所。谁知道战事一来，我却给征到大陆东北，一去便是这么些年——"

"我也到过东北，冰天雪地，耳朵差点没给冻掉！"杨教头插嘴道。

"是啊，我刚到长春的时候，生满了一脚的冻疮，寸步难行。"林茂雄摇头笑道，"后来才知道东北人的靴子里原来都塞满了乌拉草取暖的。"

"那个吴春晖呢？"小玉好奇地问道。

"嗳，"林茂雄叹息道，"他可怜，给日军拉去东南亚打仗去了，下落不明，也不知道他现在还活着没有？"

"他长得是什么样子？"小玉问道。

"我只记得他年轻时候的面貌——"林茂雄沉吟了片刻，他打量了小玉一下，笑道，"说起来，你跟他，眉眼间倒有几分相似。"

"是么？"小玉笑道，"那个容易，林样，我陪你去找！"

"傻仔，"林茂雄搔了一搔他那花白的发鬓，"隔了三十年，我们相见也不认识了呀！"

"不要紧，只要痛下决心，一条街一条街，一个城一个城去找，总有一天找得到。"小玉颇为自信地说道。

"真正是小孩子说话。"林茂雄摇头笑道。

小玉起身拣了一块烤鳗鱼，敬到林茂雄的碟子里。林茂雄吃了一口，赞道：

"这家烧烤,确实不错。"

"听说东京的中国饭馆也多得很哪。"小玉探问道。

"日本人爱吃中华料理,他们常常在中国饭馆宴客。在日本开餐馆很赚钱。东京有一家留园,是满洲皇族开的。气派大得很,普通人还吃不起哩,一道水晶鸡,日币三千圆!"

"林様,我到东京去,在中国餐馆打工,行么?"小玉问道。

"你会烧菜么?"

"不会可以学么。"

"那边餐馆常常请不到厨子。"

"那么我赶快到烹饪学校报名,考个厨子执照去。"小玉笑道。

"你不必打这些鬼主意了!"杨教头道,"林様回日本,干脆把你装进箱子里,提走了事!林様,听说这几年东京也繁荣得了不得!"

"东京变得更厉害,"林茂雄叹道,"战后我们去,差不多炸平了,眼看着一栋栋高楼建了起来。我们老板有眼光,一去便在新宿番众町那一带买下一块地,就那样发了起来——他是我太太的舅舅,就是他把我们接去日本帮忙的——"

"番众町那里有一家酒吧叫一番馆,里面的孩子都穿着和服的。"小玉插嘴道。

"你怎么知道?"林茂雄诧异道。

"一番馆在番众町七十五番地。"小玉笑嘻嘻地说。

"你这个孩子,"林茂雄摸了小玉的头一下,"好像东京去过多少次似的,这么熟!"

"我有一本东京地图,"小玉笑道,"那些街道我都背熟了,我去了,一定不会迷路。有一天,我一定要到新宿一番馆去瞧瞧那些穿和服的日本孩子去——林様,要是我穿起和服来,会好看么?"

"你穿上和服,倒像个日本娃娃。"

"《好色一代男》林様看过么?"小玉问道,"是一部彩色古装片。"

"《好色一代男》?"林茂雄皱起眉头思索了片刻,"是好老的影片了吧?"

"池部良演的,"小玉说道,"他在电影里穿了一件白绸子黑缎带的和服,乱潇洒一阵!林様也有和服么?"

"有一件,在家里穿穿。"

"什么颜色?"

"灰的。"

"哦,我喜欢白绸子的。以后我也去买一件;不过听说好的贵得很。要是我在东京穿起和服来,他们真的把我当作日本仔怎么办?我又不会说日本话,只会一句:我哈腰——果哉一麻司,还是师傅教的。你肯教我说日文么,林様?"

"那要看,"林茂雄微笑道,"你在公司里做事努不努力!"

"那我一定拼命干就是了！"小玉笑道。

几碟菜我跟阿雄仔两个人，闷声不响扫掉了一大半，阿雄仔用手拉鸡腿吃，两手抓得油叽叽，啃完了鸡腿，又吮手指头。小玉点的烤花枝，他只吃了两夹，其他的我趁他说话，都暗暗地计算光了。几道菜，烤花枝最爽口，又香又脆。吃到最后，一只碟里只还剩下一枚盐酥虾，我夹起送进嘴里，连头带尾一齐吞了下去。吃完菜，我们把两瓶绍兴酒也捣鼓光了，才散席。

14

"盛公家开'派对'！"

这个消息，像一则不胫而走的谣言，从早上开始，便在台北市我们这个隐秘的地下国度里，每一个角落，散布开来。从八德路传到中山北路，从中山北路流到西门町，从西门町越过淡水河吹到三重镇，然后再回头，落到万华三水街那条热臭污秽的死巷中。在大街上，在小巷中，在野人地下室，在新南阳的后排座椅上，当然，最后归集到我们的老窝公园里——大家见了面，都会心地一笑，互相传递，互相印证：

"盛公又开'派对'了。"

"八德路二段。"

"晚上十点钟。"

十点钟,八德路二段一条弄堂里,早已停满了脚踏车、摩托车,还有一两部小轿车。盛公那幢两层楼的花园洋房,外面看去,一片昏暗,连门灯都没有开。楼房上下,门窗紧闭,帘幕低垂。外人看见,都会以为宅内的人,早已安息,灯火俱灭。谁也不会察觉,那座外表十分安静规矩的巨宅里,一个秘密聚会,正在如火如荼地进行着。只有走近客厅时,才听到里面隐隐约约的人语笑声以及管弦的悠扬。客厅门口,一排排,一行行,早已堆满了各式各样的鞋子,有尖着头系带子的老式生生皮鞋,有镂着小洞的白皮鞋,有泥滚滚发着胶臭的运动鞋,还有几双赤裸裸的高跟木屐。盛公家的客厅,十分宽大,容得下四五十人,可是里面一片黑压压都挤满了人头。客厅中央那盏大吊灯,旋转出红、绿、紫三种颜色的灯光,配着唱机播放出来《碎心花》的探戈节奏,转得偌大一间客厅,像只大水缸,各色水浪,波涛起伏。一个个人的身上脸上,时红时绿,好像一群色彩艳异的热带鱼,在五颜六色的水波中,载浮载沉。里面的人都扯高了喉咙,叫着笑着跳着,可是谁也听不清谁的话。因为客厅那座两吨半的冷气机,正开足了马力,轰轰地喷射,把人语笑声镇压下去。门窗关闭得紧,客厅里一径酝着一股清一色浓浊的男人味。

主人盛公坐在客厅一端凸起的台上一张檀木的太师椅上，居高临下，睁着他那双老眊的眼睛，既感兴味又无可奈何地瞅着那一群暖烘烘的青春肉体，半刻也不肯安分地蹦跳着，飞跃着。盛公穿了一件黑丝绸香港衫，左边胸袋上绣着一朵醉红的海棠花。头上残剩的一撮稀发，一绺绺梳得妥妥帖帖地覆在头顶上。因为常年风湿，盛公的背一径痛得弯成一把弓，背后衬着两只软泡泡的黑丝绒的椅垫。盛公的万年青电影公司刚推出一部文艺片《灵与肉》，轰动港台，创下近年来的票房纪录。盛公心花怒放，便开起"派对"，来庆祝《灵与肉》的成功。连电影中那支主题曲《碎心花》也得了一个大奖。盛公对我们，确实是慷慨的。时常无缘无故，他会叫一桌酒席，让我们吃得兴高采烈，他夹在我们中间，拍着我们的背，说道："能吃就吃吧，孩子。像我，连块排骨都啃不动喽。"盛公镶了一口的假牙，只能吃虾仁蒸蛋、鸡血豆腐。盛公喜欢诉说他过去辉煌的故事：他从前在上海，是天一公司的台柱小生，跟徐来、王人美都配过戏。他说徐来最美，不愧是标准美人。他把他从前那些剧照拿出来，给我们看，我们都笑了起来。盛公悻悻然喝道："笑什么？！难道你们还不相信这就是我么？"我们确实不相信，相片里那个年轻英俊、眉眼灵秀的男人，竟会变成一个瘪嘴驼背的丑老头。上次盛公开"派对"，我们吃完喝完，大家成群结队，一哄而散，谁也不肯留下来陪盛公消夜，喝红枣桂圆汤，听他那些讲了又讲的古老故事。在空旷的客厅里，盛公独自颓然靠在太师椅上，茶几上，烟尸酒罐，糖纸瓜子壳，堆积如山。盛公突然感伤起来，淌下了两滴衰老的眼泪，对杨教头慨叹道：

"杨胖子，老来无子，到底是凄凉的。"

杨教头是盛公唯一的知己，盛公的感慨，只有他才能了解。

"算了吧，盛公，"杨教头安慰他道，"养儿子，不孝顺，也是枉然！"

"那块料还不错。"盛公转向左手凳子上的杨教头说道，他正觑着老眊的眼睛，指向人群中一个身着火红紧身衫的少年。少年的身材很帅，长腿细腰，一个倒三角的胴体，宽厚的胸膛上，两块胸肌嚣张地隆起。少年扬面昂首，左顾右盼，一副目中无人的狂态，都堆在他那似笑非笑、上挑的嘴角上。盛公识人，《灵与肉》中的男主角林天，一经他提拔，登时平步青云，熠熠地便红了起来。

"那个骚东西么？"

杨教头用扇子遥点了红衣少年一下，歪过头去，凑到盛公耳下，报告了一段少年的履历：

华国宝，人都叫他华骚包，一天到晚爱亮出他身上那几斤健身房练出的肌肉来。读过一年艺专，便自以为是电影明星了。是个刁狂无比的浮滑少年。然而人却聪明绝顶，也有才，倒真是一块料！看见么？跟在他身后，寸步不离，戴着一顶巴黎帽的，他是谁？是阳峰哪，《悲情城市》、《心酸酸》，从前闽南语片那个过了气的红小生。他整日在小华身后，就好像在追逐自己的影子一般。这两年阳峰的魂只怕也给他磨掉了，供他吃、供他住、供他读书。华国宝却冷冷地说道："我不稀罕！"

老鼠在人群中窜来窜去，趁人不觉，从茶几上攫走了那包还未开封的"长寿"，迅速塞进了裤子后面的口袋里，又挤到那张大理石面的八仙桌边，从一只朱漆的四色糖盒里，狠狠地抓起一大把金银纸包着的巧克力，正要往胸袋放，却让聚宝盆的卢司务一把捉住了手梗子。老鼠咧着一口焦黄的牙齿，无奈地笑道："卢爷，要吃糖么？"卢胖子笑得像尊欢喜佛，大肚子顶到老鼠的胸上："糖，我不要吃，我倒想啃你的骨头！"

吴敏那张脸变得愈加苍白了，他退缩到客厅远远的一角，闪躲到那架卍字乌木屏风后面去，掏出手帕，揩拭他额上的冷汗。他左手上的绷带还没有除去，白白的一圈，套在腕上，手铐一般。张先生刚跨了进来，他穿了一套很体面天蓝色沙市井的夏天西装，头发抿得一丝不苟，下巴剃得铁青，他右边嘴角拖着的那一道深纹，在红艳艳绿森森的灯光下，如同一条阴黑的刀痕，斜横在那里，好像一径在凶残地微笑着似的。萧勤快跟在他身后，浓眉大眼，苗壮得像头小公牛，见了人便咧开他的厚嘴唇，得意地笑道："我们刚到华声去看戏：《灵与肉》。"

心脏科的名医史医生正伸出手去，按了一按三水街小幺儿花仔的胸脯，说道："花仔，你的心长歪了，难怪你这个人也是歪的。"史医生常常要我们到他的永乐诊所去检查身体，他给我们义诊，连金霉素也是赠送的。史医生的诊所里有人送他一块匾：仁心仁术。他确实是一个仁医，非常关心我们的健康，常常给我们讲解卫生知识。

铁牛叉着腰，敞着胸，屹立在那里。一头铁硬的怒发，根根倒竖。一条黑帆布的腊肠裤，箍得腿上的肌肉波浪起伏，皮带也不系，裤头滑得低低的，全身都在暴放着野蛮的男性——可是艺术大师说，他在铁牛的身上，终于找到了这个岛上的原始生命，就像这个岛上的台风海啸一般，那是一种令人震慑的自然美。他替铁牛画了好几张画像，他说，那才是他真正的杰作。艺术大师非常鄙薄那一群大学生，"文明和教育，把他们的生命力都斲伤了，"他冷笑道，"他们像什么？一束塑胶花！"然而那群大学生却独自围成了一个小圈圈，嘴里夹着洋文，沾沾自喜地在跳着探戈的花步。

在盛公这间门窗紧闭、帘幕低垂、冷气机开得轰轰响的客厅里，我们一个个都放浪形骸地蹦跳起来，愈跳愈剽悍，愈猖狂，一个个都夸张地笑着、叫着，好像在向外面那个合法的世界挑战、报复一般。在那转得忽红忽绿的灯光下，我看到了盛公那张衰老无奈的脸，阳峰那张追悼哀伤的脸，华国宝那张狂傲的脸，吴敏那张苍白的脸，张先生那张一径浮着一抹凶残微笑的脸。这一张张年老的、年轻的、美貌的、丑陋的脸上，都漾着一股若有所失的暧昧神情，好像都在企图遮掩什么似的，遮掩一些最黑暗最黑暗的隐痛？一颗常年流着血不肯结疤的心？在那盏旋转灯下，我又看到了那张古铜色高额削腮的脸——立在我面前的是那个头一次带我到瑶台旅社去，小腹练得铁板一般硬的中学体育教员，他正朝着我，伸出了他那筋络崎岖的手臂来。在旋转灯下，我看见一只只的手：吴敏那只绑着白绷带受了重创的手，老鼠那只被烟头烙起了燎泡的手，阳峰那只向华国宝伸了出来而又痛苦迟疑缩了回去的手。在这个封闭拥塞的小世界里，我们都伸出了一只只饥渴绝望的手爪，互相凶猛地抓着、扎着、撕着、扯着，好像要从对方的肉体抓回一把补偿似的。体育教员那只手，像钢爪一般，一把扣住我的右腕，捯得我的手骨直发疼。他是那样急切地望着我，红丝满布的眼里，好像又有千言万语要向我倾吐一般。我闻到他呼吸里喷出的酒味，他又醉了，就像那天夜里一样，醉得口齿不清，向我倾诉了一大堆他的伤心历史。那样一个北方大汉，竟会恸哭得令人手足无措。我感到非常尴尬，我实在不忍见到那张古铜色醉脸上泪水纵横的模样。在人堆中，肉磨着肉，我盲从奋力地蹦着跳着，一阵突如其来莫名的悲哀，千钧压顶陡然罩了下来。我觉得客厅里的氧气好像骤然抽掉，胸口一闷，令人窒息起来。我猛地挣脱了体育教员钢爪似的手，奋力推开人堆，窜逃到客厅外面去。在客厅门口,我从那堆混杂的鞋子中,找到了我那双打着铁钉张了口的皮靴子。

15

午夜,公园里热浓的空气稍稍清凉下来,那丛樟木林子,正在喷吐着一蓬蓬沁人脑脾的辛香。十七的月亮比十五的又昏黯了些,托在最高那棵大王椰的顶上,如同一团烧得快成灰烬的煤球,独自透着晕红晕红的余晖。四周沉寂,只有莲花池那边的台阶上,传来剎、剎、剎,一声又一声孤独的步音,焦灼、迫切,渐渐消失到远方,蓦地回头,却又转身过来,愈来愈急,愈来愈响。他那高大的身影,穿过来,穿过去。嶙峋、突兀,从台阶这一端蹭蹬到台阶那一端,无休无止地在徘徊、在踟蹰,直到他跟我撞了个照面,他才倐地煞住了脚,一双钉耙似的长手臂扣到我的肩上,他那双炯炯的眼睛逼视着,如同原始森林中的两团野火,猛地跳跃了起来。

"我一直在找寻你,阿青,找了好久了。"

16

"他们都说是我杀害了他,是么?"

黑暗中,龙子的声音,好像久埋在地底的幽泉,又开始汩汩地涌现上来。

"我杀死的不是阿凤,阿青,我杀死的是我自己。那一刀下去,正正插中了我自己的那颗心,就那样,我便死去了,一死便死了许多年——"

我们两个人,肩靠着肩,躺在一铺垫着浸凉藤席的沙发床上。在南京东路三段的一条巷子底,王夔龙父亲那幢日据时代留下来的古旧的官邸里,我们躺在龙子从前那间临靠后院的卧房内。床脚下,点着一饼浓郁的蚊烟香。香烟袅袅上升,床头的纱窗外,几扇芭蕉的阔叶,黑影参差,忽开,忽合,在扫动着。院子里有夏虫的鸣声,颤抖、悠扬,一声短,一声长。

"许多年,我藏在纽约的曼哈顿上,中央公园斜对面七十二街一座公寓大厦的小阁楼里,变成了一个不见天日的野鬼。白天,我躲在百老汇一家地窖酒吧里,打零工,赚些零用钱。到了深夜,到了深深的夜里,我才露面,开始在曼哈顿那些灯光灿烂、行人绝迹的街道上流荡起来,从四十二街一直走到第八街,走到两条腿酸疲得抬不动了,我便在华盛顿广场的喷水池边,坐了下来,坐在那里,坐到天明。有时候,我乘地下车,在纽约的地底下,横冲直闯,从一路车换到另一路,一直乘到方向完全迷失,才从地底下爬出来,跨入一片完全陌生的黑暗地带,在那些黑影幢幢的高楼中间,盲目地乱转起来。有一次,半夜三更,我闯进了哈林黑人区。那个夏天,黑人暴动,每夜都有警察在跟黑人揪斗,那晚我走到一团黑漆漆的人群中间,也给警察拳打脚踢赶上了警车,捉到拘留所去。可是那时我并不懂得害怕,因为我一点感觉也没有——

"一个风雨交加的夜里,我站在河边公园的一棵大榆树下,雨水从树叶树枝上冲下来,浸得我全身透湿透湿,我的双足陷在泥沼里,愈陷愈深,泥浆灌进了我的鞋子里,冻得我一双脚都发了麻。我一直望着远处华盛顿大桥在风雨中闪烁着的灯光,全然忘却了还有一个人跪在我的脚下,在啃食着我的身体。又一个大雪纷纷的冬夜,我在时报广场一家专演黄色电影的通宵戏院里,倒在最后一排,昏昏睡了过去。醒来时,大概已是清晨,一间又黑又大的戏院里,上上下下只剩下我一个人坐在那里,大银幕上人体乱跳,可是我完全视若无睹,只是当我低头看表时,手腕上那只我在台湾考上大学时父亲送给我做纪念的劳力士却不翼而飞,让人家顺手剥走了。那些年,我在纽约的街头上流浪,前前后后,大约总吃了几百只牛肉饼了吧。可是我却一直不知道牛肉饼是什么味道。我失去了味觉,嚼什么东西,都如同木屑一般。有一次，我在格林威治村买了一只牛肉饼，一口下去，把舌尖咬下了一块肉来，一嘴的血，我自己也不知道，和着自己的血肉，把牛肉饼一齐吞下到肚里去。然而有一天，我突然恢复了知觉——

"那是一个圣诞夜，纽约大街的圣诞树上都点满了红红绿绿的彩灯，到处都在唱平安夜。那晚落雪落得早，五六点钟，曼哈顿上已经变白了，人们跟家人聚在屋内，开始圣诞晚餐。我也跟着一群人，在吃圣诞晚餐。我们一共有一百多个，有六七十岁全身松弛得像只空皮囊的老人，有十几岁四肢刚刚圆滑鼓胀的少年，有白人、黑人、黄人、棕色人，在那个圣诞夜里，我们从各处奔逃到二十二街躲入一幢又黑又旧的高楼里，在一间间蒸汽弥漫的密室内，我们赤裸着身子，围在一块儿聚餐，大家静默而又狂热地吞噬着彼此的肉体。我离开那间三层楼像迷宫一般的土耳其蒸汽浴室，出到街上，外面已经蒙蒙亮了，天上的雪花给寒风刮得乱飞，到处白茫茫的一片。我坐地下车回家，走过中央公园门口，突然间，里面树丛中闪出一团黑影来，紧紧跟在我的身后。平常夏夜里，中央公园那一带树荫下，经常人影幢幢，在那里互相追逐。就是冬天，有时候，还会剩下几个孤魂野鬼，在寒风中，彷徨徘徊，直到天明。那天，我已经筋疲力尽，遍身麻木，于是便加速脚步，往七十二街家里走去。走到公寓门口，后面跟着我的那个人，却追了上来，声音颤抖地叫道：

'先生,有零钱么?我饿了。'我回头看,发觉那竟是一个十几岁的孩子。他裹在一件黑呢带斗篷的大衣里,斗篷盖在眉上,遮掉他半张脸。他佝着背,一身抖瑟瑟的。我对他说,我楼上有热可可,他便跟了我上去。进到房中,他脱去大衣,里面只穿了一件暗红色破旧的套头紧身衫,露出他那瘦赢的身子来。他有一头大鬈大鬈的乌黑的头发,蓬松松地堆在眉上,一双大得出奇的黑眼睛,深深嵌在他那张削薄青白的脸上,烁烁发光。他看起来约莫十六七岁,像是一个波多黎各的孩子。我冲了一杯热可可端给他,他接过去,双手捧起杯子,也不怕热,咕嘟咕嘟一口气喝得精光,他那张冻得青白的脸上才渐渐泛出一丝血色来。他坐在我的床沿上,一双大眼睛望着我,在期待着。我知道,那些孩子们要的是什么,二十块、三十块,一个礼拜的饭钱,一个礼拜的房租。我过去伸出手去剥他的衣服,我要尽快打发他走,好蒙头睡觉。当我的手指尖戳中他的胸前,他突然啊的一声惊叫了起来,我赶忙缩回手,孩子抬起了头,对我歉然地笑着,可是他的眉头却紧皱着,一双大眼睛好像痛得在迸跳似的。他自己缓缓地将衣衫卸下,露出了赤裸的上身来。在他那瘦骨棱棱青白青白的胸膛上,横横斜斜,赫然印着几条伤痕,条条有手指大小,青的青,红的红,交叉的地方,一块伤疤,有酒杯口大,正正压在他的心口上,伤口破了,发了炎,浮肿起来,鲜红的,在淌着黄色的浆液。孩子告诉我,前几天的一个晚上,他在公园里，撞见一个穿皮夹克骑摩托车，裤带上挂满了铿铿锵锵白铜钥匙有虐待狂的家伙，将他带了回去，用一根长长的铁链子把他捆绑了起来，鞭着他像狗似的在地上爬。'绑得太紧了，磨破了——'孩子指着他胸口上那块酒杯大的伤疤说道。他嘴角上一直浮着一抹歉然的笑容，那一刻，就在那一刻，突然间，我在他胸口鲜红的伤疤上，看见了那把刀，那把正正插在阿凤胸口上的刀。阿凤倒卧在地上，一身的血，也是那样望着我，一双大眼睛痛得乱跳，可是他那抖动的嘴角上，也是那样，挂着一抹无可奈何歉然的笑容。多少年来我完全失去了记忆，失去了知觉。可是那一刻，那一刻我好像触了高压电一般，猛地一震，心中揪起一阵剧痛，痛得我眼前一黑，直冒金星。我抓起那个孩子一双冰凉的手，握在掌中，拼命揉搓。我跪倒在他面前，把他那双又脏又湿裹满了雪泥的靴子脱掉，捧起他那双僵冻肮脏的脚，搂进怀里，将面腮抵住他的脚背，来回摩擦，一直抚弄到他那双僵冻的脚温暖为止。那个孩子被我弄得手足无措起来，我也不顾他反对，把他抱上床，替他脱去衣裤，去找了一瓶双氧水，用棉花蘸了，替他把他胸上的伤痕轻轻洗干净，然后将一张厚厚的毛毯盖到他身上去。我坐在他头边的地板上，守着他，直到他闭上眼睛，疲倦地睡去。我站起来走到窗边，斜对面中央公园里，树上地上都盖满了一层洁白的雪。太阳刚升起，照得一片晶亮，炫人眼目。我屹立在窗前，一身的血，在翻腾，在滚烧,脸上一阵阵地热,如同针刺一般。从前的事,一幕一幕,像万花筒似的,拼凑起来。猛抬眼,我瞥见窗玻璃里,映着一具骷髅般的人影,多少年来,那是我第一次,看到了自己——

"那个孩子,在我那里居留了三个多月。他的名字叫哥乐士。哥乐士是波多黎各人,是从圣璜来的,他的英文破破碎碎,夹满了西班牙话。他告诉我,三年前他们全家移民到纽约,父亲不愿负担家累,弃家而走,母亲就那样疯掉了,给关进了市立神经病院。有一天,我们走过东河河边,哥乐士指给我看,对面河岸凸出一个半岛,半岛尖端,有一所红砖大楼,四周都围了很高的铁丝网。'我母亲就关在那里头。'哥乐士对我说道。他说他在纽约街头已经流浪了一年多了,遇见过不少奇奇怪怪的人,也染上了一身的恶疾。他的生殖器上,凸起一块块的红斑,我带他到医院去治疗,他患上了二期梅毒,打了许多针。他的内衣裤总沾着点点斑斑黄浊的脓汁,晚上换下来,我便用消毒药水替他洗干净。我那铺单人床窄小,晚上我们躺在一起,我一翻身,手肘触中他胸上的创伤,总是痛得他从睡梦中叫醒,于是我便把我的床让了出来给他睡,我躺在他床下的地板上。在黑暗中,我听得到他均匀熟睡的鼻息。三个多月,我天天喂他鸡蛋牛奶,还有草莓冰淇淋——哥乐士人瘦,食量却大得出奇,每天可以吃一小桶冰淇淋哩——他的面颊渐渐丰满起来,脸前那几道铁链子箍出来的创伤也慢慢平复了,结成一条条殷红的疤痕。有一天,哥乐士告诉我他要去探望他的母亲,可是他一去,再也没有返回来——

"然而,阿青,哥乐士失踪了,可是在纽约曼哈顿那些棋盘似的街道上,还有千千万万个像哥乐士那样的孩子,日日夜夜,夜夜日日,在流浪、在窜逃、在染着病,在公园里被人分尸。那么多,那么多,走了又来,从美国各个大城小镇。有时候在中央公园的树丛里,有时候在地下车站的厕所中,有时候在四十二街的霓虹灯下,我会突然看到一双闪烁烁的大眼睛,那是阿凤的眼睛,痛得在跳跃的大眼睛。于是我便禁不住要伸出手去抚摸那个孩子的面颊,问他:'你饿了么?'有一次半夜我带了一个十三四岁的犹太孩子回家——他蜷卧在公园外面人行道的长靠椅上,睡着了。我把我的床让给他睡,可是天还没亮,他却爬了起来,到处翻我的东西。我没有作声,看着他把我的皮夹从裤袋里拿出来,还顺手牵走了我一副太阳眼镜。又一次,我带了一个饿得发抖的意大利孩子回去,我煮了通心粉喂他吃,吃完后,他却倏地抽出一把弹簧刀来,逼我要钱,那天正好我的现款用光了。他以为我说谎,暴怒起来,一刀戳到我胸上,戳偏了,没有中要害。我倒在地上,也没有呼救,血一直沁到我的夹克外面来。我听得自己的血一滴一滴落到地板上,渐渐昏迷了过去。第二天,房东太太叫救护车来把我送进了医院,在里面住了一个星期，输了两千CC的血。我的肉体虽然很虚弱，可是感觉却异样地敏锐起来，敏锐得可怕，好像神经末梢全部张开了，一触便发痛。出院那天，是个星期天的下午，走出医院外面，八十三街近公园那里，靠墙坐着一个老黑人，一个满头花白的瞎子乞丐，眨着一双青光眼，在拉着一架破烂的手风琴。冬天的夕阳把他那张皱得眉眼模糊的脸照得赤红。那个老黑人正拉奏着一首黑人民谣：*Going Home*。手风琴的声音在寒冷的暮风里，颤抖抖的。我背着夕阳，踏着自己的影子，走着走着，突然心中涌起一股强烈的欲望：我也要回家，回到台北，回到新公园，重新回到那莲花池畔。可是我还得等两年，两年后，我父亲才过世——"

龙子那汩汩上冒的声音，突然间好像流干了似的，戛然中断。窗外那轮黯红的月亮，冉冉沉落到那几扇肥大的芭蕉叶上来了。我的眼睛酸涩得张不开了，矇着过去，等到醒来，纱窗外已经透着青濛濛的曙光。我感到呼吸困难，脸上好像压着一根沉甸甸的铁柱一般，是王夔龙那只钉耙般的手臂，正正地横卧在我的心口上。

"你喜欢什么颜色的衬衫？阿青？"王夔龙带我回来的时候，问我道。

"蓝的。"我说。

"明天我们到西门町替你去买一件。"他把我脱下的衬衫挂到门背上，我的衬衫右肘，破了一个大洞。

王夔龙要求我搬到他父亲南京东路那幢古老的住宅里，跟他一块儿住。

"再给我一个机会吧，让我照顾你。"

他在黑暗中向我幽幽地乞求道，他说怎么我也会有那样一双眼睛，一双痛得在跳的眼睛，他头一晚在公园里便发觉了。他伸出他那只瘦棱棱的大手，在不停梳耙着我的头发。离开家三个多月，在有一顿无一顿、昼夜颠倒的流浪日子里，也曾有几次，半夜里突然惊醒，有时在候车站的下流旅馆里，有时候在万华一间又脏又热的小阁楼一铺陌生人的床上，也有一次，竟倒卧在公园里博物馆前的台阶上，醒来的那一刻，心中确实渴望着有一间能长久栖留的居所，可是有人要收容我的时候，我却又借故溜脱了。我在公园里才出道一个星期，便遇见了一个好心人，一个姓严的中年人，他在西门町银马车当经理。他介绍我到银马车去当小弟，并且收容我到他金华街的那间公寓里。他对我说：才出来还有救，陷下去就要万劫不复了。我穿上了银马车雪白洁净的制服，托着咖啡、红茶、酸梅汤、芒果冰淇淋，十小时不停脚地周旋在那些到西门町来看电影买东西的客人中间。到了第四天晚上，我在厕所里悄悄地脱下制服，换上自己的衣裳，趁人不注意，从后门溜了出去。我从中华路朝着小南门一直奔跑下去，愈跑愈快，一口气奔回到公园里，跳到莲花池畔的台阶上。我突然起了一个逃走的念头，逃出王夔龙父亲那幢古老的官邸外面去。前些时在新南阳看过一张美国西部片,《黑峡双枭》,是讲落为草莽出没峡谷的两兄弟——哥哥是亨利·方达演的。两人一生抢劫为恶,最后被官兵追赶,哥哥掉进了流沙里,弟弟伸手去救,一齐给拖进了泥淖中。两个人揪着扯着,慢慢沉沦下去,最后只剩下四只手,伸在流沙外,拼命地在抓。我轻轻将龙子的手臂从我胸上挪开。他那根钉耙似的手臂,压在我心口上,那样重,直往下沉,我觉得就如同黑峡谷里强盗哥哥伸出的那只急切拼命的手一般,要将我拖进流沙里去似的。我悄悄地下了床,穿上我那件破了洞的衬衫,走了出去。外面的铁闸大门上了锁,铁闸很高,门上耸着三尺长黑色的铁戟。我费了很大的劲,才翻越出去,把小腿都刺出了血。

17

下午三点钟,台北市热得像一只走投无路的大癞毛狗,舌头吊得老长,在呵呵地拼命喘息。阳光劈射下来,炙得人的头皮直发痛。我到圆环江山楼去找老鼠。他在盛公的"派对"上跟我约好一同到新南阳去看《吊人树》。老鼠要请我的客,因为前几天他做了一票,颇为得意。老鼠住在他哥哥乌鸦那里,就在晚香玉后面一栋阁楼上,是晚香玉老鸨陈朱妹的房子。晚香玉那些妓女都在睡午觉,一间间幽暗的黑洞,有些连帘幔也没有放下,隐隐约约看得到里面床上,躺着一堆堆黄黄白白的肉。天气热,那些妓女都把外衣卸下,只穿着奶罩及三角裤,透出来一阵阵浓浊的脂粉香及人肉味。我穿过走廊走进后院,在阁楼下吹了几下口哨,两短一长——是我跟老鼠、小玉、吴敏我们四个人之间的暗号。阁楼上一扇窗户倏地张开,探出一颗小头来。老鼠笑得眯起了眼,龇牙咧嘴。他鬼鬼祟祟回头探望了一下,向我打了一个手势,要我上去。我爬上一条极长极窄又暗又陡的石级,上面阁楼的门,却是紧闭着的。呀的一声门开了一条缝,里面顿时有人厉声喝道:

"什么人?"那是乌鸦的声音。

"莫要紧,是阿青。"老鼠应道,向我呃了一下舌头。他打着赤膊,只穿了一条黄白粗布的内裤,裤带奇长,打了一个蝴蝶结,还有一头吊到膝盖上,甩来甩去。

原来里面在赌牌九,密密地围了一桌子人,男男女女有八九个。门窗都关得严严的,下了竹帘,开了灯,两把高脚电扇对面呼呼地来回吹着。赌钱的人都在抽烟,一屋子的乌烟瘴气。陈朱妹正在推庄,哗啦啦奋力地洗着一副骨牌。她是一个胖大的龟婆,身上只套着一件麻背心,一双肥大的奶子,甩浪浪地便吊到了桌面上,两筒膀子粗黑,肉肉节节,像一对蹄髈一般,头上乌油油地梳了一只麻花髻,上面扣着一副黄澄澄厚厚重重的金发押,左边鬓上却插着一串玉兰花,花色都泛黄了。乌鸦坐在天门上,一只腿蜷了起来,踏在长凳上,上身赤精大条,露出一叠叠虬盘起伏的肌肉块子来,赤黑的背胛上,汗珠子颗颗黄豆一般大。乌鸦赌得一脸飞红,额上的青筋都叠暴了起来,一双火眼,凶光外露。他一只手伸下去,不停地在抠着脚丫子。乌鸦是个六呎开外的猛汉,身量剽悍魁梧,是晚香玉的保镖头目。老鼠说,他哥哥乌鸦从前在三重镇打铁出身的,他喝醉了酒,钳起一块红红的铁,擂到老鼠脸上便要烙他的嘴。牌桌上,男男女女,都赌得冒火了似的。男人全脱了上衣,女人扎的扎头发,翻的翻领子,桌面上花花绿绿堆满了钞票。挨在乌鸦身边,穿着一件粉红底滚豆绿边连衣裙的是乌鸦的姘妇桃花。桃花头上扎了一条洒花手帕,扎得脑后一撮发尾子高高翘起,像鸭屁股一般。陈朱妹洗好牌,大家纷纷下注。乌鸦押天门,厚厚的两沓钞票便摔了下去。陈朱妹板起一张扁平脸,一双关刀眉,高高扬起,乌黑的厚嘴唇憋成了一把弯弓,一脸杀气腾腾。她掷了骰子,把各家的牌推了出去,等到大家一翻开,她才倏地大嘴一张,一口金牙闪闪发光,手上两张骨牌叭的一下,猛拍到桌上,破口大喊:

"至尊宝,三丁配老猴,通吃!"

几乎异口同声,桌上的男男女女都骂了一声干!正当大家恨的恨,悔的悔,摔牌的摔牌,吐口水的吐口水,陈朱妹却咕咕咕笑得像刚下蛋的老母鸡,扑到桌上,展开两筒蹄子般的粗黑手臂,把桌面的钞票两扫便扫到她面前去了。乌鸦回过头,跟桃花两人狠狠地互相埋怨了几句,两人的脸色都很难看。老鼠忙跟我挤了一下眼睛,把我带到后面厨房里去。他告诉我,乌鸦他们赌得很凶,有时一晚输赢几万。聚赌的人,各家妓女户的老鸨、保镖都有,还有一些熟嫖客。有时候赌红了眼,便动起武来。有一次,一个流氓嫖客在骨牌上揞记号,给乌鸦当场抓住,一顿毒打,把那个流氓打得下巴都脱了节。

"等我服侍他们喝完了绿豆汤,我们再溜出去。"老鼠对我说道。厨房案上,搁着一大锅绿豆汤,锅里浮着一块冰砖。老鼠伸出一只手指到那锅绿豆汤里搅了两下,笑道:

"够凉了,我们先来喝他两碗,受用受用!"

老鼠舀了两碗满满的绿豆汤,递了一碗给我。

"快喝,快喝,烂桃子看见,又要鬼叫了!"

老鼠把桃花叫烂桃子。他说桃花洗澡他去偷看,活像一只烂桃子。我们咕嘟咕嘟一口气把绿豆汤喝光,老鼠嘴巴上黏了一圈绿茸茸的汤汁,他伸出舌头,上下一转,竟舔得干干净净。他向我扮了一个鬼脸,吱吱地笑了起来,我踢了他一脚屁股,喝问他道:

"你这个小贼,昨晚在盛公'派对'里你办了多少货,快从实招来!"

"嘘!"老鼠嘘了我一下,咧着一口焦黄的牙齿笑道,"你莫闹,我带你去看,昨晚可捞到不少宝货!"

老鼠把我带到他房间里,那是厨房边一间只有四个榻榻米大的行李房,里面堆满了破旧的箱子笼子,中间挤着一铺小竹床,房中没有窗户,热得像烤箱,闷着一股霉臭。老鼠进去,捻亮了床头一盏四十烛光的小电灯。他钻进床底,拖出一只生了黑锈的洋铁箱来,箱上锁着一把大铜锁,老鼠双手把那只洋铁箱捧起,紧紧搂在胸前,对我笑道:

"这是我的百宝箱。"

他从枕头套里掏出了一把钥匙,打开箱子,里面五颜六色,琳琅满目,全是老鼠偷来的宝贝。他一样样全翻了出来,散得一床,好像小孩子摆家家酒一般:两副太阳眼镜,一副金边的只剩下一面镜片子。五管自来水笔,派克五十一一支,派克二十一三支,犀飞利一支。手表两只,一只铁达时,一只宝露华。打火机七枚,各种牌子都有。六把大大小小的指甲剪,袖扣四副,领带夹两根,钥匙链两条,一金一银,全生了锈。还有缺了齿的梳子数把,还有牛角靴拔,还有各式各样的瓶瓶罐罐烟缸烟碟,不知名目的破铜烂铁一大堆。老鼠盘坐在床上,四周围着他的赃物,他眉飞色舞地一件一件指着告诉我他的宝物的来历,每一件他都记得清清楚楚,人时地一点也不差。那一对玻璃镂花的心形烟碟原来是摆在天使饭店的会客室里的。那支银套犀飞利原是衡阳街成源文具公司柜台上的样品。两条钥匙链,一条是在日新大戏院里摸到的,一条却是一个童军老师身上的,本来上面还挂了一枚口哨，老鼠趁他熟睡的当儿便牵走了。至于那几个牛角靴拔，全是生生皮鞋公司的赠送品。

"这管钢笔拿去当掉算了，"我捡起那管金套子宝蓝笔杆的派克五十一说道，"当出几个钱，咱们去吃吴抄手。"

"去你的！"老鼠猛一把劈手将那支派克笔夺过去，死命握在手里，"我才舍不得呢！这支笔，是我最心爱的宝贝儿！"

老鼠将那管派克笔的金套在内裤上狠命地磨了几下，将汗污拭去。

"阿青，你吃过广东点心么？"老鼠擎着那管金套派克一面观赏着问我道。

"怎么没吃过？马来亚、枫林小馆都去过。"

"从前我还不知道杀骑马是什么东西呢。"老鼠突然感慨起来。

"那因为你是个土包子。"

"我怎么能跟你们比？"老鼠斜着眼睛瞅着我，自怨自艾起来，"你和小玉、小吴你们都是大牌，有那些大爷们请你们上馆子。我是除了卢胖子卢爷的聚宝盆，什么大饭馆也没有去过——就是上个月去过红宝石，吃广东点心。是黄先生带我去的，黄先生那个人够意思得很！他点了一桌子的虾饺、烧卖、叉烧包，吃完又买了一盒杀骑马给我带回来当早饭。他在高雄一家观光饭店当经理，还叫我到高雄去玩呢。这支派克五十一就是他的。"

"你这个忘恩负义的小贼,"我笑骂道,"人家对你好,你还要偷人家的东西。"

"你莫要瞎说!"老鼠拼命摇手抗议道,"我哪里是忘恩负义?我实在是心里喜欢他这管笔,拿来玩玩,做纪念。反正他们有钱人,哪里在乎呢?"

"好吧,那你昨晚捞到多少宝贝,快点抖出来,大家分赃分赃。"

"好哥哥,昨晚可中了头彩!"老鼠拾起那只宝露华咧着嘴笑道,"这只表不知是哪位大爷留在洗手间的,得来不费吹灰之力!瞧瞧,全自动,还有日历哪!"

老鼠摇了一摇那只宝露华,凑到我耳边。

"还有香烟呢?"

"什么香烟?"老鼠眨了一眨他那双小眼睛。

"你娘的,还装蒜!"我推了他一把,"昨晚我明明看见你一包一包的长寿往屁股后头塞。还不快点拿出来招待哥哥,难道还要等我来搜贼赃不成?"

老鼠笑嘻嘻从草席下面摸出了一包压得扁扁的长寿来,我赶快一把抢走。他又伸手到席子下面摸索了半天,掣出两包印了英文的锡纸包来。

"这两包不晓得是什么货色,是我昨晚从一个家伙后裤袋里摸出来的。大概是咖啡精,我们去冲来喝。"

老鼠撕开一角，里面却战弹弹地跌出一只东西来，是一只米黄色的胶套子，像只婴儿吮奶的胶奶头。我们两人都怔了一下，同时哈哈大笑起来。我一拳揍到老鼠头上，笑得弯下腰去，骂道：

"你这个下流贼，这种东西也去偷，不怕晦气！"

老鼠把另一包也拆了，一只大拇指上套上一只，对着摇来摇去，好像在玩布袋戏一般。

"你莫笑，"老鼠说道，"这个东西，也值几个钱。回头我去卖给楼下那些嫖客。对他们说：'美国货，一定保险！'"

"老鼠！"外面桃花尖厉的声音叫了起来，"把绿豆汤端出来。"

老鼠赶忙跳下床，七手八脚把床上的赃物急急放回他的百宝箱内，将箱子锁上，藏回床底，才匆匆走出去。他用一只茶盘，托了六碗盛得满满的绿豆汤，兢兢业业地端到牌桌那边。赌客们刚推完一庄，在检讨得失。老鸨陈朱妹眉开眼笑在舔着大拇指数钞票，她面前的票子已经高高堆到她下巴上去了。一个手上戴了四枚金戒指，一副纽花赤金镯头的中年胖大妇人，双手铿铿锵锵拍了几个大巴掌，嚷道：

"阿巴桑今天走的什么运？连吃三庄，吃得老娘屄干毛尽！"

陈朱妹也不搭腔，径自憋着乌厚的嘴唇，一五一十地在数钞票。另外一个男人一脸紫胀，气急败坏地抓起那一对骰子，搓了又搓，捏了又捏，又猛吐口水啐道：

"干！干你娘！干你老祖公！"

桃花倚在乌鸦身后，嘟嘟囔囔，满口怨言：

"叫你莫押天门，你偏不听！连副天九都给吃掉了，还能押？你这不是'耗子舔猫鼻——找死'？"

乌鸦闷声不吭，佝起背，一只手猛抠脚，一只手却拈起一块骨牌叭叭叭，在桌上拍得震响。老鼠踅过去，把绿豆汤一碗碗递给客人，走到乌鸦跟前，他涎着脸，吞吞吐吐地说道：

"阿哥，我跟阿青看电影去了。"

乌鸦猛回头，手一扬，鼓起一双火眼喝道：

"去看电影么？我要你去见阎王哩！"

老鼠不提防，脚下一个踉跄，手里那碗绿豆汤淋淋沥沥泼得乌鸦一背，桃花的裙子上也溅满了。乌鸦跳起身来反手一巴掌揿到老鼠脸上，老鼠头一翻，便仰跌到地上去。乌鸦赶上去又狠狠地踹了几脚，踹得老鼠吱吱惨叫，捧着肚子在地上滚成了一团。乌鸦还要举脚蹬，桃花赶上去死命拉住，喊着：

"打死他啦！你打死他啦！"

其余的赌客也拥上来拉劝了一阵，乌鸦才悻悻然，嘴里咒骂着，一背撒满了汤汁，跑了进去。桃花把老鼠从地上拉了起来，老鼠弯着腰，歪着头，瞅着桃花，他嘴巴两边流着两道鲜血，好像添了两撇红胡子一般。他那张瘦黄的脸，扭曲成一团，又像哭，又像笑。桃花拎起老鼠的耳朵，也在他额上敲了一下栗子，骂道：

"死郎，没长眼睛么！"

"免啦！"陈朱妹走过来，摸了一摸老鼠的头，塞了两张十块钱的钞票给他，笑道，"阿婆请你吃红！"

老鼠佝起身子，手里捏住那两张钞票，趔趔趄趄，裤带一甩一甩，蹭到厨房里去。他打开水龙头，满头满脸先冲洗了一阵，叭叭几下，朝水槽里吐了好几泡带血的口水。他抬起头来，一双小眼睛眨巴眨巴，脸上血水斑斑，活像歌仔戏里，一脸涂满了胭脂的小丑。他那洗衣板似的肋骨上，有两三块茶杯口大的淤青。

"伊娘咧！"隔了半响，老鼠又啐了一泡带血的口水。他抬起他那根细瘦的左膀子，低着头，瞅了半天，自言自语道，"发脓了。"

他膀子上那几个乌黑紫胀的燎泡，有两个特别大的，已经冒出白白的脓头来。

"你自己去看戏吧，"老鼠把搁在案上，刚才陈朱妹给他的那两张十元钞票拾起来，递给我，"我不去了。"

"我也不去了，"我说，"我去找小玉去。"

楼下晚香玉那些妓女已经睡醒，一个个搽脂抹粉地装扮起来，准备上市了。

18

成城药厂办事处在松江路一座办公大楼下面，写字间的陈设看起来都是崭新的，里面日光灯照得通亮，冷气阴阴地开着。外面玻璃橱窗，陈列着大幅大幅的广告画，有肉脐脐雪白滚圆满地爬的婴儿，有笑盈盈穿着艳装的淑女。窗橱里摆满了药瓶样品，胖美儿、保女容、安赐百乐。我推开门走进去，看见小玉正在收拾写字桌上的茶杯烟碟，几个女职员都在打开皮包，有的拿梳子，有的拿口红出来，对镜整装，预备下班了。小玉穿了一身制服，浅蓝衬衫，深蓝长裤，胸前口袋还绣了"成城"的招牌，一头长发都剪掉了，蓄了个两时长的平头，俨然一副大公司小职员的模样。我忍不住笑了起来，小玉赶忙向我使眼色，迎上来，在我耳边悄声说道：

"莫闹，再等五分钟，下了班我请你去吃冰淇淋。"

小玉把写字桌收拾干净了，才堆着笑脸，向一个穿了西装塌鼻大嘴的男人请示道：

"潘经理，我可以走了么？"

潘经理朝着小玉一双金鱼眼一滚，从鼻子眼里哼了一声，小玉便连忙带着我，溜了出去。我们走到南京东路一家百乐坐了下来，一个人要了一客芒果冰淇淋。

"你这副德性，这下子再也销不出去了！"我指着小玉的平头笑道。

"休得胡说！"小玉笑道，"小爷现在是成城药品股份有限公司的正式外务推销员，还销什么？要销就销胖美儿！"

"你们林樣呢？"

"林樣到桃园去视察工厂去了。这几天厂里的设备完全装好，下星期开工。林樣说，我在这里做事要检点，免得别的职员说闲话，所以我去把头也剃了。"

"啧、啧，"我摇头叹道："没想到王小玉竟变得这么乖了！到底找到个华侨干爹，看样子，真是想从良了！"

"好兄弟，"小玉拍了一拍我的肩膀，"你出道不久，还有得折腾呢！我王小玉可是在公园里打过滚来了的，不是小爷吹牛皮，在公园里，我王小玉也算是个头牌大红人了。好多老头子想收养我呢，找个干爹还不容易？可是第一，要我心里愿意；第二，也总要对我有几分真心么！我又不是块肉骨头，让人随便啃来啃去。"

"你这话就是扯淡！"我笑道，"老周对你还不够真心？又是手表，又是衣服。"

"老周对我也还罢了，"小玉耸耸肩，"可是我就讨厌他是个老骚公鸡，一见了小爷就拉扯。有一次，我伤风，对他说：'老周，今夜总可免了吧？'哪晓得睡到半夜，他又把我弄醒了！"

"你少假正经了，你这个骚兮兮的东西，"我笑道，"难道你的华侨干爹就不拉扯你了！"

"哄你不是人！"小玉举手发誓道，"头一晚我到六福客栈，去找林樣，我们洗了澡躺在床上，喝啤酒，吃花生米，聊了一夜的天。我一直问他日本的事情，他真有耐性，统统告诉了我。我看见林樣人好，把身世也讲了给他听，后来讲累了，便枕在他手臂上睡了过去。"

冰淇淋来了，我一面吃着，一面问他在成城上班的情形，薪水如何。

"两千大圆！"

"还不够你买烟抽哩！"

"慢慢来嘛，"小玉笑道，"潘经理说，六个月见习完了，做得好还有佣金拿。老潘你看见了？妈的，活像头老虎狗！头一天上班就挨了他一顿官腔——好兄弟，我问你，化学你懂不懂？"

"化学？怎么不懂？我在高中的化学念得还不错，考了个八十分。"

"这就妥了！"小玉拍了一掌，"好哥哥，你教教我化学吧，我念到初二就跑了出来，化学老早忘得精光，只记得教化学那个老头子告诉我们：'二硫化碳，招气入鼻，有腐卵臭。'——"

小玉用手招气到鼻子里。

"怎么？难道你要去念书么？"我诧异道。

"是这样的，"小玉叹道，"林樣说，我没有专门技术，在成城没有好位置，升不上去。他要供我去上夜校，去念个工专，毕业出来，可以在药厂里当技师，那才有前途。我去开南工职打听，考初三插班，化学是主科，别科还可以自己抱抱佛脚，化学我只记得'腐卵臭'，考个屁？好哥哥，你替我补习补习，临阵磨枪，我考上了，一定好好请你。"

"不要等考上，我们先去吃一条龙吧！"

"一条龙，一条蛇都可以，你要吃龙肉我也给你弄来。"小玉央求道。

"看你力争上游，也罢了。既然拜师，就先叫声师傅吧。"

"师傅，师傅，你要我天天叫你老子我也干，你不懂得我这个心！"小玉指着他的胸口叫道，"这是天上掉下来的机会，我候了这么久，才候到像林樣这样一个救星。人家瞧得起我，你说我要不要发愤向上？等我在成城做出点成绩来，说不定林樣看见我有出息，日后东京公司那边有机会，让我调到东京，去跟他做事去。"

"原来你在钓大鱼放长线呢！看不出你倒蛮有心计。"我笑道。

"什么心计呢，人总想往上爬么，对不对？我想趁暑假，好好温书，考上开南，秋季便可以上夜校了。阿青，你看我这个样子，还像个学生么？"

小玉摸着自己新剃的平头，笑嘻嘻地问我道。我打量了他一下：

"倒有几分像，不过你那双桃花眼太邪，人家一看就知道你是个'马路天使'，快去弄副眼镜戴起来，遮遮邪气。"

小玉捂住双眼咯咯地笑了起来。我们走出百乐时，我把老鼠给乌鸦毒打的情形告诉了小玉，小玉冷笑了一声，说道：

"你莫可怜他，老鼠那个东西带贱！上次他挨了钢丝鞭，我怂恿他搬出来，跟我们挤着住。你猜他说什么？'我从小在乌鸦那里住惯了。'"

小玉哭丧着脸学老鼠的模样，随即叭的一泡口水吐到松江路的阴沟里。

"乌鸦那种王八蛋，敢动小爷一根毛，一瓶巴拉松老早送他上西天！"

19

过了两天，小玉下了班，果真带了两本正中书局吴国贤编的初中理化来找我，替他补习，又提了两挂荔枝来贿赂我。房里热，我们都赤了上身，坐在地板上。我一面剥荔枝，一面开始讲解一些基本的化学观念，氧化还原。幸亏我初中念的，也是吴国贤这本书，大概还记得。小玉离开学校久了，名词符号忘得精光。我讲一句，他问一句，连个最简单的分子式还搞不清楚，急得抓耳挠腮，一头的汗。

"你妈的,"我抓起吴国贤的初中理化,敲了小玉那新剃的平头一下,"你吊老头子那么会动脑筋,念起化学来,一脑子的浆糊!"

"吊老头子有什么难?"小玉眼睛瞪起铜铃那么大,直抹汗,"化学这个玩意儿哪里有那么容易?明明是水,为什么又写成H_2O?"

"小玉,我看你不必去考开南了,你去念台大考古系,我管保你不用考试,他们还会给你奖学金呢!"

"为什么?"

"你真驴!"我笑道,"你对老古董这么有研究,台大考古系要聘你去做研究员了——以后我们就叫你'王考古'吧!"

"老古董有什么不好?"小玉笑得一双桃花眼眯成了一条缝,"古董愈老愈值钱么!"

我跟小玉两人足足闹了两个钟头,汗流浃背,总算把几个化学符号弄清楚了。吃晚饭的时候,丽月回来,刚做了头,耳朵边吊满了一绺绺弹簧似的发卷子,甩甩荡荡地便跨进房里来,看见小玉,先噗哧一笑,又伸出手去摸了小玉的头一下。

"玉仔,你干脆把头剃光,到狮头山去当玻璃和尚去!你这几天,人影子也不见,阿青说你拜了一个从东京来的华侨干爹,还是开什么药厂的。以后我那个杂种仔吃维他命,也不用买,就向你表舅要好了!"

"下次我带几瓶胖美儿来给小强尼,吃得他胖嘟嘟的。"小玉笑道。

"怎么啦,小玻璃,你现在有了个开药厂的干爹,该当大经理了?"丽月乜斜着眼睛,瞅着小玉笑道。

"没有的事!"小玉笑嘻嘻地说道,"我现在不过是个推销员,上礼拜才开始上班。我们总公司就在松江路,哪天你来参观嘛,丽月姊。"

"啧,啧,啧,"丽月摇头叹道,"好了不起,总算又上班了!从前我介绍你到天母那个美国人家里当boy,你上了三天班就跑了出来,还骂得人家屁钱不值一个!"

"那个美国佬是什么东西?有资格用小爷?"小玉跷起大拇指指了一指自己的鼻尖。

"哦,大概只有你华侨干爹才有资格用你,对么?"

"人家林样不一样,人家还要供我去读夜校呢!今天我就是来找阿青替我补习的,我要去考开南了。"

"这倒是新闻!"丽月错愕道,"太阳该从西边出来了。从前阿姨一天到晚向我诉苦:'我们玉仔又逃学喽!'几时见你正经上过一天学?"

"学校里那些小王八整天叫我浅丘琉璃子,我还去上他狗屁学!"小玉愤愤然叫道。

"谁叫你瞎编故事?在东京出生的?"丽月笑道,"而且我看你长得确实也有几分像浅丘琉璃子!"

151

小玉脸一红，有点不好意思起来。

"阿巴桑，快来看，我们这里来了一个学生仔！"丽月朝着阿巴桑招手笑道，阿巴桑正牵着小强尼喘吁吁地走了进来，阿巴桑那胖大的身躯，胸前湿得黑黑的一大块汗迹，她觑起眼睛，朝着小玉打量了一下，唔了一声道："天热，头发剪短了凉快！"

小强尼却瞪着他那双绿玻璃珠似的眼睛，瞅着小玉在发傻。

"小杂种，是表舅，不认识啦？"

小玉伸出手去一把将小强尼揽进怀里，小强尼扎手舞脚地尖笑了起来。

"今晚吃什么菜，阿巴桑？"丽月问道。

"酸菜炒肚丝，芋头泥。"

"冰箱里那半只鸡也拿出来炖汤吧，人家玉仔要上学了，慰劳他一下。"

20

我跟吴敏约好，我在房间里等他。我在二楼二一五，他在三楼三四四。杨教头叫我和吴敏到中山北路京华饭店去，只告诉我们旅馆房间的号码。那个人临离开房时，没有开灯，留下了房间钥匙,搁在床头五斗柜上,在黑暗中低声说道:房钱已经付过了。我没有看清他的面貌,也没有问他的姓名。他开门掩身出去时,我只觉得他的背影很高,大约有六呎。隔壁的七七餐厅是开通宵的,凌晨一点了,犹自传来隐隐约约的音乐声,我躺在床上,抽完了一支烟,吴敏才来敲门。

我跟吴敏两人,悄悄地走下楼去,也不到柜台去还房间钥匙,趁着柜台的伙计不注意,溜出了京华饭店。一出去,我们两人不约而同地便跑起步来,往圆山那个方向跑去。跑了一段路,灯光渐疏,我们才停了下来,松了一口气。路上行人已经绝迹,路的两头都是空荡荡的,我的一只手搂在吴敏的肩膀上,我们两人的脚步,同一步调,在人行道上,橐橐的一直响了下去。

"小敏,你的手好了么?"我看见吴敏的左腕上的纱布绑带已经除去。

"结疤了。"吴敏把左手却插进了裤袋里去。

"你这个家伙,那天要不是我和小玉、老鼠及时赶到,你这条小命早送掉了!真没出息,姓张的那种人,也值得你去为他割手!难怪小玉骂你,他前天还说,要你把他的血还给他呢!"

吴敏低下头去,一边踢着脚。

"也不是这样说,"吴敏低声说道,"我在张先生那里住了那么久,不知不觉便把他那里当作自己的家了。那天突然间给张先生撺了出来，一时心慌，觉得走投无路，才做出那种事来。张先生那里你是知道的，干干净净，舒舒服服，怎么不教人留恋呢？"

我记得我每次到光武新村张先生的公寓去找吴敏，他不是在擦地板，便在洗厨房，把张先生那个家收拾得有条不紊。我还跟他开玩笑说张先生请到一位最好的小管家。

"阿青，我记得我头一夜搬到张先生家，在他那间洗澡间里，足足磨了一个多钟头。"吴敏摇着头笑道。

"你在洗澡间里玩那么久干什么？"

"你不知道，张先生家那间洗澡间有多棒，全是天蓝色的瓷砖砌成的，连澡缸也是蓝的——我从来没有看过那么漂亮的洗澡缸，澡缸上面还有瓦斯炉，一打开龙头，热水哗啦哗啦就出来了。我放了满满一缸热水，泡在里头，一直舍不得爬起来，泡得一身红通通——那是我一生中，第一次洗了那么个舒服澡！"

"你这副德性！把张先生的洗澡间也说成天堂了！"我忍不住好笑。

"你哪里懂得？"吴敏叹道，"我跟你说过，我从小便跟着我老爸到处流浪，我们租来的房子，就从来没有一个洗澡间。夏天还可以在天井里冲凉，冬天两三个礼拜才去一次澡堂子。身上臭得自己闻见也要作呕。我又是最爱干净的人，张先生那个洗澡间，不是天堂是什么？"

吴敏的父亲在台北监狱，坐牢已经坐了两年多了。他在万华一带贩毒，卖白面，给抓了起来。他父亲是广东梅县人，吴敏说刚到台湾时，他老爸身上还带了几根金条的，可是他好赌如命，喜欢赌台湾人的四色牌，把金条输光了，便干起贩毒的勾当来。头一次下牢，吴敏的母亲刚怀了他，出世几年都没有见过他老爸，他是在新竹他叔叔家长大的。他父亲出狱把他接走了，东飘西荡，混了几天，又给捉进牢去。

"给人家扫地出门，滋味不好受哩。"吴敏幽幽地说道。

"我知道。"我用力搂了他的肩膀一下，那天父亲将我撵出门，我身上没有带钱，在西门町逛了一个下午，平时走过老大房、起士林，玻璃窗橱里那些糕饼从来也没有注意过，可是那天，那一叠叠一堆堆的红豆糕芝麻饼，看得人直咽口水，腹中咕噜咕噜响个不停，胃里空得直发慌。

"我跟着我老爸流浪，两三年倒换了七八个住的地方，总是因为欠房租，让房东撵走。有一次我们住在延平北路一条巷子里，那家房东太太是个母夜叉。我们欠租，赖了两天，她豁郎郎一家伙把我们的东西统统扔到巷子里去。脸盆、漱口杯，到处滚。我老爸两副最心爱的四色牌，也撒得一地。我老爸先溜了，留下我一个人满地捡东西，邻居都在围着看。那一刻我恨不得钻到地下去！搬进张先生家后，我以为总算有了个落脚的地方，所以特别小心，半点错也不敢犯，没想到末了还是让张先生扫地出门。"吴敏又那样怨怨艾艾起来。

我们走到圆山儿童乐园门口,停了下来,坐在门口外面的石阶上,我们都脱去了鞋子,打了赤足,并肩靠在一起。白天这一带那么热闹,儿童乐园里都是孩子们的尖笑声。此刻四周都是静悄悄的,只有吴敏那怨艾的声音,在黑暗里浮沉着。

"那天黄昏,我提了个破箱子,从张先生家走出来,愈走愈迷糊,自己都不知道走到哪里去了。经过一条小河,大概是舒兰街那边吧,我把那只破箱子往河里一扔,心里想:人都不想活了,还要箱子做什么?我是不忿的,我并没有做错事,张先生也那么不留情——"

"张先生是个'刀疤王五',有什么情?"

"'刀疤王五'?"吴敏愕然道。

"他笑起来,嘴角上好像划过一刀似的,不像个'刀疤王五'像什么?"

"你真缺德,那么会损人!"吴敏有点不以为然。

"哟,你这条小命差点送在那个姓张的手里,还那么卫护他!"

吴敏双手抱膝,佝起身子,半晌,才缓缓说道:

"张先生那个人,脾气是怪一些,有点忽冷忽热,捉摸不定。但是我看他也不是完全没有心肝,只是不太容易亲近。他撵我出门的头一天,对我特别好,还送了一台声宝牌的小收音机给我玩,又赞我的豆瓣鲤鱼做得够味,那晚难得他兴致那么高,跟我两人喝光了一瓶白干,对我说道:'阿敏,你知道,你跟我算是跟得最久的了,你想你能跟我一辈子么?'我当然说能,张先生却冷笑道:'你又来哄我了!你们这些兔崽子,全是一个模子里刻出来的,给你们几分颜色,你们就爬到人头上来了!'张先生告诉过我,从前有个孩子跟他住,他很宠那个小家伙,谁知那个小家伙不但不领情,还倒踢一脚,把他的东西偷得精光溜走。张先生一提起就恨。我半开玩笑对张先生发誓道:'张先生,你不信我,我就死给你看!'他叹了一口气,一脸的酒意,摸摸我的头说道:'阿敏,你哪里懂得?四十岁的人,不能伤心,也伤不起!'阿青,你莫笑,我宁愿在张先生家天天洗厨房洗厕所,也强似现在这样东飘西荡游牧民族一般。阿青,你的家呢?你有家么?"

"我的家在龙江街,"我说,"龙江街二十八巷。"

"难道你不想家么?"

"我的家漏了,漏得好厉害。叮叮咚咚、叮叮咚咚——"我笑了起来,"前年黛西台风过境,把我们家的屋角掀走了一大块!"

我记得第二天,台风过后,我们家里涨水,泥滚滚的雨水,冒过了床脚,总有一尺深,父亲率领着我和弟娃,我们三个人都打着赤膊,穿着短内裤,父亲手里提着一只大铅桶,我和弟娃用脸盆,父子三人,拼命舀水往屋外泼。父亲嘴里一直哼哼嘿嘿在咒骂,弟娃却咬着嘴唇偷笑,好像舀水是件乐事似的。水退后,我们那所又阴又湿的矮房子里,一股泥腥,总也除不掉。父亲后来弄来几把艾草来烧,他说可以去毒,因为弟娃皮肤敏感,中了湿气,发得一身的红疹子。

"你家人呢?你不想念他们?"

"我想我的弟弟。"我说。

"他在哪里?"

"他睡在这个下面。"我往地上指了一指。

"哦——"吴敏转过头来,望着我。路灯下,他那清秀的脸上,满布着稚气,"他长得像你么?"

我把他搂过来,在他面颊上亲了一下。

"他长得倒有点像你,乖乖。"

"莫开玩笑了。"吴敏咯咯地挣扎着笑了起来。

我提着鞋子站了起来,吴敏也立起身。我们两人,光着脚板啪哒啪哒跑到了中山北路的路中央去。我跑在前面,吴敏跟在我身后,一条中山北路,连汽车也看不见了。

"小敏,我们是匈奴还是鲜卑?"我一边跑着步,喘着气回头问吴敏。

"嗯?"

"你不是说我们是游牧民族么?"

"是匈奴吧?"吴敏笑了起来。

"匈奴王叫什么来着?"

"叫单于。"

"那么我是大单于你是二单于。"

吴敏追上来,气呼呼地问道:

"游牧民族,逐水草而居,我们呢,阿青?我们逐什么?"

"我们逐兔子!"我叫道。

我们都哈哈笑了起来,我们的笑声在夜空里,在那条不设防的大马路上,滚荡下去。

21

回到锦州街,已经两点多,我房里的灯竟还亮着,大概小玉回来睡觉了。这两个礼拜,小玉下了班来找我补化学,但是补完后,他仍旧回去陪他的林様,不在我那里睡觉。可是我一上到楼梯,便听到房间里有人吵架的声音,我心中暗叫不好,是老周,到底让他逮住了。老周来过几次,都让我和丽月两人敷衍过去。有一次,我告诉老周,小玉的外婆得了绞肠痧,小玉赶回杨梅去了——那是小玉教我讲的,其实他外婆家根本不认他两母子。老周在我房里,站在床边,指手画脚。他那一张肿胖的面包脸,油汗淋淋,赤得像猪肝,一下巴铁青的胡须楂子,好像根根倒张了起来一般,眼睛瞪得怒圆,在冒火。身上一件孔雀蓝的丝绸夏威夷衫,肥厚的背峰上湿透了一大块。

"你说吧！"老周指着小玉喝道，他那一口上海国语，讲急了，舌头在打结，"你这几天到底在哪里卖？捞了多少啦？"

小玉坐在床沿上，穿着老周送给他的那件猩红衬衫，胸前一排扣子都打开了，跷着腿子，打着一双赤脚。嘴里歪叼着根香烟，也不答话，呼噜呼噜，猛抽了几口，吐了两个烟圈，才冷笑着：

"你周大爷又不是我的老鸨，我在哪里卖，你管不着。捞了多少，也不必跟你算账，难道周老板还要来抽我的头不成？"

"不要脸的贱货！"老周狠狠地啐了一口，"你瞒得过老子了？谁不知道你泡上了一个日本华侨——"老周突然又转向我瞪了一眼，"你们这起小赤佬，全是一个鼻孔出的气！我问你——"老周的手差不多戳到了小玉头上，"那个华侨佬，一夜贴你多少了？"

"林樣么？"小玉又吸了一口烟，慢条斯理地答道，"我是不要他的钱的。"

"你听听！"老周又转向我，这回却嘿嘿地笑了，"你看他下流到哪一径？人家是华侨，他就颠着屁股上去，白赔了！你以为你交上个华侨就涨了身价了？一样还不是个卖货？有本事，就马上叫你那华侨佬带你回日本去，叫他拿个笼子把你养起来。"

"林樣说，他正在替我办手续，申请入境证。等我到了东京，要不要他养，还要考虑一下哩。"

小玉说话时，半仰着面，一脸得色。老周却一下子找不出话来了，闷吼了两声，脸上的油汗鲜亮鲜亮，一条条往下流。小玉不慌不忙地把半截香烟按熄在一只破酱油碟里，却倏地立起身来，脸一沉，指着老周厉声喝道：

"你小爷白赔谁，干你屁事？你姓周的又没有我的卖身契子。谁不知道我是公园里的大卖货？还要你来替我做广告？我下流，你不下流？你不下流，你就颠起屁股上来——"

啪的一下，小玉脸上早着了一记响巴掌。小玉头一歪，另一边又挨了一巴掌。小玉蹦跳起来，喊道：

"你敢打人？小爷到警察局去告你！"

小玉一头撞到老周怀里，揪住老周的衣领便往外跑。老周抡起拳头乱揍一轮，小玉左闪右闪死也不肯放手，两人扭成了一团。我赶紧上去，将小玉扯开。老周喘了半天，嗓子都发抖了，说道：

"我买给你那么些东西——"

小玉一纵身钻到床底，哗啦啦拖出一只破皮箱来，掀开盖子便豁啷一倒，把里面的东西都倒到地板上，乱抓乱掏，抓起了三条西装裤，六件各色衬衫，裹成一团往老周怀里一塞，手上那只精工表也褪了下来，掷给了老周。老周捧着一堆花花绿绿的衣裤，气咻咻正要往门外走去，小玉赶上去，连揪带扯，把身上那件猩红衬衫也脱了下来，扔到老周肩上，喊道：

"拿去！"

老周刚离开，丽月却香喷喷地闯了进来。她穿了一袭镂空的黑纱裙，透着一身的肉色。

"这是怎么说？警察来抄过家了么？"丽月用高跟鞋踢了一下撒得一地的衣服。小玉立在乱物堆中，赤着上身，一头一脸的汗水。

"老周刚来过。"我朝丽月使了一下眼色。

"哦，"丽月笑道，"胖阿公呷醋了！咦——"

丽月凑近小玉，扳起他的下巴颏，小玉腮上一边五道赤红的指印。小玉赶忙推开丽月的手，垂下头去。

"挨揍啦，"丽月摇头叹道，"这就是乱拜干爹的下场！到阿姊那边去吧！小玻璃。阿巴桑熬了桂花酸梅汤，去喝一碗，解解热毒。"

"阿姊这么晚才回来，生意忙啊！"我笑道。

"好说，差点命都没有了！"丽月把胸口的扣子松开，露出胸脯来，用手扇了两下，"今晚吧里来了个大黑人，总有六呎五，起码一吨重，活像架坦克车！他一直缠住你阿姊，还要找你阿姊出去开心呢。我哄他上便所，便从后门溜走了。"

22

"阿青。"

"嗯——"我刚矇着,小玉又把我推醒了。

"我睡不着。"小玉一个人躺在黑暗里抽烟。

"睡不着你就去宝斗里卖呀!"我翻过身去没好气地应道。

"阿青,林样已经走了。"

我的瞌睡已经让小玉吵醒了大半,他把烟递给我,我吸了一口。

"几时走的?"

"今天早上。前天东京总公司打电话来催,那边业务忙,他们老板又病倒了,马上要他回去。"

"那还不好,你的华侨干爹可以接你去东京了。"

小玉转过身来,一只手撑着头。

"昨天晚上,我跟林样谈到半夜。林样真周到,什么都替我安排好了。他在我们公司里另外给我安插了一个位置,做潘经理的助手,一个月五千块,比现在要多一倍。"

"嚄,这下你可抖了,玉仔。"

"他说他回去后,仍旧会按月寄钱来,供我去读夜校,他要我好好去考试。"

"那么我先来考你一下,硫酸的分子式是什么?"

"H_2SO_4。"

"要得嘛，小子，开窍了。"

"其实我认真起来，也能读书的。可是——我不要去考开南了。"

"什么？"我叫了起来，"你拿你哥哥开玩笑！大热天，替你补习。"

"成城我也不要去做了。潘经理你看见了？凶神恶煞，我还去受他那副老虎狗的嘴脸吗？五千块，哪里捞不到？裤带松一松，只怕还不只那一点。"

"臭美！"我笑道，"你值那么多？"

"我去上班，念书，全是讨林樣的欢心呀，他走了，还有什么心思？昨晚他跟我讲得很坦白，他说以后有机会，他会回来看我，东京，他是不能带我去的——"

小玉猛吸了一口烟，深深地舒了一口气。

"他那位满洲太太倒没有关系，只会念佛，不管事的。就是他那个儿子太厉害。他儿子知道他的事，有一次，在新宿一家酒吧门口，他儿子撞见他带着一个孩子出来，回家后闹得天翻地覆，弄得他简直无法做人。他儿子便乘机要挟，家里的事，他儿子倒做了一半主。把我带到东京，他儿子发觉了，更不得了。"

"你的樱花梦又碎了，玉仔。"我说道。

"我倒一点也没有怨林樣呢。人家对我真心，才肯对我讲真话。临走时，他也很舍不得，身上的几千块台币都掏了出来给我，他常用的一支派克六十一也留下给我作纪念了。阿青，我和林樣在一起没有多少日子，可是每一天我都是快乐的，从来我也没给人家那样爱惜过——"

小玉把烟按熄在床头的酱油碟里，躺了下去，双手枕在头底，沉默了半晌，突然问我道：

"《好色一代男》你看过么，阿青？"

"没有，我很少看日本片。"

"池部良在里头真帅！他穿了雪白的一身和服，站在一棵樱花树下面——我到东京去，就想穿得那样一身雪白，在樱花树下照张相。"

"你穿起和服来，我看倒真像浅丘琉璃子！"

"你知道，阿青。《好色一代男》是我阿母带我去看的，她自己看过五六遍。她说，我那个卖资生堂化妆品的阿爸，穿起和服来，像足了电影里的池部良。"

"小玉，我看你想去日本想疯了！"

"你知道什么？你们有老爸的人懂个屁！我这一生，要是找不到我那个死鬼阿爸，我死也不肯闭目的！"

"好吧，就算你到日本去，找到你老爸了，他不认你，你怎么办？"我看见小玉那般认真，便存心逗他道。

"我也不一定要他认嘛！"小玉冷笑道，"我么不要脸？自己老爸不认，还要死赖不成？我是要知道确实有这么一个人就行了，就算他长得不像池部良也不要紧，我要看看那个马鹿野郎，是个牛头马面，还是个七爷八爷！"

"要是你爸爸已经死了呢，小玉，那么你的心血不是白费了？"我再激他一下。

"他死了么？他的骨头总还在吧！"小玉的声音有点忿忿然起来，"我去把他的骨头捡回来，运到我们杨梅乡下去，好好地造一个墓，供起来，竖一块大理石的墓碑，刻几个大大的金字：显考林正雄之墓。以后清明，我便可以真的替他去扫墓了——"

"玉仔，我看你游水到日本去算了。"

"游得过去我一定游。"小玉叹了一口气说，"阿青，有一天，我要是真能离开这个地方到东京去，我就改名换姓，从头来起。好兄弟，我十四岁便在公园里出道，前后也快四年了。你以为那个地方那么好混么？你看看赵无常，还不到三十哩，好像哪个坟里爬出来似的。我听说，有人给他五十块，他就跟了去了。我看见他那个鸦片鬼的模样，心里就发寒。你说老古董，也不好伺候呢！我跟老周也有一年多了。今晚他那些话，很好听么？就算我不好，在外面野，他来找我，讲几句好话，我也会跟他回去了的，到底他对我还不算坏哪！你听见了？他骂小爷是卖货哩！笑话，他又不是百万富翁，那两个臭钱，就想买小爷了？"

小玉猛捶了床一下，却又落寞地叹道：

"不是自己的亲骨肉，到底是差些的。连林樣那样体贴的人，还不能自己做主呢！"

"算了，玉仔，"我拍了一拍玉仔的肩膀安慰他道，"反正你是个考古专家，不怕找不到真古董。"

"也难呀，"小玉笑叹道，"看走眼也是常有的。"

"睡觉吧，玉仔，天都快亮了。"我转过身去。

"阿青，"小玉突然好像记起了什么似的，一骨碌翻身起来，推我道，"你喜不喜欢吃猪耳朵？"

"猪耳朵？"我笑了起来，"我喜欢吃卤的。"

"明天我带你去吃卤猪耳朵。我阿母今天下午托人带信给丽月姊，要我明天回三重去吃中元拜拜。他那个山东佬到高雄送货去了。"

"万岁！"我叫道，"我好久没吃拜拜了。明天我要狠狠灌他几盅老酒。"

"这次小爷回去，吃他娘一对大猪耳！"

23

我们睡到第二天下午，两人睡得一身汗，爬起来，冲了个冷水澡，都换上了干净衣服，才出去。小玉先到西门町今日百货公司去买了一大堆资生堂的化妆品带给他母亲。他说他母亲虽然上了年纪，可是仍旧喜欢搽脂抹粉，所以他每次回去，总带些给她。他把那些化妆品用一张印了青松白鹤的花布包袱包了起来，那张包袱就是他跑出来，他母亲替他包衣服用的，他一直留着。小玉母亲住在三重镇天台戏院后面一条摆满了摊子，人挤人的小巷里。我们到了小玉母亲家的大门口，小玉却不敢进去，带了我悄悄地绕到后门厨房，探头探脑张望了半天，回头向我咋了一下舌头说道：

"那个山东佬果然走了，他跟我阿母说：'俺抓住那个小兔崽子，劈开他的狗脑袋！'"

小玉清了一清喉咙，才高声叫道：

"阿母，玉仔回来了。"

小玉母亲从后门跑了出来，她看见小玉，先满头满脸摸了一阵，又扎实地捏了一下小玉膀子，说道：

"怎么又瘦了？天天吃些什么？丽月那个婊子刻薄你么？一定天天在外面野，没好好吃，对么？"又打量了小玉一下，说，"头发倒剪短了。"

小玉母亲大概四十七八了，可是却打扮得非常浓艳。脸上着实糊了一层厚厚的脂粉，眉毛剃掉了，两道假眉却画得飞扬跋扈，嘴上的唇膏涂得鲜亮。她身上穿了一件菜青色飞满了紫蝴蝶的绸子连衣裙，一身箍得丰丰满满，前面露出一大片白白的胸脯来。从前小玉母亲大概是个很有风情的红酒女，她那双泡泡眼，虽然拖了两抹鱼尾纹，可是一笑，却仍旧眯眯地泛满了桃花。小玉那双眼睛，就是从他母亲那里借来的。

"阿母,我带阿青来吃拜拜。"小玉牵了我过去见他的母亲。

"好极了,"小玉母亲一把搂住小玉的膀子,往里面走去,一面对我笑道,"我们隔壁老邻居火旺伯家里宰了一头两百多斤的大猪公,今晚我们都过去。"

"阿母,你搽的是什么香水?难闻死了。"小玉凑到他母亲脖子上,尖起鼻子闻了一下。他母亲一巴掌打到他屁股上,笑骂道:

"阿母搽什么香水,干你屁事?"

进到里面厅堂,小玉笑吟吟地把手上那个包袱打开,在桌上抖出了几瓶化妆品来:一瓶香水、一瓶雪花膏、一管口红、一支描眉毛的画笔。

"这是'夜合香',有薄荷香的,夏天搽最好,你闻闻。"小玉打开那瓶玉绿色玻璃瓶的香水,擎到他母亲鼻子下面。

"也不怎么样,"小玉母亲撇了撇嘴笑道,却径自打开那罐雪花膏闻了一下,"倒是这瓶雪花膏还不错,我那瓶搽完了,正要去买。"

小玉将香水倒了几滴在手掌上,用手指蘸了,在他母亲耳根下点了两下,其余的又抹到她头发上去。

"这点像足了你那个死鬼老爸!"小玉母亲瞅着他点头叹道,"你老爸从前就爱搞这些胭脂水粉,他走了除了你这个祸根子什么也没留下来,资生堂的粉底倒丢下二三十盒。

我用不了都拿去送人去了。阿青，"小玉母亲摩挲着小玉的腮转向我笑道，"我偏偏生错了，把他生成个查埔郎，从前我的眉毛都是玉仔替我画的，我老说：'玉仔是个查某就好了！'也免得淘气，到处闯祸——"

"阿青，你不知道，"小玉笑嘻嘻抢着说道，"阿母怀着我的时候，跑去庙里拜妈祖，她向妈祖求道：'妈祖啊，让我生个查某吧。'哪晓得那天妈祖她老人家偏偏伤风，耳朵不灵，把'查某'听成'查埔'了，便给我阿母一个男胎——"

"死囡仔，死囡仔呵——"小玉母亲笑得全身乱颤，轻轻批了小玉面颊一下，一面用手绢擦着眼睛跑了进去，不一会儿，端出了一大盘西瓜来，放在那张油腻得发黑的饭桌上，她递给我和小玉一人一大片鲜红的西瓜。我们都渴了，稀里哗啦地啃了起来。小玉母亲挨在小玉身边坐了下来，手上擎着一柄大蒲扇，一面替小玉打扇。小玉母亲这间厅堂，阴暗狭窄，连窗户也没有一个，案上又点着两根蜡烛，一大炷香，在供着保生大帝，空气很燠热，我和小玉两人额上的汗水，不停地流泻。

"丽月那个婊子怎么啦？天天还跟那些美国郎混么？"小玉母亲问道。

"丽月姊的生意愈来愈旺啦，纽约吧里她最红。有时候郎客多了，她忙都忙不过来。常常叫腰痛，要我替她按摩。"小玉咯咯笑道。

"呸，"小玉母亲啐了一口，"那个贱东西！前几年她跑来看我，哭哭啼啼，说是她那个美国大兵丢下她溜了。那时候我替她拉线。喏，玉仔，就是火旺伯那个大仔春发呀，丽月那个婊子，还嫌人家长得丑，斗鸡眼，碎麻子。人家阿发哥的皮鞋生意现在做大啦！火旺伯一家人都发财了。丽月不听我的话，叫她打掉那个小杂种她不肯，现在拖着个不黄不白的东西，累死她一辈子！"

"阿母，你那时为什么没有把我打掉，生下我这个小杂种，累死你一辈子，也害我活受罪。"小玉抬头笑问他母亲。他鼻尖上沾了两滴红红的西瓜水。

小玉母亲一把大蒲扇啪哒啪哒拍了几下，无可奈何地叹了一口气：

"还不是你那个死鬼老爸林正雄'那卡几麻'？那个野郎，我上死了他的当！他说他回日本一个月就要接我去呢——你看，你现在都这么大了。"

"阿母，"小玉突然歪着头叫他母亲道，"我差一点找到林正雄——你那个'那卡几麻'了！"

"什么？"小玉母亲惊叫道。

"我说差一点，"小玉拍了拍他母亲的肩膀，"这个人也姓林，叫林茂雄，差了一个字！那晚他告诉我他的名字，我的心都差点跳了出来。我问他有日本姓没有，是不是姓中岛？他说没有。阿母，你说可惜不可惜？"

"这是个什么人？"

"他也是个日本华侨，从东京来的，到台湾来开药厂。"

"哦，"小玉母亲摇头叹道，"你又去乱拜华侨干爹了。"

"这个林茂雄不一样，他对我很好呢。他在台北办事处给了我一个位置，晚上还要供我去读书。"

"真的么？"小玉母亲诧异道，"这下该我交运了。玉仔，不是阿母讲你，你在台北混来混去，哪里混得出个名堂来？现在碰到这样好心人，就该好好跟着人家，学点东长西短，日后也不至于饿饭哪！"

"可是人家已经回东京去了，"小玉耸了一耸肩，"去了也不知几时再来。"

"嗳——"小玉母亲有点失望起来，叹了一口气。

"阿母，"小玉凑近他母亲，仰起脸问道，"你老实告诉我。"

"告诉你什么？"

"你一共到底跟几个姓林的男人睡过觉？"

"夭寿！"小玉母亲一巴掌打到小玉脑袋瓜上，笑骂道，"这种话也能对你阿母说得么？还当着外人呢，也不怕雷公劈？"

"阿青，"小玉指着他母亲笑道，"阿母从前在东云阁红得发紫，好多男人追她，比丽月姊还要红。"

"丽月是什么东西？拿她来跟你阿母比，也不怕糟蹋了你阿母的名声？"小玉母亲撇着嘴，满脸不屑，"从前我在东云阁当番，随随便便的客人，我正眼都不瞧一下呢！哪里像丽月那种贱料子？黑的白的都拉上床去。"

"可是你告诉过我,那时追你的人,姓林的就有三四个呢！"

"咳。"小玉母亲暧昧地叹了一声。

"阿母,你到底跟几个姓林的男人睡过觉嘛？"

"死囝仔,"小玉母亲沉下脸来说道,"你阿母跟几个姓林的男人睡过觉,关你什么事？"

"你跟那么多个姓林的男人睡过觉,你怎么知道资生堂那个林正雄一定是我父亲呢？"

"傻仔,"小玉母亲摸了一摸小玉的头,瞅着他,半晌才幽幽地说道,"你阿母不知道,还有谁知道？"

"阿母——"

小玉突然两只手揪住他母亲胸襟,一头撞进他母亲怀里,放声恸哭起来。他那颗头,像滚柚子一般,在他母亲那丰满的胸脯上摇来摇去,两只手乱抓乱撕,把他母亲身上那件菜青色的绸裙扯得嘶嘶地发出裂帛声来。他的肩膀猛烈地抽搐着,一声又一声,好像什么地方剧痛,却说不出来,只有干号似的。小玉母亲被小玉摇得左晃右晃,几乎搂不住了。她胸前鼻涕、眼泪、西瓜水给小玉涂得一块块的湿印。她额上脸上汗水淋淋漓漓地泻着,把她一张涂得浓脂艳粉的面庞,洗得红白模糊。她一直忙乱地拍着小玉的背,过了半晌,等小玉稍微停歇下来,她才解下头发上扎着的一块手帕,替小玉揩脸,又替他擤鼻子,一面哄着：

"玉仔,你听阿母讲。早起我到火旺伯那里,对他说:'火旺伯,今天夜里,我们玉仔要回来探望阿公呢,你们那对猪耳朵一定要留给他啊!'火旺伯他们去年生意做得好,今年拜拜舍得花钱,火旺伯笑眯眯说道:'秀姊,你那个小囝仔肯回来看阿公,十对猪耳朵也留给他!'我去看来,那对猪公的耳朵,又肥又大,他们卤得浸咸浸咸的,才好吃呢!"

小玉那双桃花眼肿得红红的,两道鼻涕犹自挂着。他母亲对他说一句,他便点一下头,呼的一声,把流出来的鼻涕又吸进去,双肩兀自在抽动。

傍晚六点多钟的时分,三重镇大街小巷,老早塞得满满的了。吃拜拜的人从各处蜂拥而至。做拜拜的人家,酒菜挤到了屋外来,骑楼下,巷子里,一桌连着一桌。大块大块的肥猪肉,颤抖抖的,堆成一座座小肉山,油亮亮、黄晶晶的猪皮,好像热得在淌汗。有些人家,在庙里祭供的神猪刚抬回来,歇在门口,几百斤重的一只硕肥猪公,便惬惬意意地趴卧在牲架上,身上披了红布,嘴里衔着一枚鲜红的橘柑,刮得头光脸净,眯着一双小眼睛,好像笑得十分得意的模样。酒菜多是前一天都做好的,摆在桌子上,一大盘一大盘都在发着肉馊,混着香烛的浓味,氤氤氲氲地浮散起来。一点风也没有,三重镇上空那层煤烟,乌压压地便罩了下来,一张张油汗闪闪的脸上,都抹了一层淡淡的黑烟,可是人们的胃口却大开起来,大啃大嚼,一碗碗的米酒淋淋泻泻地便灌了下去，整个三重镇都在叫喊欢腾。

火旺伯家的拜拜果然丰盛，满满一桌十六盆，还有许多海味：烤花枝、凉拌九孔，全鱼就有三条，红的红，黄的黄，张嘴竖目地躺在盆里。火旺伯夹了一大块卤得黄爽爽油滴滴的猪耳朵搁在小玉碟子里，张开缺了门牙的秃嘴巴，一脸皱纹笑道：

"玉仔，快吃，吃了长两只猪耳朵像猪公那么大！"

小玉笑得乱晃，抓起那块猪耳朵便往嘴里塞，塞得一嘴满满的，两腮都鼓了起来，那块猪耳朵尖上犹自带着几根竖起的猪毛，小玉也吞了下去。火旺伯又扯了一只当归鸭的大腿放在我碗里，一瓶福寿酒也搁在我们面前。他摸摸我和小玉的头，要我们呷酒。小玉母亲老早喝得一脸醉红，头发也用手帕扎了起来，隔着桌子便跟火旺伯的大儿子斗鸡眼春发对上了，"八仙、八仙"地猜起拳来。三拳两胜，小玉母亲输了，三杯满满的福寿酒，一杯一杯地灌得一滴不剩，喝完，还很有气概地把杯子倒过来一亮，给大家看，全桌人于是都喝彩起来。火旺伯乐得秃嘴巴张起老大，摇着头叫：

"呵——呵——"

小玉和火旺伯那个爆得一脸青春痘的小儿子春福也对上了手。他们一拳一杯福寿酒。小玉要我监酒，他说阿福最会赖账。头一拳，春福一个"全福寿"把小玉吃住了，春福喜得摩拳擦掌，拿起杯子便要灌。

"莫要急,等我先吃块猪耳朵。"

小玉抓起一块猪耳朵,嚼了半天。春福等不及了,卡住小玉的脖子要灌他,小玉一把推开他,笑道:

"喝不是喝,怕什么?"

第二轮,小玉叫"四季财",出了两个指头,春福叫"五金龟",也出了两个指头,一看输了,赶忙又加了一个,嘴里犹自叫道:

"小玉又输了!小玉又输了!"

"伊娘咧,"小玉一脸通红,"你是个大癫子,这么会撒赖!"

说着倒了一杯酒也要去灌春福,两个人正扭成一团,难分难解,春福却突然间抬起头叫道:

"你看,小玉,山东佬来了!"

"在哪里?"小玉霍然立起身来,手里的杯子珑琅一声跌到桌上,溅得一桌子的酒,两头乱张望,一脸惊惶。小玉母亲却赶了过来,猛推了春福一把,叱道:

"死郎,你吓我们玉仔做什么?"

她转过身去,拍着小玉的背说道:

"莫怕,玉仔,他来了又怎的?他又不是阎王?他敢动你一根头发,阿母跟他拼命!"

"莫要紧,莫要紧,"火旺伯也咂嘴叫道,"玉仔,呷酒,阿公再给你一块猪耳朵。"

小玉坐了下去,一声不响,啃起猪耳朵来。春福在旁边一直向他挤眉眨眼笑。小玉装作没有看见,径自满满地倒了一盅福寿酒,大口大口地灌了下去。

吃完拜拜,小玉母亲已经喝得七八成了。她扶着小玉的肩膀趔趔趄趄地走回家中。一进门,她便把脚上一双漆金凉鞋踢掉了,身上那件菜青色的绸裙子也卸了下来,里面只穿了一件半透明的黑衬裙,小腹箍得成了两节。她扎头发的手绢松了,几绺乱发掉落到脖子上,给汗浸湿了,一条条垂挂着,她脸上的脂粉老早溶成红白一片。她坐到一张长凳上,张开两只腿子,用手在面上扇了两下。她把小玉拖了过去,按到她身旁,一双泡泡桃花眼,惺惺忪忪,瞅着小玉,半晌,她用手将小玉额上的汗水抹了一把,撂掉,才叹了一口气,口齿不清地说道:

"玉仔,你知道,你阿母是要你回来的。"

"我知道。"小玉低着头应道。

"那个山东佬,脾气暴,他对你阿母还不错的。有两个钱便拿回家来,而且外面又没有女人。玉仔,你要明白,你阿母现在不比从前,人老了,不中用了——"

小玉一直垂着头,两手撑在凳子上,肩膀拱得高高的。

"其实山东佬对你本来也不错的。也难怪他,你做出那种事来——"

"阿母,我要走了。"小玉立起身来说道。

"你不在这里过夜么?"小玉母亲也站了起来。

"不了，我在台北还约了人。"

小玉拾起了桌上那包袱便要往大门走去，小玉母亲却一把将包袱攫了过去。她跑到供案那边，将案上供着的两盘红龟粿一共八枚，倒到包袱里，打了两个结才拿去给小玉，挂在他手臂上。我们走出大门，小玉母亲打着赤足又追出了两步，说道：

"下个月七号，他要到台中去两天，我再给你带信吧。阿青，你也一起来玩喔。"

我们上了回台北的公共汽车，我问小玉：

"今晚你不到'老窝'去报到么？"

"不去，我要到天行去找吴老板。"

"你又去吃回头草。"我笑道。

吴老板在西门町开天行拍卖行，是小玉的老相好。对小玉殷勤过一阵子，小玉嫌老吴一嘴烂牙齿，有口臭，便不理他了。

"吃吃回头草有什么关系？"小玉冷笑道，"反正我又不是一匹好马。老吴从前答应要送我一只手表的，我这次去向他要。"

"你专会敲老头子。"我说。

小玉却伸出他的左手，手梗子光光的。他从前戴着老周送给他的那只精工表，常常爱举起手亮给别人看，说："老周送给我的。"

"我记得我念小学六年级，火旺伯买了一只精工表给春福，春福带到班上，整天把手甩到我脸上说：'我老爸买给我的。'有一天上体育课，他把手表脱在教室里，我去偷了来，晚上戴了一夜，第二天，我把那只表丢到阴沟里，让水冲走了。从那时起，我便一直想要一只精工表。"

公共汽车走到台北大桥上，因为回台北的人多，桥上车辆挤得满满的，公共汽车走得非常迟缓。我伸头到车窗外回首望去，三重镇那边，灯火朦胧，淡水河里也闪着点点的灯光。天上一片红昏昏的月亮，悬在三重镇那污黑的上空，模模糊糊。我突然记了起来，那次我带弟娃到三重美丽华去看小东宝歌舞团表演，母亲在台上踢着腿子，她那涂满了脂粉的脸上，竟是笑得那般吃力，那般痛苦。那晚我和弟娃乘公共汽车回台北，走到台北大桥上，弟娃伸出头到车窗外，频频往三重那边望去。我握住他的手，他的手心在发冷汗。

"你在看什么，阿青？"小玉问我。

"看月亮。"我说。

24

"五十洋！五十洋谁要？"

我走进公园，莲花池的一角，围了一大堆人，老远就听到我们师傅杨教头放纵的笑声了。杨教头穿了一身亮紫的香港衫,挺胸叠肚,一把扇子刷刷声开了又合。原始人阿雄仔立在他身后,巨灵一般,一双大手捧住一只鼓胀的纸袋,一把把的零食直往嘴里塞。人堆中央,原来是老龟头站在那里,吆喝着一口湖南土腔,在喊价钱。他身旁,依偎着一个孩子,他正执着孩子的一只手,举得高高的,在淫笑。那个孩子约莫十四五岁,剃着青亮的头皮,一张青白的娃娃脸,罩着一件白粗布汗衫,开着低低的圆领,露出他那细瘦的颈项来。他下面系着一条宽松松洗得泛了白的蓝布裤子,脚上光光的,打着赤足。孩子一颗光头东张西望,一径咧开嘴,朝着众人在憨笑。

"你这头老黄鼠狼!"杨教头扇子一收,点了老龟头一下,"哪里去偷来这么一只小子鸡?"

他走上前去捏了一把那孩子的手膀子,又摸了一下他那细瘦的颈脖,笑骂道:

"这么个小雏儿,连毛还没长齐,拿来中什么用?你这个老梆子,敢情穷疯了?也不知是从什么垃圾堆上捡来的,亏你有脸拿来卖!"

老龟头一把将杨教头推开,羞怒道:

"去你娘的,老子又没卖你儿子,你急什么?"

杨教头给推猛了,往后打了两个跟跄,撞到了阿雄仔身上。阿雄仔暴怒起来,一阵咆哮,举起大拳头便向老龟头抡过去。老龟头一缩头退了下去,赶忙堆下笑脸来央求道:

"杨师傅，快叫住你那个巨无霸，给他捶一下，老骨头要碎啦！"

杨教头一边拦住阿雄仔赞他道：

"好儿子，看在你达达分上，且饶他一命吧！"

却又一柄扇子指到老龟头鼻尖上：

"老屁眼，你可看到了？下次再敢冒犯本教头，我儿子要取你的狗命呢！"

阿雄仔昂起头满面得色，从袋子里掏出一串麻花糖来，塞到嘴里，嚼得咔嚓咔嚓。

"五十洋！"老龟头又把孩子的手举了起来。他转向聚宝盆的卢司务卢胖子谄笑道，"卢爷，你爱啃骨头，这是个瘦的，你拿回去受用吧！"

卢胖子笑眯眯地挺着他那个大肚子趋近那个孩子，胸前背后一摸，咂嘴道：

"倒是一块好排骨！"

说着又拎起孩子的耳朵，笑问道：

"小东西，我带你回家睡觉去好么？"

孩子瞅着卢胖子，半晌，突然咧开嘴笑嘻嘻地指着阿雄仔手里那串麻花糖，叫道：

"糖，糖。"

众人一怔，都哄笑了起来。

"原来是个傻的！"卢胖子也摇头笑叹道。

原始人阿雄仔却从纸袋里掏出了一串麻花糖来,递到孩子手上,说道:

"给你。"

孩子一把抢过去,三下两下,统统塞进了嘴里,两腮都塞得鼓了起来。他和原始人阿雄互相瞪着,在傻笑。两个人都嚼得咔嚓咔嚓。

"昨晚我在公园路口碰见这个傻东西的,"老龟头也忍不住笑了起来,"你们猜,他站在街口干什么?原来他光着屁股在撒尿呢!"

众人又笑了起来。

"我把他带了回去,谁知道这个傻东西什么也不懂,一碰他,他就咯咯傻笑!"老龟头搔着他颈上那一饼饼的牛皮癣,无奈地叹道。

"儿子们!拉警报啦!"杨教头的扇子刷的一下张开了。

网球场那边,两个巡夜的警察,远远地朝我们这边逼近过来。他们的皮靴,老早便在碎石径上喀轧喀轧地响了起来。于是我们便很熟练地,一个个悄悄溜下了台阶,四处散去。老龟头扣住那个孩子的手腕,半拖半拉便往公园门口匆匆走去。

"我来把他带走。"

在公园门口,我截住了老龟头。我抽出了两张二十元、一张十元的钞票,塞进老龟头的手里。

25

我把孩子带回锦州街,丽月还没下班。我悄悄溜进厨房,打开冰箱,偷了一瓶小强尼喝的全味鲜奶,跟一个又黄又大的芒果——这是丽月的禁果,因为价钱贵,我和小玉平常是不许碰的。回返房中,我看见那个孩子竟爬上了我的床,盘坐在那里,一双光脚板,全是污泥。他那颗剃得青亮的头颅,在灯下反着光。他一瞥见我手上那瓶鲜奶便雀跃起来,伸手就要抓。

"你叫什么名字?"我把那瓶鲜奶举得高高的。

"小弟。"孩子答道。

"傻东西,"我笑道,"你的名字呢?你总有个名字吧?"

孩子怔怔地望着我,嘴巴张成一个O型。他有一双大而黑的眼睛,定定地瞪着人,眨也不眨一下。

"小——弟——"半晌,孩子又喃喃地重复道,"他们都叫我小——弟——"

"好吧,"我笑道,"我也叫你小弟好了。你叫我阿青,懂么?阿——青——"

"阿——青——"他拖长声音学我道。

我把那瓶鲜奶的盖子打开,递给他。他捧起瓶子便灌,咕嘟咕嘟,如获甘露一般,一口气喝掉了半瓶。奶汁沿着他的嘴角流了下来,滴在他那白粗布汗衫上。他一连几口把鲜奶喝光了，才咂咂嘴，惬意地吁了一口气，双手却一直紧紧握住空奶瓶，不肯放。我坐在地板上，把那个芒果剥开一半，咬了两口，芒果肉厚多汁，又甜，还有苹果香，正吃得起劲，抬头却发觉小弟坐在床上，一直觑着我，嘴巴半张，眼睛跟着我手中的芒果在移动。

"好吃鬼！"我禁不住笑了起来，"刚喝完牛奶，怎么还是这副馋相！"

小弟咽了一下口水，大眼睛眨了两眨。

"你想吃，就下来，芒果汁滴到床上洗不掉的。"我向他招手道。

小弟踌躇了片刻，终于把空瓶子丢下，一骨碌爬了起来，跳到地板上，爬到我身边。

"你的家呢，小弟，你住在哪里？"我一面替他剥开剩下的半个芒果，问他道。

"万——华——"小弟想了一下，应道。

"什么街，几号，知道么？"

"万——华——"

"万华什么街，小弟？"

"嘻——"他竟有点不耐烦似的摇了摇头。

"是不是延平北路？"

他怔怔地瞅着我，不出声了。

"你连自己的家在哪里都不知道，怎么办？"

咕噜咕噜，小弟突然笑了起来，他笑得很奇特，咯咯咯咯，一连串快速清脆的笑声，倏地会中断停下来，一双眼睛睁得老大，愣头愣脑呆个半晌，看着好像不碍事了，突又继续咯咯地笑下去，笑得前俯后仰，一颗剃得青亮的头乱晃一阵。

"你还笑！"我轻斥他道，"这下你惨了，回不了家了！"

小弟止住了笑，却漫不经意地叹了一声道：

"嗳——"

我把剥掉皮的半个芒果递到他手里，他捧着就是一口，淋淋漓漓，鼻尖下巴都沾上了橙黄的芒果汁。他把一个芒果啃得很干净，果核的须也吮得津津有味。我去拿他的果核，他推开我的手，颇为不悦哼道：

"唶——"

我发觉他的颈背上薄薄地敷着一层泥灰，他坐在我身边，我闻得到他身上发出来触鼻的汗酸，大概好几天都没有洗澡了。

"邋遢鬼，我带你去冲凉。"我不由分说地把他拉了起来，执着他一只手，带他到洗澡房去。我用铅桶接了一桶冷水，并帮着他把衣服脱掉。我递了一只葫芦水瓢给他，说道：

"你自己冲吧，我去拿毛巾来给你。"

他拿着那只葫芦水瓢，左看右看，赤身露体地站在那里。

"这样冲，傻子！"

我夺过他手里的水瓢，舀了一瓢水，从他头顶上便浇了下去。他赶忙护住头缩起脖子,一面笑得咯咯地乱躲。我把他捉住,又一连往他身上冲了好几瓢水,才把我洗澡用的那块玛丽药皂拿来,替他擦背。

"小弟,你家里有什么人?"

他思索了片刻,说道:

"阿爸。"

"你阿爸做什么的?"我问他。

"杨桃——芭乐——红柿——"

他一样样唱数着。

"什么杨桃、芭乐,我问你阿爸是做什么事的?"我不禁好笑。

"还有龙眼!"他突然记了起来,很得意地补充道,然后却又若无其事地说,"阿爸卖果果。"

"你家里还有什么人呢,小弟?"

"阿婆——凤姨——"

"你阿母呢?"

小弟怔了半晌,回头望着我,眼睛睁得老大。

"阿母上山去了——凤姨说,阿母上山去了——"

他说着又咕噜咕噜地笑了起来,笑得头一点一点,瘦棱棱的肩胛抽搐着。

"小弟,"我按住他的肩膀,说道,"你这样乱跑出来,你家里人找不到你怎么得了?"

"嗡——嗡——嗡——"他咿呀道。

"什么鸡？"

"红——公——鸡——"他又唱了一遍，"凤姨教我的：红——公——鸡——尾——巴——长——"

我忍不住哈哈大笑起来，舀了一大瓢水，哗啦啦便从他头顶上浇了下去。我替小弟冲完凉后，从架上拿下一块毛巾递给他，要他揩干身子。我正弯下身去收拾铅桶水瓢，小弟却将毛巾撂下，赤着身子便往外跑去，我赶快抢上前抓住他，捡起毛巾，把他的下体围了起来，才让他走出澡房。我自己也打了一桶水，冲了一个冷水浴。然后把小弟换下来的脏衣裤，跟我自己的一块儿泡在一只洗衣木盆里，并且洒上了肥皂粉。阿巴桑对我还不错，有时我换下来的衣服她也就一并洗了，不过一定要头一夜泡过，刚换下的脏衣服，她是不受理的。等我回到房中，却看见小弟光着身子，毛巾掉到地上，蜷卧在我的床上，睡着了，他的嘴巴半开着，嘴角在流着唾涎。

26

蒙眬间，我伸出手去，搂到他的肩膀上。他的皮肤凉湿，在沁着汗水。他的背向着我，双腿弯起，背脊拱成了一把弓。窗外已经开始发白了，透进来的清光，映在他剃得青亮的头颅上。刹那间我还以为是弟娃躺在身旁。母亲出走的头一年，弟娃跟我同睡一床，因为害怕，总是要我搂住他。后来我们长大了，弟娃仍旧常常挤到我床上来，我们躺在一块儿，摆龙门阵。弟娃那时刚迷上武侠小说——是我引他入门的——第一部看的是《七侠五义》连环图，整夜跟我喋喋不休议论起五鼠闹东京来。他把自己封为锦毛鼠白玉堂，又派我做钻天鼠卢方。白玉堂年轻貌美，武功高，难怪弟娃喜爱，而且白玉堂那一种老幺的骄纵，弟娃原也有几分相似。冬天寒夜，我们房间窗户漏风，冷气从窗缝里灌进来，午夜愈睡愈冷，双足冰冻，于是弟娃便钻到我的被窝里，两人挤成一团，互相取暖，一面大谈翻江鼠智擒花蝴蝶。大概是由于小时的习惯，当我蒙眬睡去的当儿，总不禁要伸出手去，把弟娃搂进怀里。我拾起床下地上的那块毛巾，替他把背上一条条流下来的汗水轻轻拭掉。我自己也睡得全身发热，汗津津的，而且喉头干裂，在发火，大概拜拜喝多了清酒，脑袋有点昏胀。我爬起来，走到洗澡间打开水龙头去冲了一下头，喝一大口冷水，回到房中，天已大亮。小弟仍旧蜷着身子，睡得很熟。我拿了一件破衬衫，盖住他的下身，自己穿上外衣，提着漱口杯，便下楼去买豆浆去了。外面满天满地的红火太阳，连早上的风都是热乎乎的。

　　我走到隔壁巷子的豆浆摊上，买了一漱口杯豆浆，两套烧饼油条。回到家中，一上楼便听到我房中一阵嘻嘻哈哈。

原来小玉、吴敏、老鼠都来了，三个人围住床站着。小弟盘坐在床中央，赤身露体，咧着嘴在对他们憨笑。小玉三个人指指点点，叽叽咕咕，好像在观赏动物园里的猴子似的。

"阿青，你哪里找来这样一个小憨呆？"小玉见到我，拍起手笑得弯了腰，"刚才我们进来，问他：'你是谁？在这里干什么？'谁知道他在床上站了起来，捞起小鸡鸡便叫道：'嘘嘘。'吓得我赶忙跑过去端起你的脸盆来把他兜住！"

"你妈的，为什么不拿你的脸盆？"我骂道，地上我那只搪瓷盆里接了半盆黄黄的尿液。

老鼠看见我手上的豆浆便要抢着喝，我一把推开他。

"是买给那个小家伙喝的！"我说道。

"嘿！"老鼠吱吱笑道，"阿青在养小汉子哩！"

吴敏却过去伸手摸了一摸小弟的头，笑道：

"你们瞧，他的头光得真有趣！"

我把他们三人赶开，把一漱口杯豆浆递给了小弟。他捧起漱口杯一连喝了两大口，很满足似的长长地吁了一口气。我把一套烧饼油条也给了他，他接过去，兴高采烈地啃嚼起来。我正要开始吃另一套，没提防却让老鼠一把扣住了手腕子，把烧饼狠狠地咬去了一大块。

"妈的耗子精！"我笑骂道，我把昨天晚上老龟头在公园里拍卖小弟的情形讲给他们听。

"可恼呀，老贼！"小玉哇哇喊道。

"那个老不修！"老鼠满嘴烧饼，"等我拿根棒槌去狠狠捅他一捅！"

"他那一颈子的牛皮癣！"吴敏皱起了眉头。

原来小玉他们是来找我到东门游泳池去游泳的，三个人连毛巾都带来了。我说游泳池里人挤人，水肮脏，有什么意思？不如到萤桥水源地，去河里泡泡，惬意得多。三个人都欢呼了起来，连说怎么早没想到？

"这个小家伙怎么办？"我指着坐在床上的小弟说道，"我本来打算今天把他送回家去的，可是他连家在哪里也说不清楚。"

小玉却走过去，拎到小弟一只耳朵，说道：

"小乖乖，哥哥们带你到河里去洗澡，洗鸟鸟，好不好？"

小弟愣愣望着小玉，满面惶惑。吴敏推过小玉，笑道：

"小弟，我们带你到河里去游水，这样游好么？"吴敏手划了两划，比给小弟看。

"爱——玉——冰——"小弟一个字一个字念道。

"好、好、好，我们去买爱玉冰给你吃！"吴敏拍着他的肩膀道。

小弟突地咕噜咕噜笑了起来，笑得前俯后仰，一颗青亮的头乱晃一阵。

"伊娘咧！"老鼠骂道，"分明是个小神经郎！"

我们一致决议，把小弟一同带去萤桥。我搜出一套旧衣服来给小弟穿上，一件破白衬衫像外套似的罩在他身上，晃荡晃荡，一条卡叽裤长得拖到地板上，只好将裤管卷起，用两个别针别上。没有鞋子，便让他打赤足。小玉他们是租了三辆脚踏车骑来的。我们五个人，我载小弟，小玉载吴敏，老鼠打单，他的车后夹着我们的毛巾。小弟坐在我车后，我命他搂紧我的腰。小玉的脚踏车骑得歪歪倒倒，差点撞到安全岛上去。吴敏在车后直叫：

"小心！小心！"

"摔不死的，吴小弟！"小玉喝道，"你割手都不怕，现在鬼叫鬼叫！"

老鼠骑的是一部跑车，坐垫耸起老高，他的屁股飞翘。老鼠尖起嘴在吹口哨。一忽儿抢上前去摸小玉一把脸，一忽儿退到后面踢吴敏一下腿子。小玉的车摇晃得更厉害了。小玉一头大汗，嘴里咒声不绝，什么话都骂了出来。小弟坐在我身后也乐得呵呵笑了。我们打着、骂着、喊着、笑着，三辆脚踏车，浩浩荡荡，一路呼啸到达萤桥水源地。下车后，大家的衣服都已湿透。

因为久未下雨，水源地一带的新店溪河水很浅，河面窄了许多，又露出不少沙滩来，沙滩上大大小小星列着一颗颗灰黑的鹅卵石。近水处，却是一大片狗尾草，一丛丛都在吐着大蓬的絮子，迎风摇曳，在烈日下，白得发亮。新店溪是台北唯一一条尚未遭到严重污染的河了，河水还有些绿意。

从前暑假，我总带着弟娃骑脚踏车到水源地来游泳。两个人晒得像烫熟了的虾子，红头赤脸地跑回去。过了两天，弟娃便开始蜕皮，总是先从鼻尖起，一张鲜红的脸，露出个白鼻头来。我们趁着台风来临以前，在水源地游个饱。台风一来，河水便混浊了，而且水位涨高，有漩涡，便不能游了。我们几个人推着车子，下到岸边沙滩上，钻进了那片狗尾草里。草比人高，躲在里面，岸上的人看不见我们。我们都脱下了外衣，只穿了一条内裤，一个个从草丛里跑了出来，往河边走去。鹅卵石给太阳晒得滚烫，我们的光脚板踏在上面，灼得刺痛，啊唷啊唷都喊了起来，连跑带跳，急往水边奔去。小玉穿了一条大红尼龙三角裤，跑在最前面，老鼠赶上去，摸了他屁股一把，笑嘻嘻问道：

"小玉，你这条内裤是偷你老母的吧？"

小玉转身一脚踢到老鼠胯下，老鼠吓得赶快往后跳了两步。

"耗子精！"小玉喊道，"看小爷把你小卵蛋子踢出来！"

小弟走得慢，落在后面。大概沙滩上的石块太烫了，他走不稳，趔趔趄趄，一跤跌坐在地上，啊啊乱叫。我回转身去，将他一把从地上拉起，拖着他直往水边跑去。

到了岸边，小玉猛不防将老鼠推了个狗趴屎跌落水中。河边浅处都是淤泥，老鼠一头栽下去，手忙脚乱，半天才挣了起来，双手抓满了烂泥，满头满脸糊着污黑的泥浆，嘴里呸呸在吐着口水。我们都拍手哈哈大笑起来。老鼠气急败坏，连跌带爬便要去捉小玉。小玉赶忙三脚两跳往河里跑去，一阵水花，便纵身往河心游去了。小玉会游蛙式，很灵快。老鼠差劲，跟在后面，只会狗扒，头捣蒜一般，一点一点，半天仍旧浮在那里，游不了几呎，没多时，竟落在小玉身后一大截。

"老鼠加油！"我跟吴敏都在岸上大叫道。

游到河心，老鼠看见大势已去，怎么样也赶不上小玉了，只得折了回来。爬上岸，早已累得面红耳赤，嘴都合不拢了。

"这下可真的变成水老鼠了！"吴敏笑嘻嘻说道。

"干你娘！"

老鼠恼羞成怒起来，俯下身去，掬起一捧水便泼到吴敏脸上。吴敏也不甘示弱，脚一扬，踢起了一团泥浆，飞溅到老鼠身上。两个人同时往水里跑去，站在浅水中，双手乱泼，打起水仗来。水花洒到空中，映着日光，变成一串串晶亮夺目的珠子。老鼠和吴敏一个手臂上印着一枚枚乌黑的烙泡，一个手腕上刻着一道殷红的刀痕。两个人都抡舞着那只受过创伤的手臂，愈战愈勇，直到后来，两个人都筋疲力尽了。打着打着，愈打愈近，终于抱成了一团，头搁在对方的肩上，只有喘气的份儿。

我正看得出神，不提防，依偎在我身边的小弟，不知什么时候径自跑到水中去，水深齐胸，他高举起两根细瘦的臂膀,左摇右晃,太阳直射到他的青头皮上,反映着亮光。我也赶忙追下水中,河水冽凉,一下去,一身暑热尽消。正当我赶到小弟身后,他却双手扑通扑通划起水来。他的头浸到水中,双腿一阵蹬踢,像只翻身入水的小鸭子,居然浮了起来,而且还不规则地在水面前进着。

"小家伙,你也会浮水呵!"

小弟扒了一阵,头抬出水面,我对他笑道。

"嘻嘻。"小弟咧开嘴,猛喘气。

"过来!"我向他招手道,"我来教你游蛙式。"

我双手在水中划了两下蛙式给他看。

"弟兄们!"小玉在对岸喊道,"快过河来呀!"

小玉站在桥下的石磴上,双手朝着我们挥舞。老鼠和吴敏都哗啦一声纵身入水,往对岸游去。小弟急得朝小玉那边猛指,也要跟着他们往河心划去。

"慢着!"我拉住他道,"你一个人游不过去的!"

他突然变得固执起来,嘴里呜呜啊啊,拖着我就要往外跑。

"小弟,你听着!"我喝道,"你一定要过河,我背着你游过去。这样子:你双手搂住我的腰,腿跟着我一齐夹水。"

我把他双手箍在我的腰上,我们在水中试了一试,居然还可以配合。

"老鼠、吴敏,我们也过来了!"

我一面向老鼠、吴敏叫道,跟小弟两人,他搂住我的腰,一齐夹着水，缓缓往河心浮去。老鼠和吴敏回转了头，护住我们两侧，四个人，像一小队舰队似的，往对岸慢慢开去。河水浅，很平静，一点浪头也没有。我背着小弟，并不感到十分吃力。我记得从前带了弟娃到水源地来游泳，开始他不会换气，只能游二三十公尺，还不敢过河。后来我把他教会了，第一次渡河，我陪着他一同游过去，游到一半时，弟娃呛了一口水，害怕起来，便要回头。我忙叫住他，不许他回去，命他搂住我的腰，带领着他，游到对岸。那是个七月的黄昏，太阳快下山去，落在萤桥的那边，红红的一团。那天水急风大，我们朝着火红的太阳，一同奋力地夹着水，游了半天，才到彼岸。因为那是弟娃第一次渡河，他爬上岸时，兴奋得欢呼起来，夕阳照得他一脸金红金红。

"万岁！"

小玉叫道，他伸出手提了我们一把，把我跟小弟两人拉上岸去。老鼠跟吴敏也爬了上来。我们五个人，一身水淋淋的，在岸边的水泥礅上围着坐下来休息。桥上及沿岸街道车声人语喧哗异常，中午下班的人，来往匆匆。桥下有风，吹到身上，非常凉快。小弟坐在礅上，一双腿甩来甩去，嘴里咿咿呀呀，怡然自得地哼起不成曲调的歌声来。

"小憨呆！"小玉拍了一把小弟的光脑袋，笑道，"看不出你还会唱歌呢！"

"《小老鼠》——凤姨教我的，"小弟歪起头颇为得意地答道,"还有《红公鸡》——"

"好,好,小弟,"吴敏怂恿他道,"你那支《小老鼠》,好听,快唱!"

"岂有此理!"老鼠低声咕噜道。

小——老——鼠——
嘴——巴——尖——
偷了鸡蛋——又偷面——

小弟索性放声唱了起来,一个字一个字,上气不接下气;可是却很起劲,脖子也拉长了。小玉、吴敏和我老早笑得跌倒在地上,捧着肚子哎哼。小玉仰卧在地上指着老鼠叫道:

"这只老鼠的嘴巴还要尖,还会偷鸡巴呢!"

老鼠立起身跑过去踢了小玉两脚,又揪起小弟一只耳朵喝道:

"小东西,以后对你老鼠哥哥不得无礼!听到么?这支混账歌以后不许再唱!"

"那么我唱《红公鸡》,"小弟说道。

"免啦,免啦,"老鼠皱起眉头十分不耐地斥道,"你那些歌回去唱给你阿青哥哥一个人听。我们不要听,我们要去捉螃蟹去!"

萤桥下面岸坡上有许多洞,洞里有螃蟹。有一次老鼠捉了七八只回来，拿到我们那里，用油炸了，鲜红喷香，小玉、吴敏我们四个人分吃了。我们把小弟一个人留在石礅上，便跑到桥下岸边，去翻石头。老鼠性急，也不等我们围好，一下便把一块大石头翻开，里面赫然跑出一只茶杯口大的青花蟹，横行着飞跑逃掉。老鼠连爬带跌，也没有追上，等我们赶过去，那只青花蟹老早跑入水里，无影无踪。老鼠恨得甩手顿足，呱呱怪叫，到处猛翻石头。我们几个人忙了一大阵，只捉到两只铜钱大的软壳蟹。老鼠拎着那两只软壳蟹，一边咒一边骂吐了两泡口水，索性扔到河里去。我们都感到肚子饿了，正打算走回岸上去买糯米饭团吃，却发觉石礅上，小弟不见了，我们一急，同声喊道：

"小弟——"

"那个小憨呆，莫不掉进河里去了？"小玉嘀咕道。

"我们到桥上去看看。"吴敏提议道。

有一条石级引到桥上，我们一窝蜂跑了上去，跨上萤桥。桥上挤满了车辆行人，桥头围着一大堆人，指指点点，在哄笑。我们跑过去，发觉原来小弟站在人堆中央，全身赤裸，内裤不知脱到哪里去了，露出了下体来。他两手交叉护着他那瘦白的胸膛，胸口溅满了红色的汁液，蜿蜒下流滴着。他怔怔地望着众人，嘴巴咧开，在痴笑，可是一双眼睛眨巴眨巴充满了惊惶的神色。人群多半是一些好奇的小孩及少年，有几个女学生，前来探了一下头，却赶紧捂住嘴，跑掉了。小弟面前站着两个趿木屐、梳包头横眉怒目的小流氓。其中一个手里正拿着两块吃剩了一半鲜红的西瓜往小弟身上砸去。老鼠先钻进人堆,他一个箭步抢身过去,猛推了那个小流氓一把,喝道:

"干你娘,你敢打人么?"

"神经郎!"那个小流氓恶声相向道。

"他随地小便!"另外一个理直气壮地帮腔道。

"他随地小便,关你屁事?"老鼠指手画脚跳骂道,"没小到你嘴巴里就行啦!"

围观的人都哄笑起来,两个小流氓摩拳擦掌便要跟老鼠干上了。

"弟兄们,动手了呢!"小玉高声嚷道,我们都挤进了圈内,四个人,一字排开,护住小弟,都摆上了架势。两个小流氓看见我们人多势众,苗头不对,一面开溜,一面喊道:

"我们去叫警察,来捉神经郎!"

我们四个人,互相使了一个眼色。我跟小玉一人拉住小弟一只手,老鼠和吴敏在前头开路,五个人拉拉扯扯,跑过桥去。到了桥尾,我们连爬带滚地从岸坡滑下了河滩。等我们钻进那丛狗尾草,回到我们藏车子衣服的地方,我们都瘫倒在地上,动弹不得了。我们躺在滚热的沙上,喘了半天气,大家才不约而同地笑着迸出了一声:

"干——"

27

"我这里又不是疯人院，神经郎你也带回来！出了事怎么办？"

丽月发觉我收留小弟过夜，便嚷了起来。

"不要紧，他什么都不懂，不会闯祸的。"我忙替小弟解说道。小弟盘坐在我的床上，晒得红头赤脸，他瞅着丽月，眼睛一连眨巴了几下。

"你说得好轻巧！"丽月指到我脸上来，"他这么疯疯癫癫地跑了出来，他家里人一定到处在找了，说不定早已报了警了呢？你快把他送回家，免得警察找上门来，说我们这里私藏疯人。"

"送他到哪里呢？"我摊开手笑道，"他连自己的家在什么地方都说不清——只晓得在万华。"

"咳，都是你惹的麻烦！"丽月狠狠瞪了我一眼，一屁股便坐到了小弟身边，打量了他一下，然后堆下笑脸，哄着他说道：

"来，小弟，告诉丽月姊听：你家在哪里？万华哪条街？是不是广州街？有个大庙叫龙山寺的，你晓不晓得？"

小弟的嘴巴半张开，呆呆地望着丽月。

"你不讲？你乱跑出来，你阿母急死喽？你阿母在找你哪，知不知道？"

丽月伸出手去摸了一摸小弟的光头，小弟突然间咕噜咕噜笑了起来，笑得前后乱晃，嘴里哼歌一般吐出一连串咿咿唔唔的娃娃语。

"这是什么名堂？"丽月骇异道。

我笑了起来。

"他告诉你：阿母上山去了，阿母上山去了——"

"嗳——"丽月摇头叹息，"是个白痴仔！"

"果——果——"小弟叫道。

小强尼噔噔噔跑了进来，手里抓住一颗杨桃在啃。

阿巴桑跟在后面，气吁吁的肚子挺得老高。小弟一骨碌便爬下了床来，伸手便要去抓小强尼手里那颗杨桃，小强尼赶快躲到阿巴桑身后去。

"小孩子的东西你也来抢！"阿巴桑扬手便要打，小弟头一缩，闭上了眼睛。

"阿巴桑，你到冰箱去拿一颗来给这个小神经吧！"丽月笑道。

"要拿你叫阿青去拿！"阿巴桑嚷道，"冰箱里的芒果也不见了，小强尼的牛奶也少了两瓶——你问问阿青，都到哪里去了？"

我赶忙跑出房间，丽月在后面尖骂道：

"你想死啊！你敢动我的芒果，二十块一个，你明天不去买一个赔来，你看我还有饭给你吃不？"

我去冰箱里拿了一颗杨桃来递给小弟。

"你听到了?"我笑着说道,"我挨骂了,都是因为你好吃!"

小弟接过那颗碧澄澄的杨桃却舍不得吃了。擎在手中,颠来倒去地玩弄着。

"你听着,"丽月对我说道,又指了一指小弟,"这可是你找来的累赘,你自己去想办法。今夜你快把这个小神经送走——送到哪里我不管,送到警察局也好,神经病院也好。"

"丽月姊,"我赔笑道,"你是个好心人,今天已经晚了,就让这个小家伙在这里再过一夜吧,明天我去报警让警察把他带走就是了。"

"不行!"丽月摇手道,"你和小玉两个琉璃货住在我这里,已经给我招来多少麻烦——要人的也来了,打架的也来了!现在又加上这么个白痴仔,我自己也要疯了!何况你上个月的房租三百块还没缴清,还敢收留人呢?气起来我连你一齐撵出去!"

"我保证!"我拍拍胸脯道,"今晚我一定把钱弄来,缴清房租,这下总可以商量了吧?"

"你把钱弄来了再讲——"丽月的口气松动了,却乜斜起眼睛瞅着我噗哧地笑了一下,"今晚的线可放长些,钓条大金鱼回来!"

我离开时,跟阿巴桑讲了许多好话,要她照顾小弟一下,回头有剩菜,盛碗饭给他吃。

"天这么热,还要我去服侍那个小神经郎!"阿巴桑大不以为然。

"拜托嘛,阿巴桑,我买斤荔枝回来给你吃。"

阿巴桑吃荔枝一次可以吃五斤,有一次吃得流鼻血了,只得去买凉茶来喝。

"要买就买新鲜的!"阿巴桑哼了一下,"上次那些生虫的也拿回来。"

我赶到公园里,找到我们师傅杨教头,他和原始人阿雄仔都坐在莲花池的石栏杆上,肩并肩,一个庞然巨物,一个胖成一团。我蹑过去向杨教头伸手借钱,借五百块。

"师傅,"我笑着叫道,"实在有急用,过两天一定奉还。"

"我开银行么?"杨教头呵斥道,"个个都来向我调头寸!这样吧,我来替你想条活路,你先到大世纪去等我。我替你去请位财神爷来。"

我走到衡阳路大世纪,选了一个清静的角落坐下,要了一杯芭乐汁,大约等待半个钟头后,杨教头带了一个人来,他叫那个人坐在我身边,自己坐在我对面。

"这是赖老板。"杨教头介绍道,然后朝那个姓赖的挤了一下眼睛,笑道,"怎么样,赖老板,我说得不错吧?这个少年郎可还标致?"

那个姓赖的挪了一下身子,歪着头朝我上下打量起来。

他是个四十上下的肥硕男人，一张赤红的猪肝脸，在玫瑰红的灯光下，闪着亮湿的油汗。他的头发剪得短短的，齐中间分，烧烫过了，起着细致的波纹。他身上穿着一件玉绿间金线的泰国丝绸香港衫，坐下来，便把个肚子给箍了出来。他那左手肥秃的无名指上，戴着一枚厚厚的方金大戒。他打量我的时候，一双肿泡的眼睛挤满了笑意。我低下头去，兀自吮着自己的芭乐汁。

"阿青，赖先生就是西门町永昌西装店的大老板！"杨教头向那个姓赖的努了努嘴，笑道，"人家赖老板要送你一条西装裤呢——定做的！"

"你的腰围几寸，小弟？我来替你量量——"那个姓赖的趁势伸过手来捏了我的腰一把，我赶忙闪开了，他和杨教头都呵呵地笑了起来。

"一身的硬肌肉嘛！"姓赖的笑道，"练过功夫了么？"

"我这个徒弟的童子功很不错！差不多练就金刚不坏之身了。"杨教头说着跟那个姓赖的又纵声笑了起来。杨教头弹了下指头，侍应生端来两瓶啤酒。

"你自己说吧，小弟，"那个姓赖的拍了一拍我肩膀，"你要马海，还是要达克龙的。"

我一直低着头，在吮麦管。

"我看来条奥龙的吧。"杨教头代我答道，"上次我到你们永昌看到新到的一批奥龙西装料，很不错，夏天凉爽，我本来想做套西装的。一问四千五，唬得我赶忙溜掉了。你们大店的西装，咱们是做不起的！"杨教头长长地叹了一口气，非常憾恨的模样。

"杨师傅要套西装还有什么问题？这点小意思我们永昌还送得起！"姓赖的很四海地拍了一拍胸，"明天早上我在店里，杨师傅来量身好了。"

"我这副身材，恐怕贵店要吃点亏哩！"杨教头低下头去，无奈地瞄了一下他那溜溜圆水桶似的腰身。

"你想我们对号么？"姓赖的倾身上前，在杨教头耳际悄声问道，一双肿泡泡的小眼睛却向我一溜。

"这个徒儿，十八般武艺，样样俱全！"

杨教头跟那个姓赖的又挤眉眨眼了一阵。突然间，我感到我大腿上痒痒麻麻有毛虫在爬动一般，是姓赖的一只手从桌底下伸了过来，几个指头慢慢往我腿上爬上来。我感到全身汗毛一张，伸下手去一把攥住了姓赖的那只肥秃秃戴着方金大戒的手掌，提上来便往桌上一拍，拍得啤酒瓶都迸跳了一下。

"师傅，我先走了！"

我霍然立起身来，头也不回便急急往大世纪门口走去，杨教头在我身后追赶着，我只听到他压低声音在怒喝：

"阿青——"

我离开大世纪，便直奔西门町的银马车，去找严经理。

严经理是湖南人,湖南衡阳。我刚离家的头一个星期便在公园里遇见了他,他把我带回他金华街那间公寓里,要我搬进去跟他一起住。他在银马车替我安排了一个职位,当侍应生。他皱起眉头,指着我的脸训道:

"小娃仔,你刚出道,还有救。快点做份正经事。你在公园里混,陷下去就要万劫不复了!"

我在银马车做了三天,溜走的时候,口袋里还有一把严经理金华街的公寓钥匙,总也没有机会拿去还他。我到银马车走进经理室,冲着严经理便深深一鞠躬向他请安道:

"严经理,你好。"

"嘿!小鬼头,你还有脸来见我?"严经理见了我先是一怔,旋即余愠未消地说道,"我还以为你给抓到火烧岛去了!"

"请经理帮个忙。"我笑着说道。

"原来你也还有用得着我的一天!"严经理冷笑道。

"要向经理通融一下,先借五百块钱,救救急。"我欠身笑道。

"借钱?哪有那么容易?"

"缴不出房租,房东要撵人了呢。"我央求道。

严经理朝我点着头叹息道:

"真是块贱料子,我那里让你白住,你不安分,偏偏自甘下流——听说你在公园里混得很不错!还缺什么钱?"

我低下了头去,半晌说道:

"经理先借我五百块，我设法还就是了。如果经理这里有事，我愿来做，扣薪水好了。"

"听你的口气，想改邪归正了？"严经理终于心软了，"再给你一个机会吧，我们这里有个小弟请三天病假，正要找人代班，明天两点钟，你来报到。"

说着他从皮夹里抽出三张一百元的钞票来，说道：

"成不成器，就要看你自己的造化了！先给你三百，你来上班，再补给你。"

我接过严经理的钱，千谢万谢，然后跑出了银马车，在路边水果摊买了一斤荔枝，又在五香斋门口一个卖萝卜丝饼的摊子上，买了四枚刚烤好的萝卜丝饼，两甜两咸。这一家的萝卜丝饼做得特别好，壳子又软又酥，馅儿肯放猪油，特别香。从前在育德上夜校，放学回家，在西门町转公共汽车，要是袋里还有钱剩，我就跑到这家摊子买四枚萝卜丝饼回去，跟弟娃两人分着吃夜消。冬天夜里，我便把报纸包好的萝卜丝饼塞到胸前夹克里去，拉上拉链，回到家里，饼子还是暖暖的。有时候弟娃睡着了，我便把他拉起来，两人坐在床上，摊开报纸，吃得一床的芝麻。

小弟已经横卧在床上，脱得精光，衬衫内裤丢得一地，睡得很熟了。我走近床边，赫然发觉，垫在他下半身的那片草席上，黑阴阴湿了一大块。我赶快放下手中的荔枝及那包萝卜丝饼，过去将他推醒。

"起来、起来。"我双手执住他的膀子,将他揪了起来。他睡眼惺忪地瞪着我,左腮上睡得红红的一格格席子印。

"你看,你闯祸了!"我指着席子那块尿渍对他说。我揭开席子,下面垫褥也浸湿了,黄黄的一摊。我看小弟兀自傻愣愣地站在那里,东张西望,禁不住有点恼火,走过去顺手一巴掌,啪的一下便打在他屁股上。

"这么大个人还溺床!"

我出手重了些,小弟被我打得啊的一声,往前打了一个踉跄,他惊惶地望着我,一只手摸着屁股,蹭到房间一角去。我把草席跟垫褥都抽了起来,搂到洗澡房去,褥子没法洗,只好暂时挂在架子上,等到有太阳再拿出去晒,草席我便用抹布洒上肥皂粉猛力揩拭,换了几次水,才把那块尿渍洗干净,拿到厨房后面天台的晾衣架上,挂起来晾干。转回房中,小弟却蹲缩在房间角落里,双手搂住膝盖,踢成一团。他看见我走进来,嘴巴闭得紧紧的,眼睛睁得浑圆。我拾起那包萝卜丝饼,坐在他对面,将报纸打开,摊在地板上。

"你看,小弟,我买了萝卜丝饼回来给你吃。"我挑了一枚甜的递给他,他怔怔地睇着我,也不伸手来拿。

"这是甜的,好吃得很呢。"我笑着把饼子送到他面前,他却倏地歪过了头去。

"不吃算了,我来吃!"我几口便把那枚甜饼吃掉。

"好香!"我咂着嘴,瞄了他一眼。他的眼睛随着我的嘴巴一上一下地动着。

"要不要?"我又拿了一枚咸的送到他嘴边,突然他手一拨,便将那枚饼子打落到地上,滚得一地的芝麻。

"你想死呀!"我用手猛敲了一下他那剃得青亮的光头顶,爬起身,把滚到床脚的那枚萝卜丝饼捡回来,吹了两下。小弟双手抱住他那个光头,嘴巴一憋一憋,开始呜呜地哭泣起来,眼泪一颗一颗滚落到他那瘦棱棱青白的胸胁上。我立在这个光着头赤着身、泪珠滚滚的孩子面前,突然感到有点手足无措起来。我蹲下身去,拍拍他的肩膀,笑道:

"跟你开玩笑的,小家伙,又没有真的打你。"

他不理会,仍旧死命护住头,肩膀一耸一耸地抽泣着。

"得了,得了,以后不碰你就是了。"我把他的头乱抚摸了一阵。

去年弟娃十五岁生日的前一天晚上,我揍了他一顿,把他的鼻子打出了血来。弟娃对我一向顺从,那晚不知怎的,他却发起牛脾气来。那晚轮到他去洗碗,他躲在房中,坐在床上,看我租来的连环图《黄天霸》看得入了迷。我叫他好几声,他也不理睬。我伸手去夺他手上的书,他一把推开叫道:"去你的!"我一阵暴怒,一拳抡过去,搥到他面门上,将他打翻到床上。我从来没有对他那样粗暴过,那一下失手,把他的鼻血打了出来。弟娃不哭,也不作声,只拿了一叠厚厚的卫生纸,仰起头,一张张在揩拭鼻孔里流出来的鲜血。

我吓了一跳，完全慌了手脚。到了晚上，我们躺下了，在黑暗里我还不时听到弟娃用卫生纸擤鼻子的声音。那一夜我都没有睡好，心中异常懊恼。第二天，我把那管功学社买来的蝴蝶牌口琴送给弟娃时，弟娃竟乐得开口笑了。捧着那管口琴，吹来吹去一刻也舍不得放下，他的鼻翼上还沾着一小块没有洗干净的血斑。

我哄了小弟好一会儿，他终于停止了哭泣。我去拿了一块湿面巾来替他揩了面，又递了一枚甜萝卜丝饼给他。这回他接了过去，吃得兴高采烈起来，一下子，两枚饼子都吃得精光，嘴角上还沾了几粒芝麻。

"萝卜丝饼好吃么，小弟？"

我们一块躺在硬床板上时，我问他道。

"唔。"他应道。

"你喜欢吃甜的，还是咸的？"

"甜的——"他想了一会儿。

"那么下次我光买甜的给你吃，好不好？"

"喔。"

"你不许再溺床，溺床没的吃。"

"呵呵。"他笑了起来。

"今天游水好玩么？"

"好玩。"

"过两天，我们再去水源地。"

"喔。"

"你知道,台风来了就不能游了。"我说。晚上收音机广播,菲律宾那边有强烈台风爱美丽,正向台湾吹来,如果风向不变,一两天内,会掠过台湾北部。

"台风——大风,呼、呼、呼,懂不懂?"

"呼——呼——"小弟学我道,我笑了起来。

"小弟,我们睡觉吧。"我说。

"喔。"他应道。

我侧过身,伸过手去,搂住了他那瘦骨棱棱的肩膀。

28

早上,天气果然变了。晴一阵,雨一阵,气压转低,皮肤上的汗冒也冒不出来,台风爱美丽大概真的快要来了。我先起床,小弟侧着身还在熟睡,他那瘦棱棱的背脊上,睡起一条条横横斜斜的红印,是硬床板梗出来的。我走进洗澡间,阿巴桑正蹲在水池边,在搓洗衣服,她一看见我,便指向澡房中垂挂着的褥子嚷道:

"你挂得这一间洗澡房,走都走不进来!"

"我马上收去,"我赔笑道,"昨晚那个小家伙溺了床——他没有给你麻烦吧,阿巴桑?"

"还讲呢！"阿巴桑哼道，"莫看那个小神经，人瘦，吃起饭来，呼噜呼噜像个猪仔，给他一碟菜，一下子扫光，又去抓小强尼碗里的肉饼，我拦也拦不住。昨晚丽月给你那个小痴仔弄得哭笑不得！"

"为什么？"

阿巴桑甩了一甩手上的肥皂泡沫，却咕咕地先笑了起来：

"昨天晚上'中国娃娃'的朱娣、梦娜，还有吴露露，跑来找丽月聊天，几个疯婆子一边啃西瓜，一边叽叽呱呱。她们笑吴露露，笑她去做假奶。正说得热闹，你那个小痴仔一头闯了进去，身子光光，挨着丽月便坐到她身边，几个人吓了一跳。小痴仔伸出双手去摸丽月的脸，又用头去擂她的胸脯。丽月大笑，叫道：'要你娘的命啦！'将他一把推到吴露露怀里。吴露露、朱娣、梦娜，几个人躲的躲，喊的喊，闹得鸡飞狗跳。后来还是丽月拿了一片西瓜，连哄带拉，才把那个小神经撵了出来。"

"想不到小家伙还会闹众香国哩！"我笑道。

"我看你啊，快点把他弄走吧，"阿巴桑说着又叹了一口气，"不知他爹娘造了什么孽！"

"我正在想办法，找他的家，找到了马上把他带走，"我安抚阿巴桑道，"阿巴桑，昨晚我带了一挂荔枝回来给你，颗颗这么大！"我用手比了一下。

"唔，"阿巴桑哼了一下，说，"我不信，拿来看看！"

我洗完脸，回到房中，小弟已经爬起来了，兀自坐在床沿上，双眼惺忪，在发怔。他一看见我，却咧开嘴，笑了起来。我过去把我一套旧衣服从床底掣出来，递给他，要他穿上，一面嘱咐他道：

"小弟，我出去有事，你待在家里不要到外头去，懂不懂？"

"喔。"小弟点点头，应道。

"那么你不许脱衣服，"我扯了一扯小弟身上的衬衫，打了他一下屁股，笑道，"光着屁股到处跑，羞不羞？"

"球，球。"小弟欢呼道，一只红蓝白的彩色大皮球滚进屋子来，滚到小弟脚边，小弟一脚踢去，踢得那只皮球花溜溜地乱转。小强尼穿着开裆裤跑了进来，爬到地上便去捉球，一面不停发出咯咯的笑声。小弟也匍匐到地板上，跟小强尼一同抢起球来。

我拎起昨晚买回来的那挂荔枝拿到厨房里去给阿巴桑，阿巴桑剥了一颗送到嘴里，然后唔了一下。我交给她两百块钱，要她转给丽月。

"这是我欠丽月的房租，剩下的，过两天一定凑给她。"

我又留下二十块钱，请阿巴桑买菜时带两个馒头回来给小弟吃。走出门外，天上细雨飘斜，一团团的乌云上下移动。抬头望去，我看见楼上我的房间那扇窗户突然冒出一颗青亮的头来，小弟趴在窗沿上，正在探望，我向他招了一招手，他举起双手也乱挥了两下。

"小家伙——"我叫道。

"呀——呀——"他在楼上应道。

我赶到西门町银马车,下午班正好开始,严经理看见我去报到,颇为赞许,说道:

"看样子,你是上路了?"

"经理栽培,还敢不识抬举么?"我笑道。

"几时这么知好歹了?"严经理撇了一下嘴,"快去换制服吧。"

我换上侍应生白褂子黑长裤制服,又开始冰咖啡、柠檬水、红豆汤、甘蔗汁,团团转托起盘来。进来避雨避暑的客人,都在谈爱美丽。台风风速又加强了,暴风半径扩张到五百哩,大约明天下午登陆台湾北部。晚上西门町那一带的店铺打烊以后,都纷纷在玻璃橱窗外面加上了防风木板。银马车做到十点关门,严经理把小账分摊给我们,每人分得三十五块。他将我叫到经理室去,从口袋里掏出了两张一百元的钞票给我。

"这是你昨天问我借的,凑足五百块钱,给你拿去交房租——这次不是来骗我了?"

我接过钞票赶快起誓道:

"这次确实是真的了,昨天已经交给房东两百块,还欠一百。"

严经理打量了我一下,沉吟道:

"你代完三天工,有什么打算呢?又回去干那一行么?"

我突然感到脸上一热,低下头去含糊说道:

"我试试看,去找份工作——要是经理这里用得着人,我愿意回来。"

"现在没有缺,下个月有一个小弟要走,我再通知你,"严经理认真地说道,"快回去吧,台风要来了。"

我临离开银马车,到厨房里去将搁在碗柜里一只牛皮纸袋取了出来,袋子里有两块栗子蛋糕,是下午一桌赶电影的客人来不及吃完,留下的。我装在袋子里藏在碗柜,预备晚上带回去,跟小弟一同消夜。坐在回家的公共汽车上,我心中开始盘算:丽月那里,不知道还能让小弟住多久?拖不下去了,把那个小家伙放到哪里去?我想代完三天班,向严经理开口,我愿意搬回他那间金华街的公寓跟他一块儿住——我还有一把他公寓的钥匙没有还给他——我可以告诉他,小弟是我的弟弟,请他暂时收容。如果我在银马车正式当侍应生,规规矩矩托盘子,也许他会答应。严经理对我很好,一直要我"改邪归正"。如果万一他不答应,我还想到一个人——母亲的养母,我们的外婆吴好妹。母亲的养父过世后,母亲跟外婆又开始来往了。母亲曾带我跟弟娃到桃园县龙潭去探望过外婆。外婆吴好妹是一个胖大健壮的女人,一双放大脚,行走起来,啪哒啪哒比她饲养的那些鸭子还要快捷。外婆是个热心人，很疼爱我们，第二天一早便挽着一只大篮子，领着我跟弟娃到鸭棚去捡鸭蛋去，几百只鸭子早放到池塘里去了。鸭棚内，鸭屎鸭毛堆中，露出一颗颗青色的鸭蛋来。我跟弟娃兴奋得乱叫，也顾不得鸭屎臭，满地去挖掘鸭蛋。弟娃走路都走不稳，在鸭棚里摇摇摆摆，抓得一手的鸭屎。母亲也赶了来，外婆对她笑道：

"阿丽，把他们留在这里算了，替我捡鸭蛋。"

去年外婆到台北来看我们，带了两只番鸭仔来，一只黑的给我，一只白的给弟娃。提到母亲，她又骂了几句，掉下几滴眼泪来，临走时，对我说：

"放了假，带着弟娃，到乡下来吧。"

那两只番鸭仔，一个秋天，却长大了，一黑一白，闪亮的羽毛，鲜红的肉冠子，见了人便会摇着屁股哈哈地虚张声势。我们叫它们阿黑阿白。饲喂那两只番鸭，便变成了我跟弟娃两人每天的大事。我们常到舒兰街那条小河边去挖蚯蚓，河边泥土肥沃，蚯蚓根根有小指那么粗。我们挖满了一只洋铁罐回来，喂得两只番鸭肉叽叽的，肥得屁股都快垂到了地上。到了过年，父亲把两只鸭子捉来，一刀一个，两只的头都剁掉了。父亲嫌那两只番鸭屙得天井里到处的鸭粪，奇臭难闻，招来许多苍蝇，而且去年过年，父亲又没有钱多加年菜。两只鸭子，阿黑拿来炖汤，阿白香酥。父亲把香酥鸭腿子，一只夹给我，一只给弟娃，自己却啃着鸭颈子下酒。我倒吃得很开胃,弟娃却白着脸,鸭腿子碰都没有碰。父亲问他,他推说肚子不舒服,我知道,他心疼他的阿白,吃不下去。饭后我悄悄对他说:

"傻子,有什么好难过的。暑假我们去桃园,再向阿婆要两只番鸭仔来养就是了,替你去选只白的,好不好?"

我跟弟娃始终没有去成桃园。我想如果我带小弟去外婆家,住几天大概是不成问题的。我可以帮着大舅赶鸭子,小弟呢,跟着外婆吴好妹去捡鸭蛋,大概总还行的吧。

"丽月姊,怎么样?房租交清了,这下你不赶我们走了吧?"

回到锦州街,第一件事便是拿一百元给丽月,把尾数缴清,我知道丽月的脾气,她对我和小玉虽然大方,房租却是不许久欠的。丽月正在房里跟阿巴桑两人商讨什么事情,她接过我的钞票,却对我说道:

"你坐下来,阿青。"

"丽月姊,我也上班了,"我坐下来笑道,"在银马车,我这个班一个月还不及你一夜晚的出差费呢。"

"阿青,"丽月抽了一口烟,缓缓说道,"今天下午,你那个疯仔出了事。"

"出了什么事?"我急问道。

"他把我们小强尼弄伤啦!"阿巴桑抢着说道。

"是这样子的。"丽月解释道,"下午他跟小强尼两人抢球,他推了小强尼一把,小强尼一跤磕到桌子角上,把一颗门牙磕掉了——"

"可怜啊,一嘴的血!"阿巴桑指着嘴巴比划道。

"该死!等我去揍他!"我叫道。

"我早就打了他一顿屁股了,"阿巴桑忿忿然,"那个痴仔,还笑呢!"

我站起来,要往自己的房间走,丽月却叫住我道:

"你不必去了,我已经把他送走了。"

我一下怔住,瞪着丽月没有出声。

"送走了?送到哪里去了?"半晌,我责问道,我的声音有点颤抖起来。

"警察来了——"阿巴桑插嘴道。

"警察局派了一部车子来,把他带走了,"丽月说道,她又加了一句,"走了算了,也给你省麻烦——"

"你们凭什么叫警察?"我突然大声喝道,我感到一阵急怒,"你们把我的小弟弄到哪里去了?"

"你也疯啦!"丽月叫了起来。

"我去找他!"我把手上那袋栗子蛋糕往桌子上一掷,气冲冲地叫道,"找不到,我要你们负责——"

我在中山北路上一直奔走下去,迎面疾风,还夹着阵阵乱雨点。台风的风头已经到了。路上没有行人,两旁的荧光灯,紫濛濛的,在风雨中发着雾光。我一口气跑到南京东路的三分局,跟分局门口的值班警察说明来意,他带领我进去,去见里面办公室的一位警官。那位警官四十上下,焦黄干瘦,人却和气。他办公桌上放着一架手提收音机,正在细细地播着京戏。警官知道我来寻人,便拿出一份表格来,要我填写,问我道:

"你找的是你什么人?"

我迟疑了半晌,答道:

"是我的弟弟。"

"什么名字?"

"小弟——"我只好答道。

"我是问他的本名。"

"先生,"我解说道,"我这个弟弟有点毛病——我是说,他的脑筋不太好,像个两三岁的小孩子——"

"嗐,"警官摇手止住我叹道,"我懂了,你是说你弟弟是个白痴?这又是件无头案了。上个月,在圆环附近,我们还抓走一个神经病的女人,她在圆环大街上,赤身露体,蹦蹦跳跳。我们问她姓什么,她自己也说不上来——到现在还关在台北精神疗养院,没有人去认领呢。"

"先生,我那个弟弟,送来三分局了么?"我探问道。

"我们这里没有记录,就是送来了,我们也不会收留。这种案件,普通会送总局特别处理,分发到几个神经病院去。台北的病院满了,有时还会送到新竹、桃园去呢——"

警官说着,却突然停下来,全神贯注地聆听起来,他桌上收音机正在报告台风消息：强烈台风爱美丽今晨零时已推进至北纬二四度，东经一二四度，以每小时十公里的风速向台湾北端进袭——

"老弟，"警官严肃地对我说道，"爱美丽快登陆了。"

他看见我还站着发怔，不肯离去，便安慰我道：

"这样吧，你先回去。明天我们这里有消息再通知你。你最好到总局去查查，要是已经送进病院倒好了。你放心，那里反正有医生护士照料，出不了事的。"

从三分局出来，我在街上茫然徘徊起来，一直步上了中山桥去。风把我的衬衫吹得鼓胀，可是背上的汗水不停地一条条直往下流。天上黑沉沉，桥下的台北市，却淹没在凄迷昏黄的灯海里。伫立在桥上，我又开始感到那一片无边无际的寂寞起来。

29

先生，你们这里有没有送来一个光头赤足的男孩？先生，你们这里有一个神经不正常的少年么？十四五岁，打着赤足的？先生，是昨天送来的，他没有姓，没有名字，他叫小弟——

第二天一早，我便出去，满台北到处去寻找那个白痴仔了。我先到三分局、四分局，最后到总局，都没有问出下落，最后只好赶到台北精神疗养院去。疗养院里守门的护士不让我进入病房，只许我在铁栏杆外观望。他告诉我，青少年的病人一共只有两个，可是都是三个多月以前进院的。有一个走了出来，是个戴着玳瑁边眼镜，一脸长满了青春痘十六七岁的胖少年，他穿了一件绿色睡袍，伸出一双猪蹄似肥膀子，像患了夜游症一般，往前摸索行走着。

"不是这个吧？"男护士指了一指胖少年，悄声问道。

"不是——先生——"我说道，"他是个白白瘦瘦的孩子，剃着个青亮的和尚头的。"

中午，台北市已经罩入了暴风半径，风势一阵比一阵猛烈起来。仁爱路两旁高大的椰子树给风刮得枝叶披离，长条长条的大树叶，吹折了，坠落在马路上，萧萧瑟瑟地滚动着。杭州南路一根电线杆倒成了四十五度角，一束束的电线，松垮了下来，垂到地上，交通警察正在吹着哨子指挥车辆绕道而行。马路上的行人，都给吹得摇摇晃晃。一个女人的一把塑胶花雨伞，嗖的一下给刮到了半空中，像脱了线的风筝，载浮载沉地飘摇起来。一阵暴雨，重庆南路马上淹没了，黄浊浊的小川，在路上急湍地蛇行着。衡阳街成都路两旁骑楼上竖立的商店招牌，给风笞挞得惊慌失措，一齐在哐啷抖响。"大三元"吹落了，洋铁皮的招牌框在柏油路上翻滚，发出尖锐的声音。我坐公共汽车赶回西门町，银马车停业一天没有开门。我感到饥饿起来，可是西门町一带的小吃店，大都关了门。我顶着风走到武昌街，希望能够在那里找到几家摊贩。有几个卖水果的正在收拾摊子，推着推车，提早回家。一阵狂风迎面卷来，几个摊贩同时都弯下身子，拼命顶住满载着香瓜、芭乐的推车。遥遥落在后面的一个摊贩，是一个身材娇小的年轻女子，一头的长发给风吹得乱飞，她穿着一条土红的布裙，裙子也吹了起来，露出她那双青白的小腿。她那架推车上，堆满了鲜红的西洋柿。女人整个人都往前倾斜，肩膀抵住推车，然而她那细弱的身躯，竟敌不过猛劲的风势，呼呼两下，给逼得一连往后踉跄，她脚下一松，一下坐跌到地上去。推车前后一颠簸，哗啦啦便震落了十几枚西洋柿，鲜红的滚得一地。我赶忙跑过去，抓住推车手柄，将车子稳住。女人从地上挣了起来。她看见一地的西洋柿，有几枚还浸在污水里，痛惜叹道：

"嗳。"

她捞起裙子，弯下身，去将地上那些红柿子，一枚枚拾了起来，兜在裙子里。她把几枚没有跌伤的，用裙角揩了一揩，仍旧放回推车上，剩下五六枚，跌得裂开了，果汁淋淋漓漓流了出来。女人挑了一枚特别大的，递给我道：

"我们吃掉吧——这些卖不出去了的。"

我也不客气，道了一声谢，便接过柿子，大口啃了起来。柿子熟透了，沁甜如蜜。女人自己也挑了一枚，跟我两人立在风中,一同吃着跌破的柿子。她二十七八岁,深坑的大眼睛,尖尖的下巴,大概刚使过劲,青白的脸上,泛着红晕。大约她看我吃得兴高采烈,她那双深坑的大眼睛从容地注视着我,笑道:

"很甜呢,是吗?"

说着她又递了一枚跌伤了的柿子给我。我有许多年没有吃过这种熟透沁甜的西洋软柿了。我记得那年母亲离家出走的前两天,她对我突然变得异样地温柔起来,那天她买了几枚西洋柿回家,竟意外地把我叫到天井中,坐在矮凳上,跟她一块儿剥柿子吃。那几枚西洋柿已经烂熟,手一撕,皮便扯掉。母亲剥好一枚柿子,自己先咬了一口,惊喜地叫道:

"真甜呵!"

顺手便把剩下的半枚递给我,我咬了两口,果然甜丝丝的,却又带着些许柿子特有的涩味。

"好吃么?"母亲微笑道。她摘下手帕来,替我拭去口角上的柿子汁。大概因为母亲从来没有对我那样亲昵过,她那次突发的爱抚,使我感到受宠若惊,而且惶惑不解,竟至于有点尴尬起来。

"黑仔,你知道么?你阿母小时卖过柿子的呢!"母亲若有所思地追忆道。母亲很少提起她在桃园乡下养父母家的生涯,偶尔提起,也是一片忿恨,"我们乡下园里,有十几棵柿子树,就在池塘边。柿子熟了,吃不完,你阿婆便叫我拿去镇上去卖，卖不掉的，我就统统自己吃掉——"母亲说着咯咯地笑了，"——吃多了，肚子发疼！"

母亲笑得前俯后仰，她那一头长长的黑发一匹黑缎似的波动起来。我看见母亲笑得那般开心，乐得像个小女孩一般，也跟着她笑了起来，那是唯一的一次，我们母子俩在一块儿笑得那般忘情。两天后，母亲便失踪了。

"我要买两斤柿子。"我对那个摊贩女人说道。

"十五块一斤——"她打量着我说，随着挑了四枚最大最鲜红的，用秤称了一下，递给我看，风把秤锤吹得飘荡起来。

"两斤二两，就算你两斤吧。"她好意地说道。

"谢谢你。"

我道了谢，把三十块钱钞票塞给了她。

她将钱收到裙子口袋里，推起她的车子，顶着风，吃力地行走下去。她的头发，在风中，飘得老高。偶一回头，她望着我，却又笑了。我捏着那袋柿子，乘上了公共汽车，往南机场去。我要把那袋又红又大的西洋柿，拿去送给母亲。

到达南机场克难街母亲居住的那间碉堡似的阴暗潮湿的水泥楼房里，来开门的，又是上次那个额上生满了白癜的老太婆，她见了我，没等我开口便说道：

"你是阿丽的大儿子阿青，是么？"

"我给阿母送点东西来，阿巴桑。"我应道。

老太婆让了我进去，走到里面那间昏幽的厅堂，她止住我道：

"你稍等。"

说着她径自蹭到里面，搬出一只竹篾编的箱笼来，嘭的一下搁到地上，掀开了盖子，喘吁吁地指着笼子里说道：

"阿丽留下的东西，都在这里了。"

竹篾笼子，塞满了破烂的衣物，母亲上次身上裹着的那件透着药味的黑绒线衫也覆盖在里面。老太婆弯下身去，伸手到笼子里翻掀了一阵，把母亲两件斑斑点点泛了黄的亵衣也扯了出来，笼里发出一阵刺鼻的怪味。

"没有什么值钱的东西，你要呢，就拿几件去。"老太婆仰起面对我说道。

"是几时的事——"我悄声问道。

"你上次什么时候来的？"老太婆偏过头去，眯起眼睛想了一下问道，她脑后吊着的那一小团稀疏的发髻，好像随时都会剥落似的。

"是中元节，七月十五日。"

"对啦，就是第二天，半夜三更断的气。"

我双手紧捏住那袋柿子，看着老太婆蹲在地上，把笼子里的破烂左翻右翻，半天她立起身来，拍了一拍手，唠噔起来：

"阿丽病了那么久，在床上都睡了三个多月，用了多少钱，你知道么？我们并不是有钱的人家啦，很艰苦呢。这次事情，火葬费就是三千块——是阿丽自己要烧的，我们是遂她的愿。

老实说，我儿子也算对得起她了——"老太婆又咂嘴又叹气，向我数说。她看见我没有搭腔，一直瞅着竹箧箱底里那一堆破烂，她便冷笑了一声，说道：

"她那只金戒指么？值几个钱？早赔进去了。你今天来得正好。你阿母留下的话：无论如何，要你把她的骨灰送回你们家去，葬在她小儿子的旁边——"

"她的骨灰放在哪里？"我打断了她的话。

"大龙峒大悲寺，我们已经跟庙里的老师父讲好了，你自己去取吧。"

大悲寺是一个破旧荒凉的庙宇。四周围着七零八落的违章建筑。有些贫苦老人无处安身，便挤到寺里去栖住去了。我进到寺内，看到里边三五成群、衣着褴褛的老人，拱缩在一堆。有的在条凳上呆坐，有的交头接耳在私语。一个小沙弥引我去见寺里住持，他是一个七十左右的老和尚，一脸皱得眉眼不清，矮小的身躯，干枯得只剩下一袭骨架，身上那件黑袈裟，拖拖曳曳，差不多垂到了地上。我向他说明来意，老和尚的听觉失灵，我讲话，他便用手兜住耳朵，他那张瘦得深坑下去的秃嘴巴，一径开翕着，喃喃不停。我在他耳朵边喊了几次母亲的名字，他才若有所悟似的，点了点头。

"黄——丽——霞——她是半个多月以前进来的吧？"老和尚的声音颤抖而沙哑。

"是的，老师父。"

"他们说，她在等她的儿子，等他来领她回家——"

"我就是他的儿子，黄丽霞的儿子。"我弯下身去，在他耳边大声说道。

"咳。"老和尚叹了一口气，喃喃自语地念了几句，然后朝我挥了一下手，说道：

"跟我来吧，小弟。"

老和尚颤巍巍地走了出去，一阵劲风把他那袭袈裟吹得抖瑟瑟地飘起，他那枯瘦的身躯连晃了几下。我跟在他身后，向寺庙右侧的极乐殿走去，殿里是置放灵骨的所在，里面冥暗，靠正面墙有一个三叠层的木架，密密地排着三排一只只酱黑色圆肚子的骨灰坛，木架上端点着一盏黯淡的长明灯。骨灰坛上都贴了标签，有的年代久了，没人收葬，坛上积了一层灰，标签变得焦黄，上面的姓氏字迹都模糊了。

"黄丽霞在这里。"

老和尚走过去，弯下身，颤抖抖地伸出手来，按到第二排左边第四只坛子上。我赶忙蹭过去。那是一只新坛子，在幽冥中，还微微地反着光。标签是白的，上面写着"桃园黄丽霞"几个字。骨灰坛约一尺高，是黑陶坯，表面粗糙，挤在其他几个骨灰坛的中间。

"你来把你母亲带走吧。"

老和尚回头向我说道。我将手上那袋柿子夹到腋下，侚下身去，双手将母亲那只骨灰坛捧了起来。

"老师父，我要到殿上去上一炷香。"我对老和尚说道。老和尚点了点头，他那张坑下去的瘪嘴开翕了两下，然后蹒跚地引领着我，踱过走廊，往正殿上走去。到了大悲殿门口，他却止住了脚，对我说道：

"小弟，把你的母亲放在殿外头，里面有佛祖菩萨，她是不能进去的。"

我把母亲的骨灰坛放置在大悲殿门槛外面地上，步入殿内。殿门上端悬着一块乌木横匾，"苦海慈航"四个大字金漆已经剥落，木匾齐中间开了一道裂痕。殿内神龛暗沉沉的，布满了灰尘，殿中央那尊巨大的佛祖塑像，大概因为香火不盛，年久失修，金面熏得焦黄，莲座也缺裂了。供台上供着香烛果品，风从殿外卷进来，吹得香烟乱绕。我把那几枚鲜红的西洋柿搁到台上的供碟里，向老和尚要了一炷香，因为风大，划了三根火柴才点燃，一阵浓郁的香烟扑到脸上来，熏得我的眼睛酸辣辣的。我双手握住那炷香，插到台上一只蓝瓷香盆里，退回到殿中央，在那尊巨大的佛像面前，跪拜了下去。我自己从来没有进过寺庙，烧香拜佛。可是记得小时候，每年观音诞，母亲便买了香烛到板桥那间香火鼎盛的观音妈庙去进香。有一次她带了我和弟娃一块儿去，要我们跟她一同跪拜观音菩萨，她那娇小的身躯匍匐在观音大士的脚下，一头的长发几乎吊到了地上。母亲双手合十，嘴里喃喃念念，在祈求倾诉，她那双深坑的大眼睛，闪烁得厉害，在发着异常痛苦的光芒。那天中元节，我去探访她，她紧握住我的手，要我到寺里替她上一炷香，乞求佛祖超生，赦她一生的罪孽。那时她那双变成了两个黑洞的眼里，也那样充满了畏惧和惊惶。母亲大概一生都在害怕着什么，所以她那双眼睛才会那样一径闪烁不定，如同一双受惊的小鹿，四处乱窜。一辈子，她都在惊惧、在窜逃、在流浪。她跟着她那些男人，一个又一个，漂泊了半生，始终没有找到归宿，最后堕落瘫痪在她那张塞满棉被发着汗臭药味的破床上，染上了一身的恶毒——她临终时，必是万分孤绝凄惶的。然而她那具残破的躯骸已经焚烧成灰，封装在殿外那只粗陶的坛里，难道坛里的那些灰烬仍带着她生前的罪孽么？我朝着佛祖一头磕了下去，额头抵住佛殿冰凉的磨石地上。

"小弟，快送你母亲回去吧，大风要来了——"

祈求完毕，老和尚颤着声音向我招手道。他屹立在殿外的石阶上，他身上那袭黑袈裟给风吹得急切地抖动着。

30

在龙江街二十八巷我们家的那个巷口，我便叫计程车停了下来。巷子里了无人迹，各家门窗紧闭，只有墙头缺口一根根光秃秃的晾衣竹篙兀自撑出墙外来，那些破烂得丝丝缕缕的尿布三角裤大概老早收走了。左边秦参谋家的大门仍旧缺着一扇，剩下的另一扇，在风中咿咿呀呀来回乱晃。巷中的垃圾堆，还在那里，黄黄黑黑地高耸着。阴沟里涨了雨水，混浊浊的秽物冲到了路面，一片泥泞。风刮进巷子，发出呜呜的呼声，使得我们这条破败的死巷，显得愈更荒凉，而且急乱。我把母亲的骨灰坛，紧紧搂在胸前。我的手心在发抖，那只圆肚子的坛子有点滑溜，不容易捧牢。风大逼人，脚下不甚稳靠，一步一步，兢兢业业，我将母亲的骨灰坛护送到家。

我们家屋檐角上那块黑油布，仍然覆盖在那里，上面压着许多块红砖，砖头都发了黑霉。前年黛西台风过境，把我们的屋顶掀走了一角。第二天，父亲领着我跟弟娃，我们父子三人合力把这片漏洞用油布遮了起来。我爬上屋顶，父亲站在梯子上，弟娃在下面传递砖头。可是爱美丽要比黛西强烈得多，这一角漏洞，不知能不能抵挡得住今晚的暴风雨。我从大门缝中，看到里面家中的门窗都关闭着，没有开灯，尚未到六点，父亲下班大概还没有赶回来。我捧着母亲的骨灰坛，站在我们家的大门口，刹那间，我几乎忘却了我曾经离家已经四个月了，而且还是让父亲逐出家门的。我将母亲的骨灰坛搁在地下，纵身越墙翻爬到屋内，打开大门，将母亲的遗骸迎接到家里。我们那间阴湿低矮的客厅，在昏暗中，我也闻得到那一股长年日久墙上地上发出来呛鼻的霉味。那股特有的霉味是如此的熟悉，一入鼻，我顿时感到，真的又回到家了。我捻开厅中那盏昏黄的吊灯，将母亲的骨灰坛放置在我们那张油黑的饭桌上。客厅里一切依旧，连父亲那张磨得发亮的竹靠椅位置也没有移一下，端端正正地坐落在厅中的吊灯下，椅旁的一张小几上，搁着父亲那副老花眼镜。夏天的晚上，屋内热气未消，我们都到门口去乘凉，父亲一个人留在屋内，打着赤膊，就坐在那张竹靠椅上，戴着老花眼镜，在那盏昏黯的吊灯下，聚精会神地阅读他那本翻得起毛上海广益书局出版的《三国演义》。只有蚊子叮他一下，他才啪的一巴掌打到大腿上，猛抬起头来，满脸恚然不平。陡然间，我又忆起父亲那张极端悲怆的面容来——母亲出走的那天夜里，父亲喝醉后，一脸泪水纵横，苍纹满布，他的眼睛爆满了血丝，咿咿唔唔对我们训了一夜的醉话——我一辈子也不能忘怀他那张悲怆得近乎恐怖的脸。我相信，父亲看见我护送母亲的遗骸回家，他或许会接纳我们的。父亲虽然痛恨母亲堕落不贞，但他对母亲其实并未能忘情。他房中挂在墙上那张跟母亲合照的唯一相片，一度取了下来，许多年后，又悄悄地挂回了原处。如果母亲生前悔过归来，我相信父亲也许会让她回家的。而我曾经是父亲惨淡的晚年中，最后的一线希望：他一直希望我有一天，变成一个优秀的军官，替他争一口气，洗雪掉他被俘革职的屈辱。我被学校那样不名誉地开除，却打破了他一生对我的梦想。当时他的忿怒悲愤，可想而知。有时我也不禁臆测，父亲心中是否对我还有一丝希冀，盼望我痛改前非，回家重新做人。到底父亲一度那般器重过我，他对我的父子之情，总还不至于全然决裂的。然而我感到我绝对无法再面对父亲那张悲痛得令人心折的面容。顷刻间，我了悟到，为什么母亲生前在外到处漂泊堕落，一直不敢归来——她多次陷入绝境一定也曾起过归家的念头——大概她也害怕面对父亲那张悲痛灰败的脸吧。一直到她死亡后，才敢回家。母亲死了，竟还害怕，怕流落在外面，变成孤魂野鬼。她那躯满载着罪孽的肉体烧成了灰烬还要叫我护送回家，回到她最后的归宿，可见母亲对我们这个破败得七零八落的家，也还是十分依恋的。

我从裤袋里摸出了一张纸来，那是一张京华饭店的信笺，信笺背面写着"七七九七四一"，那是上次京华饭店那个客人留给我的电话号码。我在信笺正面，给父亲写下了两行字，压在饭桌上母亲的骨灰坛旁：

父亲大人：
  母亲已于中元节次日去世。这是母亲的骨灰坛。母亲临终留言，嘱儿务必将她遗体护送回家，并下葬弟娃墓旁。

青儿留

我必须在父亲回来以前离开，以免与他碰面。临走前，我到我与弟娃从前那个房间去打了一转。弟娃的铺盖拿走了，只剩下空空的一架竹床。我的床上，草席枕头都在那里。枕头上还叠着我一套制服，衣物鞋袜、文具书籍，统统未曾移动过，但是整个房间都敷上了一层厚厚的灰沙，几个月没有人打扫过了。我什么都没有拿，把房门仍旧掩上，走出了家门。巷里的风迎面横扫过来，夹着疾雨，打在脸上，阵阵麻痛。我逆着风，往巷外疾走，愈走愈快，终于像上次一样，奔跑起来，跑到巷口，回首望去，我突然感到鼻腔一酸，泪水终于大量地涌了出来。这一次，我才真正尝到了离家的凄凉。

31

晚上十时许，爱美丽终于登陆了，整个台北市都叫啸了起来，新公园里那一棵棵矗立的大王椰，给台风刮得像一群从疯人院潜逃出来的狂人，披头散发，张牙舞爪地乱晃。豪雨来了，乘着风，乱箭一般，急一阵，缓一阵，四处迸射。我在风雨交加中，钻进了公园内莲花池中央那间亭阁里，在倚窗的板凳上坐了下来。我踢掉了鞋子，鞋肚子里灌满了泥水，走起来，叽喳叽喳；从头到脚，早已淋得透湿，风吹来，我感到全身清凉。四周是那样地喧腾，可是我赤着足，盘坐在板凳上，内心却是异样地沉寂。我不要回到锦州街那间小洞穴里去，蜗在那间小洞穴里，在这样一个夜里，会把人闷得窒息。在这样一个狂风暴雨的台风夜，我又奔回到我们的王国里来，至少在这黑暗护罩着的一小撮国土中，绝望后，仍可怀着一线非分的痴心妄想。

在莲花池四角上的亭子里，仿仿佛佛几缕黑影，在移动着。大概也是我们几个同路人，在这个台风夜，跟我一样，投奔到我们这个黑暗的王国里来吧。猛然间，从莲花池的一端，冒出一个高大的人影，在池边的台阶上，冲着风，蹭蹬过去。狂风将他身上那件白色的雨衣，吹得高高扬起。我认得出来，那嶙峋的身躯，那踽踽的步伐——是龙子，是王夔龙。在这样一个暴风雨的黑夜里，难道他在他父亲遗留下南京东路那间古旧的官宅里，竟也无法安身，要冲出那两扇铁闸门，奔回到我们这个老窝里来？他来找什么呢？他真的来找他的阿凤，他那个野凤凰不成？阿凤之死，在公园里，早已变成了一则传说，这个传说，随着岁月愈来愈神秘，愈来愈多姿多彩了。三水街的几个小幺儿最喜欢说鬼话，他们说，常常在雨夜，公园莲花池边，就会出现一个黑衣人，那个人按着胸口，在哭泣。他们说，那个人，就是阿凤，他的胸口给戳了一刀，这么多年，一直在淌血。他们指着台阶上的几团黑斑，说道：那就是阿凤当年留下来的血迹，这么多年的雨水，也冲洗不掉。那天晚上王夔龙带我到他南京东路那间官宅时，我们赤裸着身子躺在床上，肩靠着肩，他将他那双瘦得像钉耙似的手臂伸到空中，对我倾诉：他给他那个大官父亲放逐外国的那几年，蛰居在纽约曼哈顿七十二街一栋公寓的阁楼上，一到深夜，他便爬出来，在曼哈顿那些大街小巷，像游魂一般，开始流浪起来，从一条街荡到另一条。在那迷宫似的棋盘街道上，追逐纽约夜里那一大群浪荡街头的孩子们。他跟随着他们，一齐投身到中央公园那片无边无涯的黑暗中去。他说纽约中央公园要比台北新公园大几十倍，树林要厚几十倍，林子里，那些幢幢的黑影也要多几十倍。可是纽约也会有台风么？我突然想到，也会有这种狂风暴雨的黑夜么？王夔龙告诉我，纽约会下雪，大雪夜，中央公园那些树都裹上了一层白雪，好像穿着白衣的巨灵一般，雪夜里，总也还剩下几个孤魂野鬼，在公园里盘桓不去，穿插在雪林间。一个圣诞夜里，他告诉我，他在公园门口遇到一个抖瑟瑟饥寒交迫的孩子，我还记得他说那个孩子是波多黎各人，叫哥乐士，他把那个孩子带了回去，调一杯热可可给他喝，他说那个波多黎各孩子一双眼睛大得出奇，胸口上印着一个茶杯口大鲜红的伤痕。王夔龙从莲花池角上一间亭子里走了出来，他的身旁，多了一个人，那是一个矮小瘦弱，走起路来，一蹦一跳，瘸跛得厉害的身影——我认得出来，那是三水街的小金宝。小金宝是个天生残废，右足的脚趾，长得连成一排，朝内翻，走路只好用脚背。平常他不敢在公园露面，只有深更半夜,或是刮风下雨,公园里的人迹稀少了,他才蹦着跳着,一颠一拐,从树丛里钻出来,左顾右盼,活像一只惊惶不定的小鹿。龙子把他身上那件白雨衣张开,裹覆到小金宝瘦弱的身上,两个人一大一小,合成一团白影,一同消逝在狂风暴雨的黑夜里。

而我一个人仍旧坐在亭阁里的板凳上,蜷起一双赤足,在呐喊呼啸的风雨声中,沉寂地等待着,直到夜愈深,雨愈大,直到一个庞大臃肿的身影,水淋淋地闪进亭阁里来,朝着我,迟缓、笨重,但却咄咄逼人地压凌过来。

32

台风过后,暑热刮走了,蚊子也刮光了。空气里,湿凉湿凉的,都是水分。天上的月亮好像也洗过了似的,变白了,一团模糊的白影,映在墨黑润湿的夜空中。公园里满地的残枝败叶,那一排大王椰树大招风,吹得枝叶狼狈,有几棵,长叶吹折了,披挂下来,露出了残秃的树顶。绿珊瑚全倒塌了,乱糟糟枝干纠缠在一处。整个公园遭历大劫一般,满目疮痍。

郭老在公园大门博物馆的石级上,背着双手,踱来踱去,他穿了一件玄黑大褂,满头白发如雪。他紧皱着一双寿眉,在发愁。原来昨天傍晚,台风刚过,铁牛在公园里,终于闯下了大祸。有一对青年男女，躲在莲花池中的亭阁里，搂搂抱抱。男的是个外岛放假回来的充员士兵，女的是护士小姐。两个人做得过火了些，偏偏却给铁牛撞见了，那个愣小子的疯病又发作起来，破口便骂人家狗男女，侵占咱们的地盘，我们这个老窝，哪里容得外人进来撒野？又指着那个护士说了许多不干净的话。那个充员一怒，便和铁牛干上了。铁牛在他小腹上戳了一刀，把人家杀成重伤。刑警赶来，铁牛愈加癫狂，几个刑警乱棍齐下，把他打得头破血流，滚跌在地上。

"要不是我抢过去挡住，那个愣小子早就死在乱棍下了！"

郭老慨然对我说道：

"铁牛一看见我，便滚爬到我的脚下，一把搂住我的腿，哭喊道：'郭公公——快救我——他们要打死我了——'他脸上流满了血，刑警把他拉走，他却拼命死抓住我的衣角不放，呜呜地哭泣得像个小儿似的。"

"这次——"郭老哀叹道，"他们一定会把他送到火烧岛去了——"

我记得离家的那天晚上，头一次闯进公园里来，郭老把我带回去，收容在他家里，他让我观阅他收集的那本"青春鸟集"，一面把公园里的沧桑史原原本本讲给我听。他指着铁牛那张照片叫他枭鸟，他那时就预言道，铁牛日后必定闯下滔天大祸。他说这都是我们血里头带来的，我们的血里头就带着这股野劲儿，就好像这个岛上的台风地震一般。

"你们是一群失去了窝巢的青春鸟。"他满面悲容对我说道,"如同一群越洋过海的海燕,只有拼命往前飞,最后飞到哪里,你们自己也不知道——"

星期六的夜晚,而且台风又过去了,公园里的青春鸟统统飞了回来,如同一群蝙蝠,在洞穴里避过风雨,一只只趁着夜色朦胧,都飞回到自己这个老窝里来,大家聚在一起,互相取暖,唧唧啾啾,彼此传递一些荒诞不经的是非消息。

啪的一声,我一走上莲花池的台阶头上早挨了一下,我们师傅杨教头一看见我,刷的一下把扇子便劈头敲了下来,大声喝道:

"我打你这个大胆妄为的小奴才!师傅这块金字招牌也让你砸掉了!日后你还想师傅照顾你,给你介绍客人呢!"

"那晚真的肚子痛,先走了。"我赔笑着。

"肚子痛?"杨教头冷笑道,"你得了绞肠痧么?人家永昌赖老板可是个有头有脸的人物,西装铺都开了两三家。我看你还像个人才把你捧出去,人家还要给你缝衣裳、做裤子呢!抬举你了?哪点配不上你?搭什么臭架子?我看你天生就是个贱胚!只配到这种地方来卖,一斤一块钱!"

"达达,钱钱。"原始人阿雄仔突然从杨教头身后伸过一只巨灵般的大手来。

"为什么又要钱?"杨教头转过头厉声问道。

"糖糖。"阿雄仔咧开嘴痴笑道。

"你刚才那一袋呢?"

"老鼠吃了,还有小玉,还有——"阿雄仔搓着一双大手,笑着说道,还没说完,杨教头手一扬,阿雄仔脸上早挨了一下清脆的耳光。

"败家子!"杨教头恨道,"总有一天达达给你败光为止!你这个傻鸟,让那群兔崽子这般摆布!"

阿雄仔吃了一记耳光,头一缩,讪讪地拖着笨重的身体,溜掉了。我看到杨教头火气旺,也赶快趁机钻进了人堆中去。

"贼骨头,"我一把叉住老鼠的脖子叫道,"有福共享,糖呢?"

老鼠笑嘻嘻从裤袋掏出了一把桂花软糖来,一共六粒。

"就剩了这些了。"老鼠咂着嘴说道。

"你们又去骗那个傻仔的东西吃了,回头师傅要抽你们筋呢!"我剥了一粒桂花软糖,送到嘴里。

"罢呀!"小玉过来却从我手中夺去了两粒糖去,"师傅刚才到处找你,要拿你去阉掉呢。他说:'剁掉他那根棒子,看他还鸟不鸟?'我听说你不肯跟老赖睡觉,有什么不好?睡一觉一套西装。"

"他一手的冷汗。"我说。不知怎的,我突然想到那个姓赖的那一张戴着方金戒指肥胖的手掌,在我大腿上爬行时,凉凉湿湿,好像几条毛虫在蠕动一般。小玉和老鼠一怔,旋即哈哈大笑起来。

"老赖手出冷汗,阿青屁股打颤。"小玉拍手笑道。

我和小玉、老鼠三个人开始围着莲花池打转起来。莲花池的台阶撒满了赭黑的落叶与树枝,我们三个人,踏着断枝残叶,加入那一批批在台阶上搜索追寻的夜行队伍。走到第一个转角,角上亭子里,闪出了一张苍白的脸来。吴敏连跑带跳地爬上了台阶,老远便向我们招手唤道:

"等一等——等我一等。"

我们停了下来,等到吴敏气喘喘地跑过来后,我的右手揽住他的肩膀,左手揽住小玉,小玉勾住老鼠,我们四个人,一字排开,浩浩荡荡地迈向前去。我和小玉的皮靴子,后跟都打上了铁钉,我们的脚步声,击在水泥地上,发着橐橐的响声。我们踏着前面队伍的影子,像走马灯似的又开始轮回追逐起来。我们经过通往池中亭阁的石梯下,一级级石梯上都坐满了人,是一群三水街的小幺儿,有好几张新面孔,大概是刚出道的雏儿。坐在最高一级穿着一身黑衣裳的便是赵无常,他居高临下,嘴里叼着根香烟,沙哑着嗓子,在给那群小幺儿讲古。他在公园里辈分比我们高得多,可是我们并不甩他,不买他的账,他只好在那些刚出道的小幺儿面前,倚老卖老,诉说些他当年在公园里的风光。

"我们那时是公园里的'四大金刚'——"赵无常总爱这样开头,那群小幺儿,一个个抬起头仰着面,无限敬畏地倾听着,"杂种仔桃太郎、小神经涂小福,还有——还有我们那个最放浪最癫狂的野凤凰阿凤。那时我们四个人轰轰烈烈，差点没把整座公园闹得翻过来！"

"你们不知道呀，赵老大当年是个风流金刚，就是风流得过了头，才给玉皇大帝打落到地狱里，当了个黑无常！"小玉笑嘻嘻地站在石级下，调侃赵无常道，那群小幺儿都乐得咯咯地笑了起来。

"你他妈的臭嘴烂舌混账王八。"赵无常夹着香烟那只手朝着小玉乱点一阵，叫骂道：

"当年你赵爷在园里风流，你身上毛还没长一根，懂个屁？"他狠狠瞪了小玉一眼，却转过头去，继续跟那些小幺儿们讲古去了。

"小兄弟，你们到西门町红玫瑰去理过发没有？"他问道，那些小幺儿都摇摇头。

"下次你们理发一定要到红玫瑰，去找十三号去。你们问他：'十三号，你的桃太郎呢？'你一提桃太郎，理发一定免费。十三号会从头到尾讲给你们听，他和桃太郎的那一段孽缘。七月十五，有人还看见十三号在淡水河边中兴桥下烧纸钱，他在烧给桃太郎。桃太郎的尸首始终没有找到，人家都说桃太郎怨恨太深了，不肯浮起来。"赵无常猛抽一口烟，叹道，"我记得他跳淡水河的那天晚上，还来找过我，他刚吃完十三号的喜酒出来，喝得烂醉。他告诉我，新娘子是个超级胖婆，像条航空母舰，屁股上可以打得下一桌麻将，十三号恐怕有点招架不住呢。他一边说一边笑，笑得泪水直流——谁知道一眨眼，他却砰的一下跳到河里去了！"

"后来呢？"一个小幺儿急着问道。

"糊涂蛋！"赵无常喝骂道，"人死了还有什么后来？后来十三号年年都到淡水河边去祭他，不祭他害怕，怕桃太郎去找寻他。桃太郎死后，他大病一场，头发脱得精光，有人说，是给桃太郎拔掉的。"

"你们这群小东西哪里赶得上咱们那个大风大浪的时代？"赵无常颇为不屑地感叹道，"那几个人，谈起恋爱来，不死也要疯。涂小福到今天还关在疯人院里呢。他就是爱那个华侨仔爱疯的呀！那个华侨仔回美国后，涂小福连他睡过的枕头也舍不得换，一天到晚抱在怀里。后来他疯了，一听到天上的飞机，就哇哇地哭。天天跑到松山机场西北航空公司的柜台去问：'美国来的飞机到了吗？'那个小神经还会用英文问呢！伟大吧？"

"那个野凤凰呢？"另外一个小幺儿怯怯地探问道。

"阿凤么？嗳——"赵无常又深深地吸了一口烟，长叹一声，"他的故事可就说来话长了。"

赵无常那沙哑的声音，在潮湿的夜空里游动着，龙子和阿凤那一则新公园神话，又一次在莲花池的台阶上，慢慢传开：阿凤他是一个无父无姓的野孩子。

"——是啊，他们两人是前世注定的，那个姓王的是来向阿凤讨命的,你们见过么?你们见过有那样疯狂的人么?早上五点钟,王夔龙还在公园里等他,就在这里,就在这个台阶上,从这一头走到那一头,从那一头走到这一头,像头关在铁笼里的猛兽似的,急得到处乱撞。等到阿凤跟别人睡觉回来,王夔龙就打得他鼻血直流,打完又把他搂在怀里痛哭,那个阿凤只是笑,说道:'你要我的心么?我生来就没有这颗东西。'你们说,这不是疯话是什么?出事的那天晚上,一个大除夕夜,我们都在这里,就在这个台阶的中央,阿凤抖瑟瑟地只穿了一件薄衬衫,王夔龙那一刀,正正插在他的胸口上。他抱住他一身的血,直叫:'火!火!火'——"

我们踱到莲花池的另一端,池里水涨了许多,一片黑潭,映着一抹濛白的月亮。

"从前池里长满了莲花,都是红的。"我指着空空的莲花池说道。

"市政府派人来拔光了。"小玉说。

"莲花开的时候,一共有九十九朵。"我说。

"你少吹牛,你怎么知道有九十九朵?"老鼠不以为然,哼了一下撇嘴道。

"是龙子告诉我听的。"我说。

小玉、老鼠、吴敏都好奇起来,一直追着问我龙子和阿凤的故事。

"龙子有一次摘了一朵莲花,放在阿凤手上,他说,那朵莲花，红得像一团火。"

我们四个人绕着莲花池，一圈又一圈地走了下去。我双手勾住小玉和吴敏的肩，一面接过去，细细地诉说起我所知道的公园里那一则古老的故事来，直到深夜，直到那片昏朦的月亮消逝到乌云堆里，直到陡然间，黑暗里一声警笛破空而来，七八道手电筒闪电一般从四面八方射到了我们的脸上身上。一阵轧然的皮靴声踏上了台阶，十几个刑警手里执着警棍，吆喝着围了上来。这一次，我们一个也没能逃脱。全体戴上了手铐，一齐落网。

33

在警察局的拘留所里，我们排着长龙，一个个都搜了身。老鼠身上的赃物也全给掏了出来：十几包花花绿绿的火柴，火柴盒上印着国宾饭店的招牌，还有两把铜调羹，一对胡椒瓶，大概也是饭店里污来的，都让警察装进了一只牛皮纸袋，编上了号。有两个三重镇小流氓身上搜出了一把匕首，一把扁钻，危险品当场没收，两个小子也带走了，单独审问。搜完身，我们填好表格，一个个打了指印，然后才鱼贯而入进到讯问室内。我们大家都在埋怨铁牛，就因为他在公园杀伤人，警察才到公园里去突击检查的，原来公园开始实行宵禁，我们都犯了逾时游荡的罪名,有些犯了前科登记有案的家伙,开始紧张起来,因为怕给送到外岛管训。有一个前科累累进过两次感化院的三水街小幺儿,在我身后叹了一口气,自言自语道:"这次真要唱《绿岛小夜曲》了。"

讯问我们的,是一个胖大粗黑、声如洪钟的警官,坐在台上,一座铁塔一般。他剃着个小平头,一张大方脸黑得像包公,一头一脸,汗水淋漓。他不时揪起台上一条白毛巾来揩汗,又不时地喝开水。讯问室里的日光灯,照得如同白昼,照在我们汗污的脸上,一个个都好像上了一层白蜡,在闪光。胖警官一声令下,老鼠中了头彩,两个警察下来,把他瘦棱棱地便提了上去。

"什么名字?"胖警官喝问道。

"老鼠。"老鼠应道,龇着一口焦黄的牙齿,兀自痴笑。他站在台前,歪着肩膀,身子却扭成了S形。

"老鼠?"胖警官两刷浓眉一耸,满面愕然,"我问你身份证上填的是啥名字?"

"赖阿土。"老鼠含糊应道,我们在下面却忍不住笑了起来,因为从来没想到老鼠还会叫赖阿土,觉得滑稽。

"深更半夜,在公园里游荡,你干的是什么勾当?"胖警官问道。

老鼠答不上辞,周身忸怩。

"你说吧,你在公园里有没有风化行为?"胖警官官腔十足地盘问道。

老鼠回过头来，望着我们讪讪地笑，脸上居然羞惭起来。

"你在公园里卖钱么？多少钱一次？"胖警官那硕大的身躯颇带威胁地往前倾向老鼠，"二十块么？"

"才不止那点呢！"老鼠突然嘴巴一撇，十分不屑地反驳道。我们都嗤嗤地笑了起来，胖警官那张黑胖脸也绽开了，喝道：

"嚇！瞧不出你还有点身价哩！"胖警官笑道，"我问你：你在公园里胡混，你父亲知道么？"

老鼠又是一阵忸怩，折腾起来。

"你父亲叫什么名字？"胖警官脸一沉，厉声追问。

"先生，"老鼠的声音细细的，"我不知道，我还没有出世我父亲就死了。"

"哦？"胖警官踌躇起来，他举起杯子喝了一口水，用毛巾揩揩脖子上的汗水。他瞪了老鼠片刻，似乎有点无可奈何，便问了几个例行问题，挥手叫人把老鼠带走了。第二个轮到吴敏，胖警官朝他上下打量了一下，单刀直入便问道：

"你比他长得好，身价又高些了？"

吴敏把头低了下去，没有搭腔。

"你是O号么？"胖警官瞅着吴敏颇带兴味地问道，旁边两个警察捂着嘴在笑。吴敏一下子脸红起来一直红到了耳根上，他的头垂得更低了。

"我问你：你在公园里拉过客，做过生意没有？"胖警官大声逼问道。吴敏仍旧低着头。胖警官翻了一翻吴敏的身份证。

"吴金发是你父亲么？"

"是的。"吴敏抖着声音答道。

"你家在新竹？"

"那是我叔叔的地址。"

"你父亲呢？他现在在哪里？"

"在台北。"吴敏迟疑着答道。

"台北什么地方？"

吴敏扭着脖子却不出声了。

"你父亲在台北的住址，你一定要招出来！"胖警官恫吓着喝道，"你在公园里鬼混，我们要通知他，把你带回家去，好好管教。快说吧，你父亲住在哪里？"

"台北——"吴敏的声音颤抖起来。

"嗯？"胖警官伸长了脖子。

"台北监狱。"吴敏的头完全佝了下去。

"呸！"胖警官不禁啐了一口，"你老子也在坐牢？这下倒好，你们两父子倒可以团圆了。"

说得我们大家都笑了起来，胖警官也呵呵地笑了两声，把吴敏打发走了，一连又问了几个三水街的小幺儿，那几个小幺儿都有前科的，胖警官认得他们，指着其中花仔骂道：

"你这个小畜生又作怪了？上次橡皮管子的滋味还没尝够？"花仔却做了一个鬼脸，咯咯痴笑了两声。

轮到原始人阿雄仔的时候，他却发起牛脾气来，怎么也不肯上去。

"傻仔，你去，不要紧的。"杨教头安抚他道。

"达达，我不要！"阿雄仔咆哮道。

"达达在这里，他们不会为难你的，听话，快去。"杨教头推着阿雄仔上去。两位警察走下来，去提阿雄仔。阿雄仔赶忙躲到杨教头身后去了。

"先生，让我来慢慢哄他。"杨教头一面挡住警察，一面赔笑道。其中一个却把杨教头一把拨开，伸手便去逮阿雄仔，谁知阿雄仔一声怒吼，举起一双戴着手铐的手，便往那个警察头上劈去。警察头一歪，手铐落到肩上。警察哎唷了一声，往后踉跄了几步。另一个赶忙抽出警棍，在阿雄仔头上咚、咚、咚，一连痛击了十几下，阿雄仔喉咙里咕咕闷响，他那架像黑熊般高大笨重的身躯，左右摇晃，砰的一声，像块大门板，直直地便跌倒到地上去了。他的嘴巴一下子冒出一堆白泡来，一双手像鸡爪一般抽搐着，全身开始猛烈痉挛起来。杨教头赶忙蹲下去，掏出一把钥匙来，撬开阿雄仔牙关，然后向警察叫道：

"先生，快，拿开水来。他发羊癫风了！"

大家一阵骚动。胖警官把台上那杯开水，赶忙拿了过来，递给杨教头。杨教头从胸袋里掏出两颗红药丸来,塞到阿雄仔嘴里,用开水灌下去。胖警官命令警察把阿雄仔抬出去休息,他自己却去拨电话叫医生。经过阿雄仔这一闹,胖警官大概兴味索然了,其余几个人草草地讯问一番,统统收押。讯问完毕,胖警官的制服都湿透了,他揪起毛巾,揩干净头脸上的汗,走下台来,一手叉着腰,一手指点了我们一番,声音洪亮,开始教训我们:

"你们这一群,年纪轻轻,不自爱,不向上,竟然干这些堕落无耻的勾当!你们的父兄师长,养育了你们一场,知道了,难不难过?痛不痛心?你们这群社会的垃圾、人类的渣滓,我们有责任清除、扫荡——"

胖警官愈说愈亢奋,一只手在空中激动地摇挥着。他那张方形铁黑的大脸,又开始沁出一颗颗黄豆大的汗珠子。他讲到后来,声音也嘶哑了,突然停了下来,望着我们,怔怔地瞅了半响,最后叹了一口气,惋惜道:

"看起来,你们一个个都长得一副聪明相,可是——可是——"

胖警官摇着头,却找不出话来说了。

那晚,我们全部都关在拘留所里。大家席地而坐,挤成一团,一齐在发着汗酸和体臭。有几个熬不住了,东歪西倒,张着嘴在流口水,头一点一点在打瞌睡。花仔尖细着嗓子,却在哼《三声无奈》。

"干你娘，哼你娘的丧，"小玉不耐烦起来，骂道，"在牢里还想卖不成？"

花仔头一缩不作声了。

"这下子，感化院去得成了！"老鼠叹道。

"不知道哪一个好？桃园那个还是高雄那个？"吴敏插嘴问道。

"听说高雄那个比较好，"我说，"桃园那个还要戴脚镣的。"

"你们猜，咱们会不会送到火烧岛去？"老鼠咋了一下舌头，"我看铁牛那小子，送到火烧岛老早喂了鲨鱼了。"

"你这个死贼，要送火烧岛，第一个就该押你去！"小玉笑道。

"要去，咱们四个人一起去，"老鼠咧开嘴吱吱笑道，"弟兄们，有福共享，有难同当。"

"这起屄养的！"杨教头突然睁开眼睛骂道，他一直在一旁打盹养神，"你们又没有杀人放火，犯了什么滔天大罪，要送到火烧岛去？还不快点替我把嘴闭上！师傅想法子把你们弄出去就是了！"

我们几个人都没有下监，只是几个有前科的流氓及小幺儿，给送到桃园辅育院去了。我们的师傅杨教头把傅崇山傅老爷子请了出来，将我们保释了出去。

第三部 安乐乡

1

傅崇山傅老爷子是有名的大善人，我们师傅杨教头常常向我们提起傅老爷子的善行。公园里的孩子，有好几个遭到危难，都全靠傅老爷子营救，才得重见天日。十年前师傅手下有一员大弟子叫阿伟的，在师傅开的那家桃源春的门口，与一个滋事的流氓动了武，把那个流氓杀成重伤，给刑警捉去，本来要送往外岛管训的，也是师傅去求傅老爷子出面，动人事，请律师，把阿伟保释出来。阿伟是个空军遗腹子，十六岁便混进了公园，是个极为桀骜不驯的少年。傅老爷子不但把阿伟保出狱，而且还供他读书，在他身上不知花去多少心血，终于把那块顽石也感化得点了头，改邪归正，考上海事专科，前年上船出海到欧洲去了。师傅向我们坦白：吴敏割腕自杀在台大医院的用费一万八千块，都是傅老爷子出

的。因为傅老爷子不愿让人知道,所以师傅总也没有提起。师傅指着吴敏叹道:

"你知道什么?你那条小命也是傅老爷子给你捡回来的哩!"

原来傅崇山傅老爷子从前在大陆当过官,所以在军警界还有几分老面子。抗战期间,傅老爷子当到副师长,驻守五战区,在徐州跟日本人还打过硬仗呢。来到台湾,傅老爷子退了役,与朋友合伙经商,开了一家叫大方的纺织厂,他自己是董事长。师傅说,那几年,纺织厂生意做得好,傅老爷子着实过过一段相当惬意的生活,很享了一阵子福,闲来跟从前几个老战友去打打猎,有时还会远征到花莲,爬到山上去打野猪。要不然就跟几个戏迷朋友,到永乐戏院,去看顾剧团的京戏。傅老爷子最欣赏胡少安演的《赵氏孤儿》,胡少安贴这出戏,傅老爷子必定到场。可是一九五八年,那年冬天,傅老爷子家中发生了巨变,傅老爷子的独生子傅卫突然惨死,死时才二十六岁,陆军官校刚毕业两年,正调到竹子坑当排长,训练新兵。有一天,傅卫被部下发现死在他自己的寝室里,倒卧在床上,手里还紧抓住一柄手枪,可是面部却炸开了花,子弹从他口腔穿进了后脑,官方判断是手枪走火,意外死亡。白发人送黑发人,傅老爷子受到这个打击,一下子就病倒了,心脏病猝发,送到荣民总医院,足足躺了三个多月,出院时,傅老爷子整个人都脱了形,人瘦掉一半,背全弯驼,压得头也抬不起来,变成了一个衰飒的老人,而且性格也整个改变,他把大方纺织厂董事长的位子辞去,闭门隐居,谢绝亲友,差不多整整一年,连大门也不出一步。傅老爷子的太太死得早,家中只剩下一个服侍他的老女佣吴大娘。这些情形都是吴大娘后来告诉师傅听的。吴大娘说,那一年中,傅老爷总共还没说过十句话,天天坐在客厅里发怔,好像患了痴呆症一般。等他恢复过来,傅老爷子却把从前的亲友关系都断绝了,他唯一的活动,便是到中和乡那家天主教孤儿院灵光堂,去照顾那些孤儿,每个礼拜去三次,风雨无阻。吴大娘说,傅老爷子一定是想儿子想疯了,才会到孤儿院去为那群无父无母的野娃娃做老牛马,连他们的屎尿他都肯亲自动手扫除干净。

其实傅老爷子并不是我们圈子里的人。师傅说,他帮助公园里的孩子,完全是出于一片爱心,就如同他照顾灵光堂里那些孤儿一样。傅老爷子一向默默行善,本人甚少出面,所以我们圈子里只听闻有这样一位活菩萨,真正见过傅崇山傅老爷子本人面目的还没有几个。我们师傅跟傅老爷子的渊源是因为家里的关系。我们师傅跟傅老爷子是同乡,都是山东人,师傅的老太爷从前在大陆就跟傅老爷子有来往,后来师傅因为偷老太爷的钱,给原始人阿雄仔疗伤,阿雄仔发羊癫风让汽车把腿撞断,老太爷一气便把师傅撵了出去。师傅最落魄的那段时期,全靠傅老爷子救济,在傅老爷子家里住了好一阵子，后来才到六条通一家酒馆去当经理。所以师傅提到傅老爷子，总有三分敬意，称他是大恩人。

"儿子们！"

师傅挥舞着手里那柄折扇，向我们叮嘱道：

"师傅讲话，你们且竖起耳朵听着。今天带你们去见的傅崇山傅老爷子，不比常人，他就是你们的救命恩人！"

我们从拘留所保释出来，师傅便要带我们去参见傅老爷子，当面向他叩谢。师傅发给我们一个人一百元，到红玫瑰去理了发，大家换上干净衣服。临行前，师傅又再三训诫了我们一番。

"大热天，亏了老爷子亲自奔走，才把你们这些东西救出来。回头见到他，不要连个谢字也说不上来，一个个站没站相，坐没坐相，贼窝里爬出来似的，师傅的老脸也让你们丢尽！老鼠呢？"

"有！"老鼠忸怩着走上前去，师傅皱起眉头打量了老鼠一下，"瞧你这副贼眉贼眼，我先警告你，今天到了傅老爷子那里要守规矩，还胆敢毛手毛脚，我先抽你的筋！"

老鼠只是龇着一嘴黄牙，讪讪傻笑。师傅又把小玉唤了过去。

"你伶牙俐齿，能说惯道，今天又该你去耍贫嘴、逞本事喽？"

"傅老爷子是什么人？他那儿哪里轮得到我们小孩子耍

贫嘴、逞本事了?"小玉赶忙分辩道。

"你知道就好!"师傅冷笑道。

"师傅信不过,我去把嘴巴缝起来就是了。"小玉笑道。

"你把那张尽嘴缝起来,倒也是我的福,耳根子清净些!"师傅又对我和吴敏也嘱咐了一番。

"你们两个么,口齿又太笨了些!回头老爷子问起什么,照实答就是了。"

"是,师傅。"我跟吴敏齐声应道。

最后师傅把阿雄仔拉到跟前,替他将衬衫塞进裤子里,又用手巾揩掉了他脸上的汗水,然后才领着我们,一行六人,浩浩荡荡,去参拜傅崇山傅老爷子去。

2

傅崇山傅老爷子的家在南京东路的一条巷子里,离松江路不远。那一带都盖了新的高楼大厦,把傅老爷子那幢平房住宅团团夹在中间。那是一栋日式木屋,房子相当古旧了,大概是日据时代遗留下来的,屋顶的灰黑瓦片都生了青苔,大门的朱漆也龟裂剥落了。可是住宅庭院深广,沿着围墙,密密地栽了一转高大的龙柏,郁郁苍苍,把房屋掩护住,气派森严。大门顶上,却涌出了一大丛九重葛来,殷红的刺藤花,累累一片，在夕阳中，爆放得异常灿烂夺目。

我们到达傅老爷子家，来开门迎接的是傅老爷子的老女佣吴大娘。吴大娘是个满头白发矮小的女人，大概是一双放大脚，走起路来，脚下左一拐右一拐，一张脸皱成了一团，眉眼不分。

"吴婆婆，老爷子在家吧？"我们师傅满脸堆下笑容来问道。

"等了你们一下午啦，快进去呗！"吴大娘的口音跟师傅一模一样，也是山东腔。

师傅领头，我们跟在后面鱼贯而入，通过一条石径，往屋内走去，石径两旁都种满了竹子，一进去，便感到一片清凉。吴大娘闩上门后，一拐一拐抢到师傅前面。

"老爷子这几天还好吧？"师傅搭腔道。

"好啥？"吴大娘回头咕哝道，"前晚老毛病又犯了，心痛了一夜，昨天才去荣总看了丁大夫。一点儿也不肯休息，今天一早又撑着到中和乡去了。这把年纪，这种身体，哪里还有精神去服侍那些蹦蹦跳跳的小玩意儿呢？劝也没用，有啥办法？"

"老爷子是菩萨心肠，那群小可怜，他是要紧的。"师傅顺嘴答道。

"杨爷，这个道理俺还不懂得么？"吴大娘在屋子门口索性停了下来，"他老人家要做善事，积阴德，那还不好？

你不在这里不晓得，晚上他心疼起来，头上汗珠子黄豆那么大，把俺吓得一夜不敢合眼。那种罪，不好受！"

"下次老爷子发病，我派个徒弟来轮班，换你老人家去休息，好不好？"师傅安抚吴大娘道。

"那敢情好，"吴大娘点头称善，"也让俺这个老不死的喘口气——只怕你杨爷嘴里说说罢咧，过后还不是丢到脑后去了！"

"吴婆婆，下次我就派他来，"师傅指着我说道，"这个徒弟最老成，做事可靠。"

吴大娘走近来，觑起眼睛朝我打量了一下，皱成一团的脸上却绽开了一个笑容来，唔了一下，点头说道：

"很健壮的一个小子。"

我们走上玄关，吴大娘从鞋柜里掣出六双草拖鞋来，让我们一一换上。

"都来了么？"我们刚走到客厅门口，里面便传出来一个苍老沙哑的声音问道。

"都带来了，"师傅在门外大声应道，"来参见老爷子。"

吴大娘拉开推门，傅崇山傅老爷子便从里面颤巍巍地迎了出来。傅老爷子果然驼得厉害，他的身躯虽然硕大，可是整个背都弯了下去，背峰高高耸起，身后好像背负着一座小山似的，把头压得抬不起来，行走时，喘吁吁地往前伸长脖子，很吃力的模样。傅老爷子起码七十开外了，一头倒竖的短发，洒满了银霜,须眉也都铁灰了,一张方阔的国字脸上,寿斑累累,宽耸的额头,三道沟纹,好像用刀刻出来似的,又深又黑。一双眼睛,大概泪腺有毛病,泪水汪汪的。他身上穿着一套灰白府绸旧唐装,脚上趿着一双黑布鞋。

"还不上去跟老爷子磕头!"

师傅手里那柄扇子一指,朝我们吆喝道。我们几个人你望着我,我望着你,挤挤攮攮,不知所措。

"蠢材!"师傅咬牙低声骂道,"磕个头也不会么?"

小玉乖巧些,抢上去,朝着傅老爷子便要深深下拜。

"免了,免了。"傅老爷子赶忙扶起小玉,并示意要我们都坐下。他自己先坐到一张垫着厚靠背的沙发椅上。师傅在他左侧一张椅子上坐了下来,我们才一一坐下。我跟小玉、吴敏、老鼠四个人挤在傅老爷子对面的一张长沙发上,阿雄仔却坐到师傅脚下一张踏脚圆凳上去。

"吴嫂,你去倒几杯汽水来。"傅老爷子吩咐吴大娘道。

"俺熬了红豆汤,又蒸了千层糕,喝汽水干啥?"吴大娘驳回道。

"那么更好了,"傅老爷子笑道,"这几个孩子也该饿了。"

傅老爷子转向师傅,开始询问我们各人的姓名、年岁以及生活起居,每个人都问得相当详细,师傅一一作答时,傅老爷子那双泪水汪汪的眼睛却一直瞅着我们,佝着背不住地点头。最后傅老爷子似乎要说什么却没有说出来似的,嘴皮微微抖动了两下,长长地叹出了一口气:"唉——"

傅老爷子这间客厅摆设十分简朴,除了沙发茶几外,只有靠墙的中央搁着一张红木的长条供案,案上有一尊天青瓷瓶,瓶里插一束白色的姜花。花瓶旁边有一只同色的大碗,碗里盛着几色鲜果。墙上悬着两张镶了黑边镜框的巨幅相片。右边那张是傅老爷子盛年时候在大陆着军装的半身照,身上佩挂齐全,胸前系着斜皮带,大概是当副师长的时候,那时他的身子却是笔挺的,很英武,一脸威严。左边那张是个青年军官,穿着少尉制服。一定是傅老爷子死去的那个儿子傅卫了。傅卫跟傅老爷子有几分貌似,也是一张方脸宽额头,可是傅卫的眉眼却比傅老爷子俊秀些,没有傅老爷子那股武人的煞气。墙上另一角挂着一柄指挥刀,大概年代已久,刀鞘已蒙上一层铜锈。客厅里,隐隐地一径透着一股姜花的甜香。客厅另外一面是几扇糊纸的推门,推门拉开了,外面是后院,院中有假山水池,池里浮满了绿萍,假山有流水入池,一直发着琮琮铮铮的声音。

"杨金海,"半晌傅老爷子向师傅开腔道,"莫怪我说你,这回你也太胡闹了!孩子们不懂事,你怎么倒领头作乱,大伙儿闹到警察局去,是什么意思?"

我们师傅杨金海教头赶忙离座站了起来,指手画脚地分辩道:

"这是天大的冤枉!老爷子,这次实在不能怪我。这几个东西虽然愣头愣脑,跟着我胆子都还小。杀人放火绝对不敢。就连欺诈恫吓我也不许的,就算这个小贼——"师傅指了老鼠一下,指得老鼠直眨眼睛,"有时手脚不干净,也是芝麻绿豆的小玩意儿,还让我打得贼死。这次都是让叫铁牛的那个囚根子给整的,那个亡命痞子在公园里无法无天,早该送到火烧岛去囚起来,省得咱们清清白白的人受连累!"

"你们哪里懂得?"傅老爷子叹了一口气,"这回是我托了天大的人情才把你们弄出来。要不然,老早下的下监,送的送外岛去了。杨金海,你要明白,我已退隐多年,从前军警界几个老朋友,退的退,死的死,新起来的这批少壮派,与我没有渊源,并不买账。这次勉强得很,我老着脸,把一个多年没有来往的老同僚抬了出来,才让我具保。日后你们再闹事,恐怕我这个保人也要受连累哩!"

"老爷子说得郑重,我记在心里,把他们管得严点就是了。"师傅毕恭毕敬地应诺道,坐回到自己的座位上。

傅老爷子却一径蹙着眉,忧心忡忡地说道:

"杨金海,你领着这群孩子,在公园里胡混,总不是办法,终究是要闯祸的。应该替他们找份正经差事,才是长久之计。"

"老爷子说得好轻巧!"师傅一柄扇子啪地打在手心上,"这几只公园里赶出来的邋遢猫,正经人家谁肯收容?还有一层:这群小亡命,千万莫错估了他们,一个个还性格得很呢!差点的老板未必降得住。我试过几次的,旅馆、饭店、戏院，介绍去当小弟。不出三天，一个个又溜了回来，说道：'外面世界容不下，还是回到自己老窝里舒服些。'老爷子，俺有啥办法？现在更好了，公园宵禁，连老窝也封掉了！今天带了这批可怜虫来，还要老爷子替俺们做主，指点迷津呢！"

傅老爷子勉强把头抬起来，用手搔了一搔一头银霜似的短发，笑道：

"我才要数落你，你反来替我出难题！当年你把阿伟带来，我不该心软了一下，把我拖累了那么些年，我为他受的罪，三天六夜也说不完。好不容易功德圆满，把他送上了船。你现在又带了这一群孩子来缠我，我纵然有心成全他们，恐怕精力也不逮了——"

说着吴大娘走了进来，手上的茶盘端着红豆汤及千层糕。

"杨爷又来生啥事故了？"吴大娘插嘴道，"你一进来俺不是跟你提过，老爷子前天才闹心痛吗？"师傅立起身来，一面去接吴大娘手里的茶盘，赔笑道：

"吴婆婆，你不提我还不敢提，你是知道的，老爷子有病，是不许人家问的。"

"这也没有什么，是多年的老毛病了，"傅老爷子舒了一口气，指着胸口道，"这里常常绞疼。"

"丁大夫怎么说呢？"

傅老爷子淡淡地笑了一下。

"大夫还能说什么？到了这把年纪，心脏衰弱了，冠状脉有点阻塞。"

"那么老爷子倒是不能大意呢。"师傅认真说道。

吴大娘把一碗碗的红豆汤分给了我们，每人一只小碟里盛了一块晶莹的千层糕。

"俺也是这么说呀，"吴大娘径自唠叨，"这里到中和乡要转两道车，下雨天，公共汽车爬上爬下，万一摔一跤，怎么得了？"

吴大娘分派完毕，拾起茶盘，脚下左一拐右一拐地走了，临走时又对我们说道：

"喝完了厨房里还有，熬了一大锅。"

"不瞒老爷子说，"师傅干咳了两声，正襟危坐起来，"老爷子身体不舒服，我们是不该来打扰的。这次我把几个孩子带来，一来是给老爷子磕头谢恩，二来也是向老爷子备个案。老爷子可还记得我从前开的那家桃源春酒馆子？"

"是了，"傅老爷子点首道，"你开得好好的怎么又关了？"

"咳，"师傅顿足道，"还不是没有后台撑腰，流氓警察轮流生事。不瞒老爷子说，桃源春那时着实风光了一番的，至今公园里的人还念念不忘，一直怂恿我重起炉灶，恢复桃源春当年的盛况呢。其实我自己也从来没死心，只是没有机会没有本钱罢咧。现在时机到了，公园宵禁，那群鸟儿正在发慌，没个落脚处。我来另筑个窝巢，不怕他们不飞过来。不瞒老爷子说，我连地方也寻妥了，就在这南京东路同一条街上，一百二十五巷里——"

我们师傅杨金海教头刷的一下将折扇打开，一面起劲扇着，一面兴高采烈地向傅老爷子报告筹备经过。最先是万年青电影公司董事长盛公出的主意，盛公说：杨胖子，你出面，我在幕后支持你，把个酒馆子开起来，日后咱们也有个地方走动走动。盛公答应借二十万，师傅又做了一个会，一万一股，我们圈子里有头有脸的人物，都参加了。聚宝盆的卢司务、永昌西装店的赖老板还认了两股，顶让费一切都不成问题。

"如果顺利，中秋就可以开张啦。"师傅滔滔不绝地说下去，"我找了一家装潢店去估了一下，怎么将就装修也需十万块呢。现在无论做啥，动着就是钱哪。凭良心说，俺开这个酒馆子，一半也是为了这几个小亡命，走投无路。在酒馆子里当伙计，总还强似街头流浪么——"

傅老爷子一直凝神倾听着，这时陡地举起手止住师傅问道：

"新酒馆叫什么来着？"

"正要向老爷子讨个利市，请老爷子赐个名儿呢。"师傅赔笑道。

傅老爷子驼着背，眼睛半闭，沉思了片刻，微笑着说道：

"从前在南京，我住在大悲巷，巷口有一家小酒店，有时我也去吃个夜消，我记得酒店的名字叫'安乐乡'。"

"安乐乡！好彩头！"师傅一迭声地叫了起来。

3

南京东路一百二十五巷里，大都是酒馆饭店。巷口是凤城，一家生意鼎盛的粤菜馆，饭馆在二楼，楼下是贩卖部，橱窗里倒挂着一排排焦黄晶亮的油鸡烧鸭。紧隔壁是一家叫梅苑的日本料理，门口悬了一溜一只只西瓜大晕红的纸灯笼，再过去是韩国烤肉店阿里郎，阿里郎正对面是家西餐厅金天使，玻璃门窗吊着许多肉叽叽光着屁股张着翅膀的小天使。一到晚间，整条巷子里霓虹灯五光十色地便亮了起来，烤肉香于是便开始在巷中横流四窜。巷中还挤满了摊贩，卖荔枝龙眼的，卖烤鱿鱼的，还有一个摊子在卖炸麻雀，油锅旁边排着一串串炸得焦黑的小鸟儿，晚上巷子里挤满了人，汽车也开不进来了。在这浮面的繁华喧嚣下，我们的新窝巢安乐乡却掩藏得非常隐秘，不是我们的同路人，很容易便被隐瞒过去。因为安乐乡的外面，没有招牌，大门紧挨着金天使的左侧，狭窄的一条门缝，仅仅能容得一人通过，接着便是一条陡直的楼梯一级级伸引下去，楼梯口只悬着一盏淡黄的小灯，光线昏暗，走下去，得扶着栏杆，摸索下降，直到下面，一转右，两扇玻璃门便刷的一声，自动张开，里面赫然别有洞天，进入了安乐乡中。

安乐乡的地下室酒馆有六十坪大。东西两壁镶满了水银镜子，灯光人影互相反射又反射，照出重重叠叠的幻象来。

灯光一律是琥珀色的,映得整间酒馆浴在濛濛夕雾中一般。东面靠着壁镜是一条长吧台,台沿包着殷红的漆皮,台面打着派利斯。吧台有十二张独脚旋转圆凳。坐在圆凳上,可以面对着壁镜中的影子对饮。吧台后面的案架上,摆满了各式酒瓶,从红牌威士忌到台湾啤酒,从三星白兰地到五加皮。西面靠壁是一行六套双人靠座,坐椅也是殷红漆皮的,座背高耸。大型圆桌只有一张,在酒馆的一角,坐得下十个人,是让人订座请客的。在进门处,右手有一个圆台,台上摆着一架电子琴,琴上搁着一支麦克风,让客人兴来唱歌。地下室没有窗户,经常得开冷气,调节里面的空气。

安乐乡开张的前几天,我们师傅杨金海杨教头把我们集中起来,扎实训练了一番,把开酒店的规矩全部传授给我们,而且每个人都分派了职务。小玉跟我分配到酒吧企台,当酒保。小玉嘴巴巧,善应对。坐吧台的客人,由他招呼笼络,我在一旁,负责配酒。师傅说,消夜小菜,赚头有限,要紧还是在酒上头,一本万利,所以我们两人的责任最是重大。

"站到吧台后头,就由不得你们耍性格了!"师傅训诫我们道,"少爷架子趁早给我收起来。客人三教九流,喝了几杯,嘴里大荤大素也是有的。你们只管装聋作哑,笑脸相迎就是了。客人进来,咱们只认他的荷包,其他一概勿论!"

师傅把各种酒排在吧台上,指点我们:

"本地酒,价钱定死了,无啥作为。洋酒可就有讲究了!

四十块钱一杯,却有几种卖法。"

他拿出一瓶红牌威士忌,酒杯里搁了冰块,倒入一点儿酒,羼上苏打水,示范给我们看。

"酒少了,客人不乐意;酒多了,咱们赔不起。你们走着瞧吧。客人好讲话,就多羼些苏打冰块,碰着难缠的,就老老实实,给够量。客人一高兴,买杯酒送给你们,也是有的。咱们这行有个规矩,酒保当班,滴酒不沾,免得醉了生事。客人送酒,你们暗地里斟上汽水就是了。至于酒钱,也有个行情:四六拆账。你们拿六成,酒馆拿四成。你们不吃亏,老板也赚钱,皆大欢喜。"

分派下来,吴敏托盘送酒,端菜跑堂。老鼠打杂、清桌子、收碗碟、拖地板、洗厕所,一任包办。阿雄仔也有了职位,守门站岗,送往迎来。阿雄仔门口一站,巨灵门神一般,对一些前来滋事的小流氓,有阻吓之效。师傅又商得聚宝盆卢司务卢胖子同意,把他手下一个三厨叫小马的暂借过来,掌厨做消夜。消夜酒菜,我们只列四味:卤肫肝、鸭翅膀、白切肚、五香牛肉,聊备一格。职务派定,我们都很兴奋,恨不得安乐乡早日开张,我们好穿上杏黄色胸口绣红字的新制服上班。只有老鼠闷闷不乐,一双小眼睛斜瞅着我们师傅抱怨道:

"师傅,怎么拖地板、扫厕所这些臭事都轮到我一个人头上来呢?酒保我也会当呀——"

他还没说完,早就挨师傅啐了一口。

"你们听听!凭他这副贼嘴脸也想上台盘呢,客人看见没的隔夜酒饭也要呕出来。你乖乖地每天替我把厕所打扫干净,我要闻到尿臊,就拿乃沙水来灌你!小玉、阿青、吴敏——你们都仔细听着:酒杯、碗碟,打碎一只,薪水照扣。上班时间,偷懒、开小差、浑水摸鱼,一概不准。头一次警告,连犯三次,休怪我师傅无情,一律扫地出门!都听见了?"

"听见了!"我们几人齐声应道。

4

八月十五中秋节,安乐乡终于开幕了。早上已经有花店送花篮来,万年青电影公司董事长盛公送来那只最大,有六尺高,几百朵艳红的玫瑰花扎成了一扇大大的孔雀开屏,红缎飘带上却题着一副对联:

莲花池头风雨骤
安乐乡中日月长

永昌西服店的赖老板,天行拍卖行的吴老头,都送了贺礼。聚宝盆卢司务卢胖子送来的是本行货色,一桌十二色酒菜,是卢司务亲自下厨炮制的,由小马送过来,装在两只大抬盒里。

六点钟,我们都已准备停当,开上了冷气,琥珀色的灯光,从两面壁镜反射出来,映得整间地下室,金雾茫茫的一片。我们各就各位,都穿了清一色的杏黄制服,每个人的胸口绣上了"安乐乡"三个红字,领子上还系着一支红领花。小玉的头发长出了寸把长,一顺溜覆在额上,一双吊梢桃花眼,笑眯眯的,更加俏皮了,站在吧台后面,俨然小酒保的模样。阿雄仔最神气,他笔直立在大门口,满面严肃,像座守门神。老鼠和吴敏一直跑出跑进,师傅不停地指挥着他们两人,搬西搬东,忙个不停。师傅也换上了一套崭新深黑色奥龙西装——是永昌的赖老板送的,西装做得很贴身,圆球似的肚子屁股包裹得前翘后挺,里面穿了一件熨得棱角分明的白衬衫,领上也系了一只大红蝴蝶结,把个肉嘟嘟的双下巴,挤得吊了下来。尽管冷气森森,师傅胖脸上的汗珠子仍旧不停地滚,手中那柄扇子扇得刷刷响。

八时整,安乐乡的两扇自动门豁地张开,公园里的那一群鸟儿,一只只抖擞擞地都飞扑了进来。不一会儿,我们这个新窝里,黑压压都浮满了人头,我们圈内知名的人物,差不多全体到齐。突兀兀立在人堆中,最抢眼的,当然是华国宝,华国宝近来愈更骚包,因为盛公果然看中了"这块料",在万年青的新片子里《情与欲》让他当上第二男主角,因为

《灵与肉》在台湾、香港及星马上演都大卖座，盛公又赶紧抢拍这个续集。华国宝穿了一袭蓝汪汪亮丝绸长袖衬衫，袖口却翻卷起来，左腕上松松地绾着一串宽边银手链，胸口的几粒纽扣故意松开着，肌肉波伏的胸膛上，悬着一枚鸽卵大的玛瑙垂饰；他穿了一条雪白的喇叭裤，裤腰却扎得紧紧的，系着一根猩红的宽皮带。华国宝的头昂得更高了，旁若无人，如似一只踌躇满志、羽毛灿烂的孔雀一般。阳峰仍旧戴着他那顶遮掩残秃的巴黎帽，坐在酒吧台最里边的一个座位上，远远地望着华国宝，早衰的脸上更加地无奈了。花仔率领着三水街的一群小幺儿拉拉扯扯便挤到了电子琴的旁边，争着点曲，要琴师弹奏。"《日日春》。"一个叫道。"《情难守》。"另一个叫道。"《阮不知啦》！《阮不知啦》！"又另一个喊道。琴师杨三郎在日据时代还是一个小有名气的乐师，写过几首曲子，让酒女们唱得红遍台北。杨三郎的眼睛已经半盲了，晚上也戴着一副黑眼镜，僵木的脸上，一径漾着一抹茫然的笑容。他调整了配音，头一昂，悠扬的电子琴声，在嗡嗡嘤嘤的人声笑语中，猛然奋起。于是坐在第一桌的那四个正在服役的充员兵，更提高了声音。其中有一个正津津乐道，在讲他班上的一个老班长，把他灌醉了勾引他的趣事。四个充员兵都剃着短短的小平头，脸上晒得赤红，身上还穿着制服，大概从外地赶回台北，一下了车就直奔前来，还来不及回家更换。隔壁一桌是大学生，两个是社会系的，他们说：

有一天，他们两人要合写一本社会调查：《新公园青春鸟的迁徙习性》。两个大学生今晚到安乐乡来替他们的朋友钱行，他们都举起了啤酒杯，预祝今年毕业的马来西亚侨生一帆风顺，侨生马上要返回槟榔屿了。台湾的一切，使他依依不舍，在台湾他度过了四年热情而又叫人心碎的日子。侨生苦恋山地歌手曹族美男子蓝若水的故事，是我们圈子里常常提起的佳话。都来了：西门町的老板跟小伙计。心脏科的名医生跟军法官。艺术大师坐在一角，闷闷不乐，铁牛那张画，始终没有来得及完成。铁牛送到了火烧岛，大师的灵感也跟着烧成了灰烬一把。到哪儿再去寻找像铁牛那样原始、那样野性、那样令人血脉贲张的纯男性模特儿？大师惋惜道。

另外的一角，坐着另外一个中年男人，也在闷闷不乐。他嘴角上的那一道沟纹更加深了，好像脸上印了一道黑色的裂痕一般。光武新村的张先生居然也来了，他闷闷不乐，有两种传说。一种是他把小精怪萧勤快赶了出去，因为嫌他手脚不干净，偷了张先生一架加隆照相机出去卖。还有一种说法是小精怪把张先生甩掉了，因为小精怪搭上了一个德国商人，给介绍到香港德航去做事了。总而言之，张先生又挂了单，一个人在忿忿地喝着闷酒。聚宝盆的卢司务兴致最高昂，挺着一个水桶大的肚子，在人堆里奋力寻找他的耗子精。整个安乐乡挤得连转身都困难了。两边的壁镜互相辉映，把人影照得加倍又加倍，在琥珀色的灯光下，晃动交叉，好像一群在夕阳影中兴奋蹦跳的企鹅一般。

万年青的董事长盛公终于光临了,可是却给摒挤在门外,无法进来。我们师傅杨金海杨教头见到了,赶紧拨开一条路,迎了过去,半拥半推,将盛公护送到酒吧台前,一迭声喝令小玉道:

"白兰地、三个5,快点送上去!"

又转头向盛公道:

"盛公,盼了你一晚,生怕你老人家不肯赏光呢!"

"杨胖子,今天是什么日子?就是天上下雹子也要来的!"盛公笑道,"我今晚有个应酬,在五福楼给绊住了。我还是装肚子痛,逃席的呢。"

盛公穿了一件绛红底起大白团花的夏威夷衫,乳白裤子,镂空白皮鞋,头上仅存的三绺毛发,仍旧抹了油,梳得井井有条,贴在顶上。

"盛公今晚很美丽呀!"小玉笑吟吟地称赞道。他奉上一杯白兰地,又替盛公点上一支三个5。

"你们听听!吃老头子的豆腐呢!"盛公笑得眉眼皱成一团。

"盛公的豆腐是'营养豆腐',吃了延年益寿呀!"小玉笑道。

盛公乐呵呵,眼泪水都笑了出来,跟我们师傅杨教头说道:

"有这个小淘气在这里,你们安乐乡还怕不生意兴隆么?"

说着却掏出了两张百元大钞,掷给小玉道:

"好孩子,好好做,做发了,好处多得是!"

小玉接过赏钱,笑道:

"盛公天天晚上来赏光,咱们的好处就多了。"

"杨胖子,"盛公眯觑着眼睛,点头说道,"总算偿了你的心愿,当年'桃源春'的盛况,今晚果然又恢复了!"

师傅双手一拱,就朝盛公拜了下去。

"都是托你老的洪福!"

师傅替盛公拿了烟酒,在前面开路,不停地嚷着借光,把盛公护送到了圆桌那边去,圆桌早坐满了一群少年家,华国宝也在那里等候着了。盛公一过去,少年家都倏地立起了身子,抢着让位。据说《情与欲》里还有两个男配角没有找定,那些少年家都暗暗在做明星梦,想在盛公面前表现一番,或许捞到一个角色。

小玉把盛公的两百块赏钱塞进了胸袋里,赵无常却轻飘飘脚不沾地似的倚到了吧台边,一双眼睛朝小玉上下一掠,冷笑道:

"嘿,挂牌了!不知道卫生局检查合格了没有?有没有发正式牌照?"

赵无常照旧一身的黑,一张瘦长的马脸,粉刷过一般,垩白的,一张口便露出了两排焦黄的烟屎牙来。

"咱们还得去检查检查,"小玉笑嘻嘻回嘴道,"有些'老妓无毒'，早就免疫了呢！"

说着却将一盅啤酒往赵无常面前一推，推得杯里的酒液来回浪荡，直冒白泡。

"拿去灌吧，这杯白送，今晚由咱们安乐乡来倒贴！"

小玉也不等赵无常答话，径自走到吧台的另一端，从我手中把一杯红牌威士忌接了过去，搁在心脏科名医史医生的面前。

"史医生，我有病。"小玉说道。

"你有什么病，小家伙？"史医生猛吸了两下烟斗，颇感兴味地问道，"明天到我诊所来，我来替你全身检查。"

史医生常常给我们义诊，他是个劫富济贫的仁医，据说有一次盛公去找史医生，量了一量血压，就挨了五百元。

"我有心病。"小玉指了一指胸口道。

"心病？那正是我的专长。我来给你照照爱克司光，做个心电图。"

"照不出来的，"小玉叹道，"我这个心病有点怪，只怕你这位大医生也没有妙方：我一看见像你这样漂亮的男人，心就乱跳。怎么办？你能治么？"

"这是风流病！"史医生呵呵地笑了起来，"你这种心病，咱们这儿可无药可治。听说外国倒有一种电疗法：给你看一张男人的照片就电你一下，电到你一看见男人就想呕吐为止。"

"罢了,罢了!"小玉双手护住胸口嚷了起来,"那种电法,病没治好,心倒先电死了!"

张先生已经喝到第三杯闷酒,都是吴敏送过去的。这次吴敏见到张先生,额头上不再出冷汗了,因为小精怪萧勤快没有跟来。吴敏将一杯白兰地捧给了张先生,并且殷勤地递上了一块洒了香水的冰毛巾。张先生抓起毛巾,在脸上忿恚地抹了两把,可是并没能抹掉他嘴角边那道近乎凶残的沟痕。

"那个小贱人,你可看到了?"小玉凑近我耳边低声说道,"他在吃回头草呢!"

卢胖子伸手一捞,一把又揪住了老鼠一只耳朵。

"耗子精,今晚我来捧你的场,招呼你也不来跟我打一声。"卢胖子真的有三分气了。

"卢爷,"老鼠歪着头,脸上扭成了怪相,讨饶道,"你也可怜可怜我吧!这一夜哪里有半刻空闲?腿都快跑断喽。"

卢胖子把老鼠的耳朵拎到他的嘴边,叽咕了几句,老鼠笑得吱吱怪叫,挣脱了卢胖子的手,一溜烟,窜进了人堆里。

盛公那边最热闹,圆桌子坐满了做明星梦的少年家,身后还有站着的,都在聚精会神地聆听盛公讲古,追述三〇、四十年代的星海浮沉录。

"你们听过标准美人徐来没有?"盛公问道,少年家面面相觑。

"他们还没出娘胎,懂得什么徐来徐去呀?"我们师傅坐在盛公身边插嘴道,"盛公,你老和徐来合演的《路柳墙花》我倒看过的,你在那张片子里头俊俏得紧哪!"

盛公那张皱成了一团的脸上突地绽开了一个近乎羞赧的笑容来,抚摸了一下头顶仅剩的三绺头发,不胜唏嘘。

"杨胖子,亏你还记得《路柳墙花》。那倒是'明星'一张招牌片,'明星'是靠它起死回生的呢。"

师傅告诉过我们,盛公是三十年代的红小生,有名的美男子。那时候上海南京许多女学生都争着买盛公签了名的照片,挂在闺房中。盛公提起当年盛况不免惆怅,因此他最肯提拔后进,偏爱美少年,譬如像华国宝,盛公说,华骚包那副骚兮兮的模样,倒有几分像他当年。

盛公把三〇、四十年代那一颗颗熠熠红星的兴亡史,娓娓道来,说到惊心动魄处,盛公却戛然而止,觑着他那双老眊的眼睛,朝向围他而坐的那些少年家逡巡一周,喟然叹道:"青春就是本钱,孩子们,你们要好好地珍惜哪!"

安乐乡的冷气渐渐不管用了,因为人体的热量,随着大家的亢奋、激动,以及酒精的燃烧,愈升愈高。在这繁华喧闹的掩蔽下,在我们这个琥珀色的新窝巢中,我们分成一堆堆,一对对,交头接耳,互相急切地倾吐,交换一些不足与外人道的秘辛。在这个中秋夜,大家从四面八方奔来聚在这个地下室里,不分老少,不分贵贱,骤然间,混成了一体,纵使还有个人深藏不露的苦痛、忧伤、哀愁、憾恨,也让集体的笑语、戏谑、癫狂,以及杨三郎那一声紧似一声的电子琴一下子掩盖下去。杨三郎扬起头,他那张戴着黑眼镜沧桑斑斑的脸上,又漾起了一抹茫然的笑容来。他换上配音,奏出了他在日据时代亲自谱写的一曲《台北桥勃露斯》。

5

一二五巷里的霓虹灯已经熄灭,饭馆酒店开始打烊了。只有梅苑门口那几只西瓜大的灯笼,一个个晕红的,还悬在那里。到底是中秋了,到了半夜,巷子里起了一阵带着凉意的微风,吹得那些晕红的灯笼来回地摆荡,最后一批吃消夜的客人,刚从梅苑走出来,坐上计程车,驶出了巷口,于是一二五巷便渐渐沉寂下来。骤然间,从巷口凤城酒店的楼头,一轮满月涌了出来,光亮夺目,大得惊人。有许多年了,我没有注意过中秋夜的月亮。没想到竟是如此庞大、如此灿烂。好像一盏大探照灯,高悬巷口一般。自从那年母亲出走后,我们家里便没有过过中秋。从前母亲在家时,每逢中秋,她都要拜月娘的。到了晚上,月亮升到中天,母亲就领了弟娃跟我到后院天井里去烧香,母亲独自伏身上香拜月,我跟弟娃就去抓供桌上掬水轩的五仁月饼来吃。父亲从来不到天井里来,等到母亲拜完月亮,就切一碟月饼给父亲送进去。只有那一年例外,那是母亲在家最后的一个中秋,父亲却破例到后院去参加我们一起赏月。那年中秋,父亲的合作社发双饷,我们的月饼也每人多加了一枚,一枚五仁,外加一枚豆蓉的。那晚的月亮分外光明,照得我们天井里的水泥地都发了白,照得母亲那匹黑缎似的长发披在背上爠爠发光,照得弟娃两筒玉白的膀子镀上了一层清辉。父亲那晚兴致特高,替我跟弟娃两人,一人做了一只柚子灯。没想到父亲那双青筋叠暴、瘤瘤节节的巨掌,做起柚子灯来,竟那般灵巧,几下便把柚子心剥了出来,而柚子壳却丝毫无损。他用一柄水果尖刀,极其用心地把柚子壳镂刻出两个人面来,鼻眼分明。弟娃那只嘴巴歪左边,我那只歪右边,两只柚子灯,圆头圆脸,歪着嘴笑嘻嘻的。我们把红蜡烛点上,插进柚子灯里,挂在屋檐下,亮黄的烛火,便从柚子灯的眼里嘴里射了出来。月到中天时,母亲点上了香,对天喃喃祝祷一番,拜罢便坐到她那张竹椅上去,把弟娃抱进了怀里,轻拍着他的背,哄他睡觉。弟娃已经吃了一只半月饼,他的头伏在母亲的胸房上,打了两个饱嗝,张着嘴,满足地矇然睡去。父亲在天井里背着手,踱过来,踱过去,一个晚上,也没有开过口。他走到那两盏柚子灯下,抬起花白的头,端详了半天,突然间自言自语说道:

"我们四川的柚子比这个大多了。"

我走到巷口,仰天望去,月光像一盆冷水,迎面泼下来,浇了我一身，我一连打了几个寒噤，身上的汗毛不禁都张了开来。

6

我在西门町南洋百货公司门口，遇见了吴敏。我到南洋买内衣裤，我的汗背心都穿洞了，内裤的松紧带也失去了弹性，晾在晒台上，破破烂烂，垮兮兮的，阿巴桑认为有碍观瞻，并且威胁要收去当抹布。南洋百货公司秋季大减价三天，门口挂了大红条子：衬衫睡衣内裤一律七折。吴敏见了我，吞吞吐吐周身不自然起来。我发觉在他身边，跟着一个中年男人，那个男人约莫五十上下，剃着个青亮的光头，全身瘦得皮包骨，一脸苍白，额上的青筋却根根暴起，一双眼睛深坑了下去，散涣无神，眼塘子两片乌青，好像久病初愈一般，神情委顿。他身上穿了件泛黄的白衬衫，衬衫领磨破了，起了毛，一条宽松的黑裤子系在身上，晃荡晃荡的。足上一双黑胶鞋，一只的鞋尖都开了口。

"阿青——"吴敏强笑着招呼我道。

"你到哪里去？"我在南洋百货公司门口停了下来。

"我也到南洋来买点东西——"吴敏迟疑了一下，才介绍他身旁那个病容满面的中年男人。

"阿青,这是我父亲。"

我赶快点头招呼道:

"伯父。"

吴敏父亲羞怯地笑了一下,却望着吴敏,好像在等他代答些什么话,解除困窘似的。吴敏没有作声,推开南洋百货公司的大门,径自走了进去,他父亲跟在他身后也走到里面。进去后吴敏先到衬衫部,那边柜台上,摊满了清货大减价的衬衫,捡便宜的顾客都围在那里,一阵翻腾。吴敏也挤了进去,抓了两件出来,一件蓝的,一件灰的,转身问他父亲道:

"阿爸,你穿十四吋半,还是十五吋的。"

"都可以嘛。"吴敏父亲应道。

"这两种颜色行么?"

吴敏把衬衫递给他父亲,他父亲接了过去,捧在手里,左看右看,斟酌了半天,说道:

"就是这件灰的吧。"

他把那件蓝的退给吴敏,吴敏又塞回到他手里。

"两件一齐买好了,难得大减价。"

买了衬衫,吴敏又领着他父亲一个一个部门走了过去。内衣裤、手巾、袜子、拖鞋,从头到脚都买齐了,又到日用品那边,买了牙膏牙刷、剃胡刀,还买了一瓶三花牌生发油。吴敏付了钞票,大包小包地提在手里,后来的几件东西,他根本也不跟他父亲商量,自己抓了算数。我也买了四套三箭牌的内衣裤，捡便宜抢了一件蓝白条子衬衫。我们走出南洋百货公司的大门，吴敏却在我耳根下悄声说道：

"阿青，你陪我一块儿到火车站，等我送我父亲上车后，我们一起吃饭。"

吴敏的父亲是乘四点半的普通车到新竹去。吴敏替我也买了一张月台票，我们把吴敏父亲送到二号月台去等车。站在月台上，吴敏两只手提满了包裹，对他父亲说道：

"你还需要什么，写信来给我好了。"

吴敏父亲用手拭去了额上的汗水，一双散涣的眼睛直发怔，沉吟半天说道：

"够了，不要什么了。"

过了半晌，他却卷起他右手的衬衫袖子，露出细瘦的手腕来，举起给吴敏看。

"这个癣，生了两年。总也不好，痒得难过得很。你知道有什么药可以医没有？"

吴敏父亲的手腕上，重重叠叠，长满了一圈圈的金钱癣，有的结了疤变成赤红色，有的刚抓破，露出鲜红的嫩肉来。吴敏皱了皱眉头，说道：

"你早又不说，南洋百货公司对面就是华美药房，他们有一种'疗百肤'，是治癣的特效药——这样吧，我买了寄到二叔家给你好了。"

吴敏父亲瞅了吴敏一眼，点了点头，把衬衫袖子仍旧放

下,也就不作声了。我们三个人默默地立在月台上,好一会儿,吴敏才突然若有所思地叮嘱他父亲道:

"阿爸,你到了二叔那里,二叔不讲究,二婶的为人你是知道的,她那里的便宜,千万占不得。"

"晓得了。"吴敏父亲应道。

"那瓶生发油,你一到就先拿去送给二婶,就说是我买给她的,那是她常用的牌子。"

吴敏父亲又点了点头。火车进站,吴敏等他父亲上车找到座位,才一包一包将衣物从车窗递进去给他。吴敏父亲坐定后,又从窗口伸出半截身子来,指了一指他的右手腕。

"阿敏,癣药,莫忘了,痒得很难过——"

"知道了,"吴敏皱起眉头,答道,"我寄给你就是了。"

火车开动,出了站,吴敏仍怔怔地站在那里,眼睛一直遥望着远去的火车,非常平静地说道:

"我父亲,今天早上刚出狱,他在台北监狱坐了三年的牢。"

7

"七岁那一年,我才第一次见到我父亲。"

吴敏跟我走到车站附近馆前路的老大昌里,一个人叫了一客快餐,火腿鸡蛋三明治。老大昌二楼静悄悄的,下午四点半，不早不晚，没有什么人。二楼的光线很暗，楼下的轻音乐隐隐约约传上来。我们吃完三明治，喝着咖啡，吴敏点上一支玉山，深深地吸了一口烟，说道：

"我第一次见到他，很害怕。那个时候他壮多了，还没开始吸毒，留着个油亮的西装头，还蛮神气。他一到我二叔家，就跟我二婶吵了起来，因为他要把我领走。我母亲怀着我的时候，他第一次坐牢，我是在我二叔家出生的。我看见他凶巴巴，便一溜烟躲进米仓里去。二叔在新竹开碾米厂，米仓里堆满了装谷子米糠的大箩筐，我钻进箩筐堆里，抵死不肯出来。我父亲来捉我，我就满地爬，一脚踢翻了一箩米糠，撒得一头一身。二婶看见倒笑了，说道：'这倒像只偷米糠的老鼠仔！'"

说着吴敏自己先笑了起来。

"客家女人最厉害！"吴敏犹有余悸似的，耸起肩膀说道。

"你二叔怕不怕老婆？"我笑道，"听说客家男人都是怕老婆的呢。"

"二叔么？二婶吼一声，他吓得脸都发黄，你说他怕不怕？"吴敏笑道，"二婶家是新竹的客家望族，那家碾米厂就是她的陪嫁。二叔光棍一条，站在二婶面前人都矮了一截。我跟他同病相怜，每天总要挨二婶一顿臭骂，从饭桌上骂到饭桌下。我在二婶家那几年，时时刻刻提心吊胆。我最记得，我二婶把我母亲赶出去的那天晚上，把我叫到她房里去睡。睡到半夜尿胀了,又不敢起来,怕吵醒她,只好溺在裤子里——"

"可怜,"我摇头笑叹道,"像个小媳妇儿似的。"

"有什么办法呢?"吴敏抽了一口烟,"谁叫自己的老爸老母不争气?老爸坐牢,老母偷人——跟碾米厂的工人睡大了肚皮,让二婶一路推出大门外去。"

"你后来见过你母亲么?"

"我没有见着她,"吴敏摇摇头,"不知道她在哪里,只听说她嫁给那个工人了,大概过得还不错。"

"阿青!"吴敏沉思了片刻,把烟按熄,突然叫道,"你听说过有人戒赌砍指头么?"

"有呀!"我笑道,"有些人还砍去两三根呢!"

"我那个赌鬼老爸就是砍去九根指头,还剩一根他也要去摸牌的!"吴敏摇头笑叹道,"他跟台湾人赌三公可以三天三夜不下桌子。他的一生就那样赌掉了。不是我说句狠心话,我老爸关在台北监狱里也就算了,在那里我还可以时常去看看他,照顾他一下。现在放出来,不出三个月,他的赌性一发,天晓得又会闹出什么事故来?阿青,人生为什么这么麻烦?活着很艰苦呢!"

吴敏望着我满脸无奈地笑道。

"艰苦莫人知呀!"我应道,"难道你又想去割手不成?小玉说过:'下次吴敏割鸡巴,小爷也不输血给他了!'"

"不会了,哪还会去做那种傻事?"吴敏不好意思起来,头一直俯着。

"阿青,昨晚张先生又叫我去陪他,搬回去跟他一块儿住。"

"你怎么说?"

"我答应他了。"

"难怪小玉骂你是个小贱人!怎么那个'刀疤王五'招一下,你的魂儿就飞过去了?你贪图他什么?他光武新村那间漂亮的公寓么?"

我记得吴敏告诉过我,他头一天搬进张先生的公寓,在他那间蓝色瓷砖的浴室里,泡了一个钟头不肯出来。

"我并没有说我现在要搬回去跟他一块儿住呀,"吴敏分辩道,"我只是到他那里去陪陪他,昨天晚上,离开安乐乡,我就到他家去看他去,我知道他一定又喝醉了,他的酒量并不好。"

我突然想起那天我到张先生那里,张先生叫小精怪萧勤快把吴敏留在他那里的一包旧衣物掷给我,要我拿走。大概就是那一刻,我突然发现张先生嘴角那道纹路,像一条深陷的刀痕,他使我想起演《刀疤王五》的反派明星龙飞,龙飞在那个电影里,老喜欢嘿嘿狞笑,嘴角露出一道深深的刀疤来。

"那样绝情的人,也值得你这么对他!"我突然觉得,我输给吴敏那五百 CC 的血,确实有点划不来。

"我可怜他。"吴敏望着我说道。

"你可怜他？"我噗哧一下,刚喝进嘴里的一口咖啡,喷了出来,"我的小乖乖,你先可怜可怜你自己吧,你那条小命儿也差点葬送在他手里。"

"你不知道,阿青,张先生是个很寂寞的男人呢。从前我住在他那儿的时候,平常他总是冷冷的,不大爱说话。可是一喝了酒,就发作了,先拿我来出气,无缘无故骂一顿。然后就一个人把房门关上,倒头睡觉去。有一次他醉狠了,在房里吐得天翻地覆,我赶快进去服侍他,替他更换衣服。他醉得糊里糊涂,大概也没分清我是谁,一把搂住我,头钻到我怀里痛哭起来,哭得心肝都裂了似的。阿青,你见过么?你见过一个大男人也会哭得那么可怕么?"

我说我见过。我想起在瑶台旅社跟我开房间的那个体育老师,那个北方大汉,小腹上练起一块块的肌肉,像铁一样硬,他一直要我用手去摸。可是那晚他躺在我身旁却哭得那么哀恸,哭得叫我手足无措,那晚他也醉得很厉害,一嘴的酒气。

"从前我还以为大男人不会哭的呢,尤其像张先生那样冷冷的一个人。谁知道他的泪水也是滚烫的,而且还流了那么多,不停地滴到我的手背上。张先生人缘很不好,刻薄、多疑,又小气。平常也没有什么朋友,跟他同居的那些男孩子,没有一个对他是真心的,都处不长,而且分手的时候总要占他的便宜,拿些东西走,萧勤快那个家伙最狠了。张先生告诉我,他还不止拿走张先生一架加隆照相机呢,连张先生最宝贝的一套三洋音响也搬走了,而且还很凶,他说张先生要是去告警察,他就把他跟张先生的关系抖出来。张先生受到这次打击,又想起我来了,大概他觉得只有我还靠得住些,所以要我回去陪他。"

"那你为什么不干脆搬回去跟他一块儿住,又去做那个'刀疤王五'的小奴隶算了?"

"我想开了,暂时还是这样好。张先生脾气怪,他一时寂寞,要我回去,万一他又后悔起来,我就太难堪了。而且现在我又不是没有去处,师傅要我晚上在安乐乡住,好守店。我对他说:'张先生,等你真的需要我的时候,我一定搬回去陪你。'"

吴敏停了片刻,望着我,继续说道:

"阿青,我知道张先生不是一个很可爱的人。但是我跟他处过一段不算短的日子,虽然他对我曾经绝情过,可是只要他用得着我的时候,我还是会去照顾他的。不管怎么说,他总还让我在他那里住了那样久呀。老实说,从小到大,还算跟张先生在一起的那段日子,我过得最舒服呢。"

吴敏的嘴角浮起了一抹微笑,他抬头望了一眼壁上的电钟,拾起桌上的账单起身说道:

"六点钟,我们该到安乐乡去上班了。"

8

安乐乡开张以后，生意鼎盛，一个礼拜下来，差不多天天都挤得满满的。公园老窝里那群鸟儿，固然一只只恨不得长出两对翅膀来，往安乐乡这个新巢里直飞直扑，而且还添了不少从前不敢在公园里露面的新脚色。公园里月黑风高，危机四伏，没有几分泼皮无赖的胆识，真还不敢贸贸然就闯进咱们那个黑暗的王国里去呢。譬如说那一群没见过阵仗嫩手嫩脚的大专学生、那批良家子弟，有的连公园大门也没跨过，有的溜进去，也只是掩掩藏藏，躲在那丛樟树林子里看看罢了。可是咱们这个新窝巢却成了这批良家子弟的天堂，他们大摇大摆地走进来，很安全，很笃定。琥珀色的灯光、悠扬的电子琴、直冒白泡沫的啤酒——这个调调儿正合了这群来寻找罗曼史的少年家的胃口。他们好像是到咱们安乐乡来开大专联谊晚会的；两个是淡江的，两个是东吴的，好几个辅仁的，一大群文化的，一个身材健硕穿着紧绷绷蓝哥牛仔裤白色爱迪达运动鞋的是体专的高材生，金龙篮球队的队长。一个蓄着一头猸张的头发，唇上两撇骚胡髭的是艺专音乐系的天才歌手。他写了一首歌，叫作《你那双灼灼的眼睛》。有时晚上，我们打烊了，那群大学生还不肯走，天才歌手坐上了电子琴，自弹自唱起来：

你那双灼灼的眼睛

炙伤了我的心

你那双灼灼的眼睛

焚痛了我的灵魂

我举起双手

却捧起一掬爱的灰烬

天已荒

地已老

山已崩

海已倾

可是哟

我的情

为什么总也

理不清

毁不尽

天才歌手的声音激越、哀楚，他歪着头，长发披到一边，闭上眼睛，紧皱起眉头，两颧烧得绯红，好像痛苦得不堪负荷一般，那一群大学生围着他，仰面张口，听得着了迷。而我和小玉，一人一把扫帚，却从地上扫起了一阵冉冉飘起的灰尘。小玉一直暗骂，骂那群大学生还不回家，我们好打烊休息。那些大学生都配成了对，落单的几个，大概刚失恋。

艺专那个天才歌手，他的爱人上个月才离开他去了新加坡，他是台湾大学外文系的侨生，据说人长得很漂亮，而且真还有一双灼灼的眼睛。

另外还有一种新客人，他们在社会上有地位、有脸面，而且也有妻室儿女。公园里的凶杀、勒索，幽暗中发生的恐怖事件，唬得他裹足不前。可是在咱们安乐乡里，在温柔的琥珀色的灯光下，这批董事长、总经理、博士、教授，却感到如鱼得水，宾至如归，把他们白天为事业、为家务的烦恼一股脑儿抛掉，在我们这个新窝巢里，暂且沉醉片刻。这批皮夹子饱满的中年人，是我们的最佳客人，师傅叮嘱我们，一定要加倍奉承，至于那些大学生，三个人分一瓶啤酒，两袋空空，榨也榨不出几滴油水来，摆在那儿，当花瓶看看罢了。师傅这几天笑得合不拢嘴，替我跟小玉一人买了一只浪琴镀金打火机。那些阔客人抽出一支三个5，我们便赶忙嚓的一下，打着火，金闪闪的浪琴送到客人的面前，又殷勤，又够气派。于是我们便趁着他们不在意，暗暗地便替他们把最贵的拿破仑斟得满满一杯，一边听他们倾吐许多我们似懂不懂的牢骚话。原来这些功成名就有家有室皮夹里塞满了百元大钞的中年人，两杯下肚，竟也会吐露出他们惊人的烦恼。一个秃头大肚在板桥开了两家压克力工厂的老板柯金发柯董事长，喝掉了半瓶白兰地，抽掉大半包红吉士，扣住我的手腕不放，唠叨了一夜：他的三个儿子，一个是赌鬼，一个专门追小歌星，最小的一个刚给学校开除,三个儿子什么都不会,就会穷花老头子辛辛苦苦赚来的钱,秃头董事长激动得直磨牙,恨道:"三个败家子,歹命呵!"我不停地替他斟白兰地,点香烟,直到秃头董事长说完了他的家庭悲剧,打赏了我一百元的小费,在师傅面前大大地赞扬了我几句,说我服务周到。小玉这几天特别起劲。因为师傅交给他一个重要客人,要他小心伺候,客人是永兴航运公司翠华号的船长。龙船长约莫五十上下,身高六呎,宽肩膀大胸膛,屋子里一站,竖起一块大门板似的。大概长年海风吹刮,一身漆黑发亮,好像穿了铁甲一般,威武异常。他头一晚来,小玉悄悄笑道:龙王爷来了!龙船长那颗头确也大得出奇,一脸崎岖,高额大鼻,一双铜铃眼,一张嘴两排白牙森森,确实龙头龙脸。可是龙船长的人却非常豪爽热情,揪住小玉的腮帮子直打哈哈,叫道:小蜜糖!他的口音带着浓浊的江浙腔,很像小玉从前的老户头老周说国语。翠华号是条货轮,运石油为主,专走波斯湾到日本的航线。龙船长刚从日本回台湾休假,所以夜夜有空到咱们安乐乡来买醉。师傅吩咐过,龙船长喝威士忌要给够量,酒菜一律奉送,不许收钱。师傅看准龙船长是块无价之宝,与咱们安乐乡兴衰攸关。因为日后安乐乡的洋酒,都可以托龙船长私带进口了。一瓶红牌威士忌可省两百块,一瓶拿破仑赚下三百八,这笔开销,不知要卖多少杯酒才抵得过。咱们安乐乡的生意,就赚在这些洋酒上。所以师傅对小玉道:

"玉仔，这个人要紧，你替我好生看着，这条大鱼莫让他溜掉了。"

"师傅放心，"小玉笑道，"我把龙王爷的龙蛋抓紧不放就是了。"

在安乐乡的诸多旧雨新知中，只有一个人不喜欢我们这个新窝巢。他怀念我们的老家，怀念公园里那片拔去了莲花的永生池，怀念那一丛丛纠缠不清的绿珊瑚，怀念那深深的黑暗里，一双双飞高飞低萤火虫般碧灼灼充满了欲望的眼睛。艺术大师说我们的老窝遍布原始气息，野性的生命力，那是一个惊心动魄令人神魂颠倒的幽冥地带。他结论道：还是咱们那个黑暗王国够刺激！大师认为我们这个新窝太人工化、太庸俗、太安适。大师不喜欢柔靡声中琥珀灯下的杯光鬓影。他批评那些大学生：矫作肤浅，沾沾自喜。在他们受过文明洗礼的身上，大师找不到一丝灵感。他最怀念那群从华西街、从三重埔、从狂风暴雨的恒春渔港奔逃到公园里的野孩子。他们，才是他艺术创作的泉源。大师告诉我，他曾经周游欧美，在巴黎和纽约都住过许多年，可是他终于又回到了台湾来，回到了公园的老窝里，因为只有莲花池里的那群野孩子，才能激起他对生的欲望、生的狂热，他替他们画像，记载下一幅幅"青春狂想曲"。在安乐乡进门右侧电子琴台的后面，有一片白墙壁，替安乐乡装潢的那家胜美装潢公司，本来在那面墙上挂了一张外销油画，画的是一瓶大红大绿的大丽花。

大师看到，眉头一皱，说道："恶俗！"于是我们师傅便乞请大师赠送一张他自己的作品，给我们挂挂，增加安乐乡的艺术情调。大师说他的画从来不赠送，不过为了提高安乐乡的情调，他倒破例借给我们一张作品，悬挂一个月。可是我们没料到，大师竟肯把他那张杰作《野性的呼唤》，借给了安乐乡。那是一张巨幅油画，六呎高三呎宽的一幅人像，画面的背景是一片模糊的破旧房屋，摊棚、街巷、一角庙宇飞檐插空，有点像华西街龙山寺一带的景象，时间是黄昏，庙宇飞檐上一片血红的夕阳，把那些肮脏的房屋街巷涂成暗赤色。画中街口立着一个黑衣黑裤的少年，少年的身子拉得长长一条，一头乱发像一蓬狮鬃，把整个额头罩住，一双虬眉缠成了一条，那双眼睛，那双奇特的眼睛，在画里也好像在挣扎着迸跳似的，像两团闪烁不定的黑火，一个倒三角脸，犀薄的嘴唇紧紧闭着，少年打着赤足，身上的黑衣敞开，脸膛上印着异兽的刺青。画中的少年，神态那样生猛，好像随时都要跳下来似的。我第一眼看到这张画，不禁脱口惊叫道：

"是他！"

"是他。"大师应道。大师那张山川纵横的脸上，突然变得悲肃起来。

"我第一次见到他，是在公园里莲花池的台阶上，他昂首阔步，旁若无人地匆匆而过。我突然想起烧山的野火，轰轰烈烈，一焚千里，扑也扑不灭！我知道我一定得赶快把他画下来，我预感到，野火不能持久，焚烧过后，便是灰烬一片。他倒很爽快，一口答应，也不要报酬，只有一个条件：要把华西街龙山寺画进去。他说，那就是他出生的地方。那张画是我最得意的作品之一。"

大师的得意之作终于挂上了安乐乡那面白壁上。画中那双闪烁不定的眼睛，像两团跳动的黑火，一径怨忿不平似的俯视着安乐乡里的芸芸众生。于是在琥珀迷茫的灯光下，在杨三郎倏然地扬起的电子琴声中，在各个角落的喁喁细语里，公园里野凤凰那则古老沧桑的神话，又重新开始，在安乐乡我们这个新窝巢中，改头换面地传延下去。

9

"龙王爷是个老可爱！"小玉喜滋滋地告诉我道。

这几晚小玉都跟我回锦州街丽月那里去睡，我们冲完澡，坐着抽烟闲聊的当儿，小玉就兴高采烈地大谈龙船长一生的传奇故事。丽月把安乐乡称作"水晶宫"，她说我们这些"玻璃货"都升了格，涨了价，变成"水晶玻璃"了。她一直嚷着要加我们的房租。她指着小玉笑道：

"玉仔，你好运气，在水晶宫里又遇见了海龙王，我看你快要成仙了！"

小玉说龙王爷是宁波人，从小便跑到上海黄浦滩头去混生活。后来一个犹太佬看上他，教了他一口洋泾浜英文，把他推荐到一艘外国船上去当仆欧，十八岁便下了海。那条船叫"康悌浮弟"，是一条来往上海香港意大利豪华邮轮，派头大得唬人，龙王爷说他在船上饭厅伺候那些老爷奶奶们时，是穿着燕尾礼服的，而且还戴上白手套，脚下是光可鉴人的黑漆皮鞋，走起路来喀噔喀噔响——我想不出龙船长穿了燕尾礼服的模样，不过他块头大，大概也挺神气吧——而且菜单上一道汤就有十几种名式，都是法国字，有些上海财主到船上去开洋荤，连点两三道汤，也是常有的事。龙王爷在"康悌浮弟"上熬了几年，船上的规矩全学会了，便跳槽到了那条有名的鬼船"太平轮"上去当三副，才上去一年，上海便乱了。民国三十七年冬天"太平轮"最后一次从上海航行香港，船上挤满了上海有钱人，有些绑了一身的钻石美金。哪知道"太平轮"一出港，便触了礁，沉到了海底去，船上的乘客无一生还，那些上海有钱人带着他们的黄金珠宝，都真的去见了海龙王——只有龙王爷一个人逃过了死门关。

"为什么？"我和丽月不禁齐声问道。小玉满脸得色卖了一阵关子，说道：

"开船的前一刻，龙王爷在甲板上正在指挥水手运货，突然脚下一滑，好像有人从背后推了一把似的，一跤摔下去头便碰到铁栏杆上，撞得他眼前一黑，当场晕了过去。等他安了神睁开眼一看，甲板上那些水手，一个个的头都不见了。"

"玉仔！"丽月指着小玉正色道，"鬼月才过，深更半夜，你少来编这些鬼话。"丽月什么都不怕，就是怕鬼，她每次梦见她死去的老爸，总要去买香烛冥钱，大烧一轮。

"真的嘛！"小玉笑嘻嘻说道，"是龙王爷说的嘛，他说那些水手穿着白制服的身体，一个个还在走动呢！他感到一阵恶心，胆水都吐了出来，所以才临时下了船，逃过了那次大难。"

"我看你说得眉飞色舞，干脆你也跟了你那个龙王爷上船出海，去见那些无头鬼去！"丽月说道，倏地立起身来，悻悻然走出了我们的房间，我跟小玉都拍手大笑起来。自从丽月把小弟撵走以后，我对她一直心怀不满，有时也会借故给她一点难堪。我看见小玉作弄她，不禁感到一阵幸灾乐祸的快意。

"小玉，师傅该颁奖给你了！"我和小玉熄了灯，一齐躺下后，对小玉说道，"你这几天猛灌龙王爷的迷魂汤，把老龙迷得昏陶陶的，我看你什么招数都使了出来，就还差没去舔他的卵泡！"

"他要我舔我也干呀！"小玉说道。

"你那么下作？"我笑道，"龙王爷给了你什么好处了？"

"你懂什么？"小玉冷笑一声，"你知道这个人有多重要？"

"师傅要他替咱们带私酒么。"

"私酒不私酒,与小爷卯相干!"小玉猛然翻过身来,"阿青,我跟你说,这个老龙头,可能就是我命中救星了!"

"你又在打什么歪主意啦?"我知道小玉工心计,专门钓大鱼放长线。

"时机还没到,本来不打算告诉你这个驴头听的。"小玉干脆坐起身在黑暗中,窸窸窣窣摸出了香烟,打火机,点起烟来,"我昨天早上到中华烹饪学校去报名,参加速成班三个星期就领到证书了。今天上午才去上第一课:刀工,切、剁、片、削、劐,全试过了。我考考你,牛肚子怎么切?直切还是横切?"

"直切吧。"

"蠢材!"小玉咯咯地笑了起来,"直切就咬不动了。今天我们还学做了一道菜:水晶鸡。我们老师尝了一轮,直夸我做得最入味。我没告诉她:咱们是水晶宫里出来的,当然会做水晶鸡喽!"

"你学烧菜干什么?"我也坐了起来。

"学个一技之长有什么不好?"小玉把手中的香烟递给我,"等到年老色衰,没有人要了,就去替人家烧饭去。老实告诉你,阿青,龙王爷的翠华号要招一名二厨——"

"罢,罢,罢,"小玉还没说完,我便止住他道,"你这么个金枝玉叶的人儿,船上那种苦是你吃得了的?我看上船就让那些烂水手奸掉了!"

"妈的,说你不生性,"小玉有点发急了,"你等小爷说完再放屁也不迟。小爷是什么人?服侍那些烂水手么?前晚,龙王爷无意透露翠华号原来那个二厨失踪了,是在东京跳船的。我一听,差点昏了过去,赶快拿话套他,他说跳船的事常发生。东京新宿有一家中华料理大三元,老板就是翠华号的跳船三副。阿青,别人会跳,我不会跳么?我到了东京,比谁都跳得快!"

"啧,啧,"我叹息道,"小玉,你还没有死心呵?原来还想做你的樱花梦哪!"

"我为什么要死心?我为什么要死心?"小玉嚷了起来,"我的人死了烧成灰,这个心也不会死!就是变了鬼,我也要飞过太平洋去的!不错,上回成城药厂的林様,没能带我去成日本,叫我伤了好一阵心。你以为我就那样算了么?我不讲罢咧,我心里天天在转念头,一旦有机会,哪怕上刀山下油锅,也吓不住我王小玉,上船吃点苦算什么?我下午去了三重,见到我阿母,都跟她说了,她说:'你现在有份工作,不好好做,又起那个怪念头;万一跳船不成,给日本政府抓去关起来,怎么办?'说着一把鼻涕一把眼泪,哭完了她却褪下她腕上那只宝贝金镯头来,那是我那个死鬼阿爸资生堂的林正雄在东云阁追我阿母的时候,给她的定情礼,镯头内侧刻着我阿母王秀子及我阿爸的日本名字'中岛正雄'。我阿母把那只金镯头塞给我，她说：'你去成东京，万一找到那个卡几麻，你把这只镯头拿出来，他就会认你的。如果找不到，卖掉当路费回来，免得流落在外国。'"

小玉兴高采烈讲了一大堆计划，好像明天就要跳船了似的。

"阿青。"我们说完话，睡下了小玉又推醒我。每次他来跟我睡，都闹得我睡眠不足。

"什么事？你跳船还不够，难道还要去跳海不成？"

"下个月我要到台大医院去割盲肠去。"

"最好连大肠小肠一齐割掉，"我没好气地说，可是却又耐不住好奇起来，"为什么要割盲肠？"

小玉叹了一口气，说道：

"龙王爷说的，翠华号新招的船员，统统要先割盲肠。因为怕上了船，万一害盲肠炎，没有人会开刀。"

10

傅崇山傅老爷子家的老女佣吴大娘上菜场的时候滑了一跤，右腿骨节脱了臼，送到医院里接骨上了石膏，要休养一个月，她那当军人的儿子便把她接回家里去了。傅老爷子打了单，一切家务便得自己动手。我们师傅去探望老爷子，看见傅老爷子正在客厅里擦地板。他蹲在地上，驼背高高拱起，双手揪住抹布抖簌簌地来回擦，累得一头的汗。师傅赶紧把傅老爷子搀了起来，向他建议，找一个人，暂时顶替吴大娘，师傅提了我，说我老成。傅老爷子起初不肯，后来师傅又编说我给房东撵了出来，正找不到地方住，求傅老爷子暂且收容，傅老爷子才答应了。丽月倒没有撵我，但却把房租加了一倍，伙食也加了三成。丽月纽约吧里一个姊妹淘倒会，倒掉丽月两万块，丽月心疼得哭了又骂，骂了又哭，而且阿巴桑吵着加薪，并且威胁要离去帮"中国娃娃"的露露做厨娘，一连串破财的事，弄得丽月情绪极恶劣。加房租的时候，很不客气地对我说过："你要嫌贵，就搬走好了。"当我把迁入傅老爷子家的消息告诉丽月时，她倒反而有点过意不去，叫阿巴桑做了几味我素日爱吃的小菜，把小玉也叫了来，替我饯别，她舀了一瓢酸菜炒鱿鱼，搁在我碟子里，说道：

"你要凭良心，阿青，你在这里，丽月姊没有亏待你，你现在有了好去处，莫要过河拆桥，出去尽说丽月姊的坏话！"

"怎么会呢？"我连忙笑着分辩道，"你不信问小玉，背后我总是说丽月姊是个大好人！"

"阿青说，丽月姊是我们的观音妈！"小玉笑嘻嘻响应道。

"我不信！"丽月噗哧一笑，"两个小玻璃，串通好了的。阿青这么急急忙忙搬出去，一定是心里怨我了。要不然，最近怎么老跟我过不去？"

"丽月姊把人家的命根子弄走了,怎么怪他怨你?"小玉抢着说道。

"什么命根子?"丽月诧异道。

"你把他那个小神经郎赶走了,他伤心得要命!"

"啊呀,"丽月喊了起来,"那个小神经,连屙屎屙尿都不会,撒了一屋子。而且又伤了我们小强尼,那种东西能留的么?阿青有什么本事,养得活那样一个白痴仔?"

"你不要听小玉胡说,"我有点不好意思起来,"我搬出去,完全是为了傅老爷子。他现在一个人,没有人照顾,身体又不太好。傅老爷子救过我们出牢,现在去陪陪他,也是很应该的么。"

丽月瞅着我,点头叹道:

"看不出你这么个玻璃货,还有点良心。"

我把搁在床底小玉那只破皮箱拖了出来,将小玉的东西统统抖出来堆在床上,自己那些衣服什物,胡乱往里一塞,箱子的锁坏了,关不上,我向阿巴桑要了一卷麻绳,将破皮箱捆绑起来。阿巴桑又替我找来了一个网袋,将我的面盆、漱口盂、两双旧鞋子,都网好,袋口打一个结,挂在我左手臂上。丽月怀里抱着小强尼,送我到门口,她用手举起小强尼一只白胖的膀子摇了两摇,教他道:

"Bye-Bye——叫舅舅 Bye-Bye!"

"Bye-Bye!"小强尼突然咯咯地尖笑起来叫道,他那一双绿玻璃球似的眼睛眨巴眨巴，也在笑。

"Bye-Bye!"我也禁不住笑了。

11

傍晚我把两件破行李先运到傅老爷子家，暂时搁在玄关，再赶去安乐乡上班，师傅放了我两个钟头假，十点钟就让我先走。傅老爷子一直在家里等候着，我回去后，他叫我把行李搬进房里。那间房紧靠着傅老爷子自己的卧室，六个榻榻米大，床铺桌椅都是齐全的，床上垫了草席，连被单枕头套也好像刚换过，房间打理得异常整洁，我从来没有住过这样舒适像样的一间卧房。自从离家以后，在锦州街那间小洞穴里蜗居了几个月，总觉得是一个临时凑合的地方，从来也没有住定下来，何况常常还不回去，在一些陌生人的家里过夜，到处流荡。

"这就是你的睡房了。"傅老爷子跟进来说道，"这间房别的没有什么，就是窗口朝西，下午有点晒——我把一面竹帘子找了出来，明天你自己挂上吧。"

傅老爷子指了一指一卷倚在窗下的竹帘子，帘上的绿漆都已剥落，大概很旧了。他又驼着背吃力地弯下身去，从床下掣出一只盛蚊香的瓷盘子，盘子里的铁皮架上放着一饼三星蚊香。

"园子里有水池，蚊子多，晚上睡觉，你把蚊香点起来。"傅老爷子吩咐我道。他在房间里巡视了一遭，东摸摸，西看看，似乎挑不出什么毛病了，才对我说道：

"你先住进来，如果发觉还缺什么，再向我要好了。"

"老爷子不必操心，"我赶忙应道，"这个房间太好了。"

傅老爷子走到那张书桌前面停了下来，书桌上摆着一套英文书，一台收音机，一个闹钟，还有一架铜制的高射炮模型。

"这本来是我的儿子傅卫的睡房，这些东西都是他留下来——"傅老爷子停了一停，他那拱起如小山丘的背一直向着我，他那颗白发苍苍的头，压得低低的，伏在桌面上，"你要用都可以用。"

说着他又颤巍巍地，蹭到壁橱那边，拉开纸门，半个壁橱里，都挂满了衣服，傅老爷子捞起一两件，查视了一下，自言自语道：

"该拿出去晒一晒，都发霉了。"

他回头朝我打量了一下。

"你的身材倒跟傅卫差不多，这些衣服你可以穿。"

"用不着了，"我赶忙推辞道，"我自己有衣服。"

"冬天的也有么？"傅老爷子问道。

我一下子语塞，支吾了两句，我的破皮箱里，只有几件单衣。傅老爷子从衣挂上卸下一件人字呢咖啡色的西装外套，要我穿上试试,我把外套穿上,傅老爷子瞅了我半晌,唔了一声。

"还合身,就是袖子长了些。他的衣服,我都送给别人了,就还剩下这几件,过个冬,也够了。"

我看见壁橱还挂着一袭草绿色的粗呢大衣,一件黑色皮夹克,还有几件旧毛衣,大概很久没有人穿,透出一股强烈的樟脑味。我把西装外套挂回原处,傅老爷子把壁橱门仍旧拉上,然后引着我回到客厅里去。

"阿青。"

我们坐定后,傅老爷子端起搁在茶几上的一杯茶,啜了一口,若有所思地唤我道。

"你搬了进来,就把这里当你自己家一样,不必太拘束。"

"谢谢老爷子。"我应道。

"杨金海跟我再三提起,说你很老成,可以搬进来给我做伴。吴大娘年纪大,那一跤摔得不轻,一下子恐怕好不了。近来我的身体也不大好,重事劳累不得,你来了,正好可以帮帮我的忙。"

"老爷子有什么事,只管吩咐我好了。"

"我这里也没有什么烦事,"傅老爷子微笑道,"就是烧两餐饭,打扫庭院一些家务,不知道你做不做得惯?"

"从前在家里,也要帮着父亲做家务的,"我解说道,"只是饭烧得不太好——"

"不要紧，"傅老爷子笑道，"我吃得粗淡，每餐两样青菜豆腐就够了。"

"青菜豆腐，倒还会炒。"我也笑了起来。

"听说你也是军人子弟呢？"傅老爷子沉思半晌抬头问道。

"我父亲从前在大陆当过团长的——不过，到台湾来给革了职，因为他被俘虏过——"提到父亲，我又不自在起来，说话也开始有点口吃了。

"他是哪个兵团的，你知道吗？"

"我搞不大清楚，"我摇头道，父亲曾经提过的，不过他提到他那个兵团抗日的光荣历史，总是激动得口齿不清，"我只记得他说过他们的兵团司令是章淦。"

"哦，是章淦兵团。"傅老爷子点头道，"那个兵团是川军，抗战的时候，很有表现，长沙那一战打得很好。"

"'长沙大捷'父亲还受过勋呢。"我突然记起父亲那只小红木箱里锁着的那枚生了铜锈的宝鼎勋章来。

傅老爷子却叹了一口气，说道：

"他那个兵团，后来运气不太好。"

"父亲说，连章司令也被俘虏了。"

"是的，整个兵团覆灭了。"傅老爷子感慨地叹道。

"你家里还有些什么人呢？"傅老爷子转了话题。

我告诉他母亲跟弟娃已过世，只剩下父亲一个人。

傅老爷子一双铁灰的寿眉紧皱在一起，说道：

"杨金海告诉我,好像你们父子有点不和——"

我的头垂了下去,避开了傅老爷子那双一直淌着泪水眵矇的眼睛。

"你父亲一下子在气头上,过些时,等他气消了,你还是该回去看看他。"

我一直低垂着头,没有作声。

"先去洗个澡早点休息吧。"傅老爷子立起来,走到我的身旁,拍了拍我的肩膀。

我冲完澡,回到房中,把带来的两件破行李稍微整理了一下,将蚊香点了起来,熄灯上床,书桌那只荧光闹钟已经到十二点半。或许是换了新地方,一下子很难入睡。窗外大概就是那个浮满了葫芦花的水池子,不停传来嘎嘎的蛙鸣。隔壁傅老爷子大概也睡得不安,我听见他起身两三次,去上厕所,他趿着拖鞋的脚步声,由近而远,由远而近。我记得在家里夜半三更也常常听到隔壁房父亲踱来踱去的脚步声。因为板壁薄,父亲房中的动静,我躺在床上,听得真切。母亲离家出走的头两年,父亲的脾气及行动都变得异常乖张。常常在深夜里,他会突然从床上一跳起来,好像中了魔一般,在房中走来走去。他的脚步那般急切、沉重,好像铁笼里的困兽,在不停地打转似的。我在隔壁,躺在黑暗里,凝神屏息地听着父亲磕、磕、磕的脚步声,突然会感到一阵莫名的紧张,就是冬天,额上的冷汗也会猛然沁出来。

12

一觉醒来，已经快十一点钟，我赶忙起身胡乱穿上衣服，匆匆走出房间，傅老爷子坐在客厅里戴着一副老花眼镜在看报纸，他身上穿得很整齐，外面罩了一件深蓝对襟夹背心，好像准备外出的模样。

"我看你睡得很甜，没有叫醒你。"傅老爷子放下报纸，对我微笑说道。

"不知怎的，一下睡过了头。"我有点不好意思起来，昨晚矇过去的时候，恐怕都快天亮了。

"我清早出去散步，在巷口那家西点铺买了两罐克宁奶粉回来，你去冲一杯来喝吧，奶粉就搁在冰箱上头，暖水壶里有热开水。"傅老爷子仔细地交代道。

"老爷子也要喝一杯么？"

"我不喝那种东西的。"傅老爷子摆手道，"时候不早，就要吃中饭了。"

"中饭我来做。"我赶忙接口道。

"咱们随便点吧，吃面条好了。冰箱里还有几碟剩菜，是你们师傅送过来的，回头拿出来热一热就行了。"

"我这就去烧水煮饭。"

"不急，"傅老爷子止住我道，"你先去喝杯牛奶再说。"

"好的。"我应道。

我去开了一罐克宁奶粉，用热水，浓浓地冲了一杯。从前在家里，隔壁巷子黄婶婶有时候会送一罐奶粉给我们。那是公家配给的脱脂奶粉，据说是美援的。父亲不喝，都是我跟弟娃两人吃掉。脱脂奶粉的味道很差劲，淡淡的，没有什么奶香。克宁奶粉大不相同，是正宗美国货，不放糖，也有一股甘芳。我喝完奶粉，发觉傅老爷子在厨房里，翻箱倒柜。

"吴大娘那个老太太，东西收得真紧，我总找不到。"傅老爷子佝着背踮起脚，喘吁吁地去开碗柜，一面嘀咕道。

"让我来，老爷子。"我赶紧跑过去，把碗柜打开。

"我记得她把面条放在最高一层。"

我伸手去碗柜最上层，摸了一下，果然搜出了一大包干面来。

"老太婆怕蟑螂偷吃，藏在那个上头，蟑螂有翅膀，要飞还不是飞上去？"傅老爷子笑道。

我烧了水，把面放在锅里。又把冰箱里的几碟剩菜拿出来，在扁锅里翻炒了一下。面煮好捞起来，盛到碗里，又洒了几滴麻油酱油。

"看你这个样子，从前大概是下过厨房的。"傅老爷子立在一旁，微笑道。

"在家里，父亲上班，是我烧饭的时候多。我上夜校，晚上才去上学。"我也笑道，"父亲也爱吃面条，我们常吃担担面，辣子花生酱一拌就行了。"

我跟傅老爷子两人在厨房里一张小饭桌坐下，一同共进午餐。傅老爷子告诉我，下午他要到中和乡灵光育幼院去，帮忙照顾育幼院里的那些孤儿。他说灵光育幼院的院长找了好几位老先生老太太到院里去义务帮忙。这些老人大都是大陆人，有的儿女留在大陆，有的儿女早已长大离开了。他们的家境都还不错，只是晚年寂寞，到育幼院，精神有所寄托。

"我也是三年前才开始到灵光育幼院去的。"傅老爷子吃完，我奉上一杯热茶，他啜了两口，缓缓地说道，"他们的院长到处募捐，把我们几个人请到育幼院去参观。那些孩子都养得活活泼泼，蹦蹦跳跳，很讨人喜。可是我却在一个角落，发觉了一个畸形婴儿。他没有手臂，身上穿的衣服两截空袖子垂下来，甩荡甩荡。那时他只有三岁，走路都走不稳，跌跌撞撞。我看见他一跤摔在地板上，因为没有手臂，在地板上滚来滚去，爬不起来，急得一脸通红。我赶忙过去，把他抱起，他一头撞进我怀里，哇的一声大哭起来，好像把一肚子与生俱来的委屈都哭了出来似的。院长告诉我，那个畸形儿是个弃婴，褓褓里就给他父母丢弃在育幼院门口。不过那个婴儿特别奇怪，生下来就没有手臂的。我可怜他，当场就捐了一万块，特别指定给那个畸形儿。"

傅老爷子那满布苍斑的脸上，漾起一抹悲悯的笑容来。

"说来也奇怪，回家后，我却老忘不了那个畸形儿。在育幼院里，院长把那个畸形儿的袖子捞开给我看，两个肩膀光秃秃的，好像手臂让人家斩断了一般。我一想起他那光秃秃的肩膀，心里就难过。过了两天，忍不住又到灵光育幼院去看他去了。没料到愈去愈勤，竟去了三年——"

傅老爷子摇头微笑立起身，走到客厅门口，从门背后掣出了一根藤拐杖来，驼着背踱向玄关，我送他出大门时，他好像又想起了什么似的补充道：

"他本来没有名字的，我叫他傅天赐。"

13

我在傅老爷子家，做了一个下午的杂事。打了一桶水，把客厅的地板擦亮，厨房的炉灶洗干净，垃圾倒掉，才换上制服，到安乐乡上班。师傅见了我，迎面就训了一顿：

"我把你荐到傅老爷子那里，说了你一箩筐的好话。你也要争口气，这一回无论如何莫让师傅再丢脸。你在老爷子那儿有吃有住，天堂似的。自己也要识相，少年家勤快些，多做点事，身上不会去块肉的。"

"人家刚才擦地板，洗完厨房才过来，师傅不信，去问老爷子看，中饭还是我下厨烧的呢！"我笑着答道。

师傅把嘴一撇，说道：

"新开张的茅司三天香！你刚过去，想表现，做些表面功夫也是有的。我是要你拿出真心来，好好服侍那个老人家，晚上莫睡得那么死，老爷子叫唤，也听着些。"

"知道了，"我应道，"师傅让我先试一个月，我犯了什么错，再来说我也不迟。"

"你莫得意！"师傅喝道，"要是老爷子有半句怨言，我自然把你换掉。"

"换掉他，我去代替！"小玉笑着接嘴道，他在酒吧台后面用一块毛巾在揩拭酒杯。

"你么？"师傅嗤笑了一下，"你那些花花巧巧的言语举动，只有去哄哄盛公那个老花蝴蝶儿。傅老爷子是正经人，用不着你那一套。"

"师傅此言差矣！"小玉笑道，"我正经起来，比谁都还正经，师傅没看见罢咧！我要去服侍老爷子，只怕比他的亲儿子还要孝顺呢！"

"此刻你另有重任。我问你，龙船长那里的消息，你替我打听好了没有？"

"没问题，师傅。龙王爷说他们公司经常有几条船泊基隆。上个月还有一条在基隆外港把两箱红牌威士忌踢到海里头。货是不会缺的，下一次有船进港，龙王爷说他替我们留意就是了。"

"一有消息你就先告诉我，我来和老龙谈价钱。"

师傅又督促吴敏把烟碟缸洗刷干净。点了一下，却少了一只葡萄形的瓷烟碟。吴敏承认,是他失手打破了。

"三十五块一只,你赔出来就是了!"师傅瞧也不瞧吴敏一眼,径自走到后面,豁琅一下,把厕所门打开。

"老鼠呢?"师傅在里头喝道。

"老鼠今天还没来上班。"小玉在外面大声答道。

师傅气冲冲地跑出来,一行骂道:

"回头那个死贼来了,我就把他丢到厕所尿池子里去,活活溺死!厕所塞住了,也不来报告。里面臭气冲天!咱们安乐乡这块招牌也要让他给砸掉了呢!"

安乐乡的自动门轰隆一下打开,老鼠一头便撞了进来。师傅赶上去,正要举起扇子,手却在半空停住了,我们每个人都放下了手中的活儿。老鼠怀中紧紧搂住他那只百宝箱,走一步,晃两下,好像喝醉了酒一般,跟跟跄跄,身上却簌簌地抖成了一团。

"老天爷!"师傅叫了起来。

老鼠身上那件白衬衫给撕得丝丝缕缕,破了好几处,胸前印着斑斑血迹。老鼠整个脸都变了形,两片嘴唇肿得乌紫,翻了起来,左眼鼓肿,像只熟烂了的朱砂李,眯成了一条缝,鼻梁也肿得宽了一倍,一张脸青红紫,都是伤痕。我们一伙儿都围了上去。老鼠两片厚肿的嘴唇开翕了几下,牙关上下直打战,迸出嘶嘶的声音来。

"乌鸦——乌鸦——乌鸦——"

老鼠那只细瘦的手臂紧紧地环抱着他胸前那只百宝箱,歪着头,梗着脖子,那张鼻青眼肿的脸很不逊地扬起。呜哇呜哇,他好像急怒攻心迷了本性似的,语无伦次地叫道。

"你这个样子见不得人,"师傅皱起眉头,"快躲到厨房里去吧,客人们马上就要来了。你这个小贼是欠揍,不过你那个流氓老哥也太狠了,下这样的毒手。"

"师傅,我带他到傅老爷子那儿,休息一下好了。"我建议道。

"也好,"师傅想了一下点头应道,"你对老爷子说得婉转些,不要太惊动了他老人家。"

我叫了一辆计程车,把老鼠送到傅老爷子家。傅老爷子大概刚从中和乡回来不久,他看到老鼠那副模样,马上拉了他到灯下,仔细端详了一番,说道:

"我有田七粉,我去拿来给你敷一敷,先止止痛。"

傅老爷子佝着身颤巍巍地踅到房中去,拿出一包田七粉来。

"阿青,"傅老爷子吩咐我道,"你到厨房里,把灶头上那瓶烧酒拿来,拿只酒杯、一只酱油碟来。"

我到厨房里,把烧酒跟杯碟拿到客厅,递给傅老爷子。傅老爷子把田七粉倒在酱油碟里,和上烧酒,拌成糊状,用手指头蘸了抹在老鼠脸上的伤肿上,抹得老鼠一脸好像上了一层粉似的,白一块黄一块。搽完傅老爷子又冲了半杯烧酒加上田七粉，要老鼠喝下去。

"你坐下来，把这杯药酒慢慢喝掉，发散一下淤血，过两天，就会消肿了。"

老鼠开始还不肯放下手里那只百宝箱，死死搂在怀里，我过去在他耳边叫道：

"你把你那只宝贝箱子交给我好了，这儿没有人抢你的。"

老鼠瞄了我一眼，很勉强地把他那只百宝箱交出来，接过傅老爷子的药酒，坐到椅子上，一口一口慢慢喝起来，喝一口便唉地叹一口气。傅老爷子定定地望着他，说道：

"怎么打成这副德性？"

我把乌鸦凶神恶煞的形象说了一个大概。

"你去上你的班吧，"傅老爷子交代我道，"留下他在这里，陪我吃饭。"

14

回到安乐乡，里面已经来了不少客人。我向师傅报到后，便到酒吧台后面去帮小玉。小玉一个人在那里又要配酒，又要招呼客人，忙得不可开交。我一过去他就赶忙把酒瓶塞给我，说道：

"威士忌加苏打。"然后又悄声问道，"老鼠怎么了？那个小贼给乌鸦揍得失魂落魄,我早就料到会有这一天,算他运气,还没打废掉。"

"老爷子给他敷了药,我看不要紧的,倒是亏了他,怎么把他那只百宝箱也给抢了出来。"

"那是他的命根子,他肯不带出来?"小玉又悄悄在我耳边笑道,"俞先生今晚问起你好几回了,我告诉过他,你一会儿就回来,他直不放心,念着你,说:'李青呢?他今晚还会来么?'你快过去招呼他去吧。"

我抬头望去,看见俞先生俞浩坐在吧台的末端,正朝着我微笑,我赶紧走了过去,跟他打招呼。一连好几晚了,俞先生到安乐乡来,总坐在吧台来找我聊天。他在一个专科学校当讲师,教英文。俞先生大概三十七八岁,身材很挺,高高的个子,宽肩膀,非常神气。他从前在学校里爱运动,是游泳健将。俞先生也是四川人,四川重庆,我告诉他我是半个四川人,他就叫我"青娃儿"。我学了几句我父亲说的四川土话,父亲生气的时候,就会骂一声:妈那个巴子。俞先生大笑,说我说的是台湾四川话。

"青娃儿,"俞先生向我招呼叫道,"你看,我给你带了什么东西来?"

他把一只牛皮纸的封套递给我,我打开一看,是诸葛警我写的《大熊岭恩仇记》,一套四本。

"哇!俞先生,棒透了!"我兴奋地叫了起来。上次俞先生来，我们谈起武侠小说。他说他也是武侠迷。他问我喜欢看哪一家的，我说了几个人，也提到诸葛警我。他那部《大熊岭恩仇记》，我只看了头二集，是在我们龙江街那家专租武侠小说的书铺租来的，我跟弟娃两人轮流看，他先看头集，我看二集，然后两人交换。可是我们还来不及去租三、四集，弟娃就病倒了。《大熊岭恩仇记》我总也没有看完。这部武侠小说是诸葛警我的成名作，故事是讲明朝末年，清兵入关，一个叫万里飞鹏丁云翔的大侠士，率领一家老幼及门下子弟逃出京城，可是半路却把一个最小的儿子走丢了。丁大侠后来逃到了云贵边境大熊岭上隐居起来，一面暗结天下江湖义士，招兵买马，以图反清复明。丁家那个小儿子却被清兵的大将鄂尔苏掳了去改名鄂顺，二十年后变成了清兵一员骁将，带领清兵赴大熊岭征讨丁家庄。第二集刚写到万里飞鹏两父子第一次交锋。

"后来怎么样？万里飞鹏胜了还是败了？"我翻着手里的《大熊岭恩仇记》第三册，急切地问俞先生道。

"你回去自己慢慢看嘛，讲给你听就没有意思了。"俞先生笑道，"我下午去逛书摊，看见这套书，我记得你提过，所以就买了来给你。"

"谢了，俞先生。"我敬了一个礼，"诸葛警我的小说我最爱看。我还看过他的《天山奇侠传》和《星宿海浮沉录》。"

"青娃儿，你的武功满要得的嘛，"俞先生笑道，"那两部小说我也看过,不如《大熊岭》,丁云翔父子斗法,曲折惨烈,真是惊心动魄——"

"俞先生,刚刚你还教我自己回去看,现在又来吊人家胃口了!"我恨不得马上把《大熊岭恩仇记》的三、四集一口气啃完。

"好,好,我不再提了,"俞先生笑道,"青娃儿,你去拿瓶啤酒来,你陪我喝一杯,怎么样?"

"我们上班不准喝酒的,"我悄声说道,"这是我们老板杨教头的规定。"

"不要紧,"俞先生挥了一挥手,"回头你们老板找你麻烦,我来替你挡掉。"

我去拿了一瓶冰啤酒,多拿了一只玻璃杯来,把啤酒斟上,我举杯敬俞先生道:

"来,俞先生,我们敬万里飞鹏一杯!"

俞先生呵呵大笑起来,跟我两人咕嘟咕嘟把一杯啤酒都饮尽了。我又去拿了一碟油炸花生来过酒,陪着俞先生喝啤酒,摆龙门阵。安乐乡里人声嘈杂,小玉那边龙船长龙王爷带来了几个海员,喝么呼六的,在那里划拳。盛公这几天有点感冒,进来的时候,穿了一件驼绒背心,师傅特别为他熬了一碗姜糖水,陪了他坐在一角聊天。杨三郎仍旧戴着他那副墨黑的眼镜,仰着面,奋力在奏着一曲曲没有人注意听的古老的台湾曲调。

"青娃儿,"俞先生临走时凑近我的耳朵叫道,"过两天,我请你去吃川味面。"

"万岁!"我也凑近俞先生的耳朵叫道。

15

回到傅老爷子家,已是半夜。傅老爷子早已歇息,我进到房中,老鼠却还没有睡,他穿了一身汗衫内裤,盘起脚,坐在我的床上,他那只百宝箱里的那些宝贝统统倒了出来,摆得一床。老鼠坐在他那些宝货中央,东翻翻,西弄弄,清点赃物。

"干伊娘!"老鼠自言自语咒骂道,"一定是她偷的。"

"你在骂谁?"我问道。

"烂桃子!还有谁?"老鼠猛然抬起头来,他的左眼一圈乌青肿得只剩下一条缝,右眼倒瞪得老大,而且目露凶光。他那一脸敷了田七药粉,斑斑斓斓,两片嘴唇肿得翻了起来。

"到底怎么搞的?你这个小贼头,怎么反倒失窃了?"

"阿青,我那管派克五十一金管子的,你还记得么?"

"是不是高雄那个饭店经理的?"

"不见了,不见了啊!"老鼠叫道,他的声音充满了痛楚。

"我当时不是叫你拿去当掉,我们去吃吴抄手,你不干,现在还不是白丢了？"我在床沿上坐了下来。

"我天天都要检查一次的，今天早上我发觉我箱子的锁给人撬开了。还有一支'宝露华'、几只戒指、一条链子，也不见了。我急得发昏，别的还无所谓，我那管派克五十一，我那管派克五十一——"老鼠一面叫着，快要哭出来了。

"你怎么知道是烂桃子偷的呢？"

"不是她，还有谁？"老鼠愤怒地喊道，"乌鸦虽然凶，但是偷东西他是不干的。我那间房里，只有烂桃子常常去。我去问她，她恶人先告状，噼噼啪啪打了我两个耳光，跑到我房里，举起我那只箱子，就要往窗外丢。我揍她、踢她，把箱子从她手里抢了下来——"

老鼠突然举起他那只烧起过烟泡的细瘦膊子，喊道：

"哪个敢碰我的百宝箱，我就跟他拼命——"

"嘘——"我赶快止住他，"小声点，老爷子睡觉了。"

老鼠激动得气喘喘的，说道：

"乌鸦以为我还怕他呢，不怕！老子什么人都不怕了！"

老鼠头一歪，脖子一梗。

"他也跑来帮烂桃子，要夺走我的箱子呢！我咬他，咬掉了他一块皮。他们两个人打我，打我——"

老鼠一只手猛打自己的头。

"他们打死我也夺不走我手里抱着的箱子！"

老鼠嘿嘿地笑了起来，还很得意的模样。

"后来乌鸦拿我没法子，只得把我赶了出来。"

"好了，这下子你也无家可归了！"

"怕什么？"老鼠突然变得非常无畏起来，"难道还饿得死我不成？"

"师傅说，要你明天搬到安乐乡去住，晚上在那里，跟吴敏一块儿守店。"

老鼠沉吟了半晌，说道：

"阿青，明天你去替我办件事好么？"

"什么事？"

"你去五金店替我买一把锁来，要把结实的。"

"你要来锁你那只百宝箱么？人家要偷不会把你整只箱子牵走？"

"所以说喽，"老鼠抬起头来望着我，肿得丑怪的脸上一副乞怜的样子，"老哥，我要拜托你，我这只宝贝箱子，就放在你这里，请你替我保管，好么？安乐乡那里人多手杂，带过去，我是怎么也不放心的！"

"那么我的保管费呢？"我笑道。

"那还有什么问题？"老鼠咧开他那两片肿得翻了起来的嘴唇狡猾地说道，"老哥，你要什么，只管告诉我，天上的月亮我也替你去弄来。"

"算了吧，"我笑了起来，"你再去偷鸡摸狗让警察捉去，就真要送到火烧岛去了。"

老鼠跳下床来,把他撒在床上的那些宝货小心翼翼地一一放回到他那只箱子里,然后把箱子塞进床底下去。他舒了一口气,摸摸脸上的青肿,说道:

"傅老爷子的药酒很管用呢,已经不痛了。"

16

阴历九月十八是傅老爷子的七十大寿,师傅把我们召集起来,商量如何替傅老爷子做寿。一个月下来,安乐乡的生意做得轰轰烈烈,颇有盈余,师傅预备十八这天,关门休息,专门替傅老爷子庆生。但是师傅说,事前绝不能让傅老爷子知道,因为他晓得傅老爷子从不做寿,他知道了,一定不许。师傅说,自己人,不必摆场面,十八那天,我们在安乐乡做几道菜,拿过去就行了。师傅倒是说动了聚宝盆的卢司务卢胖子,请他过来,亲自下厨,做了几道聚宝盆的招牌菜:一道雪花鸡、一道荷叶粉蒸鸭、一道大乌参嵌肉,卢司务还特别做了一道应景菜八仙上寿,一共凑齐了十样,最后连寿桃也一并蒸了两笼。小玉系上了围布,抢着要做卢司务的二厨。他最近从烹饪学校学了几样菜,一直想找机会露两手。他央求卢司务把一道松鼠黄鱼让给他做。我们都围在旁边观看,小玉去上了几天课，居然沾了一身大司务的派头，一忽儿要老鼠替他刷锅，一忽儿要吴敏替他切姜丝，又要我递油拿盐，把我们三个人支使得团团转，老鼠正要抗议，却让小玉喝止道：

"这是厨房里的规矩，我现在掌厨，你们几个打杂，不用你们用谁？"

小玉拿糖作醋折腾了一番，终于把条黄鱼炸了出来，他挥着一柄锅铲喊道：

"你们瞧，我这条黄鱼像不像松鼠？还会站起来的呢！"

我们把菜弄妥当，放进了抬盒里。师傅又特地出去买了几把银丝面来当寿面，并携了半打花雕酒，六个人叫了两部计程车，往傅老爷子家去拜寿。傅老爷子上半天还到中和乡灵光育幼院去过，大概刚回来，一个人坐在客厅，闭着眼睛在养神，一颗苍苍白发的头垂得低低的。客厅里靠墙的那张供案上，换了新鲜的白菊花，而且还添了一只黑陶香炉，香炉里烧了檀香，缭绕的香烟，正袅袅地升到墙上那两张傅老爷子及傅卫两父子着了军装的相片上去。我们一伙人涌进了客厅把傅老爷子惊醒了，见到我们，一脸愕然，师傅赶忙上前向傅老爷子赔了罪，并把我们的来意也委婉地说明了。

"老爷子，都是这群孩子们的意思。"师傅回过身来，把我们几个人连推带拉，弄上去，"他们知道今天是老爷子的好日子，都嚷着要来跟老爷子拜寿，就是我想拦也拦不住的。"

傅老爷子开始有点不悦，责怪师傅，后来看到我们几个人手里捧的捧抬盒，提的提酒，原始人阿雄仔端着两盘高高堆起白白胖胖的寿桃，他那苍斑重叠的脸上竟也绽开了一抹笑容，叹道：

"杨金海，你也太多事了。你是知道我从来不兴这一套的，倒是难为了这几个孩子。"

"我们沾老爷子的光，"小玉笑嘻嘻地说道，"要不是老爷子的好日子，今天师傅哪放我们的假？"

"好吧，"傅老爷子笑道，"这些日子你们也辛苦了，今晚大家一块儿吃顿饭，喝杯酒，轻松轻松。"

师傅一声令下，我们几个人七手八脚便开始摆设起来，我到厨房里，把竖着靠放在墙上的一张大圆桌面扛了出来，将桌子架好，摆上七副碗筷。小玉在厨房里烧水煮面，吴敏把酒也暖上了。大家忙了一阵子，差不多八点钟才坐上桌子。傅老爷子先在首位坐下来，师傅坐了对面，吴敏和小玉坐在傅老爷子左右手，阿雄仔跟我坐在师傅两侧，老鼠夹在我跟吴敏中间。他脸上的青肿消下去了，可是淤血还没有尽散，乌黑的东一块西一块，好像贴了一脸膏药似的。小玉起身把壶，先将酒替傅老爷子斟上，又过来一一将我们面前的酒杯斟满。师傅领头，我们都立了起来，向傅老爷子上寿敬酒。

"老爷子——"师傅的双手擎着酒杯，正要发话，却让傅老爷子止住了。

"杨金海，你别啰唆了，坐下来吃饭吧。"

"老爷子,"师傅仍旧坚持道,"咱们并不敢啰唆,只有一句话!咱们安乐乡今天撑了起来,都是托老爷子的福。今晚借老爷子这杯寿酒,一来祝老爷子万寿无疆,二来也是庆祝咱们安乐乡鸿发大吉。"

师傅一仰而尽先把酒干了,我们也跟上,大家干了杯。傅老爷子徐徐地把一杯绍兴酒饮尽,我从来没有看见傅老爷子喝过酒,于是笑道:

"老爷子好酒量!"

傅老爷子也笑道:

"从前我也喝几杯的。在大陆上,我最爱喝汾酒。后来有了病,才戒掉了。今天看见你们这几个人,兴致这么高,也来凑凑你们的兴。"

小玉赶忙替傅老爷子敬菜,桌上摆着的十样菜,红的红、绿的绿,小玉那碟黄鱼缩头拱背拖着条尾巴倒真的像只松鼠在爬行似的。小玉夹了一块鱼,献到老爷子面前,说道:

"老爷子,这是我亲手做的,请老爷子赏光尝尝。"

"瞧不出你还有一手呢?"傅老爷子笑道,尝了一口黄鱼又点头称赞了两句,对师傅说道:

"我常常问阿青的,你们安乐乡做得如何。他说十晚倒有九晚是满的。看样子,你们的生意是可以维持得下去的了,我也很为你们高兴。"

"不瞒老爷子说,"师傅答道,"咱们这家酒馆子一上来就得了你老人家的口彩，名字取得好。二来说良心话，这一个月来，也靠这几个孩子们卖力，连这个傻仔也起劲得很，帮上不少忙呢。"

师傅说道，却在阿雄仔的厚背上拍了一巴掌。

"达达，干杯！"阿雄仔突然双手捧起酒杯敬师傅道，师傅无限惊异，旋即呵呵大笑起来。

"好乖儿子！这下可是公鸡下蛋，出了奇文了！傻仔也会孝敬他爹了。好，达达生受你这一杯！"

师傅说着把一杯满满的酒咕嘟咕嘟喝得一滴不剩，长长舒了一口气，望着阿雄仔点头叹道：

"傻东西，也亏了你，达达总算没有白疼了你一场！"

师傅起身从那碟荷叶粉蒸鸭撕下了一只鸭腿，搁到阿雄仔碟里。阿雄仔用手把那只鸭腿高高擎起，咧开大嘴，念道：

"鸭鸭——达达——"

我们都大笑起来，傅老爷子也忍不住笑得大咳，背拱得更高了。小玉赶忙过去，替傅老爷子捶背，又替傅老爷子盛上一碗热腾腾的清炖鸡汤。

"杨金海，你这个干儿子总算没有白认。"傅老爷子喝了两瓢汤，清了一清喉咙说道。

"唉，老爷子，"师傅无限感慨地叹道，"干爹也并不好当啊！给他拖累得只怕寿命也要短十年。"

傅老爷子要我们几个人开怀畅饮，不要受拘。小玉跟吴敏，我跟老鼠，隔着桌子便猜起拳来。傅老爷子放下了箸，一手握着酒杯，默默地看着我们吆喝作乐。几轮下来，小玉和吴敏争得面红耳赤。

"小敏，"小玉喊道，"你输不起就不要玩，输了就该乖乖罚酒。"

"三拳两胜，"吴敏笑着辩道，"才输了一拳怎么就要罚酒呢？"

"谁跟你婆婆妈妈三拳两胜，一拳一杯酒，你快替我喝掉吧！"

吴敏不肯喝，小玉便跑过去，揪住吴敏的领子就要灌。吴敏挣扎着躲来躲去，把小玉手中一杯酒泼得淋淋沥沥。

"小玉，"傅老爷子笑劝道，"吴敏大概没有酒量，你就放过他这一遭吧。"

"老爷子，"小玉不服气地喊道，"他在装死，他陪他那个'刀疤王五'喝起酒来，一杯杯才痛快哩。"

"谁是'刀疤王五'？"傅老爷子问道。

"就是上次小敏为他割手的那个人么。"

"哦。"傅老爷子望着吴敏应道。

"老爷子不要听他胡说。"吴敏急道。

"我胡说？这是什么？"小玉一把捉住吴敏的左腕，用力往外一翻，露出他腕上那道寸把长像条蜈蚣似的殷红的刀痕来，"你有割手的狠劲，怎么连杯酒都不敢喝？"

吴敏赶忙挣脱小玉，把他那只受过伤的左手藏到桌子下面去。

"吴敏，你让我看看。"傅老爷子突然向吴敏伸出了他的手。

"不要了，老爷子，很难看么。"吴敏一脸通红望着傅老爷子乞求道。

"不要紧的，我来瞧一瞧。"傅老爷子放柔了声音。

吴敏十分无奈，只得把手从桌子底下抽了出来，傅老爷子握住吴敏那只割伤过的手腕，端详了半晌，腕上那道刀痕，在灯下犹自发着鲜红的亮光。傅老爷子突然将自己左腕上戴着的一只手表褪下来，套到吴敏的手上。

"老爷子——"吴敏大概有点惊呆了，戴上了表的左手悬在空中，好像不知道怎么办才好。

"你戴上这只表，手上的疤便看不见了。"傅老爷子拍拍吴敏的肩膀说道，手表那条不锈钢弹簧表带正好将手腕上那道寸把长的伤痕遮掉。

"谢谢老爷子。"吴敏收回了手，低声谢道，右手不停地抚弄起左腕上那只表来。

"这是一只亚美茄，旧了些，倒是一只好表，我托人从香港带来的——"傅老爷子顿了一顿，"本来是买给我儿子傅卫的，他那时刚升排长，连只好表都没有。后来我自己拿来戴，只修过一次，因为进了水汽。准是准得很。"

傅老爷子瞅着吴敏，半晌却摇头叹道：

"真是个糊涂孩子,年纪轻轻,那种事也是能做的么?"

"吴敏,"师傅隔着桌子叫道,"快去向老爷子下跪,要不是老爷子,你那条小命早就没有了!"

"杨金海,"傅老爷子赶忙挥手喝止师傅道,"你不要来打岔。"然后又转向我们道,"你们吃饭吧,菜都凉了。"

我们刚才忙着划拳闹酒,还没有工夫吃菜,这下才把寿面盛好,大家又敬了傅老爷子一巡酒,才开始大嚼起来。傅老爷子只舀了一小碗雪花鸡,尝了两口,便放下了箸。

"老爷子。"我在旁边悄悄唤道,傅老爷子一颗白发闪闪的头,愈垂愈低,泪眼蒙眬,竟像是快要盹着了的模样。

"嗯?"傅老爷子猛然抬起头来,一脸的倦容。

"老爷子累了吧?"我低声问道。

"嗳,"傅老爷子勉强笑道,"到底上了年纪,才一杯酒,就抵不住了。"

说着便立起身来。

"我先去休息了,你们只管闹,不碍事的。"

我也站起来,想去搀扶傅老爷子,却让他一把推开,他转过身去,背上驮着一座小山似的,颤巍巍一步一步蹭回房中去。

傅老爷子一走,小玉便伸出他那只光光的左手,唉叹了一声,说道:

"到底小敏比我命好,还有老爷子赠表。我想了一辈子,到现在连只表也没有捞到!"

"天行的吴老板不是答应要送给你一只精工表么?"我笑着问道。

"那个馊老头么?你猜他那晚对我说什么?'你要表么?给只鸟给你要不要?'"

17

星期一的晚上大雨滂沱,才六七点钟,巷子里的积水便升到三寸高,连车子都难驶进来了。安乐乡开张以来,就算这晚的客人最少,到了十点钟,也不过来了七八个天天报到的常客。因为杨三郎没有来,无人弹琴,酒店里显得更加冷清。酒吧台只有龙船长一个人,小玉陪着他喝酒聊天。我闲着没事,便把俞浩借给我诸葛警我写的那套《大熊岭恩仇记》最后一册拿出来看,正看到万里飞鹏丁云翔被他那个陷落清兵的儿子鄂顺误伤咯血的紧张时刻,却听到有人低声唤我道:

"阿青。"

"啊。"我猛抬头来不由得惊叫了一声,一个高大的男人站在吧台面前,他穿了一袭白色雨衣,低低地戴着一顶白雨帽,雨衣上雨珠点点,雨帽边沿的水滴到吧台面上来,在琥珀色的灯光下，他那削瘦的脸颊都是青白的。

"王先生。"我叫道。

"最近我才听说，你在这里工作——我一直不知道。"王夔龙说道，他仍旧矗立在那里，一身水淋淋的。我突然想起那天晚上，那个台风来临的风雨夜，在公园里，王夔龙身上穿的大概就是这件白雨衣，那晚在风里，给吹得飘飘的一团白影。

"王先生要喝杯酒么？"我也立起身来，问道。

"好的——"他迟疑道，"那就给我一杯白兰地吧。"他脱去雨帽，他那黑蓬蓬的头发也濡湿了，一绺绺重叠在头上，更加墨浓。我去倒了一杯三星白兰地来，看见他仍旧站着，便问道：

"王先生要坐吧台还是桌子？"

"到那边去吧。"他指了一指最里面一角，一张空台。

我端了酒，拿了一包三个5香烟，便跟了他过去。他卸掉雨衣，掏出手帕擦掉额上脸上身上的雨珠，才坐下来。

"你也坐下来吧。"他指着他对面的座位。我把酒杯搁到他跟前，也坐下了。

"你近来好么，阿青？"他那双碧光灼灼的眼睛望着我，问道。

"我很好，王先生。"我答道。

他那双瘦骨嶙峋的手捧起酒杯啜了一口白兰地，咂咂嘴，舒了一口气。

"我一直挂着你,向人打听,才知道你在这间安乐乡工作,所以今晚特地来看看你。"

"谢谢王先生。"

"这家酒吧还不错,生意好么?"他抬起头,四周看了一下。

"本来天天晚上都是满的,今晚大雨才没有人来。"我拆开香烟,敬了他一支,替他点上火,自己也点上一支。

"当酒保也挺有意思的吧?"他望着我笑道。

"可以遇见许多奇奇怪怪的人。"我吐了一口烟笑道。

"阿青,我在纽约也在酒吧里当过两年酒保呢。"王夔龙说道,"我那家酒吧叫'快活谷',在曼哈顿七十二街上,就离中央公园不远。那是一家很有名但是很下流的酒吧,去的人有黑人、波多黎各人,还有各式各样的白人,也有少数东方人。"

"美国也有像我们这样的酒吧么?"我不禁好奇道。我知道东京有许多,是小玉告诉我的。

"太多了,太多了,数不清。"王夔龙笑叹道,"纽约一个城恐怕就有上百家,有的还讲究得很,都是有钱人上流人去的,医生喽、律师喽,进去还要穿西装打领带呢。有些在学校附近,专门是给大学生聚会的地方,也有些怪酒吧,去的人全穿皮夹克,骑摩托车,他们叫作SM吧。"

"SM是什么意思?"

"是虐待狂被虐待狂的意思。"

"哦——"我想告诉他，我们这里也有，老鼠就碰见过，手臂上烧起几个烟泡。

"不过我们那个'快活谷'比较特殊一点就是了，去的大多是流浪汉，不少是离家出走的孩子。'快活谷'就是他们暂时歇脚的地方，一个庇护所。那些孩子大都染上了毒瘾或者性病。我去当酒保，一来想赚几个零用钱，二来我也喜欢躲在那个极深极深的地窖里，跟那群流浪汉混在一起——不过我赚来的两个钱，大都贴到那些孩子身上去了，因为他们总是没钱看病，毒又戒不掉——"

王夔龙摇摇头，他那青白的脸上浮漾着一抹无奈的笑容。他举起手中的酒杯，默默地呷着杯中的白兰地。

"王先生——"我试探着问道，"小金宝呢？"

常来安乐乡的三水街的小幺儿花仔，告诉我一个多礼拜以前，他在西门町撞见王夔龙带着小金宝在街上走，王夔龙又高又瘦，小金宝又小又跛，他走在王夔龙前面一步一拐，一步一跳，像只欢跃的小哈巴狗儿似的。三水街的小幺儿圈子里都那样传说，自从那个台风夜王夔龙把小金宝带回去后，就收养他了。花仔很艳羡又带有醋意地说道：

"龙子替那个小瘸子买了好多新衣服，穿得那一身，可是怎么穿，他那只跛脚却穿不上鞋子——只好打着光脚板满街跳！"

"小金宝么？我刚才还去看他来——他在医院里。"王夔龙略带倦意地微笑道。

"他病了么?"

"小金宝昨天早上在台大医院动了手术,是台大最有名的一位外科医生开的刀,手术很顺利,可是人却辛苦了——你知道他那只右脚,是天生的畸形,走路只好用脚背——"

我记起在公园里小金宝爬上莲花池的台阶时,蹒跚吃力的模样。他平时都不敢在公园里露面,总是等到夜深了又深,莲花池畔只剩下两三个游魂了,他才蹦着跳着,从林子里一下钻出来,东张西望,像头受惊的小鹿似的。

"开了刀他的脚会变好么?"我问道。我只真正看到一次小金宝那只畸形的右足,因为不能穿鞋子,脚背磨得起了一层酱紫色的老茧。

"我跟医生详细讨论过,台大几个医生会诊,据他们的诊断,有百分之六十的希望。我问过小金宝本人,得他同意,我们就决定开了——倒是难为了他,小家伙很勇敢哩,麻药过后,痛得直冒冷汗,可是他一声也不吭。"

王夔龙说着又叹息道:

"他那只畸形的右足,不知让他受过多少罪。他告诉我,三水街那群小幺儿恶作剧,有时围住他,要他用脚背一拐一跳地走圈圈,他们就拍手笑——你知道,小金宝是在三水街那些黑暗的巷子里长大的,他母亲是三水街的一个暗娼,小金宝说他小的时候,他母亲在家里接客,他就站在巷子口替他母亲把风。他记得他母亲有几个老客人,他直管叫他们阿爸。我问他:'小金宝,你自己的父亲呢?'他摇晃着脑袋,笑嘻嘻咧开嘴说道:'不记得了'——"

"阿青——"王夔龙的声音都有些颤抖了,"我抚摸着他那只创痕累累的跛脚时,我的心都在发疼,总希望能够替他治好。这次开刀虽然还不一定作准,但至少有六七成希望。我答应他,出院后,第一件事,我就带他到生生皮鞋店去替他定做一双软底皮鞋,可怜他一辈子还没穿过皮鞋呢!今天我去台大医院看他,痛减轻了些,可是整条腿却肿了起来,大概伤口有点发炎,躺在床上完全不能动,大小便也要人服侍。你知道台大的护士小姐有多可恶?根本不理人的。所以我在医院里陪了他一天,出来的时候,没想到外面的雨竟下得那么大了。不知怎的,今晚我会突然想起你来,所以来找你聊聊。"

"王先生还要来杯白兰地么?"我看见王夔龙把手中那杯白兰地饮得一滴也不剩了,一只空杯子却仍然紧紧地握在手里。

"好吧。"王夔龙想了一下,笑道,"大概累了一天,刚才我的头有点痛,喝了杯白兰地,倒散发了。"

我又到酒吧台那边,斟了一杯白兰地端给王夔龙。

"阿青,你现在生活还好么?还需要什么没有?"王夔龙定定注视着我,"你知道,我一直是关心着你的。"

"我现在生活很好,王先生。"我避开了他的目光答道,不知道为了什么,我一感到王夔龙接近我,我就开始想逃,我记得那晚我从他父亲那间古老的官邸仓促爬过铁门出来,把腿都划破了。"真的,王先生,我现在的生活很安定。我们师傅开了这家安乐乡倒真是给了我们一个像你所说的'庇护所'。我们生意好的时候,小费还不错呢。而且现在我又搬到傅老爷子家去住了,傅崇山傅老爷子是我们的大恩人,对我很好,在他那里吃住都不要钱。"

"傅崇山——你是说谁?"王夔龙突然坐直了,有点激动起来。

"王先生认识傅崇山傅老爷子么?"我问道,"傅老爷子是山东人,从前在大陆当过副师长的——"

王夔龙伸出他那只瘦骨棱棱的大手一把紧紧扣住我的手腕,捏得我的手都有点发疼了,他急切而郑重地对我说道:

"阿青,你回去跟傅崇山傅老爷子说王夔龙从美国回来了,无论如何希望能见傅老爷子一面,请他明天下午两点钟在家里等我。"

18

回去第二天我把王夔龙的口信告诉傅老爷子,傅老爷子

并没有感到惊讶,沉思片刻,却叹息道:

"我早听说他回来了,我算着他也该来看我了。"

"老爷子也认识王夔龙?"我好奇问道。

"我跟他父亲王尚德是旧交,抗日时期,我们都在五战区,算是袍泽。不过我退得早,王尚德倒是升上去了,官做得很大。从前在南京,我们都住在大悲巷,过往很密,到了台湾,才渐渐疏远了。夔龙——我是看他长大的。"

傅老爷子本来打算下午到中和乡灵光育幼院去,也因此打消。他换了一身家常穿的白竹布唐装,坐到客厅里,等候王夔龙,并且吩咐我烧水沏茶。王夔龙准下午两点钟来到,他穿了一身黑西装,连领带也是黑的,衬得他的脸色愈加苍白。他腮上的胡鬓刮得铁青,一头蓬乱的浓发倒抹上了油,梳整齐了。我引他到客厅里,他见了傅老爷子,叫了一声:

"傅伯。"

"夔龙。"傅老爷子也颤巍巍地立了起来,伸出一只手,迎着王夔龙唤道。他佝着背,勉强仰起头来,王夔龙赶紧上前,握住傅老爷子的手,两人互相凝视良久,欲言又止,最后还是傅老爷子叫王夔龙就了座。我去沏了一壶铁观音,用茶盘端到客厅,替他们两人都斟上了茶。傅老爷子捧起茶杯,吹开浮面的茶叶,啜了一口。王夔龙也举起杯子,默默地饮着茶。

"傅伯,我一回来就想来找你的。"王夔龙终于开口道。

"我知道,"傅老爷子点头答道,"我也在等你。"

"我是一直都想回来的。"

"这些年,在外面,也够你受的了。"傅老爷子望着王夔龙,喟然叹道。

"四年前姆妈过世,我打电报给爹爹,要回来奔丧,爹爹不准。"

"夔龙。"傅老爷子举起手叫了一声,却又默然了。

"你父亲——"过了片刻傅老爷子开口道,"他也很为难。"

"我知道,"王夔龙惨笑道,"我们王家不幸,出了我这么一个妖孽,把爹爹一世的英名都拖累坏了。"

"你要明白,你父亲不比常人,他对国家是有过功勋的。"傅老爷子劝解道,"他的社会地位高,当然有许多顾忌。你也要为他着想。"

"傅伯,我在美国埋名隐姓,流浪十年,也就是为了爹爹的一句话啊。"王夔龙的声音充满了愤懑,"我临走的时候,爹爹对我说:'你这一去,我在世一天,你不许回来。'他那句话,说得很决绝。我明白,我是他一生的奇耻大辱,在纽约我们还有不少亲戚,我从来也不去找他们,也不让他们知道,就是为了不要再添加爹爹的麻烦。可是傅伯,这次爹爹去世,他临终都不让我回来见一面,连葬礼也不要我参加呢。我叔叔告诉我,是爹爹交代的,他的遗体下了葬才发电报给我。"

"出殡那天,我去了的。"傅老爷子的声音也有点沙哑起来,"是国葬的仪式,令尊的身后哀荣算是很风光了。那天有关系的人统统到齐，你们家亲友又多，你在场，确实有许多不便的地方。"

"当然喽，"王夔龙苦笑道，"我叔叔也是这么说，生前我已经使爹爹丢尽了脸，难道他出殡那天大日子还要去使他难堪么？回想这些日子，我一直没有去替爹爹上坟，直到大七那一天，我才跟我叔叔婶婶他们一齐上六张犁去。爹爹的坟还没有包好，一堆黄土上面，盖着一张黑油布。我站在那堆黄土面前，一滴眼泪也没有。我看见叔叔满面怒容，我知道，他一定暗暗在咒骂我：'这个畜生，来到父亲墓前，还不掉泪！'——"

王夔龙冷笑了两声，突然间他抬起头来。他那双深坑的眼睛炯炯发光，苍白的面颊变得赤红，激动地喊道：

"傅伯、傅伯，他哪里知道我那一刻内心在想什么？那一刻我恨不得扑向前去，揭开那张黑油布，扒开那堆土，跳到坑里去，抱住爹爹的遗体，痛哭三天三夜，哭出血来，看看洗不洗得净爹爹心中那一股怨毒——他是恨透了我了！他连他的遗容也不愿我见最后一面呢。我等了十年，就在等他那一道赦令。他那一句话，就好像一道符咒，一直烙在我的身上，我背着他那一道放逐令，像一个流犯，在纽约那些不见天日的摩天大楼下面，到处流窜。十年，我逃了十年，他那道符咒在我背上，天天在焚烧，只有他，只有他才能解除。可是他一句话也没留下，就入了土了。他这是咒我呢，咒我永世不得超生——"

王夔龙的声音好像痛得在发抖。

"夔龙,"傅老爷子也变得激动起来,他的肩胛高高耸起,他的驼背压得他好像不堪负荷了似的,他那双铁灰的寿眉蹙成一团,"你这样说你父亲,太不公平了!"

"不是么?不是么?"王夔龙喊道,"傅伯,我这次来,就是想问你,爹爹去世以前,你一定见过他的。"

"他病重时,在荣民总医院,我去看过他一两次。"

"他跟你说过什么来着?"

"我们谈了一些老话。他精神不好,我也没有多留。"

"我知道,他不会提到我的了。他对我是完全绝了情了。"王夔龙拼命摇头。

"夔龙,你只顾怨你父亲,你可曾想过,你父亲为你受过多少罪?"傅老爷子似乎有点动气了似的。

"我怎么没有想过呢?"王夔龙无奈地说道,"我就是希望他能够给我一个机会,我设法弥补一些他为我所受的痛苦。"

"你们说得好容易!"傅老爷子也颤声叫了起来,"父亲的痛苦,你们以为能够弥补得起来?不错,夔龙,你父亲从来没跟我提过你,而这些年我也很少与你父亲来往。但我知道,他受的苦,绝不会在你之下。这些年你在外面我相信一定受尽了折磨,但是你以为你的苦难只是你一个人的么?你父亲也在这里与你分担的呢!你痛,你父亲更痛!"

"可是——傅伯——"王夔龙伸出他那嶙峋的瘦手抓住傅老爷子的手背，哀痛地问道，"为什么他连最后一面都不要见我呢？"

傅老爷子望着王夔龙，他那苍斑满布的脸上充满了怜悯，喃喃说道：

"他不忍见你——他闭上了眼睛也不忍见你。"

19

王夔龙离开后，傅老爷子已经疲惫不堪，满脸困顿的神情，背更弯驼了，而且又开始感到心在绞痛。我赶忙服侍他用了药，扶他进房躺下休息。傅老爷子不想吃晚饭，我自己一个人胡乱添了一碗剩饭，将中午吃剩的一碟芹菜炒牛肉拿来送饭。我告诉傅老爷子冰箱里还有半锅火腿冬瓜汤，要是饿了，随时热来吃。本来我打算向师傅告假一晚，留在家中陪伴傅老爷子，可他不肯，坚持道：

"你只管去上班，不要紧的，我休息一下，松散松散就好了。"

我在安乐乡，心里一直悬挂着，怕傅老爷子病发。我跟师傅说明，师傅要我提早下班。不到十点钟，我就回到傅老爷子家。傅老爷子倒起来了，他披了一件外衣，独自坐在客厅里了,独自出神。客厅里的供桌上又点上了檀香,静静散着一股浓郁的香味。

"老爷子好点了?心还疼么?"我问道。

"我睡了一觉,好多了,"傅老爷子微笑道,脸上仍有一丝倦意,"这么早就回来了?"

"师傅要我早点回来,怕老爷子有什么使唤。"

"难为你挂心。"

"老爷子饿了没有?"

"我刚才把汤热了,喝了一碗,心里很受用。"

"还要不要我去下碗面条来呢?"

"不必了。"傅老爷子摆手阻止道,"阿青,你去沏壶茶来,陪我坐坐,我还有话要跟你说。"

我到厨房里去烧开水,沏了壶龙井,端到客厅,替傅老爷子斟上茶,在他脚下一张矮圆凳上坐下。傅老爷子捧起茶杯,啜了两口龙井,惋惜叹道:

"王夔龙,没料到他竟变成了这副模样,我都认不出来了——"

"听说他从前长得很好的呢。"我插嘴道。

"不错,那个时候,他确实仪表堂堂,书又念得好。他父亲王尚德对他期望很高,希望他能进外交界,创一番事业。本来打算送他出国深造,连手续都办好了。他却偏偏闯下那滔天大祸,害人害己,害苦了他的父亲——"

"我听说他那个案子很轰动，报纸天天登。"

"他害得他父亲无法做人。有好一阵子，他父亲人也不见。他又怎能怨他父亲绝情啊！"

傅老爷子定定地望着我，铁尖的眉毛蹙在一起。

"你们这些孩子，哪里能够体谅得到父亲内心的沉痛呢？"他伸出一只手，压在我的肩上，郑重地说道，"阿青，你在我这里住了这些日子，我已经把你当作自己人一样了。你也有父亲，我敢说你父亲这一刻也正在为你受苦呢。我也有过儿子，我那个儿子，也像王夔龙一样，曾经叫他父亲心碎。今天晚上我就要讲给你听，讲给你听一个父亲的故事——"

20

"阿青，天下父母心，你们懂么？你们能懂么？我那个阿卫，要是还在，今年他该是三十七了，跟王夔龙同年。阿卫出世，就不寻常，是剖腹而生的。他母亲体弱，开刀开狠了，吃不住，产下阿卫，没有多久，竟去世了。阿卫自小丧母，又是独子，我对他难免格外爱惜，管教上也就特别严格，其实也是望子成龙的意思。

"阿卫那个孩子，从小就讨人喜欢，聪敏异常，文的武的，一学就会。我亲自教他读古文，一篇《出师表》，背得朗朗上口。那几年,除了上前方打仗,我总把他带在身边,亲自抚养,甚至我们军团驻扎陕西汉中,我也把他一同带了去,在军营里,我教他骑马、打猎。天天早上,我骑我那匹烈马'回头望月',他骑他那头小银驹'雪狮子'——我们两父子,一前一后总要在跑马场上蹓几圈。说到那两匹宝马,都是青海的名种,我们得来,还有一段故事呢。抗日胜利,我到青海去巡查,阿卫也跟了去。青海的军区司令是我一个旧同学,跟我私交很密。青海产名驹,他特别挑了几匹,让我过目,指着他最心爱的那匹'回头望月'跟我打赌,我降服得了那匹烈马,他便甘心奉送我。我一个翻身上马,骑得行走如飞,我那位司令朋友夸下了海口,只得忍痛割爱。谁知阿卫却站在我身后指着那头'雪狮子'说道:'爹爹,我也要试试这一匹!'我虽然也想儿子出风头,但是却不免担心,怕他当众出丑。因悄悄问他道:'你行么?'小家伙一口应道:'爹爹,我行!'那时他才十五岁,长得又高又壮,穿了一身我替他特别缝制的军装马靴,神气十足。他揪住那匹通体雪青的小银驹,一跃便纵上了马背,放蹄奔去,那匹马让他跑得马腹贴到了地面,碧绿的草原上,一团银光。我那位司令官朋友禁不住脱口喝彩道:'好个将门虎子,这匹马,就送给他!'那一刻,我心中着实得意,我那个儿子,确实令我感到光彩。

"阿卫,从小便是一个争强好胜,心性极为高傲的孩子,事事都爬在别人的前头。他在军校毕业，那一期两百五十个学生，学科术科他都遥遥领先，他的长官十分奖许他，在我面前，夸他是个标准军人。有子如此，我做父亲的，内心的喜悦无法形容，我感到安慰，我在阿卫身上，二十多年的心血没有白费。

"可是——可是，阿卫只活到二十六岁，而且死得极不光荣，极不值得，极悲惨。他升了排长，便调下部队去训练新兵。我也去过他那个训练中心去参观。阿卫带兵还真有一套，他排上的新兵个个服他，很爱戴他们的傅排长。阿卫威重令行，干得非常起劲。可是在他当排长的第二年，就发生事故了，他被撤职查办，而且还要受到军法审判。一天夜里，他的长官查勤，无意间在他寝室里撞见他跟一个充员兵躺在一起，在做那不可告人的事情。我接到通知，当场气得晕死过去。我万万没有料到，我那一手教养成人，最心爱、最器重的儿子傅卫，一个青年有为的标准军官，居然会跟他的下属做出那般可耻非人的禽兽行为。我马上写了一封长信给他，用了最严厉的谴责字语。过了两天，他给我打了一个长途电话。那天正是农历九月十八，是我五十八岁的生日。亲友故旧本来预备替我庆生的，也让我托病回掉。阿卫在电话里要求回台北见我一面，因为第二天就要出庭受审了。我冷冷地拒绝了他，我说不必回家，既然犯了军法，就应该在基地静待处罚，自己闭门思过。电话里他的声音颤抖沙哑，几乎带着哭音，完全不像平常我心目中那个雄姿英发的青年军官。我的怒火陡然增加了三分，而且感到一阵厌恶、鄙视。他还想解释，我厉声把他喝住，将电话切断。那一刻，任何人我都不想见，尤其不想见我那个令我绝顶灰心失望的儿子。那天晚上，他排上的兵发现他倒毙在自己的寝室里，手上握着一柄手枪，枪弹从他口腔穿过后脑，把他的脸炸开了花，官方鉴定他是擦枪走火，意外死亡。可是我知道，我那个性情高傲、好强自负的独生子傅卫，在我五十八岁生日那天晚上，用手枪结束了他自己的生命。

"阿卫自杀后，有很长一段时间，晚上我常做噩梦，而且总是梦到同一张面孔，那是一张极年轻的脸，白得像纸，一双眼睛睁得老大，嘴巴不停地开翕，好像惊惶过度，拼命想叫却发不出声音来似的。他那双瞪得老大的眼睛，一径望着我，向我乞求什么，却无法传达，脸上一副痛苦不堪的神情。那张极年轻的脸，我似乎在什么地方见过，可是总也想不起来，那个年轻人是谁。一连三四夜，夜夜我都梦到那张惨白的脸，脸上那副惊慌失措的神情。有一晚醒来，一身冷汗，我又在睡梦里看到那张脸，那天晚上，一脸的血，我才猛然醒悟，那是好多年前，抗战的时候，我在五战区前方作战时，在阵前枪毙的一个小兵。那时在徐州，前方正吃紧，我手下的部队驻守第一线。一天晚上我到前线巡逻，部下擒来两个擅离战壕的士兵，两人在野地里苟合。一个老兵还不露畏色，那个新兵大概只有十七八岁，早已吓得全身颤抖，面色惨白，一双眼睛睁得老大，嘴巴张开，大概要向我求赦，却恐惧得发不出声音来——就像我梦中见到的那副神情，当然在那种情形之下，我一声令下，就当场拖出去枪毙掉了。那件事当时我处置得心安理得，所以也就没有十分放在心上，时间一久，竟淡忘了。没想到，隔了那么多年，那张惊慌失措的脸，又突然出现在我的梦里。那晚我的心脏病大发，绞痛难耐，给送进荣民医院，一住就是好几个月，差点丧了性命。

"出院回家，足足有一年，我都闭门谢客，深居简出，在家中静养。阿卫惨死，我感到了无生趣，整个人登时如同槁木死灰，人世间的一切苦乐，我都冰然，无动于衷了——

"一直到一个冬天的晚上，那是十年前阴历年除夕夜的前一天。那一阵子，我的血压波动，常常感到头晕。我到台大医院去看医生，那个内科主任是个名医，很难挂号，只有挂到晚间门诊。看完医生，已经是晚上九点多钟了。我还记得，那天有寒流，天气阴冷，晚上还下着濛濛细雨。我从医院出来，穿过新公园，想到馆前路去乘车。那天大概有雨，公园里没有什么人。我经过公园里莲花池那边，突然听见一阵哭声，从池头的亭子里传过来，那是一声声断断续续的吞泣，哭得异常凄凉，在寒风冷雨里，听着十分刺心。我禁不住绕了过去，走上池头的亭子，亭子里的板凳上孤零零地坐着一个少年，他穿上了一身黑色的单衣，双手抱头面伏在膝上，抖瑟瑟地在那里哭泣。我从来没有见过一个人竟会哭得那般哀痛，好像受了天大的委屈似的。我过去摇摇他的肩膀,问他道：'你年纪轻轻，在这里哭什么呢？'那个孩子真是古怪，他抽抽搭搭回答我道：'我的心口胀得发疼，不哭不舒服。'我问他有家没有，有没有去处，他都说没有。那晚那样冷，我穿了一身棉袍，还感到寒意。而那个孩子身上只有一件单衣，说话的时候，牙关都冷得在打战。我突然感到一阵不忍，便把那个孩子带回了家中。大概他几夜没睡，回到我家，我让他喝了一杯热牛奶，他眼睛便困得睁不开了。我把他安置在阿卫房中，他一倒在床上——就是你现在睡的那铺床，立刻呼呼睡去，连衣服也来不及脱。我从柜子里，把阿卫那床棉被拿出来，盖到那个孩子身上。那个孩子侧着身，脸偎在枕上，大概冻狠了，一脸青白。我仔细端详了他一下，发觉他的长相竟是异常奇特，一张三角脸，下巴颏又短又尖，翘起来。睡着了两道浓浓的眉毛仍然虬结在一起，把眼睛都盖过去了似的。我懂一些相术，可是我从来没有见过像那个孩子那么薄、那么贱，又带着那么多凶煞的一副长相。突然间，不知怎的，我对他竟产生了一股无限的哀怜来。我把棉被拉过他的肩膀，把他盖得严严的。那是自阿卫死后，两年来，头一次，我又开始恢复了感觉。

"他累过了头，睡到第二天下午才醒来。那天是除夕，本来我并没有心情过年的，因为他的缘故，我吩咐吴大娘特别做了几样年菜，叫他跟我吃了一餐年夜饭——没料到那竟是他在人世间的最后一餐。那晚他突然变得兴高采烈，大吃大喝，把一只红烧肘子也吃得精光，一嘴的油，拍着鼓胀的肚皮对我笑道：'傅爷爷，我从来没有吃过这么好吃的年夜饭，我们在孤儿院里，只过圣诞节，不过旧历年的。'他开始喋喋不休，把他的身世统统告诉了给我听。他的身世又离奇，又凄凉——你们在公园里大概都听说过了。阿凤，他就是你们公园里那个野孩子，那只野凤凰。是他告诉我听的，你们公园里的故事都是他告诉我听的。他告诉我公园里头还有许许多多像他那样无家可归的孩子，个个身世凄凉。他讲得兴兴头头，指着他自己的胸口说道：'这是我们血里头带来的——公园里的老园丁郭公公这样告诉我们，他说我们血里就带着野性，就好像这个岛上的台风地震一般，一发不可收拾。傅爷爷，所以我爱哭，我要把血里头的毒哭干净。'后来我在中和乡灵光育幼院里碰到从前抚养过阿凤的那位河南老修士，他告诉我阿凤确实是个奇异的孩子，半夜三更他会跑到教堂里放声痛哭，把院里的人都吵醒来。有一个脾气暴躁的爱尔兰神父，特别不喜欢阿凤，提起他还会愤然说道：'那个孩子，一定是魔鬼附了身，连教堂里的圣像他都捣毁了！'那晚吃完年夜饭，阿凤便要离去。我对他说：'阿凤，要是你没有地方去，你可以在这里住几夜。'他笑道：'不了，傅爷爷，不要打扰你了，我还要回到公园里去，有人在找我呢！'他告诉我，有一个人在养他，他逃了出来，这个人一直到处在找他。他还笑着对我说：'今夜我会在公园里碰见他，趁着大年夜，我要把我跟他之间的账了一了。'一直到第二天，上了报我才知道他跟王夔龙之间那一段孽缘——

"唉，说也奇怪，阿凤那个孩子，虽然在我家里只逗留过短短的一夜，可是我对他却产生了一份特别的情感及关怀。阿凤那样横死，我心里竟受到一阵猛烈的震撼，一股哀怜油然而生。那是自阿卫死亡后，我那颗枯竭的心，如同死灰复燃，又重新燃起了生机。也是在公园里遇见阿凤那个苦命儿，看到他那种悲惨的下场，我才发下宏愿，伸手去援救你们这一群在公园里浮沉的孩子——"

"阿青，"傅老爷子说完他自己的故事，一只手按到我的肩膀上，一只手背拭了一拭他那一径淌着泪水的眼睛，深深地叹道，"你们这些孩子，只顾怨恨你们的父亲，可是你们可也曾想过，你们的父亲为你们受的苦，有多深么？王夔龙出事后，我去探望他父亲王尚德，才隔半年，他父亲那一头头发好像猛然盖上了一层雪，全白了——阿青，你父亲呢？你知道你父亲也在为你受苦么？"

21

  我替傅老爷子悄悄放下了蚊帐，他面朝里，侧着身子躺着，他那佝偻的背在床上弯曲成一个S形。我关掉灯，轻轻掩上房门。回到客厅中，客厅靠墙的供桌上，香炉里仍然在散着一股浓郁的檀香，我去倒了一杯水，将香炉里的余烬浇灭。我抬头看见墙上并排挂着傅老爷子及阿卫父子两人身着军装的照片，突然记起旧历九月十八傅老爷子生日的那天，他一早就出去了，回来时却买了一大束白菊花，亲手插到供桌上那只天青瓷瓶里，又从玻璃柜里取出了那只三脚鼎古铜香炉来，供到桌案上，点上了檀香。我看见他一个人默默坐在客厅里，神情肃穆，没敢去惊动他。没料到傅老爷子那天生辰竟是他儿子阿卫的忌日。难怪那天晚上师傅领着我们替傅老爷子庆生祝寿，傅老爷子的心事那么重，喝两杯酒，一下子就醉了。阿卫偏偏选中他父亲生日那天自戕，难道他也怨恨他父亲，怨得那么深么？我仔细端详了阿卫那张照片，那张方方正正的脸，高高的颧骨，削薄的嘴唇坚决地紧闭着，一双精光外露的眼睛透着无比自负与兀傲。那一身笔挺的军服，额上一顶端正的军帽，确实是一个标准军人的形象，而且跟傅老爷子年轻时，又长得那么像。

  我躺到床上时，又想起父亲来了。我想起他那次将他那枚宝鼎勋章别到我的衣襟上时，他是那样的严肃、慎重，那时大概他也认为我长得跟他相像，错把他的希望都寄托在我的身上了吧。然而假如我没有给学校开除，而能顺利地考入陆军官校，我相信我也可能成为一个优秀的军官，而使父亲感到自豪的。在学校的时候，军训术科，我得分很高，基本动作最标准，教官常常叫我出队做班上的示范。我也曾因此洋洋自得，自认为不愧是军人子弟。而且我也喜欢玩枪，每次到野外练习打靶，总感到兴高采烈，我喜欢听那一声声划空而过子弹的呼啸。在家里，有几次，我曾把父亲藏在床褥下的他那管在大陆上当团长时佩带的自卫手枪拿出来，偷偷玩弄。那管枪，父亲不常擦拭，枪膛里已经生了黄锈。我把手枪插在腰际，昂首阔步，走来走去，感到很英雄、很威风。那天父亲将我逐出家门的时候，手里挥舞着的是一管空枪，其实父亲是除籍军人，根本无法配到子弹——大概父亲觉得手里有管枪，才能镇压得住人吧。那次母亲出走，父亲也是摇着他那管生了锈的空枪，追赶出去。

不，我想我是知道父亲所受的苦有多深的，尤其离家这几个月来，我愈来愈感觉到父亲那沉重如山的痛苦，时时有形无形地压在我的心头。我要躲避的可能正是他那令人无法承担的痛苦。那次我护送母亲的骨灰回家，站在我们那间阴暗潮湿、在静静散着霉味的客厅里，我看见那张让父亲坐得油亮的空空的竹靠椅，我突然感到窒息的压迫，而兴起一阵逃离的念头。我要避开父亲，因为我不敢正视他那张痛苦不堪灰败苍老的面容。

我听见隔壁房傅老爷子咳嗽的声音，我不禁想到，不知此刻父亲安睡了没有，会不会还在他的房中，一个人踱过来、踱过去。

22

星期五晚上俞浩俞先生请我到信义路川味面去吃夜消，他跟我约好安乐乡下班后在新生南路及信义路口见面，他的家就住在新生南路二段。还不到十二点，我便悄悄到后面把制服换掉，我拜托了小玉替我洗酒杯，并且要他转告师傅，说我胃痛，先走了。其实我饿得胃真有点痛，因为知道晚上有夜消吃，晚饭只随便吃了一碟街边卖的炒米粉，早已饥肠辘辘，嘴里老淌清口水。我到达信义路口，俞先生已经站在那儿等我了。他穿了一件宽松的套头深蓝运动衫，脚下跋着一双皮拖鞋，很潇洒的模样，大概刚从家里出来。他见了我很高兴，招呼道：

"青娃儿，你很准时。"

"还没下班，我就先溜了。"我笑道，"我们约好十二点半见面，一分钟也没有超过。"

"你吃过川味面没有？"我们往信义路川味面走去，俞先生问我道。

"我小时候来吃过一次——那是好久以前了,那时川味面还是一个小摊子呢。"

那是三年前,父亲带我跟弟娃到川味面去吃过一次夜消——那也是唯一的一次,父亲带我们上馆子。那年夏天我刚考上高中,那天是我的生日,父亲破例带我们出去,大概也是奖赏的意思。大馆子上不起,只有到川味面去吃小摊子,可是在我跟弟娃来说,那是桩破天荒的大事情,我们两人都兴奋得手舞足蹈。父亲只让我们各人点了一碗红油抄手,我们还想吃第二碗的时候,父亲却皱皱眉道:够了,够了。他把他自己碗里的抄手,又分给我们一人一只。

"俞先生,等一下我可不可以吃两碗红油抄手?"我笑道,"晚饭我没吃饱,已经饿得发昏了。"

"青娃儿,随便你吃几碗,吃饱算数,好么?"俞先生伸出手,摸了一摸我的头笑道。

我们上了川味面的二楼,里面早已坐得满满的了。我们等了十几分钟,才等到一张角落头的台子。坐下后,俞先生指着压在玻璃垫下的菜牌,说道:

"这里的粉蒸小肠、豆豉排骨、荷叶牛杂,都很棒。"

"俞先生,我还是想吃红油抄手。"我说道。

"好,好,"俞先生笑了起来,"红油抄手也点,这几样也点。"

小菜来了，俞先生又叫跑堂的拿了一瓶白干来。红油抄手一口一个，一下子一碗抄手便让我囫囵吞了下去，又热又辣，非常来劲，我的额头在冒汗了。第一碗吃完，果然俞先生又替我叫了第二碗。

"俞先生，我敬你一杯酒。"我举起一杯白干敬俞先生道。白干一下喉便燃起来，我的整个身体都开始发烧。俞先生看我狼吞虎咽吃得那般热烈，也很高兴，不停地将小肠排骨夹到我的碟里笑道：

"青娃儿，你还在发育，这么大的个子，要多加些油！"

"俞先生，《大熊岭恩仇记》果然精彩！"我吃完第二碗红油抄手，想起诸葛警我的武侠小说来，俞先生送给我的那部书我已经看完第二遍了，"不过鄂顺死得也太惨了些，他老爸万里飞鹏本来可以放他一马的。"

我看到最后那一回万里飞鹏丁云翔计陷鄂顺，亲自将自己的儿子手刃而死，不禁怵目惊心。

"这叫作大义灭亲呀！"俞先生笑道，"鄂顺认贼作父，丁云翔也是万不得么。最后那场万里飞鹏抚着鄂顺的尸体老泪纵横，写得最好、最动人，诸葛警我到底不愧是武林高手。"

"俞先生那里还有别的武侠小说没有？"

"多的是，一柜子。"

"有没有王度庐的？"

"我有他的《铁骑银瓶》。"

"好极了！"我兴奋地叫了起来，"俞先生，可不可以借给我？我一直想看那部小说，几次都借不到。"

"可以，吃完消夜，你跟我到家里去拿好了。"俞先生笑道。我们举杯把杯里辛辣的白干酒饮尽了。

俞先生俞浩住在新生南路一四五巷一栋住宅的三楼。他那间小公寓布置得很舒坦，一套藤编桌椅，铺着一色绛红厚软椅垫，一串三个由大而小的灯笼悬在客厅一角，头一只大如合抱，灯一亮，燃起一球球乳白的光来。俞先生把收音机打开了，美军电台正在播送着半夜的轻音乐。他招手叫我到他书房里，里面有两只书柜，有一只果然全是武侠小说，从老牌武侠王度庐、卧龙生，到后起之秀司马翎、东方玉通通有了。俞先生把王度庐那部《铁骑银瓶》取出来交给我，指着他那一柜子武侠小说说道：

"青娃儿，以后欢迎你来这里，跟我一同练武功。"

"万岁！"我欢呼道。

我们回到客厅里坐下，俞先生去倒了两杯冰水来过口，吃了辣子，嘴巴很干。我们并排坐在那张藤沙发上，我也脱去了鞋子，盘坐起来。柔白灯光照在俞先生的脸上，他的眼皮都着了酒意，一双飞扬的剑眉碧青的。

"俞先生，你很像南侠展昭呢！"我突然间想起我从前看《七侠五义》的连环图上南侠展昭的绘像来。俞先生呵呵

大笑起来,说道:

"你说我像那只御猫?那么你呢?你是锦毛鼠白玉堂了么?"

"不,不,不,"我摇手笑道,"我没有白玉堂那么标致。从前我把我弟弟叫锦毛鼠。"

"你弟弟也看武侠小说么?"

"是我教他看的,后来他比我还要着迷。我租一本武侠小说回来,他总要先抢去看。"

"都是这个样子的,"俞先生笑叹道,"我买一本武侠回来,还没翻两页,小宏便抢走了。"

"小宏是谁?"我问道。

"从前跟我住在一起的一个孩子——他去当兵去了,现在在马祖。那一柜子武侠小说,倒有一大半是为他买的。"

俞先生告诉我小宏是从屏东到台北来念书的学生,念大同工专,在他这里住了两年多,都是俞先生照顾他,因为小宏家里穷困,俞先生供他读书,还替他补习英文。俞先生从皮夹里拿出了一张他们两人合照的照片来给我看,俞先生搂住小宏的肩膀,两个人笑得很开心。

"这才是锦毛鼠白玉堂呢!"我指着小宏笑道,小宏长得非常俊秀。

"小宏很漂亮,"俞先生一面端详着那张相片笑叹道,"他走了,我很想念他呢。"

"他几时服完役？"

"还有两年。"

"哇，两年还早得很哪！"

"是啊，"俞先生摇头笑道，"所以有时我一个人寂寞起来，便到你们安乐乡坐坐，喝杯酒。"

美军电台的轻音乐停了，广播报告已经清晨两点钟。

"俞先生，我该走了。"我正要立起身来，俞先生却按住我的肩膀说道：

"青娃儿，今晚你不要回去了，就在我这里住。"

"俞先生——"我踌躇着。

"难得遇见像你这样一个四川娃儿，我们摆龙门阵摆得正起劲，你不要走了。"

自从安乐乡开张以来，有几次也有客人要约我出去，我都拒绝了。但是俞先生我觉得他的人很好，而且确实如他所讲的，我们是四川同乡，感到特别亲切。我喜欢他这间小公寓，令人觉得温暖、舒服。

"我们躺在床上，再慢慢聊。"俞先生说道。

"那么，我先去洗一个澡。可以么？"我做了一天的工，刚才又吃下两碗又热又辣的红油抄手，身上的汗酸，自己都可以闻到了。

"好的，"俞先生立起身来，"我替你去把瓦斯炉打开。"

俞先生去打开了瓦斯炉，又拿了一条干净浴巾给我，把我带进他的洗澡房,并且告诉我,搁在澡盆旁边的两块肥皂,那块乳白的力士香皂是洗脸用的,另外一块药皂是洗身体的。

"你慢慢洗,我去铺床。"俞先生带上洗澡房的门时,对我笑道。

我挂上花洒的莲蓬头,打开热水,从头冲到脚,我擦了两次肥皂,连头发都洗了,我把浴巾包住头,猛搓一阵,把头发擦干。我赤着上身,提着外衣裤,走进了俞先生的卧房里,俞先生的卧房很小,但也是收拾得干干净净的,他那张双人床上刚铺上一条天蓝色的新床单,他正在把枕头囊套入枕头套里,将两只枕头并排放着,说道:

"青娃儿,你睡里面。"

我爬上床去先躺了下来,俞先生也卸去衣服,将床头的台灯熄灭,在黑暗中,我们肩并肩地仰卧着,俞先生便开始问起我的身世来,我一一地告诉他听,我们那个破败的家,死去的母亲、弟娃,还有活得很痛苦的父亲。

"青娃儿,也亏了你,"俞先生惋叹道,"如果你弟弟还在,也许你就不会觉得这么孤单了。"

"俞先生,要是弟娃还在,他一定会喜欢你这些武侠小说。《大熊岭恩仇记》他也只看完前两集呢!"我笑道,"有一次在梦里我也梦到他跟我抢武侠小说看,抢急了我还打了他一拳。俞先生,你相信鬼么?"

"我不知道,"俞先生笑了起来,"我没见过。"

"弟娃死了我常常在梦里见到他,有一次,我还明明记得握过他的手,他伸出手,向我要口琴。"

"口琴?"

"是一管蝴蝶牌的口琴。我送给他的,他生日我买给他的礼物,他要讨回去呢。"

"大概你记迷了心,所以常常梦见你弟弟吧。"

"可是我从来没有梦见过我母亲——她活着的时候很不喜欢我,所以大概她死了也不要见我吧。"

"不会的,青娃儿,你不要胡思乱想了。"

俞先生岔开了我的话,我们就天南地北地随便聊起来。他告诉我他从前在重庆的时候,常常到嘉陵江里去游泳。十六岁他就能游过嘉陵江了。我告诉他,我也喜欢游泳,从前我常常跟弟娃两人到水源地去游泳。

"那么夏天我带你到鹭鸶潭去游泳去。"他说。

"好的。"我说。

"那儿的水又清凉又干净,你一定会喜欢。"

"好的。"我含糊应道。

我的眼皮渐渐重了,我转过了身去,脸向着墙壁,曚了过去。在睡梦间,我感到俞先生的手搂到了我的肩上。

"俞先生——"

我惊醒过来,身子往里面挪了一下,俞先生那只手仍旧搭在我的肩上,他的掌心温温的。

"俞先生——对不起——"

"青娃儿。"俞先生柔声唤道。

"俞先生——真的对不起——"我的声音陡然颤抖起来。

"那么——你好好睡吧。"俞先生迟疑了片刻,他的手在我的肩上轻轻拍了两下,终于抽了回去。

"俞先生——我——"

一阵不可抑止的心酸,沸沸扬扬直往上涌,顷刻间我禁不住失声痛哭起来。这一哭,愈发不可收拾,把心肝肚肺都哭得呕了出来似的。这几个月来,压抑在心中的悲愤、损伤、凌辱和委屈,像大河决堤,一下子宣泄出来。俞先生恐怕是我遇见的这些人中,最正派、最可亲、最谈得来的一个了。可是刚才他搂住我的肩膀那一刻时,我感到的却是莫名的羞耻,好像自己身上长满了疥疮,生怕别人碰到似的。我无法告诉他,在那些又深又黑的夜里,在后车站那里下流客栈的阁楼上,在西门町中华商场那些闷臭的厕所中,那一个个面目模糊的人,在我身体上留下来的污秽。我无法告诉他,在那个狂风暴雨的大台风夜里,在公园里莲花池的亭阁内,当那个巨大臃肿的人,在凶猛地啃噬着我被雨水浸得湿透的身体时,我心中牵挂的,却是搁在我们那个破败的家发霉的客厅里饭桌上那只酱色的骨灰坛,里面封装着母亲满载罪孽烧变了灰的遗骸。俞先生一直不停地在拍着我的背,在安慰我,可是我却愈哭愈悲切,愈猛烈起来。

23

第二天早上,我醒来时,俞先生已经走了。他在床头留了一件衬衫,是一件斯麦脱牌子的蓝格子衬衫。衬衫上放着一张字条:

青娃儿:
　　我有两堂早课。等我中午回来,带你到刘家鸭庄去吃腊味饭。这件衬衫是新的,你拿去穿好了。
　　　　　　　　　　　　　　　　　　俞浩

我看看床头的闹钟,已经十一点二十分,便赶快跳了起来。我把那件新衬衫穿到身上试了一下,完全合适,可是我却匆匆脱下,仍旧叠好,放回床上去。我在那张字条的背面写道:

俞先生:
　　我走了。对不起,昨晚打扰了你一夜。王度庐的《铁骑银瓶》以后有机会再来向你借吧。谢谢!
　　　　　　　　　　　　　　　　　　李青

外面的秋阳在湛蓝的天空里,照得异常光辉灿烂。习习的凉风，吹得人很爽快。我买了一套烧饼油条，一面啃着，一面在台北的大街上漫无目的荡了下去。我感到有点惘然，但却轻松无比。昨晚那一阵号啕，好像把郁积在心中多时累累的淤块，都倾吐光了似的，身体内变得空空如也。我从一条街荡到另一条街，不知不觉竟走到重庆南路尽头，南海路的交叉口处了。自从我被学校开除后，这半年来，我总是有意无意避免走近这一带地方，因为育德中学就在南海路上，我不愿撞见旧日的同学师长。但是这一刻，我却突然起了一阵冲动，要回到母校去看看。这是星期六的下午，学校不上课，即使碰见旧日的老师同学，他们也未必还认得出我来。我的头发留长了，长得盖住了眉毛，而且又穿着一条牛仔裤，完全不像一个中学生。育德中学的围墙是红砖砌的，巍峨高耸，两扇铁闸敞开着，我走了进去，穿过对着正门的那座办公大楼，大楼下面墙上的布告栏里贴满了布告，也有两则是学生犯规记过的：高二乙班黄柱国数学月考作弊，大过一次。初三丁班刘健行偷窃公物，留校察看。倒是没有勒令退学的。大楼后面的"戈壁沙漠"仍旧在飞沙走石，我们的操场一刮风便黄尘滚滚，我们叫作"戈壁沙漠"，每次我们在操场上上完军训，回到教室，大家的眉毛都白掉了，敷上一层薄沙。操场上空荡荡的，一个人也没有，可是操场旁边的篮球场上，却有人在投篮，篮球着地，发出砰砰的响声，夹着阵阵吆喝欢呼：

"好球!"

我绕到篮球场边,看见几个初中生在传球,一个个打着赤膊,穿着童军短裤,一共五个人。我站在篮底,观看了片刻,发觉他们原来在赛球。一队两人,一队三人,动作激烈,厮杀得难分难解,两人队显然渐渐不支,阵脚有点乱了,在篮下已经失去好几球,而且其中一个大个子刚刚吃了一记令人相当难堪的闷火锅,三人队一面欢笑,一面调侃,得意洋洋。

"你那么独霸,叫你 pass 你又不 pass!"两人队起内讧了,其中那个小个子,忿忿然叫道,他是五个人中,最矮小的一个,可是动作灵活,上篮时蹿得很灵敏。他那张浑圆的娃娃脸涨得鲜红,满头大汗。

"我已经带球上篮了,还不该 shoot 么?"两人队中的大个子张开双手,咧着嘴傻笑,替自己辩护。他最高大,但却是一个傻大个儿,笨手笨脚,而且还相当独霸。

"Shoot 你的头!挨了人家一记大火锅!"娃娃脸悻悻地把球掷给了对方,不停地咕哝、抱怨。

三人队已经赢了好几球,遥遥领先,行动言语也就更加嚣张起来。其中一个小黑炭捡到球,开始进攻,一下子蹿到了篮底,娃娃脸一急,整个人扑了上去阻拦。

"拉手!"小黑炭的球投了出去,没有射中,举起手高叫道。

"哪个拉手?你莫瞎扯!"娃娃脸气急败坏地驳道。

"拉手！拉手！"三人队其他两名队员也帮腔道，并且学拉手的姿势。

"放屁！"娃娃脸恼怒地喊道，"你们问他！"

他指向傻大个儿，傻大个儿怔了一下，讪笑道：

"我也没看清楚啊。"

三人队一齐欢呼起来，就要罚球。娃娃脸跑过去就狠狠捶了傻大个儿一下，啐道：

"你这个驴蛋！"

"我是没有看清楚么。"傻大个儿抓耳挠腮据实说道。

小黑炭投篮下球，偏偏两球都罚进去了，第二球刷的一下，还是个空心。三人队愈加乐不可支，又拍手，又喝彩。娃娃脸捧住个球，眼睛直眨巴，额上的青筋都暴了起来。

"加入！"

我在篮下举手叫道，一面脱去了衬衫，也打起赤膊来。三人队面面相觑，娃娃脸转怒为喜，率先叫道：

"欢迎！欢迎！我们来了救兵。"

我这个生力军加入两人队后，形势立刻扭转。上半场结束，两队已经拉成平手，二十比二十了。娃娃脸喜得又叫又跳，也不骂傻大个儿了。下半场开始，我们一路领先，娃娃脸跟我合作得很好。我传球，他上篮，他人虽矮小，右勾手的擦板球倒投得很准，一连擦进三四球。从前在学校，我是我们高三丙班的篮球班队，打中锋。夜间部对日间部比赛，我们还赢过一面锦旗，高校长颁奖，是我上去领的。我们打到下半场后场，原先的三人队已经败相大露，溃不成军了，而且三个人也开始彼此抱怨起来。最后一球，我站在中场，来了一个长射，刷的一声，篮网子一翻，一个空心便进去了。

"好球！"娃娃脸拍手雀跃道。

我们终于以四十五比二十八，打了个大胜仗。娃娃脸跑过来抱住我的腰乱蹦乱跳，又去踢傻大个儿的屁股。

"认输了吧？"娃娃脸笑嘻嘻地指着小黑炭道，"快请我们吃清冰吧！"

"去你的蛋！"小黑炭吐了一泡口水，喘吁吁啐道，"请帮手，不算数。"

"喂，有人想赖账呢！"娃娃脸笑着向傻大个儿叫道。

"咱们再赛过，"三人队里另外一个翘嘴巴跑上来帮小黑炭道，"谅你没种！"

"少啰唆。"娃娃脸一把推开翘嘴，"你们输了，对不对？四十五比二十八，惨败。君子一言为定，输家请客。你们赖账才没种！"

翘嘴喘着气，厚厚的嘴唇噘得老高。娃娃脸打量了一下翘嘴，突然指着他尖声笑道：

"尖嘴，你去照照镜子，你的嘴巴现在像什么？像鸭屁股！"

翘嘴脸一红，挥拳便揍。娃娃脸赶忙窜逃，可是却给小黑炭一把拦住，翘嘴赶上去，揪住娃娃脸，两人殴斗成一团。小黑炭在旁边放冷箭,娃娃脸背上腰上已经吃了好几下暗亏了。

"大个子,快来帮忙呀!"娃娃脸大声讨救。

傻大个儿跑上去助阵,三人队另外一个青春痘也不甘落后。于是五个人,拳脚相加,混战起来。一场赌清冰的球赛,演变成全武行,五个人开始还边打边笑,后来大概出手重,打痛了,竟认起真来。尤其是娃娃脸跟翘嘴两人,噼噼啪啪,没头没脸,乱揍一顿,两人打红了眼。我看见事态严重,赶忙抢上前去,一把先将娃娃脸跟翘嘴隔开,然后大喝一声:

"停战!"

五个小家伙都慑住了,停了下来,一个个叉的叉腰,歪的歪脖子,气呼呼互相瞄来瞄去。

"你们赌东道的,是么?"我问道。

"明明讲好了,输的一队请客,吃清冰。"娃娃脸理直气壮地答道。

"那么你们输了,要不要请客呢?"我问三人队。

"你帮他们,不算!"小黑炭抗议道。

"你不帮他们,他们不输掉裤子才怪呢!"翘嘴帮腔道。

娃娃脸跳上前去叫道:

"你管我们怎么赢的,你们明明输不起,想赖账。赖账的是龟孙子。"

翘嘴跟小黑炭又摩拳擦掌起来,我忙阻止道:

"我来调停，折衷一下吧。你们不是都想吃清冰么？既然没有人愿意请客，我提议各人出各人的钱，大家一齐去吃算了。"

三人队面面相觑了一番，借此收场，同声应道：

"也好。"

"便宜了你们！"娃娃脸心犹不甘，嘀咕道。

我们各人捡起自己的外衣，都搭在肩上，娃娃脸把篮球抱在怀里，我们六个人，一身汗淋淋的，一头一脸都蒙上了黄沙，打着赤膊大摇大摆地走出了校门。学校对面，植物园门口，卖清冰老李的摊子还在那里。他那辆拖车，旧得一路咯轧咯轧响下去，车上刨清冰的机器锈得发了黑，几只装五色糖浆的玻璃缸也是烟黄烟黄的。老李是个超级大胖，一个夏天敞着衣衫，大肚子挺在外面，头上的汗珠子从来没有停过，他也不用毛巾揩拭，手一抹，将汗水往地上一甩，然后又很起劲地去刨清冰去。然而老李的清冰生意一直很兴隆，其他几个摊子总也竞争不过他。一来他的价钱公道，分量给得够；二来老李是个老交际，得人缘，他是个退役兵，大陆上地方跑得多，有说不完的鼓儿词，育德的学生都喜欢照顾他。从前夏天晚上放了学，要是口袋里还有钱，我便跟同学们结伙到老李的摊子上吃清冰，一边听他讲湘西赶尸的故事。他推车上那盏散着呛鼻气味的电石灯，青光摇曳，老李挺着个大肚子，学僵尸一跳一跳地走路，我们都听得咯咯骇笑起来。

"老李。"我笑着叫道。

老李朝我上下打量了半天才认出我来，即刻堆下了满脸笑容。

"嘿，李青小子，好久不见，毕业了么？"

"来六碗清冰，"我说道，"我们都渴死了。"

娃娃脸一来便跑过去揭开老李推车上装红色糖浆的玻璃缸，尖起鼻子去闻了一下。老李赶忙将玻璃缸盖子一把抢走，仍旧盖上，喝道：

"小鬼最多事，又打什么歪主意了？"

"你们猜为什么老李的清冰特别够味？"娃娃脸笑嘻嘻地问道，"他的糖浆里加了料，掺了他的香汗。"

"你妈的——"

老李的眼睛鼓得铜铃那么大，却说不出话来，一面又赶快用手去揩拭额头上淙淙的汗珠子，我们忍不住都哈哈大笑起来。老李一面用机器刨冰，一面犹自不停地咕哝着，他刨了六碗清冰，加上五颜六色的糖浆，递给我们，却指着娃娃脸斥道：

"小鬼头，你懂啥？你李爷爷就是济公活佛，吃了你李爷爷的汗，长生不老呢！"

"老李倒真像个济公活佛，你们看，他肚子上搓得下一碗老泥呢！"娃娃脸笑着指向老李的大肚子。

老李举起手便要打，却又撑不住笑了，他揪了娃娃脸的腮一下，笑道：

"娃娃，你就是那个牛魔王的红孩儿，专门翻精捣怪！"

我们稀里哗啦把碗里的清冰吃得点滴不剩，各自付了五块钱。吃完清冰，大家的火气也消了，傻大个儿、小黑炭、翘嘴、青春痘、娃娃脸，都向我道了声再见，一哄而散。

24

娃娃脸一个人抱着球，肩上搭着外衫，往植物园里走去，我也跟着进到植物园内。有半年没有回返植物园了，从前上学下学，天天穿过园里，来来往往，有五年多的日子。植物园，我跟弟娃差不多是在里面长大的，如同我们自己的花园一般。我们在育德念书时，常常跟一大伙人，成群结党，到植物园里去斗剑。我们龙江街二十八巷秦参谋家的大宝、二宝也是我们的死党。我用童军刀削了两把竹剑，我那柄是"龙吟"，弟娃那柄是"虎啸"，我们是昆仑山龙虎双侠，大宝二宝是终南二煞，龙吟虎啸双剑合璧大战二煞。我们在植物园假石山的台阶上，跳上跳下，厮杀得天昏地暗，日月无光。终南二煞邪不胜正，往往让龙虎双侠追杀出植物园外。有一次我一剑把秦大宝砍下台阶，他的头撞在石头上，撞起核桃大的一个肿瘤，秦妈妈护短，告到父亲那里，说道："你的两个娃仔实在野得不像话,也该好好管管了。"我们的"龙吟""虎啸"被没收去,当柴火烧掉。大宝二宝高中没有考上育德,后来进了泰北中学耍太保去了。植物园的一草一木,我们都熟悉得好像老朋友一般。春天捉蝌蚪,夏天爬到尤加利树上去捉知了,秋天——秋天到荷花池塘去摘莲蓬。

一个夏天没来,植物园里池塘中的荷花已经盛开过了,池塘浮满了粉红的花瓣,冒出水面三四尺高的荷叶,大扇大扇的,一顷碧绿,给雨水洗得非常鲜润。青青的莲蓬,已经开始在结子了。荷叶荷花的清香随风扑来,一入鼻,好像清凉剂一般,直沁入脑里去。

"再过一个礼拜,就可以来采这些莲蓬了。"我赶上娃娃脸,指着池塘内几只迎风摇曳的莲蓬说道。

"不到一个礼拜,这几个大的早就不见了!"娃娃脸笑道,"这几天,天天早上我都来看一遍,一结子我就采掉。"

"那几个捞不到,可惜了,恐怕已经熟了。"我指着池塘中那几枝特别大的莲蓬说道。

"我家里有根长竹竿,竿头系着一把月牙刀,我去拿来试试,去勾那几枝大莲蓬。"

"那么远哪里勾得着?小心掉到池塘里去。"

娃娃脸咯咯地笑了起来说:

"尖嘴有一次跟我们一齐来采莲蓬,贪心鬼,采了三个还不够,一跤滑到池塘里,裹了一身的污泥,活像只大乌龟!"

娃娃脸把球抛到空中，又赶紧跑上前接住。

"你们是哪班的学生？"我问道。

"初三丙班。"

"哦，你们的导师是'鸭嘴兽'不是？"

"对了，正是她，你怎么知道？"娃娃脸笑了起来。

"从前我也让她教过，乖乖，好厉害！"

王瑛是育德有名的罗刹女，下笔如刀，绝不留情。博物题目最是刁钻古怪，有一次，她出了一题鸭嘴兽，把学生都考倒了，所以大家都叫她"鸭嘴兽"。其实王瑛长得很漂亮，来上课时，常常撑着一柄粉红遮阳伞。

"你的博物分数一定很惨了吧？"

"才不是呢！"娃娃脸赶忙抗议道，"我在初二时，植物全班第一，九十五分。"

"嗟，很了不起么！我听说'鸭嘴兽'从来不给九十分的。你的植物为什么那样棒？"

"我就住在植物园里。"娃娃脸笑道，"我爹爹在农林实验所当研究员，从小他就教我认各科植物了。"

我们已经走过石桥，进入农林实验所的花园里去。园里有一连五座玻璃花房，房里层层叠叠放满了盆栽花草。外面一排排都是花圃，培养着各色各种的花苗，圃内插着许多标签，上面写着拉丁学名。我们经过一座玻璃花房，里面吊着许多羊齿植物，长条长条的绿叶垂下来像飘带一般。

"这些都是金发藓。"娃娃脸指着一溜吊在半空绿茸茸极为纤细像天鹅绒似的羊齿植物，解释给我听。

"这又叫'处女发'，很难栽培呢，花房里可以调节湿度，这种植物最喜欢水分了——"

"呀，快来瞧，果然都开了！"

娃娃脸兴冲冲跑到前面一畦花圃，蹲了下去，又回头直向我招手。我走过去，花圃里密密地种着一片深紫浅红相间的小花，统统绽开了。

"这些花是我爹爹种的。"娃娃脸兴奋地对我说道。

"这些花叫什么名字？"我问道。花草的名字，我都不记得，我的植物补考过才及格的。

"这个你也不知道呀？"娃娃脸洋洋得意地说道，"这叫三色堇，这种颜色是突变，我爹爹用人工交配栽培出来的，你仔细瞧瞧，这些花像什么？"

"猫儿脸。"我说。

"呵，呵。"娃娃脸乱摇手，大笑道，"不对，不对，像人面，所以又叫'人面花'。"

娃娃脸立起身来，一面走着，一面告诉我说他父亲常常半夜三更起身，到花圃里来，观察他种植的花苗。我们穿过花园，便到了农林实验所的宿舍面前，那是一排陈旧的日式木屋，里里外外，树木成荫。

"那是我们的家。"娃娃脸停下来指着第二栋木屋，对我说道。那幢房子,整座都给翠绿肥大的芭蕉树遮掩住了。

"幺弟!"

屋子里突然跑出一个十七八岁的大男孩来,迎面喝问娃娃脸道:

"你疯到哪里去了?找了你一个下午!"

"我到学校打球去了。"娃娃脸把手上的篮球抛给了大男孩,大男孩一把捞住,责怪道:

"好家伙,又把我的球偷走了。"

"我们跟尖嘴他们赌清冰,尖嘴他们输了,又赖掉了!"

娃娃脸回头向我扮了一下鬼脸笑道。

"你只管野跑,你闯祸了。爹爹叫你去向刘伯伯借那本百科全书的,书呢?"

"哎呀!该死!该死!"娃娃脸直敲自己的脑袋,"我这就去借。"

"还等你去?我早去借来了。爹爹正在生气,你还不快点进去,当心挨揍!"

大男孩拎住娃娃脸一只耳朵便往里面拖,娃娃脸的头给拉得歪到一边,脚下一蹦一跳地跟了进去,到了大门口,他挣脱了大男孩的手,回过头来,朝我咧开嘴,挥了一下手。大男孩砰的一声便把大门关上了。砰砰砰,门内传来几声篮球着地的声音。

夕阳斜了,地上的树影愈拉愈长,一条条横卧在草坪上。

我自己的影子,也给夕阳拉得长长的,在那交叉横斜的树影中,穿来插去。我爬上草坡,影子便渐渐竖了起来。我跑下坡去,影子又急急地往前窜逃。走出林外,突然间,随着一阵风,隐隐约约吹来一流细颤颤的口琴声,一忽儿琴声似乎很遥远,起自荷花池塘的对岸,一忽儿又很近就在身边,那棵须发垂地古榕的后面,断断续续,时起时伏,我向着琴声奔跑过去穿进了那丛茂密的金丝竹林中,地上焦碎的竹叶竹箨,被我踩得发出毕剥的脆响,我双手护住头,挡开那些尖刺的竹枝,在林中横冲直闯。我记得那天下午,那是最后一次,我们一齐到植物园来,我跟弟娃约好放了学在植物园中见面的,我叫他在竹林外石桥桥头那棵大面包树下等我,我骑车把他载回家去。我到了石桥桥头,可是却没有看到弟娃的踪影。弟娃,我叫道,弟娃,你在哪里。猛然间,从那棵阔叶重叠巨大的面包树上,一声嘹亮的口琴像抛线似的溜了下来。我抬头一望,弟娃正坐在那棵面包树的一枝横干上,那些墨绿的阔叶像一把把大扇子,把弟娃的身子都遮去了一半,他露出了头来,双手捧着我送给他的那管蝴蝶牌口琴,在吹奏那支《清平调》。弟娃,我叫道。弟娃,我大声叫道。

琴声突然中断,竹林外面,那一大顷荷塘,亭亭的荷叶,在晚风中招翻得万众欢腾,满园子里流动着一股微带涩味的荷叶清香。又一阵风掠过去,一排荷叶哗啦啦互相倾轧着斜卧了下去,荷塘对面的石径上,现出了三五个男学生的头颅来。隔了不一会儿,刚刚那缕口琴的声音,又在荷塘的对岸,颤然升起,渐去渐远,随着风,杳然而逝。

25

游妖窟

上星期六晚,笔者误打误撞,竟闯入一个非常禁地。古人刘阮上天台,笔者却往妖窟一游,大开眼界。话说本市南京东路一二五巷,本是一个茶楼酒榭栉比鳞次的热闹地区,可是在这些烤肉店、咖啡厅、日本料理店的下面,却掩藏着一个叫"安乐乡"的秘密酒吧。如果读者从金天使隔壁一道窄门走下去,便会进入这个别有洞天的妖窟里。请别紧张,这儿没有三头六臂的吃人妖怪,有的倒是一群玉面朱唇巧笑倩兮的"人妖"。笔者无意间竟发现了本市的男色大本营,一时眼花缭乱,心荡神摇,几疑置身世外"桃"源。"安乐乡"装潢豪华,气氛裔皇,加上歌声细细,笑语如痴,端的是一个红灯绿酒的温柔乡。据云来这里吃禁果(分桃)的人,上自富商巨贾、医生律师,下至店员伙计、士兵学生,九流三教,同"病"相怜。笔者旁敲侧击,打听出来,"安乐乡"的后台老板乃是影剧界某名流,难怪那晚星光熠熠,一位最近刚冒红的小生,竟也赫然在场。然而人妖异路,妖窟到底不可久留,笔者喝完啤酒一瓶,赶紧匆匆离去,返回人间,是为"游妖窟"记,与读者共飨奇遇。

——本报记者樊仁

我到安乐乡去上班,一进酒吧便听见我们师傅杨教头与小玉、吴敏、老鼠几个人在里面议论纷纷,大家都似乎很激动。师傅看见我,气咻咻地将手里捏着的一份《春申晚报》塞给我看。晚报第三版的社会传真专栏,便登着樊仁报道的那篇《游妖窟》,标题还用的是特大号字。《春申晚报》据说是从前上海一个青帮小头目办的,专靠黑幕新闻发迹。前个月《春申晚报》把一个小有名气的女明星罗俐俐未发迹以前在华都当舞女的秘闻挖了出来,添油添醋写得十分不堪,那个女明星气得服安眠药,差点送命,闹得满城风雨。

"儿子们!"师傅把我们召集在一起,手里挥动着那份《春申晚报》,对我们训话道,"这叫作'祸从天降'!咱们流年不利,偏偏闯到这么一个煞星,把咱们的身份统统掀了出来。今后恐怕没有太平日子过了。这两个多月来,咱们师徒总算享了一场福,过了一段像人的生活。眼看着咱们安乐乡就要大发起来,这个月还没结账,看样子起码比上个月加三成。这样下去,咱们师徒的生计是不愁没有着落。当初师傅想尽办法,把这个酒店开起来,一半也是为了你们这几个东西,起一个窝,免得你们流落街头。你们不能怨你们师傅,我为你们是尽了心了。这要怪你们这几个东西,生来便是奔波命,这种安安稳稳的日子,你们恐怕无福消受了。《春申晚报》那一伙王八羔子最惹不得,你们都还记得罗俐俐那桩公案吧?害得人家求生不能,求死不得呢。这下子一传出去,咱们可成了台北市头号新闻人物啦,比那罗俐俐更加稀奇了。盛公大概还没看到今天的《春申晚报》呢,要不然恐怕早已急得脑充血啦,还敢到安乐乡来替咱们撑腰么?这个叫樊仁的烂记者——你们上星期六可记得见过什么形迹可疑的人没有?"

我们面面相觑,半晌,小玉却想起了什么似的叫道:

"我记起来了!那晚有个陌生人曾经向我东问西问,打听安乐乡的老板是谁。那个家伙鬼头鬼脑,又穿了一身的黑西服,一看就知道是个外人,可是都没想到是《春申晚报》的害人精!"

"哦,"师傅点了点头,思索片刻,叮嘱我们道,"这下张扬开来,回头还不知会招来一班什么看热闹的人。你们听着:今晚大家沉得住气,一切逆来顺受,不许多嘴,不许毛躁,此后的风险正多着哩,一个不好,送火烧岛也有咱们的份呢!"

师傅的话还没有落音,刷的一声,大门开处,三三两两已经闯进来一些不相干的陌生人了。开始疏疏落落分别坐在各个角落,还不怎么起眼,师傅也就照例指使我们端酒送烟。八点过后,形势大变,一伙一伙的外路客竟成群结党拥进了安乐乡来,不到一刻工夫,一个地下室里,挤满了我们从来没见过的不速之客。每晚到安乐乡来报到的那一群鸟儿,大概得到了风声,一个个不见了踪迹,即使有一两个,冒冒失失地飞了进来,一看见老窝里鸠占鹊巢,全是些生面孔,知道情势不妙,也就悄悄溜走了。陌生客大多是年轻人,有一伙是常在野人咖啡馆穷泡的浮滑少年,我在野人里见过他们几次,还带了几个妞儿来,都是来看热闹的。那群少年一进门,一双双的眼睛便骨碌骨碌转,到处在搜索找寻,接着便交头接耳,指指点点起来。一阵阵噗哧的笑声,此起彼落,笑得最尖锐、最刺耳的,是一个梳着马尾,穿着一双长筒靴,眼皮涂着蓝色眼圈膏的一个女孩子。

在哪里?

在那边。

是哪个?

是那两个吧。

报纸上不是说有好多——

那个马尾巴就站在离吧台不远的地方,她凑近一个身穿火红T恤的青少年耳边,一直追问道。在嗡嗡嘤嘤的笑语声中，有两个人在这琥珀灯光照得夕雾濛濛的地下室内一直跳来跳去，从这个角落跳跃到那个角落，从那个角落又跳蹦蹦地滚了回来。

人妖

　人妖

人妖

　人妖

人妖

　　酒吧台周围，浮动着一双双带笑的眼睛，紧紧跟随着我和小玉，巡过来巡过去。我跟小玉圈围在酒吧台内，让那一双双眼睛从头睨到脚，从脚又一寸一寸往上爬，一直爬回到我们的脸上来。那些眼睛，从四面八方射过来，我们无法躲避，亦无法逃逸。我记得八岁的时候，那一年母亲刚刚出走，有一回我带着弟娃到舒兰街河边去玩，河边一棵柳树干上悬着一只菠萝大的蜂窝，我不懂得厉害，拾起泥块去掷着玩，一下把蜂窝砸掉了一角，嗡的一声，飞出一窝愤怒的黄蜂，向我追扑过来，我吓得大叫狂奔，头上脸上早挨叮了几下，怎么用手挥赶也赶不掉那群狂追不舍的怒蜂。回到家中，我的脸上肿得紫亮，眼皮上也遭了一下，眼睛肿成了一条缝，痛得晚上不能睡觉。突然间，我觉得那些眼睛，就像那群激怒的黄蜂一般，一只只紧盯在我的头上脸上，死死咬住不放。我端着啤酒杯的手，瑟瑟颤抖起来，杯内冒着白泡沫的啤酒直往外泼，溅在裤子鞋子上，小玉大概也被盯得慌了手脚，一只酒杯豁啷滑掉到地上，砸得粉碎。老鼠端着酒在人堆里穿来插去，倒还没有人理会，吴敏却吃够了苦头，让那群浮滑少年狠狠地戏弄了一番。"玻璃"，一个拦住他叫道。"兔儿"，另外一个摸了他的头一把。吴敏躲来躲去，倒真像一只被猎犬追逐惊惶奔逃的白兔了。阿雄仔被师傅送进了厨房里，不许出来，因为怕他不懂事，打人闯祸。

在酒吧的另一端，电子琴的那边，杨三郎仍旧无动于衷地坐在那里，戴着他那副黑眼镜，半仰着头，脸上漾着一抹木然的微笑，仍旧在那里不急不缓地，按奏着他自己谱的那首《台北桥勃露斯》。

26

晚上打烊后，我们一个个早已累得筋疲力尽，刚才那四五个钟头的班，每一分钟都是硬着头皮熬过去的。师傅倒夸奖了我们一番，说我们果然还沉得住气没有惹出乱子。他把账结好，特别打赏我们每人一百元，却叹了一口气，告诫我们道：

"儿子们，今晚你们都看到了，咱们的处境有多艰难！平日你们只顾抱怨师傅管教太严，你们瞧瞧，外头的世界对咱们是很友善的么？要是明后晚还是像这种情形，那些外路杂人还要来咱们安乐乡捣蛋，拆场合，儿子们，这个地方咱们恐怕就待不下去了！"

回到傅老爷子家，已是深更半夜，天气有点凉意，我身上穿着一件傅卫留下来的军用夹克。傅老爷子家灯火全熄了，黑漆漆的一片，我摸着黑，上了玄关。平常傅老爷子早睡，但他总把玄关一盏小灯开着，让我照路。我昨夜一夜没有回来，不禁有些悬心。我进到屋内，便悄悄走到傅老爷子房间外面，隔着房门凝神屏息聆听了半刻，我似乎听到傅老爷子房中有微弱的呻吟。

"老爷子。"我低声叫道，里面仍旧是哼哼的声音。我打开房门，走进去，房中也没有开灯。黑暗中，傅老爷子床上传来呻吟的声音愈加清楚了，好像喘息很困难似的。我把床头五斗柜上一盏台灯捻亮，傅老爷子躺在床上，脸色苍白，额上冒着涔涔的汗珠，两道铁灰的寿眉紧紧蹙在一处，他的喉头一直发着嘎哑的呻吟，异常痛苦的模样。

"老爷子，怎么了？"我蹲下身去，凑近傅老爷子问道。

"阿青——"傅老爷子吃力地唤道，"去倒杯开水来。"

我赶紧到厨房里，从暖水壶里倒了一杯温开水，端回傅老爷子房中。

"那瓶药——"傅老爷子抬起手，指了一指床头边五斗柜上一只塑胶药瓶，药瓶里是绿色胶囊的药丸，不是傅老爷子平日服用的药水。我记得傅老爷子说过,这是特效药,心痛得实在厉害,救急用的。药瓶上写着六小时服用一粒。我取出一枚药丸,将傅老爷子扶坐起来,把药丸塞进他嘴里,把玻璃杯里的开水,一口一口缓缓地喂了他小半杯,然后才把他的头又放回到枕上。傅老爷子的头发都让汗水浸湿了,而且是冷汗,我掏出手帕,替他拭去额上颊上的汗水。

"老爷子,要不要我送你到医院去看看大夫?"我问道,傅老爷子这次的病似乎来得很凶,我不禁有点慌了起来。傅老爷子却摆了一摆手,他的眼睛仍旧闭着,说道:

"吃了药,暂时还不碍事,明天我去荣总看丁大夫去。"

丁仲强丁大夫是荣民总医院的心脏科主治医生,傅老爷子的心脏病一直是他医治的。

"那么明天一早我就送你去,老爷子。"我说道。

傅老爷子点了点头,过了一会儿,他张开眼睛,才缓缓地将他发病的原因说了一个大概,原来早上他去了中和乡灵光育幼院,去把那个没有手臂的残废儿童傅天赐带去台大医院去看病。傅天赐已经病了一个星期了,一直发烧。育幼院的特约医生开了药,可是并没有效,孩子病得很辛苦,傅老爷子不忍,所以想带他到台大医院去诊治。谁知台大医院的电梯偏偏坏了,内科诊室又在三楼。平时傅天赐走路便不平衡,容易摔跤,何况又在病中。傅老爷子半抱半拖,把傅天赐弄上三楼时,自己却累倒了,在医院里心就疼了起来,人

都差点昏厥过去。傅老爷子说完却打量了我半晌,嘴角浮起一丝倦怠的笑容来,喃喃说道:

"阿卫的衣服,你穿着正合适,阿青。"

我低头看了一看自己身上那件墨绿的军用夹克,说道:

"外面天气,有点转凉了。"

晚上我睡在傅老爷子房中,靠在房中一张藤卧椅上休息。一夜我们两人都没有真正睡着过,傅老爷子大概人很不舒服,隔不了一会儿就要哼一下,他一呻吟,我便惊醒过来,这样反反复复,终于折腾到天亮。我起身去烧水,冲了一杯阿华田,傅老爷子本来不肯喝,我劝了半天,总算把一杯阿华田细细啜完了。我找了一件对襟夹袄出来,替傅老爷子穿上,然后自己也去匆匆梳洗了一番。八点半钟,我便到巷子口拦了一辆计程车进来,然后从床上将傅老爷子扶起,他的右手臂挽住我的脖子,我的左手却绕过他那佝偻的背脊,抱住他整个身子,两个人互相倚靠着、搀扶着,一步一步,蹒跚地走下玄关去。

我们到石牌荣总时,还不到九点,而且又挂了特别号。丁大夫的门诊,第一个就轮到傅老爷子,护士特别推了一架轮椅,把傅老爷子接进去。我在外面等候了差不多四十分钟,丁大夫却亲自出来,找我谈话。丁仲强大夫是一个身材高大、银发灿然的医生,穿着一身白制服,很有威严的模样,他把我叫过去,语调低沉地说道:

"你们老太爷这次的病,很不轻呢,我要他马上住院。"

"哦,今天就进来么?"我嗫嚅问道。

"今天就住进来。"丁大夫斩钉截铁地说道。

接着他大略向我解释了一些傅老爷子的病情。傅老爷子的心脏一向衰弱,这次有心肌梗塞的现象,随时会休克,万一昏厥一摔跤,即刻发生危险。接着他便递给我一张他签的住院证明书,交代我道:

"你先到下面去办住院手续,你们老太爷正在做心电图。"

我走到楼下住院处,替傅老爷子办妥住院手续。傅老爷子是老荣民,不必预先缴住院费。回到楼上,傅老爷子已经做完心电图了,他身上换上了绿色的病人睡袍,佝着背坐在轮椅上,让护士推往别的诊疗室。他看见我,却把我招过去,声音虚弱地吩咐我道:

"你先回去,拿两套我洗换的衣服来,还有我的牙刷面巾——别的东西,日后再说吧。这几天,恐怕你要两头跑了呢。"

"不要紧,老爷子。"我赶紧应道,"老爷子家里的药还要不要拿来呢?"

"用不着,"傅老爷子挥了一下手,"丁大夫另外开药。"

"老爷子,我去了,马上就回来,"我说道,"晚上我不去上班了。"

傅老爷子嘴唇抖动了一下,要说什么,却只点头唔了一声。我转身离开,傅老爷子苍哑的声音却在我身后问道:

"身上有钱么?"

"有!"我回头拍了一下裤袋笑道。

27

我匆匆赶回傅老爷子家,家里静悄悄的,傅老爷子入了医院,整栋屋子一下子好像空掉了一般。我到他房中,从衣柜里理出了几套洗换的内衣裤,他的牙刷牙膏洗脸手巾我也装进了一只塑胶袋里,又从我房中的壁橱里,找到了一只军用绿色帆布旅行袋,把东西什物都放了进去,末了我把一罐阿华田也一并带走了。

返回荣总以前,我到安乐乡去弯了一趟,想把傅老爷子发病住院的消息,告诉师傅听。师傅不在,小玉、老鼠和吴敏三个人倒围在一张桌子上,一边吃饭一边吵吵嚷嚷不知在争什么。我猛然想起肚子饿了,干脆也坐下来跟他们吃点东西才走。小玉一看见我,却指着我咯咯笑道:

"又来了一个!叫他什么呢?叫他鲤鱼精吧!"

老鼠和吴敏都呵呵笑了起来。

"你妈的,什么鲤鱼精?"我坐了下来,把小玉面前的碗筷拿过来,便扒了两口饭,"我看你才是个狐狸精呢!"

老鼠马上跳了起来,指着小玉嚷道:

"你看,你看,我跟小敏叫你狐狸精,你还不以为然,现在是公认的了!"

"好吧,好吧,就算我是狐狸精,"小玉拍拍胸口道,"那么你是耗子精,你是兔子精,"他指指吴敏,又指指我,"你是鲤鱼精,咱们师傅是千年乌龟精,阿雄仔么,是个超级马猴精——那么咱们这个'妖窟'什么妖精都齐全了。今晚有人来'游妖窟'看'人妖',咱们就收他们的门票,一个一百块。多看一眼,加一百,那么,咱们以后便不必卖酒了。"小玉说着却把老鼠手中的筷子抢了过来,一边当当地敲着碗,一边用着幼稚园的歌《两只老虎》的调子唱道:

四个人妖

四个人妖

一般高

一般高

一个没有卵椒

一个没有卵泡

真奇妙

真奇妙

我们都哈哈大笑起来,也跟着用筷子敲碗齐唱《人妖歌》。"师傅到哪里去了?"我笑得差点岔了气,止住小玉问道。

"盛公召去了。盛公看到《春申晚报》，气急败坏把师傅召去开紧急会议。我看咱们安乐乡也是好景不长了。我不知道你们有什么打算。小爷可打定了主意，下个月龙船长龙王爷的翠华号要开航，我是一定要跟了去的。我的厨子执照已经考到了，到翠华号上去当二厨。下个礼拜我就去割盲肠去。你呢，老鼠，乌鸦那里你回不去了，我看你怎么办？你那第三只手又要伸出来了——"

老鼠龇着一嘴焦黄的牙齿，痴笑了两声。

"小敏又怎么办？难道还回去当'刀疤王五'的小媳妇儿不成？只有你最好，阿青，你有傅老爷子庇护着，一切不必发愁，我看你也拉他们两人一把，请老爷子发发慈悲，一起收留算了——"

"傅老爷子病重，进了医院。"我说道。

"哦——"他们三个人都惊叫了起来，一个个呆住了。

我把傅老爷子昨晚病发今天早上入了荣总的情形跟他们说了一遍，三个人都急着问医生怎么说。

"丁大夫说，随时有休克的危险！"

"休克？"老鼠怔怔地问道。

"昏迷过去，懂不懂？土包子！"小玉低声骂道。

我们几个人商量的结果，不等师傅回来，大家先去荣总去看傅老爷子。我们出去巷口，经过一个水果摊，小玉提议买几只日本进口的苹果给傅老爷子带去。五十块一个，我们

388

每个人出五十，一共买了四颗鲜红的日本大苹果，叫了一辆计程车，四个人往石牌荣总驰去。

傅老爷子在三〇五病室，一个二等病房，里面住了另外一个病人，两张病床中间隔着一张白布幔。傅老爷子的病床在里面，我领着小玉、吴敏、老鼠蹑手蹑脚绕到傅老爷子床边。傅老爷子盖着一张白床单，侧着身在睡觉，只露出了他那白发凌乱的头。房里的光线很暗，我们站在床脚边，看不清楚傅老爷子的脸，只听得他浊重的呼吸声很不均匀地从他喉咙里发出来。我们四个人在那阴暗的病房中，我手上提着那只军用旅行袋，小玉手上拎着一只塑胶袋，里面装着四只苹果，吴敏和老鼠在我们身后，都在凝神屏息地候立着，我们就那样静静地等了差不多一刻钟，傅老爷子才翻身醒来。

"是阿青么？"傅老爷子问道。

我赶紧凑上前去，弯下身应道：

"我回来了，老爷子。"我举起手中的旅行袋，"衣服手巾也拿来了。"我又向小玉他们指了一下，"小玉、吴敏、老鼠来看老爷子。"

小玉、吴敏、老鼠才一个个蹭了过来。

"你们没上班么？"傅老爷子问道，他的声音很微弱。

"还早呢，老爷子。"小玉上前答道，"阿青告诉我们，老爷子身体不舒服——"

小玉说着却把手上一袋苹果递给了我，我把苹果接过去，

389

举起给傅老爷子看。

"小玉他们买了几个苹果来给老爷子。"

我从塑胶袋里掏出了一颗又红又大的苹果来,傅老爷子望了一望那个苹果,嘴角浮起一丝笑容叹道:

"咳,你们哪里有闲钱买这个?糟蹋了。"

傅老爷子吩咐我把枕头垫高,他靠了起来,歇了一会儿神,眼睛巡了我们一周,却第一个把老鼠召了过去。

"你哥哥对你不好,你日后的路恐怕要难走些。我对阿青说过,要他特别照顾你。"

老鼠咧着嘴傻笑,又偷偷地瞅了我一眼。

"吴敏,你这条命是捡来的,等于二世人,你要珍惜才是。"傅老爷子望着吴敏说道。

"是的,老爷子。"吴敏低声应道。

"听说你一心一意想到日本去呢。"傅老爷子转向小玉道。

"有机会,也想到外面去看看。"小玉解说道。

傅老爷子却望着小玉,片刻点头说道:

"你想去找你的生父,这份心是好的。但愿上天可怜你,成全了你的心愿吧。"

小玉垂下了头去,我们都默然起来。我看傅老爷子仰靠在枕上,很吃力的模样,便说道:

"老爷子该休息了,他们也要去上班了。"

"师傅还不知道老爷子住院,所以没有来。"小玉离开时解说道。傅老爷子沉吟了半晌却道：

"你去对杨金海说，明天早上要他一个人来见见我，我有话吩咐他。"

小玉、吴敏跟老鼠离开后，护士不停地进来量血压测温度，送药打针，傅老爷子刚闭上眼矇着一会儿，就会让护士唤醒。护士拿了一只扁平的便盆来，她告诉我，要替傅老爷子验大便，她交给我一只盛大便抽样的塑胶盒子及一根竹签，要我等傅老爷子大便后，把大便抽样拿给她。傅老爷子说，这两天便秘，所以一直没有出恭。我去问护士借了一柄水果刀来，削了一碟苹果，喂傅老爷子吃了，又倒了一杯开水让他喝下去。差不多过了一个钟头，傅老爷子觉得腹中有了响动，我便将那只白搪瓷的便盆拿到他床上，塞到他身下去，但是傅老爷子的背驼得厉害，无法仰卧，我只好将他扶起身来，他一只手勾住我的脖子，坐在便盆上。傅老爷子累得一头的汗，我也拼命撑住。

"辛苦你了，阿青。"傅老爷子过意不去，说道。

"不要紧，老爷子，你再使使劲。"我说。

闹了半天，傅老爷子终于解了出来，我们两人都如释重负一般，笑了起来。我递了卫生纸给他，让他揩拭干净，他才舒了一口气，躺了下去。便盆里是一堆乌黑的粪便，大概傅老爷子这几天身体不好，消化不良，大便恶臭。我捧着傅老爷子的大便到外面厕所里去，挑了一些大便抽样盛到塑胶盒内，然后拿给护士小姐。

我一直在医院里陪伴傅老爷子到晚上八点，探病的时间截止才离开。临走时，傅老爷子却突然叫住我托付道：

"你明天早上，替我到中和乡灵光育幼院，看看那个傅天赐。我答应明天去看他的，我还不知道医生说他是什么病呢。"

"好的。"我应道。

"你不必告诉育幼院里的人我住院，"傅老爷子交代我，"你去跟那个孩子说：傅爷爷过几天就去看他。这几个苹果你也带去给他吧。"

袋子里剩下的三个苹果，我拿了两个走。

28

灵光育幼院在中和乡偏僻的一角，我按着地址过了萤桥一直下去，穿过几条街转入南山路底，才看到一道篱笆围着几栋红砖平房，一个完全孤立的所在，倒有点像一所乡村小学。大门上一块焦黑的木牌，"灵光育幼院"几个字已经模糊了，左下角有"耶稣会"的题款。我进到门内，前院右侧是一片幼儿游乐园，里面有跷跷板、秋千、木马，有七八个儿童在里面游戏。儿童们都系着白围兜，上面绣着"小天使"三个红字。一个老头和一个老太在看顾这群孩童。跷跷板上一头坐着一个胖胖的男童，一上一下，两个男童在发着一连串兴奋的尖笑。左侧的两栋砖房是教室，我从一栋窗外看到里面坐着高高矮矮不同年纪的少年在上课，讲台上站着一位穿了黑袍的神父在讲课。另外一栋教室里在上音乐课，随着风琴的伴奏，一流混合着参差不齐的男童的歌声，荒腔走调奋力地在唱着一首听着叫人感到莫名凄酸的圣歌。那两栋红砖教室的后面，有一座小教堂。教堂很旧了，红砖都起了绿苔，教堂门楣上横着一块匾上面刻着"灵光堂"。我突然想到郭老告诉我，从前阿凤在灵光育幼院时，行为乖张忤逆，常常半夜三更一个人跪在教堂里哭泣，大概就跪在这间灵光堂里吧。

"你找什么人么？"教堂的门开了，走出来一个身材异常高大的老教士。老教士穿着长长的黑布袍，头上戴着一顶黑色绒方帽，一张黝黑的方脸，皱得全是龟裂。

"是傅崇山傅老爷子叫我来的。"我赶忙应道，"他自己不能来，要我来看看傅天赐的病，送苹果给他。"我举起手上的苹果。

"哦——"老教士那张黝黑的脸上绽露出和蔼的笑容来，"傅天赐？他今天好多了，吃了医生开的特效药，烧都退了。"

老教士领着我绕过教堂，往后面另外一栋红砖房走去。

"您是孙修士么？"我试探着问道，我听老教士的口音带着浓浊的北方音。

老教士侧过头来望着我，满脸诧异。

"你怎么知道我的,小弟?"

我记得郭老说过灵光育幼院里有个河南籍的老修士,院里只有他一个人怜爱阿凤。傅老爷子也提起院里有个北方老修士,人很慈祥,专门照顾院里的残障儿童,他对没有手臂的傅天赐最是照顾。

"傅老爷子对我提过您。"我说道。

"傅老先生人太好了,"孙修士赞叹道,"他对咱们院里的孩子们真是慷慨,这几年傅天赐那个孩子全靠他呢。"

"孙修士,您还记得阿凤么?"我悄悄瞄了一眼老教士,问道。我记得郭老告诉过我,孙修士常常陪着阿凤,跪在教堂里念《玫瑰经》,想感化他。

孙修士听我问起阿凤便止住了脚,望着我思索半晌。

"阿凤么?唉——"孙修士长叹了一声,他那张龟裂满布黝黑的脸上,泛起一片怅然的神情,"那个孩子,是我一手带大的,怎么会不记得?阿凤太古怪了,别人都不懂得他。我尽力帮助他,可是也没有用,他跑出去后,听说变得很堕落,而且又遭到那样悲惨的下场,实在叫人痛心。其实阿凤那个孩子,本性并不坏的——"

孙修士提起阿凤突然变得兴奋起来,站在教堂后面的石阶下,跟我絮絮地追忆起许多年前阿凤在灵光育幼院时,一些异于常人的言行来。他说阿凤在襁褓中就有了许多异兆。他开始牙牙学语的时候,一教他叫"爸爸"、"妈妈",他就哭泣。孙修士说，他从来没见过那样爱哭的婴孩，愈哄他哭得愈凶，到了后来简直变成嘶喊了。有一次他把阿凤抱在怀里，阿凤才八九个月大，可是阿凤却不停地哭，直哭了两个钟头，哭得昏死了过去，脸上发蓝，一身痉挛，医生打了一针镇静剂才把他救转过来。好像那个孩子生下来就有一肚子的冤屈，总也哭不尽似的。其实阿凤是个天生异禀的孩子，他那一种悟性也是很少见的。无论学什么，只要他一用心，总要比别人快几倍，高出一大截。他的要理问答倒背如流，《圣经》的故事也熟得提头知尾。孙修士亲自教他国文，一篇《桃花源记》刚讲完，他已朗朗上口，背得一字不差了。

"可是——可是——"孙修士却迟疑道，他的眼睛里充满了迷惘，"那个孩子，不知怎的，做出一些事情来，却总是那么乖张叛逆，不近人情，正如同我们院长说的，那个孩子有时简直是中了邪、着了魔一般。这些年来，我一想起他那悲惨的结局就不禁难过，我时常为他祈祷，祈祷他的灵魂得到主的保佑，得到安宁。"

老教士有点哀伤起来，连连摇头叹道：

"傅老先生告诉我，出事的前一天，他还看过阿凤呢，真是想不到。"

孙修士引着我走到一间寝室的门口，却停下来，打量了我一下，慈蔼地笑问道：

"你呢，孩子，你叫什么名字？"

"李青。"我说道。

"哦,李青。"老教士点了一点头,指着我手上的苹果说道,"好大的苹果,傅天赐会乐坏啦。"

寝室里的孩子,全是残障儿童,一共有五个,一个完全没有双腿,呆坐在一张靠椅上,只剩下半截身子,有两个大概是低能儿,对坐在地板上玩积木,嘴里一直在啊啊地叫着。另外一个年纪比较大,大概有十几岁了,可是头却一直歪倒到左边又反弹回来,这个动作奇快,不断地来回起伏,脖子上像装了一个弹簧一般,他自己显然无法控制这个动作,脸上满露着痛苦无助的神情。寝室中有三个老太太在看护这些残障儿童。傅老爷子告诉过我,育幼院里这些老头老太都是义务帮忙的,有的是教友,有的不是,他们的儿女大了,在家中感到孤寂。

傅天赐躺在床上,他是一个六七岁大,非常单薄的孩子。他的上身穿着一件天蓝色短袖旧衬衫,因为没有手臂,衬衫的袖子空空地垂了下来,大概刚退烧,人还很虚,脸色发青,一点血气也没有。傅老爷子在家里有时跟我谈起傅天赐来,他说那孩子先天不足,无论怎么调养,总是羸弱多病,壮不起来,而且孩子的心思又很灵巧,对于病痛特别敏感,因此更是受苦。

"傅爷爷叫我来看你呢,傅天赐。"我站在傅天赐的床前对那个躺在床上两袖空空的孩子说道,"你的病好了么?"

孩子睁着一双深坑的大眼，好奇地望着我，嘴巴紧紧闭着，没有出声。

"完全没有烧了。"孙修士上前用手摸了一下孩子的额头说道。

"刚刚吃了一碗麦片，胃口很好呢。"旁边一位老太笑着插嘴道。

"傅爷爷呢？"孩子突然开口问道。

"他今天不能来，他要我送苹果来给你吃，你瞧。"我把胶袋里两个苹果拿出来，苹果隔了一夜，更熟了，透着一股甜香。我将鲜红的大苹果搁到孩子的枕头边去。孩子奋力移动了一下身子，侧过头，鼻子凑近枕边的苹果嗅了一下。

"香不香？"孙修士弯下身去问道。

孩子点了点头，笑了。

"看你这副馋相，刚刚才吃过东西，"老太插嘴笑道，"回头吃了饭，奶奶再削给你吃。"

"傅爷爷什么时候来呢？"孩子又问道。

"过几天他就来看你，"我说。

"哦——"孩子应道。他舒了一口气，却又紧闭上嘴巴，不肯作声了。

我因为心里记挂着傅老爷子，要赶到石牌荣总去，便向孙修士告了辞，跟傅天赐说了再见。孙修士一直送我到育幼院门口。我们经过教堂时，里面那些孤儿还在唱着那些凄酸圣歌，而且唱得那般努力，那般参差不齐。

"傅天赐那个孩子今天特别开心呢。"孙修士站在灵光育幼院门口，对我笑道。

"我回去会告诉傅老爷子听的。"我说。

29

我到达荣总时，傅老爷子不在病房，师傅却坐在房中，他说他在等我，有话交代，傅老爷子让护士推出去做检查去了。

"老爷子的病很危险，"师傅开门见山对我说道，"我早上去问过丁大夫。他说老爷子的低血压冒到一百二十五，血压波动很厉害，他这个年纪的人，随时会出事。你在这里守住，一步都不要离开了。我问过护士，晚上可以在这里搭铺陪伴病人。你这两夜辛苦些，不要睡觉了。白天我叫小玉他们来换你的班。"

师傅又从口袋里掏出了两千块来交给我用。

"老爷子交给我的事情，我马上还得替他去办。咱们安乐乡那边又闹得天翻地覆，不可开交，我也走不开。要是这边有事，你就马上打电话到酒吧里来。"

师傅走后，我乘机到下面餐厅里去吃了一碟蛋炒饭。回到三〇五号病房，护士已经把傅老爷子送回房中，房里的窗帘拉了下来，变得暗沉沉的，像晚上一般。床头多了一架氧气筒，傅老爷子闭着眼睛，静静地躺着，我不敢惊动，便坐在床脚的椅子上陪伴着他。另外床上躺的那个病人，也是一位退了役的老将官。据说是脑溢血，已经几天昏迷不醒了，他的家属不停地轮班来看守。亲友送了许多鲜花，摆满了半边房。花香混着药味加上病人排泄物的秽气，使得房中的空气愈加混浊。

差不多到傍晚六点钟，护士送晚餐来，才把傅老爷子唤醒。晚餐是一碗牛肉炖红萝卜汤，两片焖烂的鸡脯还有青豆及一小团白饭。傅老爷子的手发抖，拿不稳碗筷。我把他抱起来，在他胸前围上餐巾。端起牛肉汤一匙羹一匙羹喂他喝了半碗牛肉汤，又用刀把鸡脯割成细条，夹到傅老爷子口中，只吃了两夹，傅老爷子便不要吃了。护士把餐盘收走后，一位年轻的住院医生进来，替傅老爷子量了脉搏血压，又试了一试旁边的氧气筒，循例问了傅老爷子一些状况。邻床的那个昏迷老将官，住院医生只摸了一摸他的脉搏便走了。我过去替傅老爷子盖好床单，乘机把早上到灵光育幼院去看傅天赐的情形简单地向傅老爷子说了。

"傅天赐还问老爷子什么时候去看他呢。"我笑道。

"唉，那个孩子，最是教人挂心。"傅老爷子叹道，"我的一点东西，都留给了他和灵光育幼院里那些孩子了。"

傅老爷子望着我，又说道：

399

"阿青,老爷子恐怕没有什么好东西留给你了呢——"

"老爷子说这些干什么!"我阻止道。

"你把椅子端过来。"傅老爷子命我道。

"老爷子该休息了,有话明天说吧。"

"趁我现在人还清爽,有些话要跟你说。"傅老爷子坚持道。

我看见傅老爷子确实似乎精神比较爽朗了些,声音也不像先前微弱,便把椅子拉到床头,在他头边坐了下来。

"听说安乐乡有人去捣乱么?"傅老爷子问道。

"《春申晚报》一个烂记者,写了篇无聊的文章,招了一些好奇的人去看热闹——我看过几天就恢复正常了的。"

"只怕你们在'安乐乡'那个窝又待不长了呢!"傅老爷子惋惜道,"你们这群孩子,恐怕从此又要各分东西,开始流浪了。你们这种孩子,这十把年来,前前后后,我也帮过不少。有的还争气,自己爬了上去。有的却掉到下面,愈陷愈深,我也无能为力。你们这几个,凭你们各人的造化吧。阿青——"

傅老爷子从被单下面伸出一只颤抖抖的手来,我迎上去,双手紧握住傅老爷子那只干枯的手。

"我知道,我的大限也不远了。早晨杨金海来,我把后事都向他交代清楚,我不想拖累别人,一切从简。但是我怕总还有些未了之事,需得个人来替我收场。你跟了我这些日子,也摸清楚了我的脾气,你就斟酌替我料理了吧。像傅天赐那个孩子，日后你有空，替我常去灵光看看他。"

"好的，老爷子，我一定去。"我应道。

"阿青，"傅老爷子的手紧握了我一下，"这两夜，我的心神很不宁，一闭上眼睛，便看到阿卫，他的样子好像很痛苦——"

在那盏黯淡的台灯灯光下，我看见傅老爷子那张苍斑满布的脸上，削瘦的面颊上突然添增了两道濡湿的泪痕。

"老爷子，今晚可以好好睡，"我把傅老爷子的手轻轻放回被单里，"我不回去了，就在这里陪你。"

我捻熄了床头的台灯，将椅子拉回原处。我把身上那件阿卫留下来的军用夹克脱下，盖在胸前，坐在昏黯的病室里，守候着。医院里的夜，特别漫长，一分一秒都好像延长了多少倍似的，而且也特别安静，外面走廊偶尔有值夜护士走过，脚步也是轻悄悄的。我靠在椅子上，努力地支撑着，不让自己睡过去，一边倾耳听着病床上傅老爷子一声一声沉重的呼吸。大约到了半夜，我听见傅老爷子的呼吸声起了变化，开始有点急促，过了会儿，喉头竟发出嘎嘎的异声来。我急忙起身，将台灯打亮。傅老爷子的嘴巴张开，口涎直往外淌，口角冒起了白沫，他的眼睛睁得老大，望着我，却说不出话来，只硬着舌头啊啊地喊了两声，脸色大变，发青了。我一手按亮了警示灯！一面飞跑出去找到值夜护士，护士跑进来，马上开了氧气筒，替傅老爷子装上氧气面罩。那位住院医生也急急忙忙带了另外两个护士进来，立刻替傅老爷子打了一针，他指挥着几个护士，用了一架推床连同氧气筒一并推到急救室里去。我在急救室外等了两个钟头，医生才满头是汗地出来说，傅老爷子的情况已经稳定下来，不过人却昏迷了。

傅老爷子一直在昏迷状态中，没有醒来过，拖得非常辛苦。他脸上盖着氧气罩，手臂插上针筒不断地点滴注射，全身都缠满了胶管。他的背原本就佝偻得厉害，现在因为呼吸困难，身体愈加蜷缩成了一团。

早上师傅领了小玉、吴敏、老鼠来，把原始人阿雄仔也带了来。大家围着傅老爷子的病床静静地立着，都不敢作声。阿雄仔慑住了，嘴巴掉下来张得老大。我在师傅耳边悄悄地把昨夜的经过情形说了一个大概，最危险的时候，傅老爷子的高血压降到七十，低血压接近于零。清晨丁大夫来看过，他说得很坦白，他说最多只有三五天的工夫。师傅马上调配工作，他叫小玉替换我，让我回去休息晚上好接班，他自己带着阿雄仔去看棺材、定孝服、制寿衣，预备傅老爷子的后事，吴敏和老鼠仍旧回安乐乡去。

果然如丁大夫所料，傅老爷子是在昏迷后第五天早上十点钟断气的，断气的时候，师傅带着阿雄仔跟我们几个都在房中，大家围着傅老爷子，站在病床两侧。丁大夫宣布了傅老爷子的死亡，护士将氧气筒关上，把罩在傅老爷子脸上的氧气罩掀起。傅老爷子的脸已经发乌了，大概最后喘息痛苦，他的眉毛紧皱，嘴巴歪斜，整张脸扭曲得变了形，好像还在挣扎着似的。护士把白被单拉上去盖到傅老爷子的头上，白被单下面盖着傅老爷子那弯曲成弧形的遗体。

我们当天便把傅老爷子的遗体迎回了家中。这几天师傅把傅老爷子的后事都准备妥当，棺材前一天已经买好运回家，搁在客厅中央，架在两张长凳上。师傅说，傅老爷子交代要薄葬，不发讣文，不上殡仪馆，一切宗教仪式免除，而且特别叮咛过，要一副质料粗陋、价钱便宜的棺木。棺材是杉木的，工很粗，棺材面也没有磨光，凹凸不平，油漆刚干，乌沉沉的，一点光泽也没有。棺材倒是标准样式尺寸，长长地横在客厅中，头尾翘起。我们回到傅老爷子家，第一件师傅便吩咐我们替傅老爷子净身换衣衾。我去厨房里烧了一锅热水，然后倒到浴缸中，羼了冷水，调到温热适中。我们把傅老爷子的遗体放到了他的床上，他的身体已经冰凉了，开始僵硬。我们脱除了他身上外面罩着的睡袍，可是里面贴身穿着的圆领汗衫，却不容易剥掉，因为傅老爷子的手臂都已经僵冻，要勉强扳起来才行。我去找了一把剪刀，将汗衫前后齐中间剪开，小玉帮着我将两半汗衫慢慢从傅老爷子身上褪了下来，我们把他的内裤也卸掉，这两天没有替傅老爷子换衣衫，内衣裤斑斑块块都是污迹，我叫吴敏用睡袍把污秽的衣裤包起拿出去。我跟小玉两人，我抬上身，小玉抬下身，将傅老爷子抬到浴室里去。我跟小玉都卷起了袖子，用香皂替傅老爷子擦洗起来。傅老爷子的身体，瘦得干瘪了，他那佝偻的背脊更加显得嶙峋高耸，他的下身沾满了粪便，我们换了一盆水，才洗干净。老鼠找了两条毛巾来，我们四个人一齐动手，替傅老爷子擦干身体，小玉用一把梳子将他那凌乱的白发也梳得整整齐齐，然后我们将傅老爷子抬回房中。师傅已经出去把寿衣也取了回来，而且还买了香烛鲜花。寿衣是一套白绸子的唐装衣裤。我们替傅老爷子穿上了寿衣，几个人扶持着，将傅老爷子的遗体殓入了那副粗陋的杉木棺柩中。

在客厅里我们布置了一个简单的灵堂，从厨房里找出了一对瓦罐，装上了米，把一对蜡烛插到里面，当蜡烛台用。我们把瓦罐搁到客厅的供桌上，傅老爷子那幅军装相片的下端，把蜡烛点亮。师傅本来买了安息香的，但我觉得傅老爷子平日用檀香用惯了，家里还有，便仍旧在香炉里点上了檀香。鲜花是姜花，我把花瓶换了水，插上花，供到两支蜡烛的中间。香烛都冉冉地燃了起来，我们大家围着傅老爷子的灵柩坐下，开始替傅老爷子守起灵来。

师傅对着棺材头坐在傅老爷子常坐的那张靠椅上，压低了声音，向我们交代出殡的事项：

"按规矩，该先到寺里念经超度才送老爷子上山的。但老爷子再三叮咛，所有仪式一律免除，而且不愿在家里停留，马上入土。老爷子的寿坟老早包好了，就在六张犁极乐公墓的山顶上。前天我特别上去看来，一切都是现成的，不必再费手脚。我看明天我们就送老爷子上山去吧。"

师傅又说安乐乡杂人愈来愈多，终久会把警察招来，现在傅老爷子又不在了，更没了庇护，师傅很沉重地宣布道：

"咱们安乐乡，今晚起，暂时停业。"

我们大家都沉默了一阵，师傅又继续分派工作。

"今晚守灵，我带着阿雄仔坐头更，小玉二更，阿青三更，吴敏四更，老鼠最后坐五更——蜡烛香火，小心些，不要睡着了。"

还没轮到坐更的，便先到傅老爷子房中及我房中休息。我到厨房里熬了一锅稀饭，预备大家守夜饿了可以果腹。我在厨房里先扒了一碗，我打算坐完更，才去睡觉。

二更过了，小玉也到厨房去吃了一碗稀饭，然后回到我的房间去，由我来接他的班。我一个人坐在客厅中，在摇曳的烛光中，对着墙上傅老爷子及傅卫那两张遗像。傅老爷子穿着将官制服，胸前系着斜皮带，雄姿勃勃，旁边傅卫那张遗像，等于傅老爷子年轻了二十年，一样方正的面庞，一样坚决上翘的嘴角，不过傅卫身上穿的尉官制服，领上别着一条杠。可是傅卫那双眼睛却闪着一股奇异的神采，一股狂放不羁的傲态，那是傅老爷子眼里所没有的。我突然记了起来，那晚傅老爷子告诉我，抗战胜利后，他带了阿卫到青海去视察。他们两父子一人得了一匹名驹"回头望月"跟"雪狮子"。傅卫跨上雪狮子，在碧绿草原上放蹄奔驰，赢得在场的官兵们一片喝彩，那一刻，傅老爷子内心的喜悦与骄傲大概达到巅峰了吧。供台上的蜡烛愈烧愈低，檀香味却更加浓郁起来。

几日来的疲倦一下子都发着了，我的双眼又酸又涩，墙上的相片也愈来愈模糊。蒙眬间，我似乎看到两个人影坐在客厅那张靠椅上，一个是傅老爷子，他仍旧坐在他往常那张椅子上，另一个却是王夔龙。他们两人对着的姿势，就像那天一模一样。傅老爷子穿了一身月白的衣衫，他的背高高耸起像是覆着一座小山峰一般；王夔龙就穿了一身黑衣，他双目炯炯，急切地在向傅老爷子倾诉。他的嘴巴一张一翕，可是却没有声音，他那双钉耙似瘦骨棱棱的手，拼命地在向傅老爷子挥动示意。傅老爷子满面悲容，定定地望着王夔龙，没有答话。他们两人这样对峙着，半天一点声音也没有。我走过去，王夔龙倏地不见了，傅老爷子却缓缓立起身，转过脸来。我一看，不是傅老爷子，却是父亲！他那一头钢丝般花白的短发根根倒竖，他那双血丝满布的眼睛，瞪着我，在喷怒火。我转身便逃，可是脚下一软摔了下去。哎呀一声醒来，睁开眼睛，出了一身的冷汗，背脊上的汗水，一条条直往下淌，横在我面前的是一条长长的黑棺材。

30

早上我们分头进行，出去办事。师傅到殡仪公司去接洽灵车。我到长春路裁缝店去取孝服。我到那家裁缝店时，老板娘说，还有两件正在赶制。我说今天就要出殡，无论如何中午以前要赶好。老板娘答应一个钟头可以交货，她自己也坐上了机车，帮忙赶制。那家裁缝店专门包制孝服寿衣，里面白花花全是一匹匹白棉布，裁缝师傅裁布匹时，哗啦哗啦将布匹撕开发出刺耳的裂帛声，棉线头到处飞扬，呛得人很不舒服。这几天一直睡眠不足，我感到口中焦渴，头非常重，心中有说不出的烦躁。我又想起昨晚那个梦来，梦里王夔龙急迫地挥动着那双瘦骨棱棱的手。

我跟老板娘说，过一个钟头我再回来拿。我出了裁缝店，沿着长春路，一直走到南京东路，我在寻找王夔龙父亲的那幢古旧的官邸。那晚王夔龙带我回家，我只记得在离松江路不远的一条巷子里。穿来穿去，终于在南京东路三段的一条巷子里，找到了铁闸森森门上竖着铁刺的那幢房子。我拉了铃铛，里面走出一个年老的门房来。

"王夔龙先生在家么？"我问道。

老门房朝我上下打量起来。

"我有急事要找他。"我说道。

"少爷一早就出去了。"老门房答道。

"他几时回来呢？"我又问道。

老门房摇摇头。

"不知道。"

他看见我迟疑不走，又说道：

"他到台大医院去看朋友去了。这阵子他天天上医院，有时中午回来吃饭，有时不回来。他的事，说不准的。"

"那么，我留个字条好么？"我央求道。

老门房瞅着我，未置可否。我便蹲下身去，抽出地址簿扯下一页，用膝盖垫着，在上面简略地写下几行字，告诉王夔龙傅老爷子病逝，今天出殡下葬在六张犁极乐公墓最高的山顶上。我将字条交给那个老门房，他转身去，蹒跚地走回门内，将铁闸砰的一下关上。

我回到长春路裁缝店，最后两件孝服勉强赶完。老板娘将六件孝衣叠在一起，用一条白孝带捆绑起来，让我带走。师傅还没有回家，小玉倒把馒头蒸好了，他又买了一碟卤肉回来，切成片，烧水煮了一锅蛋花汤。我们都帮着摆桌子，预备中饭。大家都没有睡好，一个个青脸白唇的。老鼠伤风了，稀稀呼呼，鼻涕涟涟，他也不用手巾去擦，鼻涕流出来，手背一抹算数。师傅中午才转来，他说今天是吉日，出殡的人家多。几家殡仪公司的灵车，早上都出租光了。有一家答应下午开来。我们都坐下啃了馒头，将碗筷收走后，大家便开始将孝服穿上。孝服只有一个尺寸，我的身材最合适，老鼠穿着太大了，拖到脚背上，头上披上麻，把半个脸都遮掉了，走起路来拖拖曳曳。穿在阿雄仔身上又太短小，半截手臂露在外面，下面只遮到膝盖头。我们披麻戴孝，穿着停当，便围着傅老爷子的灵柩团团坐下，静悄悄地一直等到下午三点左右，灵车才来。我们几个人一齐扛着灵柩，将傅老爷子抬出了门。

六张犁极乐公墓车子只能开到半山，到山顶，还得步行一大段弯弯曲曲的山径，那条山径像一匹大蟒蛇般一直蜿蜒伸到山巅。极乐公墓一座山旧茔新冢成千上万重重叠叠，沿着山坡一排又一排，挤得满满的。整个弧形的山谷里，高高低低，矗立着墓碑，好像一片片的石林一般，苍绿的松柏，疏疏落落，点缀其间。这是一座幅员广大而又异常稠密拥挤的坟场。因为日近黄昏，送葬祭拜的人大概都已归去，这座累累的墓地里，静沉沉的，罩在一片无边无垠的荒凉中。

我们六个人扶灵上山，分开左右两排。左边由师傅带头，中间是吴敏，阿雄仔托棺殿后。右边小玉领先，老鼠排第二，我在最后扶持。我们六个人披戴着雪白的孝衣，一齐弯下身去，将傅老爷子那副沉甸甸乌黑的灵柩，用力提了起来，扛到肩膀上去。从半山到山顶这段山径，相当陡斜，石级崎岖不平，忽高忽低。我们六个人的步伐，必得一致才不会左右颠簸。我们落脚都很谨慎，一步一步，扛着傅老爷子的灵柩往山上爬去。愈往上，坡愈陡，棺木的倾斜度愈大，我和阿雄仔居后，肩上的重量愈来愈沉，渐渐往下压，我的面颊紧紧抵住那粗糙的棺木，肩胛骨已经给压得隐隐作痛起来，汗水开始从头上背上冒了出来。我们蹭蹬了半天，才爬到一半，大家都开始有点不支了。我们默默地爬着，听得到彼此的喘息声。突然间,我的右脚一滑,脚底下踩到一块松动的石头,一个踉跄,我右腿便弯跪了下去。于是整副棺木压着我的左肩,向我倾滑下来。我肩上感到一阵彻骨之痛,棺木的底板好像嵌进了我的肉内一般,我眼前一黑,痛得泪水直流,几乎支持不住,整个人将往后倒去。我一急,也顾不得痛楚,用肩往上拼命将倾滑的棺木抵住。幸亏阿雄仔力气大,双手托住棺尾,将棺木慢慢举起,其余几个人也死命撑着,才将棺木扶平。我挣扎着,用尽了力气,终于站了起来,可是整个左肩早已痛得麻木了。我们一齐伫立着,等大家缓过一口气来,又重新出发,一步一步,迟缓地、艰辛地,将傅老爷子的灵柩,护送到山顶。我们小心翼翼地将灵柩卸下肩来,搁置在地上,大家开始揩拭脸上的汗水。我伸手到衣内,去摸了一下左边的肩胛,觉得肩窝上黏湿黏湿的,抽出来一看,手上沾了鲜血,肩上的皮肉已给磨破,这时我才开始感到肩膀上一扯一扯一阵阵痉挛一般的剧痛来。

山顶那片墓地比较荒疏,只有零零星星的几堆坟墓,一些荒地上长满了齐人高的狗尾草,一丛丛发着白絮子。傅老爷子的坟墓果然包好了,是一个青灰色磨石子的石椁,一半埋在地下。紧接着旁边有一个旧坟,外壳石头变黑了,可是坟上草木却修剪得很整齐。我走近去,看到墓碑上赫然题着"陆军少尉傅卫之墓",日期是一九三二年生一九五八年殁。

十二月冬日的夕阳已经冉冉偏西,快降落山头了,赤红的一轮，滴血一般，染得遍山遍野，赤烟滚滚，那些碑林松柏统统涂出了一层红晕。山顶的狗尾草好像刚在红色的染缸里浸过似的，我们身上的白孝服也泛起了一片夕辉。顶上起了山风，凉飕飕地将我们身上的孝服吹得衣带飞扬。我们歇了一刻，打开了石椁的盖子，六个人又同心协力地将傅老爷子的灵柩兢兢业业地放落到石椁里。正当我们将傅老爷子的墓封盖起来的一刹那，山径石级上一阵脚步声，突然冒出一个人来。王夔龙及时赶来了，他穿了一身的黑西装，打着黑领带，胸前捧着一大束拳头大一朵的白菊花，总有二十来枝。他大概爬山爬急了，兀自在重重地喘息，一脸发青。他看到石椁里躺着傅老爷子的灵柩，便往前走了几步，弯下身去，将那束白菊花轻轻放在墓前，然后立起身，双手下垂，默然俯首，望着石椁里傅老爷子的棺木，静静地凝视了十多分钟。陡然间，扑通一声，他那高大嶙峋的身躯，竟跪跌在傅老爷子墓前，他全身匍伏，顶额抵地，开始放声恸哭起来，他那高耸的双肩，急剧地抽搐着，一声比一声大，一声比一声凶猛。他的呼号，愈来愈高亢，愈来愈凄厉，简直不像人类发出来的哭声，好似一头受了重创的猛兽，在最深最深的黑夜里蹲在幽暗的洞穴口，朝着苍天，发出最后一声穿石裂帛痛不可当的悲啸。那轮巨大的赤红的夕阳，正正落在山头，把王夔龙照得全身浴血一般。王夔龙那一声声撼天震地的悲啸，随着夕辉的血浪，沸沸滚滚往山脚冲流下去，在那千茔百冢的山谷里,此起彼落地激荡着。于是我们六个人,由师傅领头,在那浴血般的夕阳影里,也一齐白纷纷地跪拜了下去。

第四部 那些青春鸟的行旅

1

小玉来信

阿青:

我终于来到东京了! 今天是我到达日本的第十天, 可是有时还不敢相信, 以为自己在做梦。尤其有几次半夜醒来, 我以为还睡在台北锦州街丽月姊那间小屋子里。直到我伸头出去, 看到窗外新宿那些红红绿绿的霓虹灯, 才松了一口气: 果然到了东京了! 这次跳船出人意料之外地顺利, 全靠龙船长龙王爷。我把实况都告诉了他, 当然还施了一些苦肉计, 龙王爷知道我到日本是去找自己的父亲, 善心大动, 不但让我开溜, 还介绍我到"大三元"中华料理去做事。"大三元"的老板从前也是翠华号的三副, 一样也跳了船, 对我还很照顾。谁说天下没有好人？龙王爷就是个活菩萨，以后我发达了，一定替他立个长生牌位。你放心，我在翠华号上并没有让那些烂水手动过一根毛。有一个广东佬要认我做"契弟"，他拿了一件开什米的绒背心，香港货，要送给我，那个马鹿野郎想打小爷的主意呢！我对他说："我刚生过淋病。"他瞪了我一眼，把那件背心又拿了回去。

东京叫人兴奋、叫人着迷、叫人心惊胆战！昨天我去逛银座，看见那么多的车子、人、高楼、大厦，我恨不得跳起来大叫。银座就是咱们的西门町，可是要比西门町大个一百倍，说到气派，那就更不能比了！我看日本佬阔得很呀！穿的戴的，个个人有车。我喜欢这里的繁华，百货公司之多之大，买不起进去逛逛也是好的。难怪我那个野郎老爸要替资生堂做事，我到银座最大的一家百货公司松坂屋，看到资生堂的化妆品占了七楼一层楼！乖乖，名堂之多，吓死人的。谁知道，也许以后我也在资生堂谋到一份差事呢，说不定爬得比我老爸的位置还高，那样，我阿母便不愁胭脂水粉搽了！不过这些都还言之过早，我目前最大的苦恼是不会说日本话，满街叽叽呱呱的东洋屁，一句也不懂，哑巴似的，只有跟着他们打躬作揖装内行。不过我的日文课已经开始了，老师是"大三元"的三厨，也是一个跳船的水手，在日本多年，是个地道"老东京"。第一课他教我，日文打炮叫作"塞股死、塞股死"。我学得很快，他认为我的日文颇有前途。好的开始，是成功的一半，这是我们小学校长告诉我们的。

事实上我在"大三元"的工作是在厨房里打杂，从拔鸡毛、剥虾壳，到刷锅洗灶。什么水晶鸡、松鼠黄鱼，在台北烹饪学校学的那一套，这里全派不上用场。大三元的大司务凶如阎罗，连老板都让他三分。我的虾子剥慢了些，他便直起两只眼睛骂山门。我当然没有回嘴。君子能屈能伸，现在我的翅膀羽毛还没长齐，暂且忍气吞声。不过我趁他没在意，他炒的那盘茄汁虾仁，其中两只最大的虾子，我手一拈，便下了肚。我现在睡在"大三元"二楼一间货仓里，活动空间只有四个榻榻米大。货仓里堆满了虾米、干鲍、豆豉、咸鱼、皮蛋，十天下来，我已经被熏陶得香臭不分了。不过东京的房租贵得惊人，比台北起码高十倍，有这个四榻榻米的地方睡睡觉，至少目前我已经很满足了。只是偶尔半夜醒来，会想到台北，想到你们。你呢，阿青，你好吗？小敏呢？老鼠那个小贼呢？见到师傅就替我问安，我会给他写信报告的。如果赵无常那批老玻璃问起来，不要告诉他们我在"大三元"打杂，你跟他们说：王小玉在东京抖得很呀！

祝

新年快乐

小玉 十二月三十日

又：你不是老笑我做樱花梦吗？现在我的梦里真的有了樱花了。明年春天，樱花开的时候，我会穿了和服在樱花树下照张相片寄给你。

给小玉的信

小玉：

接到你的信，我们才松了一口气。这几天我常常跟吴敏说，不知小玉跳船上岸没有，有没有给日本政府捉了去。我把你的信拿去给吴敏看，他一兴奋，便去买一瓶啤酒回来，我们两人对饮了几大杯，为你庆祝。我们说，小玉到底是个九尾狐，怎么就让他混到东京去了！你信上把东京说成个花花世界，我看你如鱼得水，乐不可支的模样。你快去尝尝东京的"沙西米"，下次写信告诉我们是什么滋味。前天在西门町你猜我碰到谁？老周！那个胖阿公也听闻你去了日本，酸溜溜地对我说道："听说那个小卖货卖到日本去了？我看他在东京也卖不出几文钱！"我漫不经意地答道："人家那个华侨干爹接他去了，小玉来信说，干爹刚带他去箱根洗过温泉澡呢。"老周嘿嘿冷笑了两声，我看他至少也信了一半。

自从你离开后，我们这个圈子里，几经波折，有了很大的变化。咱们安乐乡正式歇业了。《春申晚报》那个樊仁又写了两篇报道,而且愈写愈明,只差没把盛公的名字点出来。万年青董事长为此苦恼不堪,听说他暗地里还塞了不少钱,才把那个烂记者的嘴堵住。当然,咱们安乐乡就开不下去了。师傅最伤心,关门的那天,师傅跟我们几个人在安乐乡里喝得酩酊大醉。师傅对我们说道:"儿子们,你们自己飞吧,师傅顾不得你们了。"说着便掉下了两滴眼泪来,倒是把阿雄仔吓坏了,拉着师傅的手直叫达达。上个星期我经过安乐乡的门口,早已换了新主,改名字叫"香妃",变成个招徕日本人的酒馆,听说有酒女陪酒的。

我现在在中山北路的"圆桌"当酒保,这是一家高级酒吧,满有情调。这里的顾客也很高级,大多数是来幽会谈恋爱的哥儿姊儿,一杯薄荷酒泡一夜。我的薪水还不错,三千块一个月,那些哥儿当着女朋友的面,小费给得特别甜。我的工作还算轻松,调完酒,便坐着听录音机里翻来覆去的《蓝色多瑙河》。我已搬出傅老爷子的家了,傅老爷子遗嘱里把他的房子捐给了灵光育幼院。灵光的院长来把房子收走了。傅老爷子生前在灵光育幼院里认养了一个残障儿童,他叫傅天赐,生下来便没有手的。现在我常去看他,教他用嘴巴写字。我也去看过丽月姊,可惜她把我们从前那间房租走了,要不然我会搬回锦州街的。我喜欢吃阿巴桑做的鱿鱼炒酸菜。丽月姊告诉我,你母亲知道你跳船上了岸,笑得嘴巴都歪了。她说她在等你接她到东京去呢。我现在住在大龙峒,房租稍微贵了些,不过房间还宽敞,通风也不错,而且没有咸鱼臭!

吴敏也找了一份差事,在林森北路凯撒琳西餐厅当服务生。不过近来他很苦恼。他的张先生,那个"刀疤王五"不知怎的,去年圣诞夜,大概多喝了点酒,洗澡的时候,一跤跌在浴缸里便中了风,半身不遂,现在还躺在马偕医院里。吴敏天天下了班得去服侍他,有一次吴敏拉了我一块儿去,张先生的样子完全脱了形,从前那份潇洒劲儿全不见了,像只泄了气的气球,软趴趴地躺在病床上,眼睛斜了,嘴巴也歪了,可是脾气却变得愈加暴躁,把吴敏骂得团团转,东也不是,西也不是。离开医院,我对吴敏说:"小敏,到了这种地步,你还能忍受,还不趁机离开他算了?"吴敏一本正经地对我说道:"这是什么话?他现在更用得着我,我不能没有良心,就这样走开!"我看吴敏也是个苦命人,一个张先生已经够他受的了,又加上他那个赌鬼老爸。他父亲跟他叔叔一家吵翻了,也跑到台北来投靠他。吴敏又要服侍病人,又要照顾父亲。也亏他,居然还顶得住,没有垮下来。

至于老鼠呢,他的下场我们早就料到了的。老鼠现在在桃园辅育院里,受感化教育。两个多礼拜以前,老鼠在国宾饭店,重施故技,伸出他那第三只手,去扒一个观光客的钢笔,谁知道这次却让国宾的经理逮个正着。我跟吴敏约好了,下个星期天去桃园看他,带点水果去安慰那个问题少年。这样关一关,或许把那个小贼的贼性关掉些,也未可知。

小玉，你的樱花梦终于实现了，你现在在"大三元"让咸鱼熏熏，还是划得来的。

祝

新春万事如意

阿青 一月十七日

老鼠来信

阿青：

你跟小敏真不够意思！我关了进来两个多礼拜了，你们也不来看看我。我在这里受感化教育，很艰苦哩。感化教育就是教人做好人的意思，天天要念书，还要写读书心得。我离开国民小学，就没有正经看过一本书，哪里会写什么读书心得？我们天天早上上国文、历史、民族精神教育，很莫意思，我常常想打瞌睡，又怕老师骂，只好猛掐大腿。今天早上我们的民族精神教育课，老师给我们讲岳飞的故事，岳飞就是打金兵那个宋朝大将，你知道吗？老师说，岳飞的老母用针在岳飞背上刺字——岳飞老母很厉害呢！——老师在黑板上写了"精忠报国"四个字。有一个浑小子问："精忠"是什么意思？差劲！连"精忠报国"都没有看过，火车站的牌子上不是常有这四个字吗？老师说中国家庭的母教很重要，岳飞有了那样深明大义的母亲，才会变成民族英雄，所以老师要我们以后听从母亲的教导。那个浑小子又起来捣蛋说道："老师，我阿母是宝斗里的妓女，明什么大义呀！"老师一脸通红，说不出话来。我们在下面挤眉眨眼，嗤嗤暗笑。下午的职业训练比较有意思，我选的是染织科，中坜大中华染织厂一个老师傅来教我们。今天刚刚学过配色，很好玩，搅一下一个颜色。老师傅赞我色配得很准，我问他，日后我出去在染织厂找得一份工么，他说没问题，只要我努力跟着他学手艺就行了。

阿青，我们这里是个强盗窝哩！我不过在旅馆里拿了人家一点东西罢咧，算不了什么。这里的混混，作案比我精彩多了。他们真的持枪动杖到人家家里去打家劫舍呢。有一个竹联帮的头头，因为跟三重的天地帮武斗，把天地帮一个老幺杀成了重伤。这个小子是个混世魔王，在我们这里称老大，手下有一批喽啰，帮着他耀武扬威，专门欺负人。这个小子横得很，动不动就竖起眼睛指到人头上说：老子要你好看！好哥哥，我整天混在这群强盗里头，怎不教人提心吊胆哪！我打定主意，好汉不吃眼前亏。昨天还挨了那个头头一顿揍，打得我头冒金星，我只好赖在地下装死狗。你们又不在这里，我一个人能还手么？有一个傻子不知厉害，顶撞了那个混世魔王几句，晚上让他们捉了去，你猜干什么？灌了一嘴巴的尿！

在这里，我最不满意的地方，是他们把我归成"惯窃类"，你说难不难听？每个星期三，有个师范大学社会系的研究生来找我谈话，他说他在研究台湾青少年的惯窃问题。他问东问西，挖我的材料。他问我为什么喜欢偷东西，我说我看见人家的东西，喜欢就拿来玩玩。他说拿人家的东西就算偷窃，我说光拿东西不拿钱，算不算偷窃？那个研究生唔唔呃呃答不上来，给我考倒了。我跟他说，我有一次拿了人家一个皮夹，里面有几十块美金，我看见没有别的东西，那个皮夹也莫意思，便又放回那个人的口袋里去了。那个研究生把我说的话都记了下来，他说我是个极有意思的特殊个案，他说我的心理有问题，他要建议辅育院给我心理治疗。去他娘的，我的心好好的。治疗个鸟。

阿青，我的百宝箱呢，你千万要替我好好收藏起来，不要让别人发现，把我的宝贝偷走了。你来看我的时候，拿支钢笔来给我玩玩。不要拿那几支好钢笔，拿那支旧的蓝色犀飞利就够了。这里的人很可怕，好东西不能露白。好哥哥，你到底什么时候来呢？你们再不来看我，我要闷死啦。

祝

新春愉快

老鼠　一月二十一日

又：聚宝盆的卢司务今天来看我，还带了一只熏鸡来给我打牙祭。卢司务这个人很讲情义呢。我请他把这封信带出去寄给你。听说这里寄信要检查，讲这里的坏话不行的。前天有两个小子想逃跑，给抓了回来戴上了脚镣。两个小子走路左一拐右一拐活像两只螃蟹。

小玉来信

阿青：

很久没有跟你写信，实在太忙，忙得连屁都没空放。这一个月我们"大三元"生意好得出奇，天天满座。日本人真奇怪，放着"沙西米"不去吃，偏偏全家跑来吃我们的中华料理。老板笑得合不拢嘴，只是苦了我们厨房里的人。天天夜里磨到一两点，倒上床已是筋疲力尽，哪里还提得动笔写信？而且有一点空，我便去干要紧的事。我已经开始在寻找我父亲的下落了。第一步我打电话到资生堂去查问，他们的职员里头有没有一个叫中岛正雄的人，是归籍日本的台湾人。资生堂光是在东京便有几十个经销处。我一个个去问，倒是在浅草查到一个叫中岛正雄的职员，不过那个人是个二十来岁的小伙子，没有资格做我的老爸，而且是大阪人。我又到东京华侨的林氏宗亲会去查过，有林武雄、林胜雄、林金雄，偏他娘的，就是没有林正雄。我去找了一本电话簿来，先从新宿区查起，把电话簿上那些中岛正雄的地址都抄下来。光是新宿就有二十七个中岛正雄，我又不能打电话去问人家在台湾有没有一个私生子，这件事这么复杂微妙，我的日本话才学了一个月哪里讲得清楚，就算讲得清楚，人家在电话也不会认野仔呀。这个月来，一有空，我便按着地址去找中岛正雄。东京的街道门牌号码乱得可怕，我在新宿那些大街小巷里横冲直闯，像在迷宫里打转转。到昨天为止，才查过十个中岛正雄，各式各样的中岛正雄都有。一个是整形医生，一个是卖假发义乳的，一个电器行的经理，有一个跑出来，麻面兔唇，又瞎了一只眼睛，像个恶鬼，我吓得拔足飞奔。要是我老爸真的生成那副德性，我宁愿不认他！

昨天我们公休，我出去跑了一整天。今天东京大雪，街上的雪泥有一尺厚，行走起来，非常不方便，鞋子里渗进雪水，冻得两只脚又僵又痛。我跑了三家中岛正雄，都是日本人。到了傍晚的时候，有一家中岛正雄，居然是中国人！一刹那，我的心差不多跳到嘴里来。等我问清楚，那个中岛正雄竟是个满洲旗人，从天津来的。他姓金，有六十岁的模样，人很体面文雅，家里的陈设也很讲究。他知道我是从台湾来的，很高兴，邀我进去喝了一杯茶，谈了一会儿天。出到外面，大雪纷飞，新宿那些成千上万的霓虹灯，在雪花里眨得热闹得很，我站在街心，那一刻真是感到人海茫茫。那晚我去了新宿歌舞伎町的桐壶，那是新宿最有名的一家 gay bar。

东京据说有上百家的"安乐乡",光是新宿歌舞伎町就有十二家。涩谷、六本木,也有好多好多。东京的青春鸟可厉害着哪,满街乱飞,他们是不怕警察的。在酒吧里又跳舞又亲嘴,什么都来。新宿也有一个新公园,叫御苑,比咱们的新公园可要大十倍哩,那些青春鸟在里面捉起迷藏来也比咱们野得多。阿青,比起这些东洋鸟儿来,咱们几个人算是很规矩的了。桐壶比咱们安乐乡大概要大两三倍,灯光很新潮。周末挤得满满的,还可以跳舞。可是昨天是星期一,又下大雪,酒吧里寥寥落落只有十来个人,而且也没有久待。我一个人暖了一壶清酒,在桐壶泡了一夜,酒吧里有一架落地唱机一直放着森进一的歌。森进一是日本现在最红的男歌星。这里 gay bar 的人都很迷他,他的歌唱得人心酸酸。到了半夜我醉得差不多了,有一个穿灰西装的中年日本人过来跟我搭讪,他咕噜咕噜讲了一通,我也不懂。他发觉我是支那人,便拿出纸来跟我写汉字,他问我为什么看起来这样哀愁。我说:"煞比西呢!煞比西呢!"这句话也是大三元的三厨教我的,意思就是:"寂寞啊!寂寞啊!"那个中年日本人便把我带了回去,他住在上野,好远好远!坐地下车还要转两次。

阿青,我会继续寻找下去。找完了新宿的中岛正雄,就找浅草、涩谷、上野,一直找下去。东京找完了,等我攒了点钱,便到横滨、大阪、名古屋去。我要找遍日本每一寸土地,如果果然像傅老爷子说的，上天可怜我，总有一天，我会把我老爸逮住。你猜我找到他，第一件事我要干什么？我要把那个野郎的鸡巴狠狠咬一口，问问他为什么无端端地生出我这个野种来，害我一生一世受苦受难。

老鼠给关进感化院，我确实没感到意外。关关也好，也许把他关好了。吴敏自作孽，不必可怜他。我那个华侨干爹林茂雄，我并没有去找人家。我在这里听说林茂雄在日本华侨界很有地位，很受尊敬。我在台湾的时候，他对我非常好，很看重我，说我懂事体贴比他亲生儿子强百倍。如果我现在去找他，会使他感到为难，我不想那样做，我要他在心中对我永远保持一个好印象。我跟林様虽然相处很短，可是阿青，那却是我一生中最快乐的几天。

祝

好

小玉　二月一日

又：我突然想了起来，还有十天就要过旧历年了。我要托你一件事，请你到信义路刘家鸭庄替我买两只鸭饼（钱以后还给你），大年初一到三重镇给我母亲送去，我老母最爱吃刘家鸭庄的鸭饼了，过年的时候，喜欢蒸了鸭饼过酒，喝五加皮。

2

除夕这天,寒流突然来袭,入夜时分,温度愈降愈低,空气凛冽,没有风也是寒恻恻的。我到了馆前路新公园的正门口,远远地便看见博物馆前石阶上立了一个人,白发白须,穿了一袭玄色的长袍,在向我招手。

"小苍鹰——"新公园的老园丁郭老向我呼唤道。

"郭公公好!"我赶忙快步迎了上去,向郭老请安道。

"好久没见着你了,阿青,"郭老感叹道,"今夜你终于又飞回来了。"

"是啊,"我笑答道,"今晚是大年夜,我特地赶回咱们这个老窝里来跟大家一块儿守岁呢。"

"唉——"郭老摸了一摸他胸前那挂白胡须,"我早就料到了的,你们这群鸟儿,一只一只还不是都飞回来了。我听说你们几个人又闹着开了一个酒馆子,叫什么来着?"

"安乐乡。"

"哦,安乐乡,听说一样也关掉了。"

"本来生意还不错的,"我说道,"后来有人去捣蛋。"

"总是这样的,"郭老摇着头笑道,"杨胖子不死心,他十年前开那个'桃源春',开头还不是轰轰烈烈,转眼就关了门。这些年来,此起彼落,也有过好几家,什么香槟、白夜、六福堂,开了关、关了开,最后全部了无踪迹。可是咱们这个老窝还在这里，等着那群倦鸟投林，回来休息。风险总是难免的，宵禁什么的，只要熬过一阵子，也就雨过天晴了。小苍鹰，进去吧，他们都聚在莲花池畔那里了。"郭老朝我挥了一挥手满脸慈祥地笑道。

我进到公园里，莲花池那一端，石阶上，果然人影幢幢，远远便传来一阵阵人语喧笑了。我们师傅新公园总教头杨金海仍旧领袖群雄，在那儿指挥若定。他穿了一件茶色缎面起暗团花的棉短袄，头戴黑紫羔方帽，脖子上围了一条宝蓝长围巾，一端悬在胸前，一端挂在身后，他那原本富态的身躯裹着棉袄，愈加硕大了。他在台阶上，气势凌人地来回巡逻，口里不停地吆喝着，围巾前后飘然。杨教头身前身后都跟了两个孩子，大概都是刚飞进园内的嫩脚色，让杨教头指挥得团团转。原始人阿雄仔紧跟在杨教头左侧，亦步亦趋。他兜着一件红黑相间花呢短褛，头上罩了一顶西洋红喇叭形的绒线帽，帽顶一个鹅卵大的紫绒球。他的身量好像愈更庞大了，昂头挺胸，顾盼自得地跟着师傅在台阶上巡来巡去，脑后帽顶上那颗紫绒球欢欣地上下跳跃着。

"师傅。"我踏上台阶，向新公园的总教头杨金海师傅俯身一拜行礼道，杨教头住了脚，朝我上下打量了一下，却没有应声。

"师傅，"我清了一下喉咙又叫道，"阿青向师傅请安。"

"你是对我说话么？"杨教头又朝我瞥了一眼，冷笑道，

"我以为你们早就不认我这个师傅了呢!"

"师傅说的什么话!"我赶忙赔笑道,"这阵子我在中山北路'圆桌'上班,天天弄到晚上一两点,实在忙不过来,所以没有来看师傅。今晚休假,特别赶来这儿跟师傅拜个早年。"我双手合抱作揖。

"哦,也难怪,都飞到高枝儿上去了。"杨教头又哼了一下,"别人我也不理论,我只怪吴敏那个孩子,算我白疼了他!"

"请师傅不要错怪小敏,"我连忙解说道,"小敏那个张先生又进了医院,这次更凶,动都不能动了,小敏一步都离不开,扶上扶下,全靠他。小敏今夜还特别要我带口信来跟师傅请罪,他说连明天大年初一他都没法去跟师傅拜年了。"我从夹克口袋里掏出了一只红蜡纸包住的小盒子来,里面是一根镶着蓝珠子的镀银领带夹,是吴敏托我买的,"这点小礼物是小敏要我带给师傅的。"

"唔,"杨教头接过那只小盒子,脸上的颜色才缓和了下来,语气也松动多了,"我说么,吴敏看来也不像个没良心的孩子。"

杨教头捧着那只小盒子,肥胖滚圆的脸上终于露出了一丝笑容来。

"阿青。"原始人阿雄仔蹭过来,张开两只巨臂将我一把环抱住。

"嗳呀,"我给阿雄仔箍得一身发痛,"轻些,轻些,阿雄仔,我的骨头要断了！"我笑着叫道。

阿雄仔放开我，呵呵地笑着，双手将我满头满脸乱摸一阵。我在他那宽大的胸膛上捶了一拳，笑道：

"怎么样，阿雄仔，你这顶帽子标致得很呀！"

阿雄仔伸手到脑后揪住那颗紫绒球，洋洋得意地说道：

"达达买给我的！"

我从另外一个夹克口袋里摸了一包塑胶袋的巧克力糖来，巧克力包着金的银的，五颜六色的锡纸，我擎到阿雄仔脸上摇晃了一下，逗他道：

"阿雄仔，叫我一声哥哥，这袋巧克力糖就送给你。"

"哥哥，哥哥。"阿雄仔叫着，却一把将那袋巧克力糖攫走了。

"达达——糖糖——"阿雄仔高举着那袋五颜六色的巧克力糖欢呼道。

"下流东西！"杨教头喝斥道，"还有脸在这里献宝呢！"

我陪着杨教头，在台阶上来回地走了两趟，一边向他报告各人的近况。

"小玉那个狐狸精，在东京混得怎么样了？"杨教头问起小玉道。

"小玉在新宿的 gay bar 里红得很呀！"我笑道，"他天天吃'沙西米'呢。"

"这个小屄养的！"杨教头笑骂了一句，却赞道，"还是那个小狐狸行!"

我又谈起我去桃园辅育院去探望老鼠来,老鼠向我哭诉,他在里面给那些小流氓欺负得很惨,不过提到染织训练,老鼠又破涕为笑,喜滋滋地谈起他的学习心得来。他说染织科的老师傅,对他大加赏识,拿他的作品在班上示范。

"老鼠伸出双手给我看,他的十个指甲里都渗了颜色进去,红红绿绿,洗也洗不掉。"

"那个小贼么?"杨教头鼻子眼里哼了一声,"依我的脾气早该把他那双贼爪子剁掉了!"

除夕夜,大家回到公园这个老窝里来团拜似的,大部分的人都在寒流里飞了回来,在莲花池的台阶上,挤成了一团,互相呵嘘取暖。我们从鼻子嘴巴里喷出来的热气,在寒流中,化成了一道道的白雾。莲花池的四周,增加了几盏柱灯,把三水街那群小幺儿身上大红大紫的太空衣,照得愈更鲜明。那群小幺儿仍旧三五成群,勾肩搭背,示威似的在台阶上来回地踏走着。花仔不唱《三声无奈》了,兴致勃勃地又在唱起《望春风》来。赵无常愈来愈没落,披着一件黑色的旧风衣,萎靡地缩在一角。他那些陈旧的故事,讲过太多遍,连他自己也无精打采,听的人也就兴趣索然。老龟头的下流动作,激起了公愤,遭到大家的排斥,已经不敢上台阶了,只有躲在黑暗里远远的一角,干瞅着。聚宝盆的卢司务卢胖子,仍旧笑得像尊欢喜佛一般,在选择一块最精瘦的排骨。宵禁解除后，艺术大师又恢复了他的《百子图》的巨作，最近的一个模特儿，又是一个三重镇来的野娃儿，据说非常原始，完全可以代替给送去火烧岛的那头铁牛。开始还踟蹰，后来终于忍耐不住，几个胆怯的大学生，也鼓起勇气，步上了莲花池畔的石阶，几个充员士兵最后也赶来了。于是老年的、中年的、少年的、社会地位高尚的、社会地位卑下的、多情的、无情的、痛苦的、快乐的，种种不同的差异区别，在这个寒流来临的除夕夜，在这没有月亮却是满天星斗的灿烂夜空下，在新公园莲花池畔我们这个与外面世界隔绝的隐秘王国里，突然间统统泯灭消逝。我们平等地立在莲花池的台阶上，像元宵节的走马灯一般，开始一个跟着一个，互相踏着彼此的影子，不管是天真无邪，或是沧桑堕落，我们的脚印，都在我们这个王国里，在莲花池畔的台阶上留下一页不可磨灭的历史。

正当大家循着规律绕着池子行走时，突然间，队伍里起了骚动。原来刚刚消息传来，八德路盛公馆里，我们那位年高望重的宿耆万年青电影公司董事长盛公要开一个年夜"派对"，庆祝新年，"派对"晚上十时开始。于是掀起一阵嗡嗡嘤嘤充满了兴奋期待交头接耳的隐语。最先走下台阶呼啸而去的是那群穿着大红大紫太空衣的三水街小幺儿，不一会儿，几个大学生也悄悄地溜了下去，于是一个又一个，一群又一群，离开了莲花池，到公园外，乘上摩托车、计程车、私家小汽车,像一群夜里的蝙蝠,往同一个地点,八德路盛公馆飞奔投去。

"小万,小赵,金旺喜,赖文雄。"杨教头好像军队里点名似的唱道。

"来了,师傅。"几个年轻的声音一齐答应。

于是新公园里的总教头杨金海杨师傅,最后也步下了台阶,前呼后拥,团团围着几个十六七岁的子弟兵,由超级巨人原始人阿雄仔押后,一队新的杨家将浩浩荡荡,迈出新公园外。

顷刻间,莲花池畔倏地沉寂下来,那一片台阶石栏,竟变得无限空旷。我一个人绕着那空寂的莲花池走了两周,我的脚步声,在空阶上橐、橐、橐,一声声清脆地回响着。我发觉几个月没有来,莲花池连最后几片莲叶也枯残消失了,定定的一池水里,映着满天亮晶晶的星火。我不禁蓦然一惊,算算自从去年五月里那个异常晴朗的下午,我让父亲逐出了家门,在台北的街头流浪到半夜,最后终于跨入了新公园我们这个王国里来,前后也不过九个多月,但我感到那已经恍惚是发生在前一世的事情,那么遥远,那么渺茫。我记得那个五月的夜里,月亮是红的,我进到公园里来,心中充满了畏惧、恐怖、紧张,又有一点莫名的亢奋,我饿得饥肠辘辘,头在发晕,全身一直抖着爬上石阶钻进池中那个八角亭阁里,躲藏起来。

忽然间,橐、橐、橐,莲花池的另一端石阶上也响起了一阵孤独的脚步声。一个高大瘦长的身影朝我踱了过来,他穿着一件深色的长大衣,衣角飘飘地拂扬着。

"阿青。"王夔龙走了过来,向我招呼道。在夜里,王夔龙那双深坑的眼睛又如同原始森林中的磷光般,碧灼灼地燃烧起来。

"王先生!"我惊喜地叫道。

"我心里想,今晚会在这里见到你,阿青。"王夔龙说道,他的声音有一种说不出的激奋。

"王先生,真的,我也在等候你。"我说。刚才其他的人都离开莲花池去赴盛公的"派对",也有人邀我一起去,我回绝了。当时我不明白为什么要一个人留在这里,冥冥中,我只觉得我在等一个人,现在我知道,我在等候王夔龙,我们黑暗王国里那则神话中的龙子。

"好极了,"王夔龙说道,"今夜是除夕,我们两人应该聚一聚,刚才这里人多,我等了好一会儿才进来的。"

"是的,刚才好热闹,大家都来了。盛公家开'年夜派对',他们都去盛公馆守岁去了。"

"小金宝呢,王先生?"我问道。我听说最近小金宝已经能走路了,还是有点瘸,可是可以穿鞋子了。有人常看见王夔龙带着小金宝去上馆子。

"下午我把他送到桃园去了。"王夔龙笑道,"小金宝有一个姨婆住在桃园,是他唯一的亲戚,把他接去吃年夜饭。"

我跟王夔龙两个人并肩齐步,在台阶上绕着莲花池行走起来,我们两人的脚步声,响彻了整个台阶。

"我在傅伯的墓上,种了一些花树。"王夔龙说道。

"难怪!"我叫道,"前个礼拜我去替傅老爷子上坟,看见他的墓上种满了杜鹃和龙柏,原来是王先生种的。"

"那些杜鹃都是深红色的,还有一两个月就要开了,不过那几棵龙柏还要等好几年才长得高呢。"

我们两人步到台阶的中央,王夔龙却停了下来,他仰起他那颗黑发蓬松的头,望着夜空,半晌喃喃自语道:

"就像今夜这样,那天晚上,也是满天的星火——"他的声音渐渐激昂起来,"十年前,十年前那个除夕夜,就是这个时刻,差不多半夜十二点,满天满天的星星——"

"就在这儿,"他指了一指他脚下那块水泥台阶,"他就站在你那里。"他又指了一指我的脚下。

"'阿凤,'我对他说,'跟我回去吧,我是来接你回家去过年的。'我哄他、我求他、我威逼他,他只是摇头,他只是笑,而且笑得那般怪异,最后他近乎忧伤地笑着对我说道:'龙子,我不能跟你回去了。我要跟他走——'他指了一指他身边一个酒臭熏人的糟老头子,'他要给我五十块,五十块压岁钱呢!'他又按着他的胸口奇怪地笑道:'你要这个么?'他欺身上前笑道:'你要我这个么?'我的那一把刀,正正地插进了他的胸口,插在他的心上头——"

王夔龙蹲了下去,一双钉耙般瘦骨棱棱的手满地摸索。

"阿凤的血,滚烫的,流得一地,就流在这里。我把他抱在怀里,他那双垂死的眼睛,望着我,一点怨毒也没有,竟然还露着歉然和无奈的神情。他那双大大的、痛得在跳跃似的眼睛,跟了我一辈子,无论到哪里,我总看得到他那双痛得发黑的眼睛。那天晚上,我记得我坐在台阶上狂叫:火!火!火!我看见满天的星火都纷纷掉了下来,落在莲花池里,在熊熊地燃烧——"

我也蹲了下去,面对着王夔龙,他的声音,时而高亢,时而低沉,时而变得一种近乎狂喜的兴奋,时而悲痛欲绝,饮泣起来。又一次,我在新公园莲花池的台阶上,在十年后同一个除夕夜里,从头到尾最完整地复习一遍,我们新公园莲花池畔黑暗王国里龙子和阿凤,那个野凤凰、那个不死鸟的那一则古老的神话传说。

这一次跟我头一次听到王夔龙叙述这则故事的时候,完全不同,头一次那种恐惧、困惑都没有了。我静静地听着,等他说完,情绪平静下来,两人默然相对了片刻,我伸出手去,跟他那只瘦骨棱棱的手重重地握了一下。

"再见,阿青。"王夔龙立起身跟我道别道。

"再见,王先生。"我也笑着向他挥了一挥手。

我离开莲花池之前,踅到池中那个八角亭阁中去。我一踏进那间亭阁内,靠窗的长凳上,突然一个人影坐了起来,啊的惊叫一声。我走过去,借着从窗外射进来的灯光,发觉原来是一个十四五岁的孩子,本来大概躺在凳子上正在睡觉,我进去把他惊醒了,吓得全身发抖,缩在一角直打战。我发现他躺卧的地方,正是我第一次进到公园来,躲在池中亭阁内,睡卧的那张长凳。

"别害怕,小弟,"我坐到他身边,笑着安慰他道,"我把你吓着了。"

我发觉那个孩子身上应该是只穿了一件单薄的蓝布外衣,一脸冻得发白。他剃着小平头,尖尖的下巴,一双眼睛惊惶得乱躲。

"你叫什么名字,小弟?"我问他道。我用手拍了一拍他的肩膀,他好像触电一般,猛地一跳。

"罗——平——"他的声音细小得几乎听不见了,他的牙齿上下打磕。

"今夜有寒流,这个地方睡不得的,要冻坏了。"我说道。

"你有地方去么?"我又问他。

罗平摇了一摇头。

"那么,我带你回家吧,"我说道,"今晚你可以住在我那里。"

罗平惶惑地望着我,不知所措。

"你莫怕,"我又安慰他道,"我住在大龙峒,只有我一个人。我那里很好，比你一个人睡在这里好得多，我们走。"

我站了起来，罗平才迟疑地跟着我立起了身。我们走出亭阁外，走下莲花池的台阶，往新公园的大门口走去。迎门一阵冷风，砭骨的寒意，直往人的体内钻去。我看见罗平走在我身边，双手插在裤袋里，颈脖缩起。我停了下，将围在我自己颈子上，那条傅卫留下来的厚绒围巾解下，替罗平围上，在他脖子上绕了两圈。

"你家在哪里？"我们走到馆前路上，我问他道。

"莺歌。"他答道，他的声音大了一些，牙齿也不再打颤了。

"大年夜，你不在家里，跑出来做什么呢？"

罗平垂下头去，没有作声。

"我家里有吃剩下的半碗鸡汤，回去我热给你喝吧。"我将手搭在他的肩上，说道，"你一定饿得发昏了，对不对？"

罗平偏过头来，点了两下，咧开嘴笑了。我们转到忠孝西路上，台北市万家灯火，人们都在这寒流侵袭的大年夜，躲在温暖的家中，与家人团圆守岁去了。路上行人几乎绝迹，只有几辆计程车及公共汽车，载了一些客人急急在赶路。此起彼落，远远近近，爆竹声不断地响着。我带着罗平，到公共汽车站去赶乘最后一班车。我们在路上愈走愈冷，我便向罗平提议道：

"我们一齐跑步吧，罗平。"

"好的。"罗平笑应道，他把掉到胸前一端围巾甩到背后去。

我跟罗平两人，肩并肩，在忠孝西路了无人迹的人行道上，放步跑了下去。我突然记了起来，从前在学校里，军训出操，我是我们小班的班长，我们在操场上练习跑步总是由我带头叫口令的。在一片噼噼啪啪的爆竹声中，我领着罗平，两人迎着寒流，在那条长长的忠孝路上，一面跑，我嘴里一面叫着：

一二
一二
一二
一二

附录

研悲情为金粉的歌剧

白先勇小说在欧洲

尹 玲

法国书评家雨果·马尔桑（Hugo Marsan）于一九九五年三月二十四日的法国第一大报《世界报》（Le Monde）星期五的读书版上，以几乎全版的篇幅，评介白先勇的《孽子》，赞誉这部小说是一出"将悲情研成金粉的歌剧"。此书由法国著名汉学家雷威安（André Lévy）教授译成法文，于今年初由弗拉马利翁（Flammarion）出版社出版，引起相当大的震撼，一下子在欧洲大出风头。读者反应非常热烈，才一出版即已再版。法国第二大报《解放报》（Libération）五月十八日星期四的"外国文学"版上，艾莲·阿瑟哈（Helene Hazera）亦以超过三分之二的版面，图文并茂地评论这本书；另有数种期刊杂志亦先后作了报道或评介。德译版于五月出版（德译版书名 Treffpunkt Lotossee，出版社：Bruno Gmünder）。而西班牙和希腊已有出版社接洽表示愿意翻译出版。

一部翻译小说能引起如此广大的注意和轰动是罕见的。马尔桑推崇《孽子》是一部伟大的小说，而且译者的译笔又精彩无比，两者相得益彰。法文读者在阅读《孽子》时心中的那份感动，虽然可能因想到白先勇所描写的是一个卑贱、隐晦、肮脏的世界而变得暧昧，但它却令人想起幼时阅读《悲惨世界》、《苦儿流浪记》等书的奇特快感：同样的不安、同样的乐趣、同样的恐惧。马尔桑认为《孽子》与这些名著一样，它唤醒我们的自我那最原始的深邃之处，因为阅读在此已不再是"消遣"，而是以一种强烈的光照亮我们心底深渊。

马尔桑以"令人震惊"形容《孽子》，它有传奇故事的紧张、强烈，却无强加的乐观结局；虽然描述人性被破坏、被蹂躏的一面，但并不划分刽子手和受害者、好人和坏人、拯救者和忏悔者之间的界线，而且也不挑起任何报复的欲望；这是罕见的作品之一。

《孽子》的魅力并不单在动人的情节；固定的，却是以非平铺直叙、非秩序井然那样的手法，混杂着许多小故事细节加以铺衍渲染，一小段一小段地组合而成；一群失去社会位置的青少年在人生旅途上跋涉的回响，他们被交付给一个无法预先计划的生存的运气，在那样的生存方式里，感觉的直接性和幸存的诀窍往往会抹杀意愿和真正的希望；马尔桑以为，《孽子》的成功，其威力更多是来自作者的文笔，丰富而又令人不安，像上涨的江河那样；他诗意地把真实的氛围记录下来，又以黑夜如梦一般的面纱使它改观。我们读者，在缆绳已被截断的情况下，身不由己地投身入这场影子戏，由一群奇特、异常人物表演的严酷、令人痛苦的效果中，白先勇避免了通俗小说的漫无节制，却又适当地切应了当前现实中的焦虑。从这一层意义上看，描述台湾七十年代的《孽子》与另一部同样出色的小说非常接近，那是一九六三年出版的美国作家李奇（John Rechy）的《暗夜城市》（Cité de la nuit），白先勇应该读过。就像纽约时报广场和中央公园的黑暗一样，台北新公园的黑暗掩护着被排斥的青少年，他们是没有出路的冲突的受害者，不过他们仍然是英雄，他们创造了不同的神话；在这些神话中，嘲讽、妄想和狂热痛批虚伪社会的谎言。马尔桑认为白先勇描绘的是一个边缘世界，在被接纳的边缘之内的边缘："我们这个王国，历史暧昧，不知道是谁创立的，也不知道始于何时，然而在我们这个极隐秘、极不合法的蕞尔小国中，这些年，却也发生过不少可歌可泣、不足与外人道的沧桑痛史。"

马尔桑同时以为，难能可贵的是，白先勇是以一种超然的态度，带着理解、默契和温柔的眼光来看男妓问题，他掌握的是基本性欲和以无希望的贫穷及无未来的爱情为其基础的两种骄傲违抗的悲剧美。在处理如此一个超越任何观淫癖之上的棘手主题时，白先勇有如一位大胆的走钢索演员，他也许带着怜悯，但却是一位无先天推理的见证者，滑入了书中买春客丰富的幻觉和猎物伤感的梦想之间。

在谈到本书的读者时，马尔桑说，我们完完全全地沉没在这些"孽子"之中，被一个具毁灭性的台风所吸住、吞没、撞击，我们是一场冒险犯难失败后幸存的真福者。尽管令人觉得非常不自在（我们实在难以因几个酒馆取了看起来轻松的名字如"桃源春"、"安乐乡"等而觉得自在些），但是读者会在那些流传久远的传说和故事中看到抚慰人性的一面，并且使得人性与死亡的不幸彼此取得和解。书中的"孽子"是一些脆弱的孩子，被遗弃在街头、被逐出家门、屡次从家中逃跑或是未被了解，他们聚集在半明半暗的隐秘处，沉湎于为钱而做的爱，屈服于为他们短暂命运设置信标的长者。而最终，他们毕竟还是要在彼此宿命的运数中那种粗暴的、剧烈的温柔里相互取暖。听到一则这隐秘王国的传说，他们都会目瞪口呆；这些孩子虽堕落和违反常情，但却又感情丰富且乐于牺牲；前辈的故事在他们身上往往会起一种集体身份认同的作用。这些失落而颈上未戴项圈的孩子，他们因一些从他们的失势中硬拉出来的不可思议的事而存活着。书中的"郭老"，一位性爱市场的享乐者，就在每一位"新人"来到时为他留住影像，他的"青春鸟集"是一本永恒的相簿，留存了在危险之中却又被神化的青春少年。

马尔桑赞美白先勇的才华，认为他在描写节日、盛宴、沮丧、拘禁、到医院探视衰竭的傅老爷子、为了窃取伴侣的心而亲手刺死阿凤的龙子的一切经历等等情节时，就像是把许多不幸和苦难磨成金粉那样完美。《孽子》有如一出巴洛克式歌剧，美化了黑夜，让一轮昏红的月亮高挂在湿煤也似的空中。城市夜间那被掩盖的一面在白先勇笔下是如此完美地被叙述着，以致读者甚至忘掉世上还是有日出的地方。马尔桑特别指出最令人激赏的片段，如阿青前往探视临终的母亲的那一幕是梦想的火花照耀着绝望，令人不忍卒读的绝好文字："一刹那，我感到我跟母亲在某些方面毕竟还是十分相像的。母亲一辈子都在逃亡、流浪、追寻，最后瘫痪在这张堆塞满了发着汗臭的棉被的床上，罩在污黑的帐子里，染上了一身的毒，在等死……"而妓院保镖"乌鸦"凶狠残忍地毒打"老鼠"的一幕更是以精确无比的笔墨描绘。作者改变了眼泪的形貌。明显可见的书写和节奏保障了最具暴力事件的美感；例如下面这一段："而我一个人仍旧……沉寂地等待着，直到夜愈深，雨愈大，直到一个庞大臃肿的身影，水淋淋地闪进亭阁里来，朝着我，迟缓、笨重，但却咄咄逼人地压凌过来。"此外，像晚香玉后面阁楼上那一场赌牌九的描写读来令人几乎窒息，靠妓女卖身维生的和妓女的嘴脸、偷窃、强暴和肉体的买卖等，黑色小说中的惯用词汇在此都被作者以隐喻手法驱除掉，而令人耳目一新。书中每一个人物都过着几个月可以预见的冒险生活，然而，作为阴影中的神话英雄，他们负着被人类背叛的希望；就像新公园中起伏动荡水池上的莲花那样，他们的纯洁和天真紧紧纠缠这些秘密的叙述者，叙述着这一群被爱拒绝的孩子的惊险离奇经历。

马尔桑在结论部分强调，在心理分析作品贫乏的年代里，白先勇是一位真正的作家，而《孽子》是一部杰出的小说。

另外一位书评家阿瑟哈的评论中，详细地介绍了白先勇的家世背景及他早年创办《现代文学》，出版现已成为中国现代文学经典的《台北人》等经历，并遗憾《台北人》未被译成法文。

阿瑟哈谈起《孽子》在台北出版曾轰动一时以及根据此书而拍成的电影《孽子》。她认为在中国的古典文学作品中直至《红楼梦》为止，同性恋的主题是存在的，但近一百五十年来却没有哪一部中国小说是以同性恋为书中题材。她提及《孽子》在中国大陆也有广大的读者群，这部书使得反同性恋的巴金十分不以为然。但事实上，阿瑟哈认为这并不是一部鼓励同性恋的作品，它描写的是一个圈子的事情：那是台北新公园水池边的圈子，夜晚，一些离家的青少年围绕在水池四周，寻找或等待愿意买下他们一夜的成年男子。

阿瑟哈以为书中这个圈子充满了佛教的意味，这些卖身的孩子的双亲，都相信他们被送到人世间是为了赎他们前生的罪；阿瑟哈分析说，书中的背景是六十年代初的台北，是一个还处处残留着中日战争、国共内战、自大陆撤退来台的痕迹的社会。原本在中国古老文明中所容许的事，在此却为一种严峻的清教主义所取代；作者白先勇就像一位昆虫学家，细细地观察台北新公园的迷你社会：一个小小剧场，有主角、配角、跑龙套的，也有故事，有传说。

作者的手法，除直接的叙述，像阿青在头几行所说的："三个月零十天以前，一个异常晴朗的下午，父亲将我逐出了家门。"也有间接的叙述，用到书信体，也不忽视书中青少年所沉迷的武侠小说。阿瑟哈认为《孽子》是属于我们现代的社会，人们送亚美茄手表给青少年，一面喝着欧美的烈酒，但实际上中国的灵魂及其幽灵仍盘踞着，它的神话或历史的典故、它的礼仪、它的信仰、对长辈的尊敬以及隶属一个家庭的最基本需要：因为被家庭排斥驱逐是最糟的不幸。小说的第一部分描绘一个坚定不变的世界，有争吵、爱情、供妓女使用的旅馆、警察的巡逻等，甚至还有一段高尚的爱情，使大家心向往之以死收场的爱情：阿凤和龙子的爱情。在手刃爱人刺着一条龙花纹的心口之后，龙子被家人送往美国；他为阿青叙述他在纽约的游荡以及他所收留的流浪街头的孩子们，他再回到台北，他是他自己的影子。阿瑟哈比喻说：白先勇的小说令读者可能在一瞬间以为他非常喜欢故事中的残酷性——妓女母亲、失踪的父亲，还有不许参加父亲葬礼的儿子，白痴和残废的孩子；但是这种残酷却又精准得像一枚针灸的针，深深地刺进治疗的穴道。

阿瑟哈为小说的第二部分作了一个摘要之后结论说："合上书本，这些人物仍如在眼前——杨教头一会儿以淫媒为业，一会儿又是大恩人，他那柄大折扇，一杆指挥棒似的，为这隐藏的世界作了布局；有偷窃癖的老鼠，好吃零食的原始人阿雄仔等——于是，整个人性在你心中轻轻响起。"马尔桑和阿瑟哈的评论可以反映出法国读者对台湾小说和整个中国作家的看法。

《孽子》法译本的译者雷威安教授是一位著名的汉学家，也是一位非常优秀的翻译家。他在一九二五年十一月二十四日出生于中国天津，一九二七年离开天津返回法国。一九四五年始于巴黎东方语言学校正式学习中文，一九七四年获法国国家文学博士学位。历任越南河内法国远东学校负责人，法国波尔多第三大学中文组主任，巴黎第七大学中文系系主任，目前已退休。雷威安教授钻研中国通俗文学、传统小说，尤其是历代话本及《金瓶梅》、《西游记》等，有关译著甚丰。一九八五年所译之《金瓶梅全译本》于巴黎出版，轰动一时；一九八九年后陆续出版《西游记》和《聊斋志异》等法译本。雷教授曾数次访台，曾出席一九八六年十二月二十九日至三十一日在南港"中研院"举行之第二届国际汉学会议，雷教授在会中发表的论文为《〈金瓶梅〉与〈西游记〉比较浅谈》，笔者曾于一九八七年一月二日为雷教授做过一次专访，刊于《汉学研究通讯》第七卷第三期（一九八八年九月出版），对雷教授个人的学习汉文经过、教学情形及法国的汉学研究概况等，有较详细的报道和说明。

此次白先勇的《孽子》法译版在欧洲引起如此广大的重视和回响，小说本身的完美出色固然是最重要的原因，但雷威安教授精彩的译文也是功不可没。此外，小说题材的特殊，颇能引起法国人的兴趣，弗拉马利翁出版社以其名声和雄厚财力所做的宣传，都是此书成功的原因。

（唯有一点小疏忽，原出版社的名字被误音译为"允农文化"Yunnong wen hua。）